KAMP

KAMP – Biobrikken Bok 3 (2019)
FANGET – Biobrikken Bok 2 (2019)
JAKT – Biobrikken Bok 1(2019)
Selvmordet (2018)
Utskudd (2015)
Petter fra Oslo / Jævla Flytting! (2013)
ZODOK - Ulvdemonen (2001)

BEN ORMSTAD

KAMP

Biobrikken Bok 3

dystopisk thriller

unum

© Unum 2019

Unum Bokforlag

forfatterbenormstad.no

Omslagsdesign: Covermint Design
Sats: Ormstad Multimedia

Tittel: KAMP – Biobrikken Bok 3

ISBN: 978-82-93724-05-6

Få epost når jeg lanserer nye bøker

G'dag!

Bare tenkte å nevne at hvis du har lyst til å få en epost når det (en sjelden gang) kommer en ny bok fra meg, så fyller du enkelt og greit inn navn og epostadresse under «Nyhetsbrev» på forfatterbenormstad.no.

Da hyler jeg neste gang det skjer noe spennende på bokfronten fra denne kanten!

Biobrikken

JAKT – Biobrikken Bok 1
FANGET – Biobrikken Bok 2
KAMP – Biobrikken Bok 3

Biobrikken-bøkene er én lang historie.

Les første boka først.

1

«Jeg så hva som hendte; hvordan har det gått med deg?» Stemmen til Egon Kruz hørtes oppriktig bekymret ut, noe som sendte et mildt drag over det herjede ansiktet til militærsjefen, Rino Rask. Timene siden han sto opp nærmet seg tretti. Klumpen i halsen tok ham på senga. Kremtet ustemt.

«Ikke tenk på meg,» gryntet Rino. «De slapp unna alle sammen, for pokker! Er det ikke lømler i gamle Volvoer, så er det faen meg høyteknologiske droner.» Han slamret knyttneven i dashbordet. Bannet med grumsete stemme. «Hva er det du vil?»

«Ja, hva er det jeg vil,» gjentok Kruz tilgjort ettertenksomt, før han trakk pusten dypt, som om han følte seg like overkjørt som militærsjefen. «Skulle du tatt fri resten av kvelden, kanskje?»

Klumpen este i Rinos hals. Det var da voldsomt til medfølelse fra den kanten, da. Kremtet på nytt. «Uaktuelt. Jeg spør igjen: Hva vil du?»

«Som du vil.» Tonen endret seg umiddelbart tilbake til Kruz' normale, uinteresserte, selvelskende, klysete-

Rino stengte flommen av vemmelige tanker som plutselig vellet opp fra dypet av bevisstheten. Igjen ble han tatt på senga. *Er jeg på nippet til å bikke over?*

«Vi vet nå hvor antibiobrikkesoldatenes hemmelige base befinner seg,» sa Kruz, og fiklet *helt sikkert* med fippskjegget der han *helt sikkert* satt bakoverlent i skinnstolen med de korte stumpene av noen fiskeføtter, som han *helt sikkert* hektet fast helt utpå kanten av det overdimensjonerte kontorbordet. Rino stengte av slusen med sure, mentale oppstøt og lyttet i stedet.

«Det viser seg at de har holdt det gående *under* Tveitasenteret. Kan du tro det? En hel forbannet base under senteret!» Kruz kvekket entusiastisk.

«Og hvor har du dette fra?»

«Rino, da, du vet vel at mine folk er til å stole på?»

«Hmh.»

«Å, kom igjen nå, på en måte er jo selv *du* en av mine folk, Rask!» Mer kvekking.

Bjørnekloen av en menneskehånd knuget jeepens slitte ratt mellom fingrene. Rino kjente halspulsåren banke helt bak i nakken. På mirakuløst vis holdt han munn. Nøyde seg med å grynte.

«Men dét er kun halve historien,» fortsatte Kruz uanfektet, selv om han åpenbart var oppvakt nok til å oppfatte militærsjefens dårlige vibber. «Folkene mine skygget en liten gruppe menn som forsvant derfra i en kassebil. De endte opp nede i bygryta, du vet, ved Hausmannsgate. Det er derimot det siste vi hørte fra dem før kontakten brøt.»

«Du tror det finnes et skjulested, eller muligens ytterligere en base der nede,» sa Rino og gned seg i øynene. LED-lyset til smartklokken sved som en laserstråle mot de slitne netthinnene i det dunkle lyset inne i bilen. «Hva er planen?»

«Vi tar oss av Tveitasenteret, mens du samler en gruppe smartinger som sjekker ut Hausmannsgate. Finn gjerne ut hvem som holder til der, hvem som styrer operasjonen, og hvorfor de tror det er lurt å stikke kjepper i hjulene på den største sammen-smeltningen av mann og maskin noen sinne. Men det aller viktigste, Rino, viktigere enn noe annet – vet du hva det er?»

«Antibiobrikkesoldatene skal legges øde.»

«Legges øde!» gjentok Kruz og lo. Latterbølgen vrengte lyden i høyttaleren. «Ja, de skal virkelig *øde* legges. Jeg regner med at du med ditt krigergemytt gjerne skulle bombet hele Hausmannsgate til den syvende himmel først som sist, bare for å være på den sikre siden, eller hva? Hah!»

Muskelen under det høyre øyet til Rino rykket så vidt. Han forble taus.

«Men helt alvorlig, prøv å la så mye som mulig stå igjen av selve *bygningen* – ja, med mindre det viser seg komplett umulig.»

Rino klarte ikke å tyde om det var spøk eller ikke, men han kjente en sterk trang til å knuse noe. «Ja,» sa han så rolig at det gjorde vondt.

Kruz snakket til noen i andre enden, før han sa: «Du mottar nøyaktige koordinater til forsvinningspunktet til folkene mine om et par strakser.»

«Mm,» mumlet Rino, drepte samtalen ved å sveipe pekefingeren over smartklokkeskjermen. Hjernen hans rumlet allerede med strategier for hvordan oppdraget best skulle utføres – og, måtte han innrømme for seg selv, en aldri så liten skuffelse over å sendes ut til et sted Kruz ikke engang visste med sikkerhet om det fantes noe av interesse.

Er jeg ikke god nok? Ikke strukturert nok, eller har jeg ikke adekvat gjennomslagskraft blant mine menn?

Åpenbart fantes en annen, mer gyldig grunn. For en gangs skyld løp bare emosjonene løpsk i det ellers så rolige, logiske sinnet hans. Eimen av svidd menneskekjøtt hang fortsatt fast i neseborene, som inngrodd sigarettrøyk i en trang leilighet. Den helvetes dronen hadde overrumplet ham totalt. Hvor kom den fra? Og, ikke minst, *hvem* hadde importert et slikt høyteknologisk militært våpen her i Norge? Eller enda verre: Hvem i landet hadde ressursene og kunnskapen til å *lokalprodusere* noe slikt? Var det flere – i så fall, hvor mange? Og hvem kontrollerte dem?

Smartfonen vibrerte. Koordinatene kom flyvende via nettskyen.

«Åpne,» sa han. Programmet plottet tallene automatisk inn i mobilens karttjeneste, ble synkronisert med en *live*-strøm fra et overvåkningskamera i Oslogryta. Mobilen lastet ned et bilde av en råtten tre etasjes bygning i Hausmannsgate.

Rino sveipet blikket over tidspunktet øverst på skjermen, og sukket.

Der.

Akkurat der var det nøyaktig tretti timer siden han sto opp.

2

Silje er død. Jeg er fanga igjen. Hvor blei det av Robin? Herregud, er hun er virkelig borte? Hvordan i helvete kan jeg komme meg vekk herfra? De drepte henne – mordere! Backup-en min, hva skjer med den nå? Jeg skjønner ingenting. Hvem er disse folka, og hvorfor har de fanga meg? Hvor kjører de? Silje, nydelige, elskede jenta mi, alt skjedde så fort. Er det over nå? Har vi tapt? Aah, jeg blir gæren av dette! FAEN!

Uttrykkene i ansiktet til Jonas Bittman skiftet i takt med tankene som viklet seg inn i mer komplekse knuter for hver nye vending de tok. Han lå henslengt bak i kidnappernes svarte folkevogn. Uten evnen til å samle nok innvendig *gnist* til å gjøre noe med situasjonen, hadde han foreløpig ikke rørt en muskel. Sidelengs lå han over baksetene med hodet presset inn i hjørnet der setet møtte rygglenet, med oversvømte øyne halvt lukket og den tårevåte ansiktshuden gnikkende mot læret.

Bilen vibrerte jevnt av samspillet mellom motorduren og ristingen fra hjulene mot veien. Kun svisjing fra passerende biler hørtes; de to jævlene foran sa ikke et ord – kun røykte, etter sigarettlukten å dømme, som blandet seg med lukten av lær fra setet; i tillegg hang fortsatt denne motbydelige, svidde eimen igjen etter alle de grillede kroppene på E6.

Læret knirket da han trakk føttene høyere opp, brettet armene rundt knærne, knep øyelokkene sammen. Flere tårer skvistes ut fra øyekrokene, rant over nesebeinet, nedover tinningen og blandet seg til slutt i tåredammen på setet under ansiktet hans. Snørr surklet da han trakk pusten med nesa, dro luften ned til bunnen av lungene, og slapp den ut mellom leppene i en tynn stråle som traff setet og sendte ånden tilbake i ansiktet hans.

Med sammenbitte tenner tvang han hjernen til å gjenta ordene *Hva gjør jeg nå?* som et mantra, helt til setningen overtok fokuset fra tornadoen av andre tanker. Til slutt klarte han å sentrere seg her, i midten av stormen.

Hva faen gjør jeg nå?

Og akkurat da, da kaoset avtok, letnet den verste sorgen, frykten, maktesløsheten. Noe annet våknet i stedet. Han kjente hvordan de sildrende tårene stoppet. Sperret øynene opp, og blunket til fukten forsvant og skarpheten returnerte til synet. Pustingen gikk fra lav hiksting til en dypere, jevn, kjapp frekvens. En slags prikking spredte seg i kroppen, som vibrerende energibølger. Han slapp taket på knærne, strakk seg til føttene dunket borti passasjerdøren bak ham. Gned de svette håndflatene mot bukselåret, klemte hendene sammen i en stram knyttneve, og strammet musklene i armen. Styrken kom tilbake som i pulserende puljer. Langt inne i kroppen, bak magesekken og foran ryggmargen, kanskje, ulmet noe glohett og steinhardt. Frysninger sveipet over ham idet mengder av adrenalin pumpet ut i blodet. Suget i magen var ikke til å ta feil av.

Pur aggresjon våknet i ham som et iboende morgengrettent, menneskeetende godzilla-lignende monster.

*Nok er **nok**.*

Ikke uten en hes ukvemslyd som følge av påkjenningene kroppen hans hadde gjennomlevd de siste par dagene, snudde Jonas seg i baksetet, mot morderne foran. Med hånden mot læret skjøv han seg opp i sittende stilling. Den største av dem kjørte, mens den minste, dama, førte sigaretten til og fra munnen og askebegeret under radioen ved siden av rattet.

Ingen av dem rikket en millimeter på hodet av at han rørte seg. Stirret kun ut av vinduene, hvor Oslos trafikkerte gater passerte i lav hastighet. Likevel gikk det fort i forhold til i motsatt kjørefelt, der alle som hadde planlagt å dra *ut* av byen satt fast i en solid, ubevegelig kø på grunn av veltede trailere, brennende lik og haugevis av redningsmannskap noen kilometer lenger opp.

Jonas klemte fingrene rundt håndleddene, masserte dem, og oppdaget at ingen tau eller strips bandt hendene fast i hverandre. Ilingene som plutselig kilte ham i mellomgulvet blandet seg med pumpingen i blodårene, og fôret den svarte ilden som sved i ham.

Brødgjøkene tror jeg er utslått; ufarlig som en liten drittunge. Som dere vil.

I sladrespeilet så han øynene til sjåføren. Pupillene beveget seg mekanisk fra side til side, full oppmerksomhet på veien.

Enn så lenge.

Jonas bøyde hode og skjulte blikket med hånden, mens han studerte baksetene og plassen til føttene på gulvet. Ikke mye å bite merke i. Svarte skomatter med lysebrun, størknet leire og jord som forsvant under setene foran. En tom brusflaske, en annen med en liten gul skvett igjen i som skvulpet i takt med bilens rykk og napp. I lommene bak på seteryggene stakk noen krøllete aviser halvveis opp. Han bøyde seg nærmere passasjerdøren og kikket ned i lommen. En svart ledning for lading av mobiler og nettbrett lå kveilet ved siden av en skrutrekker med gulrødt håndtak, og noe som lignet en flere år gammel, blå tobakkspakke opptok mesteparten av plassen i det trange hulrommet.

Jonas hostet overdramatisk flere ganger med full styrke, på randen til å brekke seg. Den raspete lyden rikosjerte i den trange kupeen og smalt mot trommehinnene. Han bøyde seg over knærne, hostet voldsomt og klynket.

«Så det er *litt* liv i deg,» sa dama mellom sigarettpattingen sin.

Jonas svarte med et langt «uuuugh», som om han nettopp hadde spydd. Slapt holdt han hendene ned mellom knærne, mens han flyttet seg til midten av baksetene – ett bein på hver side. Han lente det bøyde hodet delvis fram mot dem, mellom setene deres. Hest og uartikulert gurglet han gjennom slimet i halsen som hostingen forårsaket: «Hvem er dere?»

Dama snudde hodet noen grader i hans retning. Konturene av en knoklete nese og spiss, framtredende hake tegnet seg i kontrasten til gatelyktene som gled forbi utenfor. Hun åpnet en smal sprekk i venstre munnvik og blåste en søyle røyk på skrå bakover som traff ham rett i synet, og sa: «Knoll og Tott.» Vendte blikket tilbake mot veien og kakket sigaretten mot kanten til askebegeret.

«H-hvorfor … meg?» presset han fram fra det hengende hodet som svingte kraftløst mellom setene i takt med svingene på veien.

«Fordi *derfor*,» svarte hun med intonasjonen til en vrang jente som mener at noe er sånn det er og *dermed basta!*

«Jeg skjønner ik-» begynte han, men hadde tilsynelatende ikke krefter nok til å fullføre setningen. I stedet gled den over i en hostekule som røsket i hals og lunger. Han sank sammen med hodet mellom knærne mens det verste anfallet roet seg.

«Det der høres ikke bra ut. Her,» sa hun og rakte ham en flaske med vann.

Igjen lot han som han ikke maktet å løfte hånden høyt nok til å ta i mot flasken. «Kla- … klarer ikke,» sa han uten å åpne leppene mer enn at ordene hørtes utydelige ut.

«Nei, vel.» Flasken forsvant. Hun fortsatte å røyke.

Sjåføren økte farten. Mindre trafikk forstoppet veiene her, på vei ut av Oslo. Lysaker på høyre side, og tusen striper av bølgende lys fra byens bygninger reflektertes i det svarte havet på venstre side.

«Hvor kjører vi?» snøvlet Jonas og kremtet for å renske halsen for slim. Han prøvde å klamre seg fast i hodestøtten til setet hennes, men hånden falt bare kraftløst ned i fanget hans igjen. *Litt til* … All viljestyrke som bodde i ham måtte aktiveres for å holde den gnistrende aggresjonen i sjakk og fortsette skuespillet bare *litt til*, selv om blodet sitret elektrisk under huden. Silje flashet bak øynene hans. Femten år forsvunnet på et blunk. Ringen hun aldri fikk. Bryllupet de aldri hadde. Huset de aldri kjøpte. Barna de aldri skapte. Alt, borte for alltid. Han gnagde fortennene inn i tungespissen bak de stramme leppene i et forsøk på å kontrollere den kommende eksplosjonen.

«Den som lever får se,» svarte hun likegyldig med fingrene stukket inntil leppene med den nå filterrøykte sigaretten – matet munnen ustoppelig med tjære og annet skrap.

«I helvete,» bannet sjåføren, niholdt i rattet med begge hender og bråbremset idet en sølvfarget bil med et lysende, hvitt TAXI-skilt på taket spant forbi. Folk på vei over fotgjengerfeltet kastet seg unna og ramlet over hverandre da den forsvant inn mellom bygningene på høyre side. Både bilene bak og i det motgående kjørefeltet stoppet. Et øyeblikks stillhet med innbakt forvirring fulgte, mens både dama og sjåføren glodde langt etter taxien.

«De forbanna drosjejævlene skulle aldri fått lapp-» Men setningen hans ble kappet av. Stemmelyden vrengte seg i halvkvalt gurgling da Jonas kastet seg fram over hodestøtten til sjåføren, vippet lader-ledningen rundt halsen hans, dro til og snurpet den fast rundt hodeputen. Sjåføren gapte med tungen kveilende ut av kjeften som en slange som hiver etter pusten. De tykke fingrene krafset og dro i kabelen. Jonas spente fra med hele kroppsvekten, datt tilbake i baksetet og røsket enda hardere i ledningen. Uten å tenke hoppet han fram på ny, og slo i samme slengen høyre albue inn i den forskrekkede damas venstre tinning med et høylytt *smakk*. Hun mistet sigaretten, og den røde gloen løsnet fra filteret da hodet hennes sjanglet mot dashbordet. Lynkjapt surret Jonas resten av ledningens lengde rundt halsen til sjåføren enda en gang. Bilen gynget i takt med den store mannens febrilske, målløse sparking. Han fektet med hendene for å fange Jonas som nå bandt ledningen fast i en hjerterå dobbelknute. Stemmen til Silje i alle dens variasjoner – glad, trist, sur, lykkelig, spent, overrasket – ljomet i det bankende hodet hans, som et skjørt minne fra en forsvinnende drøm.

Pistolmunningen kom fra ingensteds. Den traff ham i pannen, hardt og skarpt som tuppen av en ruglete metallstokk. Treffpunktet sendte sjokk-vibrasjoner gjennom skallen, og han kjente huden revne under trykket. Fingrene mistet grepet rundt ladeledningen.

«Knyt opp knuta,» sa dama og kjørte pistolmunningen inn pannen hans igjen. Med de knoklete fingrene kravlet hun over setet, bakover, mot ham – eller kanskje mot den sprellende sjåføren. *«Knyt opp nå!»*

Ingen ord eksisterte i Jonas; hele verden var vrengt med innsiden ut. Han fantes ikke lenger inne i seg selv, kun levende minner om Silje, mens verden utenfor ... *full av demoner.* Tusenvis av svarte flekker flakset over synsfeltet hans etter slagene, men han følte ingen fysisk smerte, kun et pumpende, rødglødende hat.

«Knyt opp knuta før Egil blir kvelt!» vibrerte den skingrende damestemmen ørene hans. Bilen gynget videre. Hun hadde snart klatret over midtpartiet og kommet seg bak til ham.

Pistolløpet føk mot ham igjen, men han dukket unna, snappet tak i fronten av pistolen med venstrehånden slik at håndbaken dekket for løpet, og dro i den. Med sin frie hånd slo hun ham og skrek at han skulle slippe våpenet. Jonas parerte de kraftløse slagene hennes ved å heve den høyre skulderen og armen foran hodet som et skjold. Han klemte tak i pistolløpet, kjente kaldt metall mot varm hud, og dro siktet bort fra seg selv med den andre hånden.

Skuddet som gikk av smalt øredøvende.

Glassplinter sprutet fra sidevinduet bak ham. Biler tutet utenfor, noen ropte også, men ørene pep høylytt og han hadde ikke tid til å se hva som skjedde der ute. De lange neglene til dama skrapte seg inn i hodebunnen hans da knokkelfingrene viklet seg fast i hårtjafsene. Hun lugget ham så hardt at hodet ble revet framover og nakken verket.

«Agh!» stønnet han, flekket tenner og brukte grepet om pistolløpet til å hamre håndbaken hennes – som fortsatt holdt våpenet – inn i det ristende bakhodet til sjåføren. Dama skrek, men klamret seg fast både i pistolen og hodet til Jonas, brukte grepene som håndtak til å klatre videre bakover. Tynn, vilter og liten nok til å stå på huk over midtpartiet, rykket hun brått i luggehånden, og styrte ansiktet hans rett inn i det spisse kneet sitt, traff nesa hans med knusende kraft. Slaget utløste en stor, bankende sky av klemmende nummenhet. Noe vått sprayet utover overleppa.

På ny smalt pistolen.

Denne gangen streifet kula ryggen hans – akkurat nær nok til at den splittet topplaget av hudceller, før den drillet seg inn i seteryggen bak ham. Jonas gispet etter luft da panikk blandet seg med det rødglødende raseriet. Reaksjonen truet med å paralysere ham, men de ustanselige minnene av årene med Silje pushet ham videre.

Dama tok sats og bykset *på* ham der han satt i baksetet, klemte det verkende ansiktet hans mellom knærne sine så hardt at kinnene, leppene og øyelokkene ble skvist og skrukket seg sammen. Han slapp taket i hånden som lugget, og snirklet sin egen hånd inn mellom armen og beinet hennes, til han fikk tak i den tynne, lille halsen.

Med fire stive fingre spiddet han henne i det myke området nederst i halsen. Hurtig gjentok han bevegelsen flere ganger, til knærne som moste ansiktet hans løsnet, og luggehånden slapp håret. Jernsmak fra de blødende kuttene bredte seg i munnen hans og sendte brusende hetetokter gjennom ham. Hårene på armene og i nakken strittet. Med et snerr sugde han tak rundt halsen til den jævla kjerringa; kjente den galopperende pulsen hennes pumpe mot fingrene, og hvordan huden bulte innover da han boret fingertuppene inn i det myke kjøttet.

Med alle krefter i spenn reiste han seg fra baksetet, løftet det sprellende kreket opp i luften over midtpartiet. Den lille lampen i taket mellom setene knuste da hun skallet i det, og lange, svarte hårstrå hang igjen i de splintrede taggene da Jonas veltet henne over på ryggen – rett ned på girspaken. Hylene hennes lignet kvalte surklelyder under stålgrepet han hadde rundt halsen. Kanskje ropte hun på sjåføren, som ikke rørte seg lenger. Lå bare slapt ved siden av dem med armene krokete over magen og brystet, hodet holdt oppe av kabelen rundt halsen, ansiktet vendt mot det glinsende havet utenfor.

Jonas presset seg inn mellom setene foran, lente seg over henne. Pistolen må ha vært festet med superlim, for selv etter basketaket holdt hun *fortsatt* i den. Og han holdt også *fortsatt* tak i pistolløpet. Igjen forsøkte han å slå håndbaken hennes hardt nok mot noe til at hun mistet taket – denne gangen mot rattet.

Nytteløst.

«Nei vel,» sa Jonas mellom sammenbitte tenner, «som du vil.» Musklene bulte under den klamme hettegenseren da han tvang pistolløpet nedover; bøyde armen hennes slik at hun nå pekte våpenet mot sin egen tinning.

«*Slipp våpenet,*» peste han, ignorerte kvalmen som stormet i magen. I stedet klemte han bare enda hardere, til de ytterste leddene av fingrene hans ble begravd i halsen hennes. Dyttet også pistolløpet hardere mot tinningen hennes.

«A l d r i!» presset hun ut gjennom det sammenklemte pusterøret.

Så trakk hun av.

Alle kreftene i den lille damekroppen forsvant momentant. Rødt gørr sprayet utover dashbordet, passasjersetet og vinduene. Jonas tumlet storøyd bakover med ulende suselyd i ørene. Kronglete skled han på skrå ned i passasjersetet, ett bein på hver side av midtpartiet foran. Han dirret av anspenthet.

Herregud, kjerringa **gjorde** *det. Crazy fucking bitch.*

Nå lå hun der livløs, hun også. Blikket hans spratt fra det ene liket til det andre, begge urørlige. Likevel vitnet de herjede ansiktene om noen brutale siste minutter.

Dere fikk som fortjent, jævler. Silje var uskyldig fanga i den dritten her, akkurat som meg, akkurat som ... Men hevnens glede ble kortvarig. En nål av usikkerhet stakk ham i brystet; anger, skam kanskje.

... akkurat som **alle** *i denne håpløse situasjonen,* fullførte tankerekken av seg selv. Jonas hev etter pusten, men det virket ikke som det fantes oksygen igjen i den tette bilen, full av stikkende svettelukt, dritt, røyk og død.

Magen trakk seg sammen som i akutt smerte da Jonas plutselig hørte tuting og iltre stemmer utenfor – som helt sikkert hadde pågått lenge allerede – og ble oppmerksom på de flakkende menneskesilhuettene som badet i flombelysningen som strømmet inn frontruta. Det hørtes ut som en hel flokk folk der ute.

Han la merke til at han nå var den eneste som holdt våpenet; dama var jo død og kjempet ikke lenger imot. *Hun* hadde presset inn avtrekkeren, men det var *hans* fingre som krampaktig klemte rundt pistolløpet akkurat nå. Et finfordelt, blodflekkete mønster dekket våpenet og krøp oppover den skjelvende venstrehånden hans.

Jeg har ikke skutt noen.

Brått slapp han våpenet. Det klunket mot midtpartiet, ramlet mellom beina til dama og forsvant ned mellom setene. Han forsøkte å tørke vekk blodet på hånden ved å gni den mot seteryggen, men det gled bare utover i brede, mørkerøde strøk mot det glatte, lysebrune skinntrekket. Stille bannet han og gnikket i stedet hånden og armen fortvilet fram og tilbake mot sjåførens klær. Håpløst lite effektivt. Snarere enn å fjerne blodet fikk han inntrykk av at det festet seg dypere inn i hudens porer og stoffibrene i genserermet.

Usikker kikket han mot kroppskonturene utenfor. Passet på å holde hodet nær setet, lavere enn vinduene. Stemmer slo inn fra alle kanter, utydelige i øresusen etter skuddene. *De omringer bilen.* Likevel holdt de en viss avstand. Etter at flere skudd var blitt avfyrt skjønte han ikke hvorfor folka ikke heller bare stakk til helvete *vekk* derfra. *Nysgjerrighet trumfer frykt. Men ingen tør å hjelpe, heller.* Derimot var det forbi enhver tvil at mer enn halvparten av dem hadde små, inntrengende kameralinser pekende mot bilen – og flere direktesendte sikkert dritten rett ut til alle vennene og følgerne sine på sosiale media.

Svimmelhet grep ham i solar plexus. Bilen krympet rundt ham, omringet av kameraer og spenningssøkende tullinger. Men ingen sirener. Oslopolitiet eksisterte ikke lenger. Alle ryddet E6. Han krøllet fingrene i en knyttneve; fikk lyst til å finne pistolen og plaffe ned alle de nysgjerrige, ubehjelpelige drittsekkene der ute. Bare meie dem ned for fote.

I stedet snirklet han fingrene rundt dørhåndtaket for å åpne bildøren. Et øyeblikk ville ikke kroppen adlyde. Mentale bilder fra E6 la seg over tankestrømmen ... rett etter den første eksplosjonen. Stanken av bensin og svidde lik da han skrittet ut av bilen til General Gard og Ahab. Og nå, *enda* en bildør som måtte åpnes for å rømme fra *enda* flere crazy motherfuckers. En evig loop av feller. En rotte fanget i en labyrint bygd inn i en større labyrint. Med øynene lukket ristet han på hodet.

*Men **disse** gærningene er daue, okay? Ta det med ro. Og folka utafor veit ikke en shit om hva som har skjedd her inne. Det eneste viktige nå er å dra tilbake til E6. Tilbake til Silje. Jeg må se henne en siste gang.*

«Greit,» hvisket han, åpnet døren og krabbet med overkroppen først ut i flombelysningen fra bilene som sto på tomgang rundt folkevognen. Lot seg ramle ned på asfalten, omfavnet det rue underlaget. Trakk sultent inn luften – kjølig, livgivende. Smakte friskt i munnen. Rundt seg så han joggesko, støvler, boots og støvletter. Olabukser, skjørt, joggebukser og tights.

«En overlevende,» ropte en. «Kom!»

Bakken vibrerte mot ansiktet hans, synkront med lyden av klaprende føtter. Dinglende hender, noen med mobiler og kameraer, andre med gensere og vannflasker. Usikre stemmer i et utall tonefall svevde over ham, før ukjente hender skled innunder armene hans og løftet den utmattede kroppen.

«Kan du stå?» sa en mørk stemme, og igjen spratt tankene tilbake til E6, denne gangen etter eksplosjon nummer to – den vennlige stemmen til mannen i rød dress med hvite kors på skuldrene, rett før Jonas så Silje, før hun ble påkjørt, før han ble fanget igjen, før ...

«Ja,» sa Jonas. «Tror det.» Føttene fant underlaget. De fremmede hendene under armene forsvant da han sto på egenhånd. Vinglet lett fram og tilbake. Som i en fjern døs sveipet han blikket rundt seg. Alle disse plaprende hodene. Hvor mange kunne det være? Og fortsatt ingen politifolk.

«Hvem er de i bilen?» spurte den mørke stemmen. Jonas så den tilhørte en like mørk mann. En bekymret fure ruglet seg i pannen hans.

«De drepte forloveden min ... på E6, og ...» Jonas trakk pusten ujevnt før han fortsatte: «Og de kidnappa meg.»

«Men hvordan-» begynte mannen.

«Hvor blir det av ambulansen?»

«Hvor er politiet?» avbrøt noen andre.

«Hvem er du, egentlig?»

«Oj, er de døde?»

Sammensuriumet av stemmer og spørsmål opplevdes som grøt i de susende ørene til Jonas. Han veivet med den blodige venstrehånden, avbrøt dem alle sammen: «Drit i det, hele greia. Jeg må tilbake til E6 før de fjerner dama mi. Nå med én gang.»

«Er du helt tullerusk, gutt?» sa en annen. «Du må jo på sykehuset!»

Jonas ristet på hodet. «Kan noen hjelpe meg?»

De fleste tok et skritt bakover, andre ble stående med pokeransikt.

«Jeg trenger bare noen som kan kjøre meg til E6 ... dere veit, ikke langt unna McDonald's?» Han myste mot den nærmeste bilen i motsatt kjørefelt.

Lav mumling. Ingen velvillige responser.

«Det er ikke langt, sikkert bare fem-ti minutter,» fortsatte han, og begynte å skritte mot bilen. En sølvgrå Tesla, så han. Under ti meter unna. Kun en håndfull folk sto spredt mellom ham selv og bilen. De fleste befant seg rundt folkevognen, kikket inn, snakket i mobiler og filmet.

Hånden som plutselig dumpet tungt på skulderen hans tilhørte en stor type med helskjegg, skinnjakke og boots. «Det er best om du kommer deg på sykehuset, kamerat.»

«Takk for omtanken, men jeg må seriøst finne dama mi.» Pulsen steg igjen. Flammen i ryggmargen ulmet.

Blikket til skinnjakka smalnet. «Vi skjønner, men nei, du må på sykehuset.»

«Igjen, takk, men jeg må finne dama *MI!*» Det siste ordet skrek han samtidig som han kastet armene opp i været så skinnjakka mistet grepet, og nesten balansen. Jonas sprintet mot bilen, dukket enkelt unna etter hvert som tøffingene forsøkte å fange ham. De tumlet overende, ustødige. Han sendte så en rett venstre og en kraftig høyre hook inn i skallen til personen nærmest Teslaen, før han sparket typen i leggen og dyttet ham vekk.

Jonas røsket opp døren til den lekre bilen og stupte inn i førersetet. I siste liten rakk han å låse dørene, ga full gass og akselererte nådeløst framover – rett *igjennom* mengden. Fort nok til at ingen klarte å henge seg på, men sakte nok til at de fleste rakk å hoppe unna.

«Jeg kommer, jenta mi,» sa han, og la alle de ropende menneskene med veivende armer og hyttende never bak seg.

3

«Vi må dra nå!» Med det glatte, svarte håret flagrende etter seg, trampet Miriam inn i lokalet, hvor Robin nettopp hadde fjernstyrt-krasjlandet dronen inn i slaktercontaineren til en av trailerne som slapp unna E6-bombingen. Min-Yun var knapt ferdig med å forklare at dronens GPS-funksjon fortsatt fungerte. Tony løsrev blikket fra monitoren. De snudde seg mot henne.

«Og jeg mener *alle* sammen,» fortsatte hun.

Tony reiste seg, veivet med hendene for å få de andre arbeidende til å sette seg igjen. «Hva skjer?»

«Vi er kompromittert og biobrikkesoldatene er på vei. Se.» Den sjokoladebrune hånden skjøt fram med en smartfon lysende mot Tony. Han snappet tak i den med sin melkehvite hånd, stoppet ett sekund, stirret så vidt på mobilskjermen før han ga den tilbake. Fingrene løp over ansiktet, opp pannen og gjennom det svarte håret, før han korset armene over brystet, og ristet oppgitt på hodet.

«Nå?!» skingret stemmen hennes mellom de hvitmalte veggene. «Skal vi bare sitte her og late som ingenting?»

«Nei, nei,» svarte han. «Greit, alle sammen, organiser dere i mindre grupper, så sender vi en og en gruppe ut.»

Rastløse, skremte bevegelser spredte seg i alle kroppene i lokalet som en akutt storm røsker i hittil ubevegelig løv.

Fryktfrysninger flerret nedover ryggen til Robin. *Biobrikkesoldatene er på vei hit nå?* Luften virket plutselig skikkelig klam og vanskelig å puste inn. Sekstenåringen virret med hodet fra Tony til Min-Yun, og deretter bort til Miriam.

«Og sørg for at alle gruppene har minst *ett* våpenkyndig hode blant seg, i tilfellet ... ja, bare i tilfellet, ikke sant.» Stemmen til Tony endte i mumling idet han løp bort til Robin og Min-Yun. «Dere blir med meg. Du også, Miriam.»

Hun nikket kort, uten å slippe mobilen av syne.

Robin kastet et blikk på det levende bildet i hånden hennes; en rød, pulserende prikk beveget seg raskt bortover kartet. «Hvor langt unna er de?»

Miriam smilte kjapt. «... ikke langt.»

«Hva betyr det?» Han kjente pulsen øke igjen, adrenalinet tvang fingrene til å riste. «Hvor lang tid har vi, liksom?»

«Kom,» avbrøt Tony, klemte tak i skulderen til Robin og dro ham med seg mot døren. De presset seg ut i korridoren rett etter to grupper menn og damer i hvite frakker og svarte dresser.

«Ah, beklager,» sa Min-Yun og løp tilbake inn.

Tony bråstoppet, dyttet unna noen uniformerte karer som buldret forbi, og strakk seg etter norskasiateren. «Min-Yun, i helvete!» ropte han for å overdøve kakofonien av forskrekkede stemmer og trampende føtter fra alle kanter rundt dem.

«To sekunder. Jeg *må* ha med den bærbare.» Døren smalt automatisk igjen etter ham.

«Pass på guttungen,» sa Tony og dyttet Robin til Miriam. «Kom dere i sikkerhet. Vi ses i sentrum.» Så forsvant han tilbake inn i rommet.

«OK, Robin, da er det vi to,» sa hun med ett øye på Robin og det andre på mobilskjermen. «Dette går bra.»

Robin skar en grimase som betydde noe sånt som *ja, jævlig det*. Han skulle til å si noe negativt og delvis spydig, men verden svartnet.

Alt lyset blinket et par ganger, og døde.

I noen endeløse sekunder stilnet alle fottrinn og stemmer. Alle frøs til is i det stummende mørket mens hjerneceller i krisemodus prøvde å skjønne hva som skjedde. Langt vekk gråt noen, et annet sted falt noe i gulvet og knuste. Selv ikke Exit-skiltene over dørene lyste. Hundrevis av mennesker krydret den hemmelige undergrunnsbasen, de fleste mindre enn tre-fire meter unna hverandre. Likevel var de nå akutt alene, alle sammen, i sin egen inneklemte, fargeløse virkelighet.

Det går bra. Hu har så klart rett – det kommer til å gå så bra, så. Snart er'e over ... Robin forsøkte å kontrollere pusten, roe ned skjelvingen, beholde besinnelsen. Men ufrivillig ga han etter for følelsen av å være et redd, lite barn, og lente seg helt inntil Miriam der hun sto bak ham. Armene hennes kom over skuldrene hans, omfavnet ham beskyttende. I hånden hennes lyste mobilskjermen mot ham. Den hissige, røde prikken på kartet stoppet. Nå pulserte den faretruende, stillestående.

«De er her allerede, ikke sant?» hvisket han.

Før hun rakk å svare flashet lysrør montert nederst i høyreveggen langs det blanke gulvet. Det flikket hurtig av og på noen ganger og farget korridoren og alt og alle i svart-hvite fargenyanser. Deretter blandet et skjær av grønt seg inn da Exit-skiltene våknet igjen.

«Reservelageret, som forventet,» forklarte Miriam, men Robin *hørte* at det var ingenting 'forventet' med det i det hele tatt.

«Men de er her allerede, ikke sant?» prøvde han igjen «Det er derfor den røde prikken står stille, og det er derfor alt lyset gikk, ikke sant?»

Igjen smilte hun dette kjappe, tåpelige, unnvikende smilet. «Vi bare drar nå med én gang, OK?»

Robin stønnet høyt. «Okay, så hele dritten kommer til å gå til hælvete, skjønner! Greit, det! Helt jævla greit, ass.»

Uten å svare grep Miriam tak i hettegenseren hans og dro ham etter seg nedover gangen. De snublet bortover, var på nippet til å veltes overende av en flokk gamle kjerringer som spant forbi på gnikkende skosåler, og tøyt ut av den slusede, hypermoderne inngangen. Kameraet over dørkarmen blunket liksom hånende mot dem, og Robin veddet på at det nå befant seg noen *andre* på motsatt side av linsa. Hvorfor skulle biobrikkesoldatene ellers tvangsomstarte hele strømnettet til basen?

Ute i den møkkete korridoren, som ledet ut mot skalkeskjul-bøttekottet, sto fortsatt rødhårede Arvid støtt som en oppstilt rustning. Kraftige never krummet seg rundt AK-47-en. Uten synlig bekymring nikket han kort til dem, noe som stoppet Miriam.

«Du blir med oss,» sa hun.

Arvid smilte et sted dypt inne i helskjegget. «Hyggelig av deg, men umulig. Det er min jobb å sørge for at basen forblir ugjennomtrengelig for utenforstående, heh.»

Miriam slapp det intense grepet hun hadde om hetta til Robin, og krafset i stedet tak i jakkekragen til Arvid. «Ingen forventer at én mann skal stå i mot en hel tropp soldater!»

«Nå, jeg er da ikke *helt* alene,» sa han og bikket på hodet for å illustrere at det sikkert snart ville komme stormende en hel hær av storhjertede, velvillige medhjelpere.

«Du er for viktig, Arvid,» sa hun relativt selvbehersket, men Robin hørte med et halvt øret at hun tryglet. Han fulgte korridoren med blikket, ut mot t-banene og alle folka som ikke ante en dritt om hva som foregikk. Vred rastløst på kapsebremmen. «Vi ska'kke bare la'n gjøre som han vil, da, og stikke før det er for seint, hæ?»

Smilet vokste i skjeggbuskaset til Arvid. «Hør på gutten. Dere bør dra nå,» sa han rolig. Skrittet unna døren da en ny flokk folk i hvite frakker, samt en robust kar med automatgevær, løp forbi og nedover korridoren.

Robin kastet et langt blikk etter dem. Ukontrollerbare rykninger i føttene ville flykte med flokken.

«Du skjønner ikke ...» Stemmen til Miriam forvandlet seg til hvisking. Hun grep tak i kragen til Arvid også med den andre hånden, den som fortsatt holdt mobilen hvor en stillestående, rødpulserende prikk truet lydløst. «*Du* er for viktig ... forstår du hva jeg sier?» Hun snufset, svelget.

Skuldrene til Arvid sank sammen. Han la pannen mot Miriams, og hvisket noe i øret hennes som druknet i ekkoet fra gruppen med rømlinger som nådde utgangen ytterst i korridoren. Med høyere volum sa han: «Det ordner seg.»

«Konge, han sier det fikser seg! Nå, kan vi dra?» Robin dyttet på henne. «Hallooo, vi har ikk-»

Alarmen som plutselig oversvømte korridoren med øredøvende intensitet tok pusten fra ham. Frykt knivstakk ham i brystet. Robin dro i armen til Miriam. «Hva betyr den alarmen?»

Hun snudde seg, kikket på mobilskjermen og deretter til enden gangen, hvor siste person fra forrige gruppe forsvant ut av bøttekottet. Og det var da hun la bort mobilen og dro fram pistolen at Robins usikkerhet forsvant.

De er her.

Arvid tok ladegrep på automatgeværet, beveget seg foran dem og jogget mot utgangen i enden.

Nå er dem her på ordentlig!

«Hold deg bak oss,» sa Miriam. Sammenhuket fulgte hun hurtig etter Arvid, med våpenet siktende på ytterdøren langt der nede.

«Fuck i hælvete,» sa Robin, klemte seg mot høyreveggen, kroket ryggen og smøg seg etter dem på bein av gelé. Alarmen tordnet overalt.

Flere folk presset seg ut av slusen fra basen og ville løpe, men synkront som fugler flyvende i mønster bråsnudde både Arvid og Miriam seg, viftet med åpne håndflater mot bakken for å få dem til å være stille og krype ned i gulvhøyde. Folkene adlød på sekundet, dukket ned i knestående med vidåpne øyne søkende i alle retninger. Noen veltet og datt overende da slusen spyttet ut enda flere adrenalinfylte kropper. Først forvirring istemt høye, uforstående stemmer, før *de* også krøp lydløst sammen på gulvet.

Robin kopierte bevegelsene til Arvid og Miriam, som slang seg på magen på betongen da noen åpnet bøttekottdøren fra utsiden. Et svetteglinsende, barbert damehode kom til syne på toppen av en hvit legefrakk.

«Gå tilbake – det finnes ingen utvei,» peste hun og klatret inn døren med hendene klamret fast i dørkarmene, som om hun forsøkte å redde seg opp av et synkehull. «De er overalt!»

Kuleregnet som fulgte gjennomhullet henne. Dødens roser vokste fram og farget frakken rødflekkete. Hun gurglet og stoppet i inngangen, gled nedover dørkarmen mens hånden med sprikende fingre forgjeves strakk seg etter Arvid fem-seks meter unna.

Selv gjennom den hylende alarmen hørte Robin forskrekkede utrop fra menneskene bak seg. De begynte å forsvinne tilbake inn i slusen, som om den totalforseglede basen ville kunne beskytte dem.

«Unna, gutt,» ropte et par soldattyper med hevede våpen. De løp og slo seg sammen med Arvid og Miriam, slang seg ned på motsatt side av korridoren.

Om jeg bare hadde hatt en pistol ... Robin hvilte et øyeblikk på albuene, vurderte situasjonen. Ti-femten meter foran ham slepte usynlige hender den døde dama ut av bøttekottet, ut til t-banehallen. Liket etterlot ujevne blodstriper i det støvete betonggulvet.

Første skudd dundret i korridoren. Braket rikosjerte mellom veggene.

«Vent,» hviskeropte Arvid til soldaten som skjøt, men fikk ingen respons. I stedet reiste soldaten seg fra bakken, løp mot utgangsdøren mens han brølte et kamprop og fyrte av en hel remse kuler mot utgangen. Tresplinter, murpuss og betongsmuler sprutet fra døren og veggene, og krydret vaskebøttene og moppene som hopet seg opp i området. Banning og roping hørtes fra andre siden av veggen.

Soldaten brølte fortsatt. Nå sparket han døren på vidt gap, plaffet ned noen utenfor, i t-banehallen, og hoppet inn i relativ trygghet bak veggen da en storm av kuler pepret alt rundt ham.

... *eller nei, glem pistolen; jeg har en bedre idé!* Robin krøp bakover på verkende knær og albuer. Om det kom til å funke kunne seff ingen vite, men fuckings *alt* var bedre enn å ligge her og leke skyteskive.

«Bare kom, jævler,» gaulet soldaten. Han løsnet en granat fra våpenbeltet, bet av splinten og hev den mot utgangen. Den traff døren, skiftet bane og spratt ut i t-banehallen hvor de hittil usynlige fiendene fikk seg en saftig overraskelse. Mer banning og roping.

Eksplosjonen utenfor sendte vibrasjoner gjennom korridoren. Sprengte betongbiter og annet skrap fløy forbi døråpningen samtidig med at selve døren ble revet tvers av og kastet ut i hallen. Alt vaskeutstyret i bøttekottet datt i bakken, lampene i taket svingte fram og tilbake, noen sluknet. Krisealarmen sank i volum og stoppet med et ustemt sukk. Kun rester av murpuss og fliser som regnet på gulvet hørtes i stillheten som fulgte.

Robin svelget flere ganger og gapte for å tvinge vekk susingen i ørene, uten hell. «Whatever,» mumlet han, dreit i galskapen som utspilte seg ved bøttekottet og kom seg på beina, stupte mot slusen inn til basen igjen. Den mekaniske døren gled automatisk til side uten at skannesystemet ventet på personverifisering, fordi, gjettet han, systemet sto i unntaksmodus. Displayet ved dørkarmen bare blinket meningsløst uten informasjon.

Skyting fra flere våpen brøt ut, men lyden ble dempet til knapt hørbar knatring da slusen lukket seg bak ham.

Tilbake i basen møtte det kritthvite kriselyset fra gulvkantene ham igjen, delvis grønnfarget av Exit-skiltene. På nytt svelget han i forsøk på å fjerne suselyden i ørene. Han hørte mennesker bak dørene i de omkringliggende rommene, men så ingen i rommene som hadde vinduer. Med unntak av nødlysene lå lokalene mørklagt, tilsynelatende øde. Folkene satt sikkert på gulvet, klemt inntil vegger, under arbeidsbord, eller lå gjemt i store nok skap og kott rundt omkring.

Så hvor finner jeg en drone i denne bedritne labyrinten?

Bortsett fra de synlige rommene, lå tre mulige veier brettet ut foran ham: Én til hver side og én rett fram. Gangen til venstre var uten krisebelysning og derfor druknet i mørke, altså uaktuell å utforske. Kjipt, fordi det var innover den veien Linnea opprinnelig geleidet ham sammen med moren og faren. Robin hadde derfor en slags følelse av hva som lå hvor den veien.

Gangen rett fram ville blant annet lede tilbake til hallen hvor han for ikke lenge siden satt og utkjempet dronekampen på E6, mens veien til høyre, tja, han ante ikke.

Ikke var han hundre prosent sikker på om basen engang inneholdt et dronelager, men det *måtte* jo ligge i hvert fall én drone å slenge rundt her et eller annet sted. Eller andre våpen, da. Situasjonen krevde forsvarsmidler, men han ville nødig bruke håndvåpen igjen. Minnet etter pistolrekylen fra da han drepte Roger strømmet gjennom hånden og armen hans som et kroppsboende spøkelse. Robin grøsset og ristet på hånden for å få vekk den ekle fantomfølelsen.

«Ha'kke tid til denne surringa,» sa han og valgte veien rett fram. Løp gjennom de sterile gangene, kikket kjapt inn i alle rom med vinduer, men ignorerte dem alle. Samme kunne det være, for de ble brukt som konferanserom og inneholdt i hvert fall *ikke* droner eller våpen. Sånt superhemmelig opplegg ble ikke plassert åpenlyst, men snarere bak solide, vindusløse vegger.

Som denne.

Robin stoppet foran en blankpolert jerndør som skinte hvitt og glatt i armaturlyset fra gulvet. Displayet på karmen blinket like meningsløst som ved slusen ut. Kulden fra metallhåndtaket gnagde seg inn i håndflaten da han åpnet den. Stakk hodet inn og sa: «Hallo, er det noen her?»

En eller annen country-låt som bølget seg ut av en gammeldags radio på et av de tjuetalls pultene i rommet var det eneste som svarte. Han trakk pusten, skrittet inn. Ingen kriselys eller Exit-skilt å se her inne, ingen taklys eller bordlamper fungerte, heller. Men flere laptoper med gapende skjermer konkurrerte om å farge rommet i science fiction-aktige blågrønnhvite farger.

«Internett, seff,» sa han og gikk med ny glød bort til den nærmeste maskinen. Batteriet hadde slått inn da strømmen forsvant. Den sto nå på 73 % batterikapasitet. Han klikket seg ut av et program i fullskjermmodus, åpnet nettleseren og tastet adressen til epostklienten han brukte.

Ingen nettverksforbindelse ...
Sjekk routeren eller kontakt nettselskapet ditt.

«Fuck!» *Nettet gikk selvfølgelig til hælvete da strømmen forsvant.* Fingrene vred ubevisst på kapsen. Han gned vekk de gjennomsvette hårtjafsene som absolutt på død og liv skulle slange seg inn i øynene.

Men hva da med nødsystemet her – er seriøst ikke internettforbindelsen kobla til det? Det var for sykt. Han stresset fra PC til PC, men ingen hadde fungerende internett. Ved siden av flere sto det routere, men uten strøm hjalp det ikke stort; de var like daue som Roger jævla Ments. *Kanskje det er biobrikkesoldatjævlene som har kutta forbindelsen.*

I stedet stirret han seg paranoid over skulderen, snappet med seg en laptop og brukte den som lommelykt mens han ransakte ulåste skuffer og skap. Papirer, permer, kladdebøker, penner og blyanter, pastillesker og alt mulig ubrukelig bullshit, men ingen våpen eller droner. Hva var det de dreiv med her, egentlig – skulle de ikke liksom forberede en revolusjon eller noe? Da måtte det jo finnes våpen rundt her!

Radioen sluttet å gulpe opp country-vissvass. Sømløst overtok en sukkersøt poplåt hvor en dame sang om evig kjærlighet i erketeit autotune.

«Å, herreguuud,» hvisket Robin, gikk bort og slo til faenskapen for å skru den av. Radioen vinglet et par ganger før den datt ned fra arkivskapet. I samme slengen dro den støpselet ut av stikkontakten nederst på veggen.

«Hæ?» Kjapt plasserte han laptopen på arbeidsbordet ved siden av, og plukket opp radioen igjen. Forsøkte å sette den på. Virket ikke. Overveldet stakk han støpselet inn i en av de fire stikkontaktene.

Klikk. Syngedama gaulet om kjærlighet igjen. På ny nappet han ut støpselet og observerte mistroisk at radioen døde. *Så den går **ikke** på batteri. Men hvorfor funker denne kontakten og ikke de andre?*

«Drit nå i det,» sa han høyt, løp bort til en av de døde routerne, snappet den med seg og stappet støpselet inn i kontakten. Lysene på toppen blinket nydelig levende. Han nistirret på laptopen mens routerlysene skrudde seg på én etter én. *Kom igjen, kom igjen!*

Da alle de små LED-lysene blomstret skinnende grønt, endret internettsymbolet på skjermen seg til full forbindelse.

«Yes!» *Nå pleeease ha passordet automatisk lagra* ... Idet fingrene møtte tastaturet kom et lavtlydende drønn fra et eller annet sted i basen. En svak vibrasjon gikk gjennom rommet. Glass med drikke klirret på flere av arbeidsbordene.

Trampende føtter. Ropende stemmer.

Robin kastet seg på gulvet, krøp til nærmeste skap og stakk hodet så vidt fram. I dørsprekken til inngangen løp flere folk forbi, i retning vekk fra slusen. De hoiet og ropte til hverandre om at alle måtte henge med. Omtrent hver sjette eller sjuende person hadde en form for skytevåpen. Tiden snevret inn. Fienden hadde utvilsom tatt seg lenger inn i korridoren. Kanskje de til og med var kommet igjennom slusen nå – kanskje det var dét drønnet hadde vært?

Frysninger stakk ham nedover ryggen som akupunkturnåler, skjelvingen tok på ny over bevegelsene hans. Robin virret med blikket fra laptopen til utgangen hvor folk beina forbi. Hvor lang tid før fiendene rakk å overta basen? Han snurpet leppene sammen og kjente fuktighet bre seg utover øynene.

Skulle ikke stikki av fra Miriam ... og jeg savner mamma. Han ristet hardt på hodet, flekket tenner og hentet ned laptopen. Klikket seg inn i nettleseren. *Ja! Passordet er lagra. Okay, sååå* ... Ja, hva *var* egentlig den geniale planen som inkluderte internett? Fokuset søkte mot utgangen. For hver passerende person snurpet halsen seg mer og mer sammen. Sekundene dundret av gårde. *Tenk, for faen!* Han knyttet nevene, dunket seg i pannen. *Okay, greit ... Social-Us, okay okay, dét er i hvert fall en begynnelse.*

Han tastet adressen til den sosiale plattformen som overtok verden med eksplosiv kraft etter at Facebook gikk til grunne et par år tidligere, fordi de plutselig bestemte seg for å ta betalt for tjenesten. Mer eller mindre hele verden ga dem finger'n og hoppet over til ferske Social-Us. Han logget seg inn og skrev i nyhetsfeeden:

TIL ALLE!!

jeg er fanga i en hemmelig base under tveitasenteret hvor en organisasjon som er imot biobrikken prøver å hindre at den innføres og nå er basen under angrep av soldater som sikkert jobber for staten eller jeg veit da faen, men alt går til helvete her og både mora og faren min er tatt til fange og alt er fakkings uvirkelig!!

please noen må ringe politiet eller militæret eller no

DETTE EKKE KØDD
HJELP!!!!!1!

Lynkjapt kopierte han teksten, åpnet Social-Us i tre nye faner og søkte opp sidene til politiet, Stortinget og den private gruppen hvor alle i landslaget for «Warrior of Doom» holdt til – han visste ikke hvorfor, det virket bare på en måte logisk å inkludere dem også. Kanskje noen av nerdene der klarte å spre nyheten til alle landets aviser ... eller noe annet supersmart. Deretter limte han meldingen inn på alle sidene.

Et nytt drønn rystet basens grunnvoller. Braket hørtes klart og tydelig, uten tvil mye nærmere ... uten tvil på *denne* siden av slusen. Enkelte småting ramlet fra pultene rundt ham. Folk hylte der ute.

Skjelvingen satte seg i kjeven så hardt at det nesten var umulig å åpne munnen. Robin fuktet leppene, trakk seg tettere inntil arkivskapet og klamret seg til PC-en. Gråten presset på, men han tvang den unna. Pustet kontrollert ut og inn, fokuserte på dataskjermen.

En kommentar poppet allerede opp på meldingen:

Ulrik Aahldal sier: – *LOL du ass!*

Gleden over å se at klassekameraten var i live og besvarte meldingen fikk ham til å smile. Robin svarte med én gang:

– Det er sant please si fra til faren din eller no!!

Han skvatt så voldsomt at han var på nippet til å miste laptopen da noen skjøt flere skudd ikke langt unna. Noen skrek rett utenfor.

Ulrik Aahldal sier: – Nå drar du'n altfor langt ass. Haha du er gærn!

Julia Olsen sier: – Sånne ting er ikke morsomme engang Robin!

Robin ville skrike. Kroppen pumpet av frustrasjon. Han hev seg over tastene igjen:

– Dere skjønner ikke! Jeg snakker sant, væææær så snill å si fra til noen, hvem som helst!!

Så fort han trykket «Enter» for å sende svaret, forsvant hele den opprinnelige meldingen hans og alle svarene. Han sperret opp øynene, munnen åpnet seg. Flippet over til de andre nettleserfanene hvor de andre sidene han hadde lagt ut meldingen var. På «Warrior of Doom»-siden var den borte. På Stortingets side hadde den også forsvunnet. På politiets side fantes den fortsatt. Han begynte å kommentere sin egen melding:

– Dere MÅ hjelpe meg før meldingen forsvinner!

Men det var allerede for sent. Innen han rakk å trykke «Enter» forduftet meldingen i løse luften, som om den aldri hadde eksistert i det hele tatt.

«Nei, nei, nei!» hulket han. Kastet laptopen på gulvet mens han sparket til stolen foran seg. Den kolliderte med pulten, penner og andre ting falt i gulvet og bråkte noe inn i helvete mye.

Lyden av et ladegrep hørtes i rommet. Robin stivnet og stirret rett inn i løpet til et automatgevær.

«Nei nei nei, sier du, lillegutt?» sa soldaten, som med sin beige uniform og ugjenkjennelige logo på brystet helt tydelig ikke tilhørte denne basen. «Bli med meg, du.»

4

De klamme hendene skalv fortsatt da Jonas kjørte forbi operaen og barcode-distriktet. Alle skarpe linjer og detaljer lignet en diffus smørje sett gjennom fukten i øynene. Bankende smerte skjøt fram i den hovne nesa hver gang han snufset.

«Fy faen,» hvisket han og strakk leppene utover i et dirrende grin. Spyttet i den tørre munnen kjentes ut som elastisk slim – umulig å svelge. Kroppen dampet av varmebølger under den tykke hettegenseren og den vide olabuksa. *Dette er rock bottom ... hands down det verste jeg noen sinne har opplevd.*

Murt inne i sitt eget håpløse fengsel registrerte han knapt byen rundt seg; strømmen av mennesker på fortauene. Som en esende deig tøyt de utover og fylte gatene mellom de høye bygningene. Flere bar på lommelykter, fakler og bannere med påskrevet tekst. Alle på vei mot sentrum. Digre søyler av blendende, hvitt lys fra svarte helikoptere på himmelen la seg som løpende lappetepper over alle overflater, og barcode-bygningenes glassvegger reflekterte lysstrålene i alle retninger.

Jonas skvatt da en alarm inne i bilen hylte fra høyttalerne. Skjermen på dashbordet blinket advarende om at et objekt på veien foran ham var faretruende nær. På hengende håret svingte han unna bilen som sto skjødesløst parkert ved veikanten, kun ett hjul på fortauet, resten stakk ut i veibanen.

Da han passerte en halvtimes tid tidligere, fanget i kidnappernes folkevogn, var køen i retning E6 solid og urørlig. Men nå – nesten tomme veier. Han stirret framover på alle bilene som var blitt parkert på samme måten. Sjekket i sladrespeilet og så at han allerede hadde passert hundrevis uten å legge merke til det. En lang, uregelmessig remse av parkerte kjøretøy.

Har folk bare parkert og dratt? Han kikket over veien, tilbake på menneskemengden som rant inn mellom bygningene. Frysninger sitret nedover ryggen og utover armene idet forståelsen traff ham.

«Radio på,» sa han høyt.

Alle regnbuens farger virvlet i en perfekt 3D-bølge over skjermen på dashbordet samtidig med en kort trudelutt, før animert tekst rullet inn fra siden:

>>> NRK P1

En oppspilt mannsstemme plapret fra surroundanlegget: *«-tro at dette har blitt skjult for allmennheten.»*

«Det faktum at selve grusomheten har blitt skjult er ikke spesielt merkverdig,» svarte en mer avbalansert kvinnestemme. *«Derimot at verdens statsoverhoder har akseptert et slikt horribelt brudd på*

menneskerettighetene, kun for en smule teknologisk utvikling, er for meg rett ut ufattelig.»

Rasling i papir hørtes. *«Du mener verdens ledere har visst om dette hele tiden?»*

Jonas signaliserte med blinklyset og tok av til venstre, manøvrerte bilen inn i den siste tunnelen før han kom fram til ulykkesstedet.

Damestemmen på radioen fortsatte: *«Vel, både ja og nei, avhengig av hvilke posisjoner vi snakker om. Dog kan vi med relativt stor sikkerhet fastslå at noen i de øvre samfunnsmessige sfærer har vendt ryggen til visse – skal vi si –* **upopulære** *aspekter ve-»*

«Radio av.» Jonas hadde hørt nok, og fått bekreftet mistanken. *E6-ulykken endrer alt, akkurat nå. Folk våkner fra det søvngjengeraktige dagliglivet sitt. Og de liker ikke at sannheten stinker dritt bak den velpolerte fasaden.*

Han myste mot de skarpe lampene oppunder tunneltaket som skapte effekten av vekselvis lys og mørke inne i bilen. Tunnelen styrte ham dypere, svingte slakt nedover. Kjeven knaket av at han gnisset tennene hardt mot hverandre. *Mon tro om det bare er i Norge vi opplever at planene for chippinga rakner i sømmene?*

For andre gang siden han stjal bilen på Lysaker kjente han hvordan den emosjonelle berg-og-dal-banen skiftet fra sorg til aggresjon. En merkelig opplevelse han ikke hadde bevisst kontroll over. Han visste at underbevisstheten inneholdt mange ulike reaksjoner til alle de forskjellige *måtene* han opplevde alt som skjedde; sorgen ved Siljes bortgang, tilfredsstillelsen *og* angeren ved å ha drept kidnapperne sine, gleden *og* skammen ved å plutselig få sønnen, Robin, inn i livet etter å ha stukket av fra gravide Linda som 19-åring, og alt annet som hadde skjedd de siste dagene. Nå prøvde de alle å drukne ham i en virvelvind av følelser.

Jeg er alle disse, tenkte han idet siste delen av tunnelen begynte, stigningen mot enden. *Og for å prosessere dem må jeg slippe alle aspektene av meg selv løs.* Han trakk pusten dypt, slapp den sakte ut. Tørket fukten fra øynene og tårene fra kinnene med håndbaken. Håpløsheten vek til side for hevnlysten. Han likte det. *Bedre å være forbanna enn å grine.*

I fem sekunder kunne han se overvåkningskameraet festet på enden av tunnelen i frontruten, før den smekre Teslaen svisjet forbi og la det bak seg. I sladrespeilet la han merke til at kameraet snudde seg etter ham. *Synd for typen som eier bilen ... hvis verden i det hele tatt fortsatt finnes når boten havner i postkassa hans.*

Vanligvis kjørte Jonas aldri fortere enn ni kilometer over, for å unngå bot, men nå ... Han fnyste, tråkket gassen enda lenger inn. Motoren hørtes knapt, men hestekreftene *føltes* i magen. Fartsnålen hilste 120 km/t velkommen. Andre biler ble til fargede, glinsende streker som suste forbi, og Tigerstaden brettet seg utover til venstre for ham som en gråsvart legoby fullspekket av lyspunkter i alle nyanser fra hvit, gul og oransje. *Og de jævla helikopterne overalt. Aldri sett så mange på én gang. Hva er'e dem driver med?*

Men svaret var innlysende.

Trafikken hopet seg mer og mer opp en kilometer unna ulykkesområdet. Jonas roet gassingen, sakket farten. Måtte til slutt svinge unna og snirkle seg innimellom biler, busser og motorsykkelfolk som sto på stedet hvil. Mange gjorde helomvending og kjørte mot sentrum igjen.

Jo nærmere han kom, jo flere folk sto utenfor bilene sine med filmende mobiler, eller de bare pekte og måpte mot den endevendte, ødelagte traileren omringet av forkullede biler. Tett, mørkegrå røyk tvinnet seg opp mot den svarte himmelen i bølgende virvler.

Omtrent tretti meter unna var det ikke lenger mulig å kjøre nærmere; de andre bilene sto altfor tett, og nysgjerrige eller triste personer tettet alle åpninger mellom kjøretøyene. Alarmen som advarte at Teslaen befant seg på kollisjonskurs med andre objekter hylte sammenhengende, så Jonas stoppet, tok med seg nøkkelen og gikk ut.

Med det samme han kom utenfor veltet mageinnholdet seg rundt; stanken av svidd kjøtt blandet med olje og bensin holdt fortsatt kvelertak på luften her. Han ristet på hodet og kremtet. Albuet seg forbi masete journalister, kamerafolk og biler fram til sperreteipen politiet nå hadde spunnet rundt kriseområdet.

Traileren lå rett ved siden av ham, enorm og livløs som en myrdet tyrannosaurus rex. Brannvesenet spylte tykke, brusende vannstråler som druknet de sprakende flammene som fortærte trailervraket og bilene rundt. Lenger inn, bak dem, slepte hjelpemannskapene mer eller mindre forkullede, nakne lik vekk fra plassen.

Magen rumlet igjen. Kvalmen presset nederst i halsen.

Hjernen hans sendte alle hendelsene fra tidligere på kvelden i reprise, men han tvang seg til å holde fokuset på å finne Silje. *Jeg veit at hu ikke lever lenger, for satan! Men jeg må se den elskede, nydelig jenta mi igjen.* Leppene hans bøyde seg nedover i en skjelvende geip, og presset bak øynene ville produsere tårer, men med et snerr av et utpust flekket han tenner i stedet. *Ta deg sammen.* En høy smekkelyd hørtes da han fiket til seg selv med håndflaten for å tviholde på aggresjonen og hevnlysten, heller enn å returnere til den jævla grininga. Han strakk hals for å få oversikt, fant en mulig vei inn mellom noen pressefolk.

«Jeg må forbi,» glefset han og dyttet bort en mann som hang over politisperringen med et kamera. Plastkortet rundt halsen dinglet.

«Hei, slapp av,» sa kameramannen idet han snublet inn i journalistdama med en mikrofon i hånden.

Jonas ignorerte gjøken, løftet sperreteipen og huket seg under.

«Det der er ikke lov,» fortsatte mannen.

Jonas bråsnudde, gikk helt opp i trynet på mannen, pustet tungt og ga ham et isende blikk. «Hva sa du?»

Journalisten ved siden av hvisket noe til kameramannen, hvorpå han ristet svakt på hodet mot Jonas. Smilte med halve munnen. «Ingenting.»

Men Jonas var allerede på vei innover. Halvveis sammenhuket skrittet han hurtig forbi ødelagte biler og annet skrap. Han kjente varmebølger treffe ansiktet fra trailerflammene til venstre for seg. Unngikk blikkene til de mange svært seriøse politibetjentene som lusket rundt og gransket stedet. Politibiler med påskrudde frontlykter sto parkert med jevne mellomrom rundt hele området.

Jonas snek seg bak noen arbeidere med hjelmer og refleksvester, løftet hånden til pannen og nikket til dem, mumlet noe om at «dette er for jævlig» i forbifarten. De samtykket og fortsatte jobben med å snurre en kranbilvaier rundt hengerfestet til en varebil full av bulker. Krakelert asfalt knaste under skoene da han jogget bort til en dame i rød heldress med hvite kors på skuldrene. Det blonde håret var bundet i en knopp på toppen av hodet. Med blyant i hånden skriblet hun i en krøllete notisblokk.

«Hei,» sa Jonas.

«Hei du,» sa hun og glodde på det forslåtte ansiktet og de posete klærne hans. «Eeh, jobber du her?»

«Nei, men jeg let-»

«Hvis du ikke jobber her er jeg pent nødt til å be deg forlate området,» avbrøt hun. Veivet blyanten i den hanskekledde hånden mot nærmeste politisperring.

«Jeg leter etter dama mi, okay, hu er her et sted.»

«Eeh, det tviler jeg på,» sa hun, virret med blikket mot de rullende, lydløse blålysene til ambulansebilene bak seg. «Som du ser har vi bedt alle sivile om å forlate området.»

«Husker du journalisten som ble påkjørt i stad – hun som leda direktesendingen om ulykken?»

Hun rykket et skritt bakover da han la hånden på skulderen hennes, men nikket, usikker.

«Vi har vært sammen i årevis … Silje Skaug,» forklarte han.

Uttrykket til ambulansedama åpnet seg, øynene vokste i størrelse. «Oj, beklager, jeg visste ikke-»

«Så klart ikke. Må bare vite hvor hu er …» Han måtte ta seg sammen for ikke å filleriste kjerringa.

«Hun ble garantert flyttet samtidig med politimennene som de maskerte gærningene skjøt, og sammen med alle sivile som mistet livet i eksplosjonen. Men det var i stad. Nå tar vi for oss de stakkars menneskene som lå i containeren, som du ser.»

«Fjerna? Har de blitt kjørt vekk fra området allerede?» Jonas flakket rundt med blikket, smånervøs for at militærsjefen eller den jævla generalen plutselig skulle sprette fram fra en veltet bil og kaste seg over ham. Spylingen fra brannmennenes digre slanger gikk som en kontinuerlig megadusj i lydbildet.

«Mmja.» Hun dro av seg den ene hansken og kløkdde seg i øyekroken.

Eller kanskje hu ligger inni en av de der. I den blåfargede flimringen fra ambulanselysene så Jonas rødkledd personell bære kropper inn i ambulansene gjennom bakdørene. «Kan jeg bare ta en kjapp titt?»

«Eeh, nei, vi må nok uansett be deg dra til Aker sykehus og vente på at de–*hei!*» sa hun og hoppet foran ham da han begynte å gå mot sykebilene. «Du må vente!»

Jonas løftet hendene, nikket flere ganger med munnen dratt i en rett strek. «Okay okay, greit, sorry, jeg stikker på sjukehuset isteden.»

Grimasen hennes mildnet. «Fint, takk for at du samarbeider,» sa hun og sukket. Dro på seg hansken igjen. «Skulle alle fått komme inn og lete hadde det bare blitt altfor my–*du!*» ropte hun da han gjorde helomvending, hoppet til siden og spurtet forbi henne.

«Hjelp,» ropte hun bak ham.

Tre typer i røde kjeledresser som var i ferd med å slepe en kraftig, naken damekropp inn i den nærmeste ambulansen snudde seg mot Jonas.

«Han der!» kvekket kvinnfolket.

De slapp liket slik at det klasket i dørkarmen og ble liggende med rumpa og beina ut av bakdøren, og stilte seg opp som en rød vegg foran Jonas.

Han stoppet med hendene hevet. «Hør, gutta, jeg er *ikke* ute etter bråk. Vil bare finne dama mi – journalisten som blei meid ned av den svarte folke- vogna, husker dere, direktesendingsdama?»

Den største av dem gjorde seg enda større ved å plassere hendene på hoftene. «Området er adgang forbudt.»

«Er dere faens roboter alle sammen, el'? Jeg *veit* jo det, men dama mi *daua* i stad, okay, skjønner dere?» Jonas kastet blikket rundt seg og så ambulansedama vifte et par politimenn i hans retning. «Har dere ingen medfølelse?»

De tre labbet mot ham. Den største fortsatte: «Ja, det er trist at du mista dama di, men mange har dødd her i dag, og det er ingenting spesielt med deg som tilsier at du har lov til å trenge deg på mens vi gjør jobben vår. Alle må vente til vi får kjørt de døde til sykehuset.» De to andre nikket med alvorlige furer i pannene.

«Dere skjønner seriøst ikke,» sa Jonas med tordnende lyn bak øynene, og et grillende inferno i brystet. «Var det ikke for oss hadde *ingen* visst noe som helst av hva som foreg-»

I det samme øyeblikket han la merke til skrittene bak seg, grep hender på hver side av ham tak i skuldrene hans og dro ham bakover.

«Du kommer med oss,» sa en myndig stemme, en politistemme.

«I helvete, heller!» Jonas spente musklene i overkroppen, roterte den trente bokser-hoften sin kjapt og sendte høyre skulder hardt opp på skrå bakover, og den andre like hardt nedover. Et høylytt smekk hørtes da den ene albuen klunket inn kinnbeinet til politimannen på høyresiden. Den andre politimannen mistet også taket, og begge snublet bakover før de gjenvant balansen.

De tre ambulansetypene delte blikk før de løp mot Jonas med utstrakte armer, den største typen i midten. Med nød og neppe spratt Jonas unna ved å hoppe bak en av liktrallene på området med en altfor ung kvinne liggende oppå. Lot som han skulle løpe til høyre. Da de responderte på retningen, sparket han trallen rett på dem så hardt at de små hjulene skingret og hele trallen vinglet faretruende. De fomlet for å hindre at liket skulle ramle av.

«Vil bare se dama mi,» sa Jonas og løp til venstre i stedet – mot sykebilene bak.

«Du kommer her,» beordret den myndige politistemmen bak ham.

På vei mot ambulansene rev Jonas tak i flere liktraller, dro dem etter seg noen meter før han veltet dem bak seg. De skranglet i asfalten og blokkerte forhåpentligvis i alle fall *litt*. Med hjertet dundrende i halsen og sterkt fokus på å ikke brekke seg, klatret han over det kraftige dameliket hjelpearbeiderne bare hadde slengt rett ned i døråpningen til nærmeste ambulanse.

Først da så han at dette overhodet ikke var noen vanlig sykebil. Tvert imot lignet innsiden en normal kassebil med stor plass inni. Svidd, råtten stank slo mot ham. På hver side lå kropper tettpakket i noe som lignet femetasjes, kompakte køyesenger. Alle nakne. Ergo var ikke Silje en av dem.

«Kom her, sa jeg!» Politimannen sto allerede ved utgangen, klønete og med en forvridd grimase i ansiktet, prøvde han å komme seg inn i bilen uten å være nær damekroppen i inngangspartiet.

Grøsninger flakset kvalmende gjennom Jonas da han hurtig beveget seg mellom de to køyesengene, skumpet borti livløse armer som stakk ut fra noen av dem. Uansett hvor han plasserte blikket støtte det enten på naken, dø og flere steder svartsvidd hud, eller sjelløse øyne stirrende ut i ingenting. *Hvor er du, jenta mi?* Innerst i ambulansen kom han til sidedøren, flerret den opp og hoppet ut akkurat da betjenten stablet seg på beina bak ham.

Utenfor sto allerede to av de rødkledde med armene i kors.

Jonas sukket oppgitt, senket skuldrene. Viste dem håndflaten sine. «Jeg vil bare se forloveden min.»

«Gi opp, mann,» sa den minste av de, tok et skritt fram. «Bare la oss gjøre jobben vår, greit?»

«Jobb i vei,» sa Jonas, huket seg sammen og smatt unna da de kastet seg over ham. Han dyttet dem bakfra så de ramlet med hendene først mot sidedørinngangen. Så løp han til den neste sykebilen, som sto parkert med åpne dører få meter unna. Underveis la han merke til at oppstyret tiltrakk seg mye mer oppmerksomhet enn forventet. Både politibetjenter, brannmenn og arbeidere som ryddet veien fulgte med nå. Ingen av dem *gjorde* noe, men de misfornøyde uttrykkene ispedd forakt, forklarte alt.

Jonas følte seg liten, ubeskyttet, men flekket tenner og pisket vekk sårbarheten. Svelget usikkerheten med tørt spytt. På nippet til å sprette inn i neste sykebil ombestemte han seg, løp forbi den og siktet seg inn på den *lengst ned* i rekken av de seks ambulansene.

«Stopp han, for svingende!»

To nye hjelpearbeidere, begge damer, snudde seg mot ropingen. Usikre stilte de seg opp med utstrakte armer for å hindre Jonas i å passere. Igjen lurte han seg unna ved å late som han skulle løpe i én retning, når han i virkeligheten valgte den andre. Spant enkelt forbi dem.

«Sorry, damer,» peste han og veltet flere liktraller som skranglet i bakken. Passerte nest siste ambulanse, kom endelig fram til den aller siste i rekken, røsket opp bakdøren og hoppet inn med et høyt «Hhnngg!».

Med et smell slengte han døren igjen.

Verden ble snudd opp ned da det kjentes ut som en usynlig fot sparket ham i mageregionen. All kraft rant ut av beina og han falt på kne, krabbet bort til henne der hun lå på nederste etasje i de trange køyesengene. La den ene hånden over magen hennes, klappet henne på hodet med den andre, gled den nedover de tykke, mørke krøllene.

«Jenta mi ...» hvisket han gjennom den tunge pusten. Hardt bet han seg i innsiden av kinnene, blunket iherdig for å hindre tårene i å overfylle øynene. «Jeg visste du var her ... *måtte* bare se deg igjen. Åh, Silje ... sorry.» Han begravde ansiktet i halsgropen hennes, klemte rundt den livløse kroppen og klarte ikke holde gråten unna lenger.

Kysset de kjølige kinnene hennes. Druknet blikket sitt i det nydelige ansiktet som nå bare lå der, så rolig, så fredelig, mens hele galakser eksploderte til meningsløst stjernestøv inne i ham.

«Beklager så jævlig at jeg ikke klarte å redde deg; jeg *prøvde* å ...» Men han klarte ikke fullføre setningen. Fortsatte i stedet å dytte ansiktet ned i halsgropen hennes. Omfavnet henne med full styrke. Parfymen hun fikk av ham til bursdagen, og som han hadde kjøpt til henne hver eneste bursdag de siste åtte årene, fordi hun elsket den, og han elsket å gi henne den, mante fram en tsunami av følelser og minner.

Jeg er evig takknemlig for livet vi har hatt sammen, jenta mi. Jeg angrer på at jeg aldri fikk finger'n ut og forlova meg med deg. Alltid så jævla treig, så forbanna usikker, og ville alltid at alt skulle være så himla perfekt først. Jonas klemte henne enda hardere inntil seg. Kjente kanten av det nusselige øret hennes mot nesetuppen sin. *Beklager at du trodde jeg ikke respekterte deg som journalist – du er en genial journalist, baby. Jeg har aldri ment noe annet, og det er så jævlig at vi kasta bort den siste kvelden vi fikk sammen på å krangle om en sånn bullshit misforståelse.*

Han presset seg higende mot de velkjente formene hennes, og jo hardere han klemte, jo sterkere vokste suget i magen, håpløsheten. Alt var allerede for sent. *Jeg vil ikke at du skal være død, dette er så faens urettferdig!*

I fortvilelsen begynte han å riste henne, først lett, deretter hardere, men det eneste som skjedde var at hodet dunket livløst mot madrassen. Sjokkert over sin egen maniske desperasjon bråstoppet han, og klemte henne igjen, klappet hodet hennes. Tvinnet fingrene inn i håret som fortsatt duftet av balsamen hun hadde brukt i en årrekke, som sto i dusjen hjemme ved siden av sjampoen hans. *Det skulle vært jeg som ligger her. Dette var **mitt** oppdrag, og **jeg** dreit meg ut. Ikke du.*

Skarpe stemmer hørtes utenfor. Noen tok i håndtaket. Det klikket og døren gikk opp.

«Slipp den døde personen *nå*,» sa den etter hvert så velkjente politistemmen mellom pesende åndedrag.

Med øynene lukket ignorerte Jonas verden utenfor, fortsatte å tviholde henne, med den vonde vissheten om at forsvant hun nå ville han aldri mer føle den silkemyke huden mot sin, aldri mer oppleve nærheten. Han nektet å slippe, nektet å la henne bli til ingenting, kun eksisterende som et substansløst minne i hans flyktige mentale rom.

«Jeg elsker deg, Silje,» hvisket han i øret hennes. «Elsker deg så høyt at jeg har ikke ord.»

Som slimete tentakler fra helvete snurpet grådige hender seg rundt halsen og magen hans, dro ham hardt bakover.

«Gi meg fem minutter til,» tryglet Jonas så høyt at spytt spredte seg i et lag av minidråper utover leppene hans. Kraftløst famlet han etter noe å holde seg fast i, men alt gled marerittaktig ut av grepet hans. «Vær så snill, bare fem minutter!»

Aldri hadde han følt seg så hjelpeløs som da redningsarbeiderne og politiet slepte ham bortover asfalten, lenger og lenger vekk fra henne.

Men selvfølgelig visste han ... det var jo allerede for sent.

5

Robin sa ingenting. Satt bare forsteinet og så på at soldaten kom nærmere med en hanskekledd hånd strukket ut. Den andre hånden pekte automatgeværsiktet ned i gulvet.

«Her, la meg hjelpe deg opp,» sa han. Ingen ujevnheter i stemmen røpte en skjult agenda. Noe som lignet et lag av aske lå pudret over den høyre siden av ansiktet hans og spredte seg langs halsen og, la Robin merke til, nedover hele den beige militærlignende uniformen.

Magen knøt seg. *Sikkert fra eksplosjonen i stad.* Faen som han angret på å ha stukket av fra Miriam, hvorhen hun befant seg nå ...

«Ikke tull så fælt. Kom her,» fortsatte soldaten. Han prøvde å ta tak i skulderen til Robin, men Robin ristet ham av seg og krabbet lenger vekk på gulvet.

«Du rører meg ikke, ass!»

Soldaten dro til seg armen. Han blunket med det ene øye, løftet hånden og sa: «Ok, helt greit. Men hvis jeg skal høre på deg, så må du høre på meg, ikke sant?»

«Ikke f-» begynte Robin, men stoppet. I stedet sa han: «Hvem er du, og hvor kommer'u fra?»

Soldaten snudde seg så vidt etter skytingen som pågikk utenfor, kremtet. «Jeg heter Daniel, og jeg – *vi*

– er et team utsendt for å frigjøre alle som disse opprørerne har tatt til fange. I tillegg til å sette en stopper for trøbbelet de steller i stand, så klart.» Daniel smilte med hele ansiktet. «Skal jeg være ærlig, ser det ikke ut som du hører hjemme her. Er vel ikke tilfeldig at du ligger på gulvet her inne og gjemmer deg, eller?»

Jeg gjemmer meg ikke, ville Robin si, men leppene rørte seg uten lyd. Sannheten var at han *hadde* blitt kidnappet hit, tvunget til å utføre grusomme handlinger med høyteknologisk militært utstyr, og de *hadde* kidnappet både mora og faren hans og sikkert en hel haug andre folk. Sannheten var at Abs *var* rebeller som gikk i mot samfunnets utvikling, og *var* villige til å gjøre umenneskelige ting mot folk for å gjennomføre planene sine. Robin hatet Linnea, Tony, alle sammen. Samtidig, så ...

En kvalmende følelse vokste i magen hans. Samtidig var han jo ikke særlig begeistra for biobrikkedritten, selv, heller, og han hadde samme dag med egne øyne sett galskapen som utspilte seg i sentrum på grunn av det. For ikke å tenke på at militærsjefen som besøkte klassen hans virket som en manipulerende psykopat med null skrupler.

«Det er ikke lett å vite hva som er hva, eller?» sa Daniel. «Jeg forstår at det er forvirrende.» På nytt snudde han seg mot skytingen utenfor, kremtet igjen, ristet på hodet. «Jeg vet det er vanskelig å vite hvem man kan stole på. Verden er jo snudd komplett på hodet!» Kort, hes latter. Noen ark raslet under støvelen hans da han tok et skritt nærmere. «Du har i det minste ingenting å frykte av meg; jeg er her for å hjelpe. Selvsagt, med mindre ...» Han lukket øynene halvveis og gransket Robin. Fingrene strammet seg rundt automatgeværet. «Med mindre du også er en av disse ... terroristene?»

Robin fnøs. «Hva tror du?»

«Ja, nei, jeg tror jo i utgangspunktet ikke det, da.»

«Hvor mange er dere?»

«OPP MED HENDENE,» ropte en raspete stemme fra døråpningen. «Jeg skyter!»

Daniel snudde seg sakte, løftet hendene rolig. «Så, så ...»

«Slipp geværet og få opp labbene!» Stemmen var ett hakk fra bristepunktet.

Robin satte seg på kne og kikket forsiktig over kanten til arbeidsbordet foran seg. En gammel mann sto der og veivet en pistol mot soldaten. Blodet som rant nedover pannen hans glimtet i det svake lyset fra dataskjermene.

«NÅ!»

«Ok, ok,» sa Daniel. «Se, jeg bare legger våpenet på gulvet her, greit?»

To stykker løp forbi utenfor, rett bak gamlingen. Robin skvatt voldsomt da et langt *ra-ta-ta-ta-ta* plaffet dem ned for fote. De gurglet uforståelig, snublet i hverandre, og før de traff bakken flyttet strømmen av kuler seg og gjennomhullet gamlingen. Robin slang seg i dekning bak arkivskapet da en av kulene sprengte PC-skjermen på bordet foran ham i et elektrisk regn av glitrende splinter som singlet i gulvet rundt ham.

Mellom alle stol- og bordbeina trampet et par beige støvler gjennom døråpningen, sparket til gamlingen så han rullet over på ryggen, og skjøt ham en gang til, midt mellom øynene.

«Er det flere her inne?» glefset en mørk kvinnestemme. Flere støvler trampet forbi utenfor og forsvant dypere inn i basen. Lyden av ødeleggelse fulgte etter dem som et dødens ekko.

«Magda, vent,» sa soldaten. Han hadde gjemt seg bak et annet arkivskap. Stakk hodet så vidt fram. «Det er meg, Daniel.»

«Så det er her du ligger og lurer deg unna.» Hun fiklet med våpenet, skiftet magasin eller noe sånt. Robin tok ikke sjansen på å sjekke. «Vi lurte på hvor det ble av deg.»

«Heh, vel vel,» sa han, gestikulerte mot arkivskapet Robin skjulte seg bak. «Fant en ungdom.»

«Jasså.»

«Lå innimellom skapene her og praktisk talt ventet på å bli funnet.»

Helst ville Robin gjøre seg usynlig og forsvinne ut i luften som et gassvesen fra en annen planet. Kjerringa virket klin gæren.

«Er'n en av dem?» Hyene, var det. Hun hørtes ut som en blodtørstig hyene. Hun *håpte* nok at han var 'en av dem', så hun kunne gjennomhulle ham akkurat som de andre folka.

Daniel dro på det. «Usikker, men har ikke inntrykk av det. Uansett bare en unggutt.» Soldaten vendte seg mot Robin, bøyde seg ned for å se ham bedre. «Bare kom fram ... hva heter du, egentlig?»

Robin ristet voldsomt på hodet uten å svare, som om det kom til å ha innvirking på utfallet. Han ville sprette fram og løpe, løpe og løpe enda lenger uten å noen sinne se seg tilbake. Men ute i korridorene krydde det av samme type gærninger.

«Ligger'n bak her, eller?»

«Magda ...»

«Hva?»

«Ingenting. Men ta det rolig.»

«Alltid.» Hun rundet hjørnet og møtte Robins livredde, kulerunde øyne samtidig som enda en eksplosjon ga gjenklang fra ute i basen et sted. Silhuetten hennes var noen størrelser mindre enn Daniels, men kraftig for dame å være. «Se her, ja. Er det ikke en aldri så liten hiphop-er som sitter der og skjelver? Eller er du skater, kanskje? Ikke så godt å se forskjell på de derre klesstilene til ungdommen lenger, men posete hettegensere og caps har dere nå uansett.» Hun sukket, som om hun kom på noe trist. «Er du her helt alene, du, da?»

Nesten urørlig ristet Robin på hodet.

«Ikke?» sa hun, kikket liksom letende rundt i rommet før hun satte seg på huk ved siden av ham. «Hvem er du her med, da?»

«Blei kidnappa sammen med mora og faren min,» sa han til slutt.

«Oj, da. Og hvor er de nå?»

«Veit ikke. Hvor som helst eller ingen steder. Døde, sikkert.» Å høre seg selv si ordene gjorde på en måte tanken til en reell mulighet. Kanskje de *var* døde, begge to.

Soldatdamas harde trekk myknet litt. «Når og hvor så du dem sist?»

Han ristet mer på hodet. «Bare glem det, okay, det er for seint. De er enten for langt unna eller, ja ... døde, eller no'. Hvem veit, men de e'kke *her* ... det er bombesikkert.»

«Ikke gi opp ennå.» Stemmen hennes var silkemyk nå. Forsiktig la hun hånden på skulderen hans. «Bli med oss så lenge, så hjelper vi deg i hvert fall vekk herfra.» Øynene hennes speilet dataskjermlysene rundt dem; blikket var nesten forheksende.

Robin gjorde en ørliten bevegelse vekk fra henne, som et skjult forsøk på å løsrive seg fra hånden på skulderen sin. Like skjult, knapt merkbart, strammet hun grepet. Begges bevegelser var så subtile at ingen av dem egentlig kunne være sikre på om den andre gjorde det de *trodde* den andre gjorde, eller om det tvert i mot kun var tilfeldige kroppsrykninger. Likevel stakk det et sted langt bak i Robins underbevissthet, og han ante ikke hva som var riktig. Ingen fasit eksisterte. Han nikket med blikket festet i gulvet. «Okay. Takk.»

Magda flerret fram et stort smil med blanke tenner, flyttet hånden under armen hans og hjalp ham på beina. «Enten finner vi dem et eller annet sted her på basen, eller så sporer vi dem opp når vi kommer ut igjen. På en eller annen måte,» sa hun, klappet ham på ryggen. «Hva heter du?»

«...»

Hun smilte igjen. «Du behøver ikke å si det, men tenk om noe skjer og vi må rope på deg. Da er det fint om vi vet hva du heter.»

«Erik,» mumlet Robin.

Daniel, som hadde forholdt seg taus og intenst fokusert på hva som foregikk i gangen utenfor, sa: «Fint, Erik. Vi skal prøve å få deg trygt ut av basen til resten som står vakt utenfor. Men inntil videre, hold deg tett bak oss.» Han viftet pekefingeren mot utgangen.

Magda nikket kort og gikk først. De smøg seg ut av rommet. Robin måtte klatre over alle de døde kroppene som hopet seg opp rett ved dørterskelen.

Han stirret langt etter pistolen til gamlingen som Magda hadde skutt i hjel da hun kom. Den lå der og glinset i lysglimtene. Ville de merke det om han bare bøyde seg lynkjapt ned og ...

«Kom her,» sa Magda med det samme.

Robin dro til seg hånden igjen og etterlot pistolen på gulvet. Han subbet etter dem dypere innover i basen mens de lyste med lommelykter festet på våpnene. Full krig hørtes fra retningen hvor slusen ut befant seg, men dypere innover kunne han ikke høre noe som helst lenger. Likevel prydet kulehull bygningen som voldelig, abstrakt kunst også her. Flere steder var hele vegger sprengt i fillebiter; gangene fylt med avrevne betongklosser og ugjenkjennelig skrap. Svidd, innestengt luft presset seg inn i neseborene. Enkelte Exit-skilt blinket. I store deler fungerte ikke kriselysene i gulvet på grunn av de massive skadene. Basen så ut som et totalt annet sted enn bare noen minutter tidligere. Robin forsto heller ikke hvor det plutselig hadde blitt av alle menneskene som jobbet her. Kropper lå overalt, men allikevel, fantes det kanskje en skjult bakdør flesteparten hadde reddet seg ut av – og hadde alle biobrikkesoldatene funnet veien og fulgt etter dem ut?

Daniel gjorde tegn til at de skulle sjekke en annen metalldør. Også her hang et ikke-fungerende display på dørkarmen. Kameraet over døren lyste ikke. Etter å ha bedt Robin krype sammen på gulvet, stilte Magda seg på motsatt side av døren fra Daniel. Deretter sparket de den opp og løp inn med hevede våpen. Roping fulgte. Kjefting. Ting som ramlet i gulvet, knusende glass, bråkete buldring. To skudd. Så sank lydnivået et hakk.

Forsiktig snek han til seg en titt. Daniel og Magda sto i midten av rommet, lyste med lommelyktene over en haug veltede bord, stoler og datautstyr. De siktet på en gruppe ubevæpnede, livredde folk i hvite frakker som klumpet seg sammen lengst inn mot den bakerste veggen med korktavler og whiteboards.

Magen til Robin vrengte seg da han så hodet til den urørlige mannen i militæruniform som lå på gulvet mellom dem. Han snudde seg vekk fra synet, lente seg mot veggen ute i gangen igjen. Og da skytingen begynte for alvor der inne, visste han hva som skjedde. Ingen av dem hadde en sjanse. Ingen. Han visste også at dette var muligheten. Kanskje den eneste han fikk. Men kroppen rørte seg ikke. Musklene adlød ikke hjernens fluktimpulser. I stedet satt han forsteinet med bakhodet klemt hardt inn mot veggen, øynene lukket og fingrene krampaktig tvinnet i hverandre. Kroppen skalv så kraftig at det kjentes ut som den var på randen til å fryse i hjel. Hvert eneste avfyrte skudd sendte elektriske støt inn i ryggmargen hans. *Mamma ... mamma'n min, hvor er du?*

«Hei, du der,» skar en stemme gjennom den pågående hylingen og skytingen. Robin la knapt merke til det.

«Du, gutten!»

Til slutt snudde han hodet akkurat nok til å se rett inn i løpet til et automatgevær lenger borte i korridoren. I det svake skinnet fra noen delvis fungerende gulvlys enset han de beige klærne, den truende posituren. Støvlene kom sakte nærmere.

«Kom her!»

Robin snudde bare hodet vekk fra mannen, og lukket øynene igjen. *Mamma,* gjentok tankene hans. *Hvor er du nå?*

«Gjør som jeg sier,» prøvde mannen. «Det er en ordre.»

Men det eneste Robin registrerte var mennesker som ble slaktet, den brutale skjelvingen i kroppen, og stemmene i hodet som tryglet etter *mamma.*

Før han visste ordet av det hang den nye soldaten over ham, dyttet til skulderen hans med geværløpet. «Hei, jeg snakker til deg,» buldret mannen, komplett upåvirket av hendelsene på innsiden av den åpne døren rett ved siden av. Han grep tak i Robin, forsøkte å dra ham opp fra gulvet, men Robin rikket seg ikke.

Kaoset på innsiden kom til en ende, og de to soldatene trampet ut, alene, med rykende våpen.

«Roy, ligg unna – han er med oss,» sa Daniel, skumpet «Roy» unna med et grynt og bøyde seg ned mot Robin. «Går det bra med deg?»

Stum, livredd, uforstående, stirret Robin ham inn i øynene. *Hvordan kan en demon høres så snill ut?*

Daniel nikket med et stivt smil. Svetteperler rant nedover ansiktet og vasket rene striper i den møkkete, sotete huden. «Som jeg sa i stad, jeg vet det er vanskelig å vite hva som er hva, og hvem du kan stole på, men jeg forsikrer deg om at vi er de snille her, ok?»

Robin bare hatet ham, dem, alle sammen. Var ikke i stand til å røre seg.

«Kom her, nå, Erik,» sa Magda i en vennskapelig tone. Hun tok tak i skuldrene hans og løftet ham opp på de ustabile beina. Klappet ham på ryggen og børstet noe støv fra hettegenseren. «Vi skal få deg ut herfra, levende. Jeg lover.»

«D-dere bare ...» kom det fra ham, men ordene satt fast i halsen. I stedet pekte armen mot rommet. «De folka ... de ... dere bare-»

«De var terrorister og landssvikere!» brølte denne Roy-personen som tydeligvis tilhørte samme gruppe. «Landet, nei, hele *verden* er et bedre sted uten dem. Kom, vi må videre.» Med tunge skritt passerte han Robin og gikk i retning slusen.

«Vi kommer derfra,» sa Magda. «Har ikke undersøkt innover ennå.»

Roy snudde seg. «Jeg har vært helt i enden. Det er ingenting å se der.» En stygg grimase av et glis klistret seg på det uventet glatte ansiktet. «Ikke nå lenger, i alle fall.»

«Noen uskyldige?»

«Ingen.»

«Ingen?»

«Ikke én jævla sjel.»

«Tror …» hvisket Robin ustø. Han rensket stemmen, forsøkte å ignorere den påtrengende, ustoppelige tanken på alle de uskyldige, døde menneskene på andre siden av veggen, og prøvde på nytt: «… tror kanskje jeg veit om et sted dere vil se.»

Alle snudde seg mot ham. Blikkene deres kjentes ut som nagler mot kroppen hans, men han tvang seg til å ta et vaklende skritt fram og møte dem.

«Ja vel,» sa Daniel. «Hva slags sted er det?»

«De, terroristene, har massevis av dritdyrt militærutstyr der som de har brukt til å angripe folk på avstand med. Droner og sånne ting.»

«Vi fikser det når basen er tømt for landssvikere. Kom.»

«Jeg tror også det er flere som gjemmer seg der, forresten,» la Robin til. «Sånne som meg … uskyldige folk, liksom. Er det ikke derfor dere er her?» Frykten rev og slet i ham. *Dum idé, dude.*

Roy fnyste. Magda lo kort, gnikket på våpenet med jakkeermet, delte blikk med Daniel, som sa: «Hvilken retning er dette stedet, da?»

«Tilbake samme vei som vi kom,» mumlet Robin. Han gned den ene foten inntil den andre. Noens blod satt klistret til skosålen på høyrebeinet. «Tror faktisk vi går rett forbi døren like før vi kommer til krysset ved slusa ut av basen, dere veit?» Kapsen veide to tonn på hodet hans, og det svettevåte håret var som isbiter nedover det glohete ansiktet.

Daniel gjorde et kjapt nikk. «Mm, vi vet.»

«Da stikker vi, da.» Roy ventet ikke på respons; lyden av støvelhælen som ble vridd hundre og åtti grader skrapte mellom veggene og hørtes ut som et *ritsj* fra et plaster i stillheten som for øyeblikket klemte mot trommehinnene. Nå hadde også krigelydene i retning slusen roet seg.

Soldatene gikk to foran og én bak, med Robin fanget i midten. De beveget seg i jevnt tempo nedover korridorene, sjekket innom enkelte rom. Den paradoksale tørrfuktige lukten av kruttrøyk, blod og frykt blandet seg med det surrealistiske synet av korridorer fulle av døde kropper, skadde og bevisstløse folk – eller de bare var folketomme, rotete, ødelagte, med knuste vinduer, utstyr, smadrede vegger og gulv.

Jeg kan ikke tro at dette skjer på ordentlig. Hvordan er det mulig at dette er Norge?! Verdens fredeligste, lille land. Hva faen, herregud så sjukt. En kontinuerlig følelse av uvirkelighet rådet i ham. Alle de siste hendelsene var så surrealistiske at han forventet å våkne i sengen sin når som helst – før Tveitabasen, før Jonas kidnappet ham i sentrum, før Rinos tale i klassen, før ... før helvetes Rogers påtrengende inntog i han og moras liv. *Ingenting av dette er ekte. Egentlig har jeg sovet helt siden norgesmesterskapet i «Warrior of Doom». Jeg var jo dødstrøtt etter å ha døgna dagen før og alt mulig. Ikke sant?*

«Her,» sa stemmen hans automatisk da synet av døren røsket ham tilbake til den marerittaktige virkeligheten. Døren inn til lokalet hvor han hadde utkjempet dronekampen på E6 mot militærsjefen. «Dette er stedet.»

Han svimlet ved synet av kroppene som lå hulter til bulter rundt inngangen, både folk herfra og flere som tilhørte biobrikkesoldatene. Pistoler og automatgeværer, mobiltelefoner og andre ting lå strødd mellom dem. Tilsynelatende ingen hadde overlevd lenge nok til å plukke med seg noe. *Hele basen har blitt omforma til en kirkegård fra helvete.* Og igjen slo det Robin at det var helt ufattelig at dette skjedde i Norge. Norge, av alle land ... og på *Tveita!?*

I stillhet tråkket de varsomt mellom likene for å ta seg fram til døren, krydret av kulehull. Svartsvidde flekker spredte seg utover de fleste overflater.

Med ett falt Daniel på kne, veltet en dame i beige uniform over på ryggen. «Å nei ...» hvisket han. «Ikke du ... ikke *du*.» Han gled ned, sittende på gulvet, løftet overkroppen hennes og omfavnet henne. Hodet hennes datt slapt bakover, munnen åpen som stivnet i et siste advarende skrik.

Personen som befant seg under henne skapte et vakuum i magen til Robin. Han trakk pusten fort som i sjokk, men satte alle krefter inn på å ikke vise noe utad; kun øynene kunne røpet ham, men ingen av dem fokuserte på ham. *Er det virkelig ...?* Han gikk nærmere, studerte de asiatiske trekkene, det svarte håret, de hule kinnbeina.

Null tvil.

Min-Yun lå der. Like død som alle de andre.

«Vi sender inn ryddemannskapene senere, og sørger for å gi henne en verdig begravelse,» sa Magda, klappet Daniel på hodet.

«Ingen sa at oppdraget ville bli lett.» Roy tråkket rett over Min-Yun, satte seg på huk ved siden av Daniel. «Men så er det også det viktigste oppdraget vi har hatt. Du forstår det?»

Daniel bet seg i underleppa, klamret seg til den døde dama. Hvordan dette var samme person som kjølig plaffet ned en hel gruppe forsvarsløse mennesker kun få minutter tidligere, var mer enn Robin klarte å fatte. *Sjukt hvordan de vi ikke bryr oss om er mindre verdt enn insekter, mens våre nærmeste kan bety mer enn alle andre mennesker på hele jorda til sammen.* Blikket hans gled over på Min-Yun igjen. Trist. Han hadde egentlig vært den kuleste av kidnapperne, den eneste som ikke var en dust i det hele tatt. Hvis han ikke absolutt hadde måttet dra tilbake for å hente PC-en, så kunne han kanskje fortsatt vært i live. *Og jeg hadde fortsatt vært fanga.*

«Hun ofret seg for landet,» fortsatte Roy. «Det står det dyp respekt av. Vær stolt av henne. Som Magda sier, vi får ryddemannskapene til å hente henne når vi er ferdig her.» Dunket ham én gang i ryggen og sa: «Men vi må fortsette.»

Daniel ga motvillig slipp på dama, la henne forsiktig på gulvet, som om hun skulle få en behagelig soveposisjon. Robin veddet på at det var kjæresten hans, eller kanskje en i familien.

Alle tre stilte seg taktisk opp foran døren inn til lokalet. Som tidligere fikk Robin på ny beskjed om å holde seg utenfor. Deretter sparket Roy inn døren med et brak som ljomet gjennom korridoren, og de steg inn.

«App-app-app, ikke så fort, nå,» sa en velkjent stemme innenfra. «Ett skritt til og jeg blåser skalpen av dere.»

Er det mulig? Robin klarte ikke å dy seg. Han klemte hodet mot dørkarmen, kikket inn. Døde kropper lå som en sti innover i rommet, og midt mellom dem fikk han øye på Tony som satt på gulvet med ryggen mot et knust arbeidsbord omtrent fem meter innenfor.

Den lutryggede skikkelsen ble kun opplyst av skjermen til en laptop og noen blinkende nødarmaturer langs veggene. Neppe mer enn et kvarter hadde passert siden Miriam dro Robin med seg for å flykte ut av basen, men ansiktet til Tony så ut til å ha gjennomgått et helt *år* med strid, smerte og ulykke. Rynkene satt dypt i den svetteblanke huden, øynene så ut til å ha sunket langt inn i skallen. Kjeften lignet mer på en brutalt kuttet flenge i ansiktet, enn en ekte menneskemunn. Den svarte skjorten var revet i stykker ved venstre skulder, friskt blod rant nedover armen og brystet. Beina lå i en sprikende V foran ham, det venstre låret blodig. Takket være dataspill så Robin at han holdt en Kalashnikov i høyrehånden. Automatgeværet støttet seg på beinet, og løpet siktet på soldatene.

«Vær smart,» sa Magda. «Kast fra deg våpenet og overgi deg.»

Tony hostet fram en slags latter. «Det sa svina på gulvet også.»

«Er det noen andre her?» spurte hun.

Robin stirret livredd fra den ene til den andre. Han ville flykte, men denne gangen klarte han ikke å røre seg fordi han rett og slett *måtte* få med seg hva som skjedde. Heldigvis kunne ingen se ham bak dørkarmen.

«Det vet dere bedre enn meg,» sa Tony hest. «Foreslår at dere snur og drar tilbake der dere kom fra. Send gjerne med en melding til sjefen deres i samme slengen.»

Knasing under støvler hørtes da soldatene skrittet samstemt lenger inn.

«Vi gir oss ikke,» sa Tony. «Ingen av oss. Å drepe meg har null og niks å si. Vi er et snikende mareritt som før eller senere kommer til å sluke alle som er fiender av menneskeheten.»

«Dette er ikke en kamp noen patetiske terrorister kan vinne,» hvisket Roy, truende, hatefullt.

Igjen lo Tony raspende. «Ja, la oss snakke om terrorister, hva? Svar meg på dette: Er det de som tvinger menneskeheten inn i et overvåket slavevelde, eller de som prøver å *hindre* disse som er terrorister her?»

«Utvikling er uunngåelig, sånn er det bare,» sa Daniel. «Dessuten, alt har to sider.»

«*Utvikling* er utvikling, men biobrikken ... *pfffh*,» blåste Tony, flekket tenner i tydelig smerte idet han tok tak automatgeværet også med den andre hånden. Løftet det mot dem.

Våpenet til Roy smalt først.

Treverket splintret der Tony nettopp hadde sittet; han kastet seg til siden i siste liten. Flere kuler lagde pinneved av arbeidsbordet mens han fortsatte å smette unna ved å hive seg over og rundt de livløse kroppene på gulvet. Rullet inn bak et skap fullt av bøker, ringpermer og kontorutstyr. Soldatene spredte seg, rykket mot ham fra hver sin vinkel mens våpnene spyttet ild.

Daniel mistet geværet sitt da en av Tonys vådeskudd traff, tok seg krampaktig til magen, ramlet overende med et forpint uttrykk. Gulpet rødt slim og var ute av spillet.

«Faen!» bannet Madga, hoppet inntil veggen, løp og gjemte seg på motsatt side av det samme skapet. Signaliserte et eller annet til Roy, som nikket og rykket sammenhuket bak det smadrede arbeidsbordet – mot Tony.

Skapet veltet over Magda. Hun falt på kne og fikk bøkene og ringpermene i hodet. Mens hun stresset med å komme seg unna, spratt Tony opp og plantet tre velplasserte kuler i Roy, som kom snikende mot ham på høyresiden. Ansiktet til den røffe soldaten vred seg i et uforstående dette-var-ikke-planen-uttrykk i det samme øyeblikket kroppen hans ble ukontrollerbar. Han snublet over arbeidsbordet med armene framfor seg.

I mens hadde Magda kommet seg vekk fra skapkaoset. Som en skadeskutt løvinne hoppet hun på Tony, skrek og sparket automatgeværet ut av grepet hans, og kjørte løpet på sitt eget våpen inn i tinningen hans.

Tre skudd smalt.

Magda datt livløs i gulvet.

Tony måpte mot gutten med kaps som sto i døråpningen – bak henne – med en pistol mellom hendene.

Noen sekunder passerte i stillhet mens de to bare så på hverandre, før Tony brøt stillheten: «Rolig nå, Robin ... ikke gjør noe du vil angre på. Legg fra deg våpenet.»

«Få meg tilbake til mora og faren min, din jævel.»

6

Etter sammenhengende løping fra NRK-bygget og helt ned til Grünerløkka, sviktet beina under henne. June snublet i sine egne ømme føtter, famlet med hendene for å ta seg for idet hun falt på fortauskanten og hev etter pusten. Smaken av jern gjennomsyret den knusktørre munnhulen, halsen kjentes sår, nesten flådd av all hyperventileringen underveis på løpeturen. Lungene pep for hvert innpust. Føttene verket; huden måtte ha blitt slitt i stykker etter alle skrittene i de varme, gjennomsvette skinnstøvlene.

For hundrede gang flakket blikket i retningen hun kom fra. *Nei, han følger ikke etter meg. Ingen finner meg nå. Ikke her.* Hun befant seg midt i en stim av mennesker som enten sto rolig i grupper eller bølget nedover gatene på vei mot bykjernen. Ingen enset henne. Selv ikke kameraene på toppen av bygningene ville være i stand til å plukke henne ut fra mengden.

Hun hostet hardt og spyttet ut slim som slet seg løs fra halsen. Ufrivillig flirte hun av lysten på en sigarett. Med et stønn røsket hun av seg begge støvlene, slang dem på asfalten. Varm damp oste ut av dem i den kjølige høstkvelden. Kroppen banket som en smertebyll etter de siste dagenes påkjenning. Med et sukk ignorerte hun vemmelsen over hvor ekkel hun følte seg, lirket pekefingrene innunder sokkekantene og slet av seg de gjennomsvette tøytubene. De klasket i bakken ved siden av støvlene. Som hun fryktet; huden under føttene var nedslitt og blodig. Forsiktig omkranset hun føttene med hendene, bare holdt rundt dem, lot smerten herske fritt mens pusten sakte nærmet seg normal rytme.

En ung kvinne med svart hår til hoftene skulte på June, rynket brynene og trakk munnvikene nedover da blikkene deres møttes. På et sekund passerte hun, fortsatte bare rett fram sammen med følget sitt, mot sentrum.

«Hva gjør jeg nå?» hvisket June til seg selv. Dro føttene under seg, omfavnet lårene og lente pannen mot knærne. «Hva i all verden gjør jeg nå?» Tusenvis av mennesker presset på fra alle kanter, likevel befant hun seg i denne virkeligheten totalt, komplett alene.

Ingen kunne hjelpe. Ikke engang politiet.

Kanskje **spesielt** *ikke politiet.* Det kjentes ut som et mentalt surt oppstøt da neste element i assosiasjonsrekken hentet fram sekvenser fra kvelden før, da de to tomskallepolitimennene Thomas og Fredrik kastet dem inn i baksetet. *Tenker på sola ...* En glippe åpnet seg i folkemassen, og hun fikk øye på en tom patruljebil utenfor 7-Eleven på hjørnet over gaten. Hun saumfarte området med blikket og fant til slutt betjentene som mest sannsynlig eide den. Tre unge menn i finklær veivet med armene opp i ansiktene på to politidamer, som på sin side holdt stand med advarende hender strukket ut foran seg.

June ignorerte dem, forsøkte å sortere tankene mens hun plukket de klissvåte sokkene fra asfalten. Vred dem om. Svette rant fra stoffet og mellom fingrene hennes, farget asfalten mørkere.

Situasjonen, begynte hun, bare for å finne et sted å starte, et slags holdepunkt, slik hun ofte gjorde når hun satt og grublet over et sosiologisk fenomen som hun ikke egentlig klarte å vri hodet sitt rundt. *Situasjonen er den at Eckhart og Sofia tror jeg er død. Det samme gjør kollegene på fakultetet. Er det ikke slik? Var det ikke det Jason sa på vei til Finnskogen, at «i dette øyeblikk besøker seriøse menn familien din og kollegene dine, og forteller at du dessverre omkom i en trafikkulykke»?*

Irritert over å ikke huske de nøyaktige ordene han brukte, skar hun en grimase og presset den såre foten inn i den våte, kalde sokken igjen. Deretter plukket hun opp den neste og vred om den også.

Enten løy han, simpelthen for å lettere kontrollere meg, eller så snakket han sant ... fordi han tross alt ikke hadde noen grunn til å lyve. Kjære, lille gullungen min. Mamma er så visst ikke død.

June bannet stille, og klarte til slutt å tvinge også den andre foten inn i sokken sin. Blikket søkte mot politikvinnene igjen, men nei, det kom aldri til å fungere. *Hei, dere! Jeg vet dere er uvanlig opptatt*

akkurat nå, men dere skjønner, familien min tror jeg
er død, og det står visst noen svært farlige menn
utenfor huset mitt som kommer til å drepe dem hvis de
finner ut at jeg ikke samarbeider med Egon Kruz.

Hun fnyste. I beste fall kom de til å be henne bli
med på stasjonen for dypere forklaring, hvilket i så
fall ville dra ut i lang tid. I løpet av det tidsrommet
kom Gregor garantert til å knekke sammen og fortelle
Kruz at hun hadde stukket av. Adjø familie. Og i
verste fall kom politikvinnene bare til å le av henne
som om hun var en utkjørt, psykotisk uteligger-
kjerring som hadde gått litt for lenge uten siste dose
antipsykotika.

Ergo, fortsatte hun, for å holde den røde tråden i
tankekjøret. *Ergo er jeg alene, uten penger, uten*
telefon, uten kjente. Familien min tror jeg er død,
kollegene likeså. Med mindre de tilfeldigvis så meg på
TV de fem minuttene jeg var på skjermen. Videre har
jeg trolig dårlig tid ... hvor dårlig? Hun gned
fingrene i sytrådsporet rundt halsen, og stirret på de
motbydelige støvlene sine. *En time eller to, kanskje –*
eller er det altfor generøst med tid?

Umulig å vite.

Hun kastet på hodet for å få panneluggen vekk fra
synet, dyttet føttene ned i hver sin støvel, og reiste seg
ustø fra asfalten. Smerten i huden under føttene
flammet opp som barberblader av lava. Med

sammenbitte tenner pustet hun dypt inn og ut med munnen.

Jeg opplevde en bilkollisjon i går, og **drepte** *en mann. Herregud, jeg drepte en mann* ... Det støkk i henne, som om hun opplevde gårsdagen på nytt i løpet av et blunk. Hun tok seg til hodet, dro fingrene gjennom det svettevåte håret, bet tennene sammen og tvang seg til å fullføre tankerekken: *Poenget er at litt vondt i beina, ryggen og hodet er ingenting i forhold. Bare pust.* Men det var ikke så enkelt. For hver nye uventede, overkjørende hendelse som oppsto, skapte det en kumulativ effekt som førte til større og større mental utslitthet. *Ingen ende er i syne ennå, men jeg* **må** *holde ut. For ungen min, mannen min, og alle andre som betyr noe for meg.*

June lot seg suge med i stimen av mennesker som labbet mot sentrum. Hun hadde vært så oppslukt av seg selv og sine egne problemer at hun ikke hadde lagt merke til at flere folk bar på skilt, plakater og bannere. Slagord som enten forherliget eller fryktet biobrikkens inntog prydet dem. En merkelig stillhet preget bybildet; de fleste beveget seg rolig, taust, som søvngjengere. Enkelte som befant seg utenfor hovedstimen ropte, noen slåss også, men de fleste holdt seg for seg selv eller var med de i samme gruppe. Var det en demonstrasjon, eller noe annet? Skulle det være samling i sentrum?

Jeg har ikke tid til dette. Hun presset seg gjennom mengden til hun nådde ytterkanten, hvor det var lettere å få oversikt.

«Unnskyld,» sa hun til en tenåring som gikk for seg selv med blikket fastlimt i mobilskjermen mellom hendene sine.

Han kikket spørrende opp fra innunder den tykke kanten på lua si.

«Jeg har en liten krisesituasjon her ...»

Motvillig sakket han farten.

«Har mistet mobilen og er helt nødt til å ringe datteren min,» sa hun og forsøkte å holde stemmen jevn. «Kunne jeg bare tatt en veldig kort samtale med telefonen din?» Hun blottet tennene i et stort, skjevt smil.

«Øhm.» Gutten kikket fra henne, ned på mobilen og deretter rundt seg. Etter å tydeligvis ikke ha funnet noen utvei, sa han: «Okay, da.»

«Tusen hjertelig,» nikket hun, tok smartfonen og tastet nummeret med pekefingeren. Neglelakken som et par dager tidligere hadde vært solid hvit, perfekt påsmurt, var nå avskallet og opprevet.

Det ringte.

Diskré skrittet hun en meter unna gutten og vendte ryggen mot ham og menneskemassen som ség nedover veien. Hun følte blikket hans svi i nakken, men på grunn av samtalens tema kunne hun ikke ta hensyn til det.

Det ringte og ringte. June flyttet ustanselig på beina, bet seg i underleppa. *Kom igjen, Eckhart, kjære deg, for én gangs skyld, ta telefonen når et ukjent nummer ringer.*

Etter en viss tid avsluttet anropsforsøket automatisk. Linjen ble stum. Hun fikk lyst til å hyle og skrike, hive telefonen i bakken og hoppe rundt i frustrasjon, men nøyde seg med å trekke luft langt ned i lungene.

Gutten prikket henne på skulderen. «Du, jeg har egentlig ikke tid til å stå her og ven-»

June blunket kjapt noen ganger for å få bort fukten i øynene før hun snudde seg mot ham. «Ja, jeg skjønner, beklager virkelig, men ingen tok telefonen.»

Han hevet skuldrene, halvsmilte med begge leppene presset mot hverandre.

«Kan jeg bare prøve ett annet nummer til først? Det kommer til å gå veldig, veldig fort, jeg lover!»

Igjen kikket han ut mot den passerende folkemengden, før han nikket et kort nikk og himlet med øynene. «Ja vel.»

Hun neiet dypt, nærmest teatralsk, og snudde seg vekk fra ham. Skulle til å taste nummeret til Julia på fakultetet, både arbeidskollega og en god venninne til å stole på, men … intet nummer fantes i hukommelsen. *Har jeg virkelig glemt det?* Hadde hun i det hele tatt noen sinne *husket* det? Hun knep øynene sammen, forsøkte å mane fram tallene. Ett og annet siffer poppet opp, men hun ante ikke rekkefølgen. 20 år tidligere hadde hun stort sett hatt stålkontroll på alle viktige numre, men etter hvert som teknologien forbedret seg fikk hun mindre og mindre grunn til å memorisere dem. *Og dermed står jeg her nå og roter.*

Gule sider, selvfølgelig. Åpenbart. Hvorfor tenkte jeg ikke på det med det samme? Hun fingret seg fram til gule sider i nettleseren, begynte å skrive inn j u l i a o l a v s... da en hånd landet tungt på skulderen hennes.

«Sorry, men jeg *må* stikke nå,» sa gutten.

«Jeg skjønner at du har det travelt, men, men ...» stotret hun. En ubevisst innskytelse ville ha henne til å dytte gutten inn i søppelkassen bak ham, og løpe sin vei med mobilen. Hun klamret seg fast i den med begge hender.

Skyggen som la seg over ansiktet hans oppsto plutselig. «Få mobilen min *nå.*»

June snurpet leppene sammen for hindre at de skulle vibrere synlig.

Han rev telefonen ut av hånden hennes, forsvant nedover gaten og mumlet: «Utakknemlige bitch, ass.»

Jeg faller, tenkte hun, *i en uendelig avgrunn.* Bilder av Ali som klatret inn vinduet i Finnskoghytta og reddet henne svirret rundt i tankene. Hun tok seg i å ønske at han var her med henne akkurat nå, om så kun for å slippe å være alene med byrden, selv om det åpenbart var *hennes* familie som sto på spill.

Kanskje det er bedre om de bare fortsetter å tro at jeg er død. Hvis jeg overgir meg til Kruz vil de i det minste ikke være i livsfare lenger. Men det eksisterte ingen enkel utvei. Ingen garanti fantes for at han ikke kommanderte dem drept uavhengig av hva hun enn fant på.

June bestemte seg for å heller dra hjem til Julia. Med trasset til en femåring ga hun blaffen i de brennende fotsålene, og tok beina på nakken. Forsvant nedover mot sentrum, men valgte en annen vei enn hovedåren menneskemassen fulgte.

Etter et par minutter løp hun over Eventyrbrua nederst ved Akerselva. Knapt et titalls rastløse hoder befant seg i området, ingen fulgte med på henne. Kameraene, derimot, hang ikke høyere enn gatelyktene her. De intenst røde LED-lysene som vitnet om at de fulgte med fikk henne til å grøsse. Vanligvis brydde hun seg døyten om dem, men nå kjentes det ut som kameraene selv var bevisste og registrerte hvert eneste trekk hun gjorde, som om de visste alt om henne og situasjonen hun befant seg i. Det var bare en lek, og hun var en brikke i et morbid spill de lekte seg i mellom.

«Kutt ut, skrullehue,» peste hun til seg selv gjennom den heftige pustingen. Hun passerte studentboligene ved Anker, albuet seg gjennom en gruppe ungdommer i lyskrysset, og fór forbi utallige kebab- og pizzasjapper i Schweigaardsgate. Dørene sto åpne, men alle restaurantene hun sendte et blikk inn i var tomme, som om hvert eneste menneske – inkludert butikkeierne – bare hadde kastet fra seg det de hadde i hendene og begynt å vandre mot sentrumskjernen. Hva det enn var som foregikk her nede, så måtte det være noe stort.

«Jeg har alltid sagt det,» gaulet en boms i fillete klær idet June passerte ham. Han satt med beina i kors på fortauet med et pappbeger halvfullt av småpenger foran seg. «Bak teppet har romvesnene sitti med makta i åtti år, og i mårra skarrem slavebinde oss med biobrikka!» Den raspete stemmen forsvant bak henne og blandet seg med de andre bylydene.

Da June kom til rett sted, dro hun opp sprinkelporten som ledet inn i bakgården hvor blokken til Julia var. Lyden av gjengene skar i ørene i den fire meter lange, smale passasjen som separerte byen utenfor fra innsiden. Der stoppet hun, snudde seg og myste mot de fire inngangsdørene til blokkene som omringet henne. Gjennom sin egen hvesende pust og øredøvende puls forsto hun et øyeblikk ikke hvilken dør som var den rette.

«Den, selvfølgelig.» Hun løp til inngangsdøren og fant navnet til venninnen i oversikten over beboerne. Presset fingeren mot ringeklokken, lenge og hardt, til knappens harde kanter gnagde merker i fingertuppen.

Slapp deretter opp, ventet, trippet på glødende fotsåler. Hun bøyde seg og støttet albuene mot knærne, forsøkte forgjeves å svelge vekk blodsmaken i den tørre munnen. En sur eim oste fra armhulene gjennom klærne. Med avsky for sin egen klamme kropp dro hun skjorten løs fra huden, men klissvåt av svette som den var, sugde den seg fast igjen med det samme.

«Åh, Julia,» hvisket hun med blikket begravd inn i navnet på listen, og presset fingeren mot knappen igjen. «Nå *må* du være hjemme. Du får ikke lov til å ikke være her nå.» Stemmen brast mot slutten av setningen. Hun skulle trekke pusten, men hikstet i stedet. Lungene snurpet seg sammen og det virket som hjertet truet med å eksplodere. Hun gjenkjente en gryende panikk. En panikk så dyp at den ikke hadde vist sitt fryktinngytende ansikt siden hun i barndommen ble låst inne i et vedskjul av de elendige vennene sine. Etter at de slapp henne ut flere timer senere, *klikket* noe i hodet hennes og hun hadde vært nær ved å stikke ned bestevenninnen sin med en gaffel. I stedet endte det med at hun kjørte taggene dypt inn i sitt eget lår. Den dag i dag syntes fortsatt de fire, små røde arrene etter gaffelpiggene tydelig. Nå grep hun ubevisst rundt låret hvor arrene var, og dyttet den andre knyttneven mot ringeklokken om og om igjen, gang på gang.

«Kom igjen, Julia,» sa hun, høyere nå. Dunket neven mot døren. Ringte på flere ganger, men det virket som hele fordømte blokken var folketom. *Har alle i hele verden bestemt seg for å ikke være hjemme i dag?* Lysende prikker danset over netthinnen hennes. Kvalme blandet seg med blodsmaken i munnen. *Jeg må ta det med ro,* tenkte hun, men løp i stedet ut til midten av bakgården, bøyde hodet oppover og stirret mot vinduet hun mente tilhørte Julia. I det minste lyste en lampe på innsiden.

Langt bak i hjernebarken gjenkjente June at den vanligvis så stolte og 'ordentlige' dama hun tedde seg som aldri ville gjort dette, men hun hadde forsvunnet. Derfor løftet hun de dirrende hendene til hver side av munnen og ropte: «Juuuuliaaaa! Juuuuuuuliiiiaaaa!! Eeeer du der?» Hun ropte til hun måtte trekke pusten, men hikstet i stedet. Varme tårer rant nedover kinnene. Trampet føttene i bakken og ropte på nytt: «Juuuuliaaaaaaa!!!» Stemmen spratt mellom veggene til de fire omringende blokkene, før hun ikke klarte mer, og hostet hardt. Ørheten i hodet slo til. Hun støttet seg mot knærne. Gned fingrene i øynene og blunket for å tvinge vekk tusen flyvende stjerner foran synet, men bevegelsene produserte bare flere blindende tårer. Jo mer hun fiklet og fomlet, jo svimlere og kvalmere ble hun.

Føttene sjanglet før hun gjenvant balansen godt nok til å vende blikket tilbake mot vinduet med lys i der oppe. Nå la hun merke til at grimme ansikter sto bak et titalls av blokkenes vinduer. De skulte ned på henne med brydde uttrykk. June la hendene til munnen og ropte igjen: «Juuuuu-»

Men til ingen nytte. Stemmen brast og medførte kraftig hoste. Lungene verket etter løpingen, stresset, frykten, *alt.*

Samtidig fløy to svarte militærhelikoptere over blokkene i rolig tempo. Propellyden ble fanget opp som i et lydtett rør mellom blokkene og hørtes ut som sammenhengende tordenskrall. Intenst lys fra lyskasterne deres sveipet over bakgården, vasket hver minste gjenstand i blottleggende detaljrikdom. I lyset kom også de fire overvåkningskameraene på toppen av blokkene i full synlighet. Alle vendte på skrå nedover, siktet inn mot bakken og veggene fulle av vinduer inn til beboerne. Ingen steder å gjemme seg.

*Jeg er virkelig helt alene, og **ingen** kan hjelpe meg,* tenkte hun gjennom sin egen ukontrollerbare hiksting idet helikopterne passerte og halvmørket gjeninntok bakgården.

Jeg har ikke annet valg enn å komme meg hjem på egenhånd, før Kruz får vite at jeg har stukket av ...

7

«Jonas,» sa Jonas til seg selv, tilbake i Teslaen, etter at politiet kastet ham ut av ulykkesområdet med en saftig advarsel om å holde seg *langt* unna. De kalte ham 'heldig' for at de ikke arresterte ham på flekken.

Hva faen visste de om hell?

«Jonas, Jonas, Jonas,» fortsatte han. Stemmen slo tilbake mot ørene i den velpolerte kupeen. Lyden virket merkelig fremmed, som om han aldri hadde hørt den før – ikke som *dette*. Hul. Tom.

Akkurat som de miserable, jævla øya der, tenkte han med blikket fastlåst i synet av pupillene som stirret bebreidende tilbake på ham fra sladrespeilet. Også *de* hule, tomme, rødsprengte etter tårene – litervis med tårer. Så mange tårer at genserhalsen var gjennomvåt av øyevann. Nå bare sved de, som om han hadde dyppet dem i cayennepepper og ikke blunket på en time. Innsunkne og innrammet i gråblå, skrukkete ringer.

«Hvor lenge har jeg sitti her?» sa han høyt, men skjønte verken noe av stemmelyden, klokken på dashbordet, eller den psykologiske opplevelsen av hvor mye tid som hadde passert. Det eneste han visste var at han nettopp hadde gjenvunnet en slags selvbevissthet etter å ha vært druknet i en abyss av sorg, fortvilelse, håpløshet.

Silje er borte, sa hodet hans. «Silje er borte,» gjentok den fremmede stemmen i bilen. Dypt trakk han pusten med nesen. Øynene sved enda mer intenst da han lukket dem. Slapp pusten sakte ut, og sa: «For alltid.» Og sånn var den, virkeligheten. Ukuelig sannhet. Udiskuterbar realitet.

«Silje er borte for alltid.»

Jonas noterte seg at, for øyeblikket, lå ingen flere tårer på vent. Heller ingen emosjonell reaksjon våknet i det nå post-apokalyptiske ødelandet følelseslivet hans var blitt. Nå var hele bevisstheten hans – akkurat som den fremmede stemmen og de svende, tørre øynene – hul og tom. Han klarte knapt å mane fram opplevelsen av å holde rundt henne der hun lå i ambulansen, heller ikke hvordan hun så ut, ikke ordentlig.

«... og hvem er *jeg*?» spurte stemmen. På ny møtte han det dødlignende blikket i sladrespeilet. Et gufs skylte gjennom kroppen da ingen respons oppsto i hodet. «Hvem er jeg?»

Fortsatt ingenting. Kun stillheten som stirret ut av øynene, lyden av det bankende hjertet i halsen, av virrende pressefolk, hjelpemannskaper og arbeidere utenfor, brannmennene som pakket vekk utstyret etter vellykket slukking av trailerbrannen, biler på tomgang. Bevegelser utenfor i alle retninger, flakkende lyskilder, og fortsatt den evinnelige svidde, bensinaktige lukten, men her inne også lukten av ny bil. Elektronikk og lær.

«Jeg er ...» sa stemmen, prøvende, blikket festet på seg selv i speilet. Brystet hevet og senket seg i takt med pusten, mens han søkte i fraværet av tanker. Lette i hukommelsen etter holdepunkter for identiteten som falt bort med Silje. Så tett hadde de holdt sammen, at uten henne virket det som ingenting var igjen. Fraværende gned han kuttet i pannen etter slaget med pistolløpet til kidnapperdama, kjente den rue, revnede hudkanten mot fingertuppen. Skarp smerte stakk i såret, uten at det hadde noen betydning. Han stakk fingeren hardere inn i det eksponerte kjøttet, til en rykning flakket over munnen.

Ikke en dritt betyr noe lenger.

Men i samme sekund tanken endte, visste han at det ikke var sant, og skjønte ikke engang hvordan han hadde klart å glemme det.

«Robin,» sa han. Tyngden i navnet dro ham som et anker fra den svevende tomheten han befant seg i, og ned på jorda igjen. *Jeg har fortsatt en sønn som trenger meg ... og klokka tikker!*

Med hender som føltes fjerne, festet han setebeltet. Politisperringen gjorde det umulig å ta korteste vei, mot Trosterud og videre. Jonas bannet og satte bilen i revers. Småstein på asfalten knaste under dekkene da bilen sakte sikksakket mellom parkerte biler som klumpet seg rundt ulykkesområdet. Forbi den verste oppsamlingen, tråkket han gassen i bånn og verdsatte suget i magen som kom med fartsøkningen.

Ikke en eneste bil å se på E6 før han kom tilbake ned i sentrum. Etter tunnelen tok han av til venstre, mot Ekeberg, og begynte klatringen opp Valhallveien. Etter hvert som strekningen steg høyere, strakte Oslo sentrum seg utover til høyre for ham. Tusenvis av lys blant mørke klosser og årer av veier. Men denne kvelden sitret byen av urolighet og gryende kaos. Slanger av mennesker med fakler og bannere lignet selvlysende militærmaur på denne avstanden, og de bruste rastløst mellom bygningene.

På toppen kjørte han mot Manglerud via Simensbråten. Noen steder så det ut til at alle beboerne i boligfeltet trakk ut i gatene for å diskutere, krangle eller feste. Utenfor husene som fungerte som samlingspunkt hadde de flere steder koblet til store skjermer med flimrende nyhetskanaler; seriøse mennesker i dress, klipp fra E6-ulykken, forskere i hvite frakker i høyteknologiske laboratorier, demonstrerende mennesker i, gjettet han, forskjellige land, og alt mellom himmel og jord relatert til biobrikkens inntog dagen etter.

I andre boligfelt så han hus uten lys, parkeringsplasser uten biler, fortau uten fotgjengere, butikker uten kunder. Mørket lå tett, kun ispedd kjegler av gatelys i folketomme gater, og røde, brennende kameraøyne jevnt spredd rundt om på lyktestolper og høye bygninger. De eneste lydene kom fra hans egen bil og fjerne sus fra byens strømninger.

Som å kjøre gjennom vidt forskjellige verdener. Jonas manøvrerte Teslaen ut på E6 ved Manglerud, i retning Bryn. Uhindret av ulykker suste biler forbi her i begge retninger, like mye trafikk som midt på dagen i verste rushtiden – eller *mer.* Han la merke til at et stort antall av bilene som kjørte vekk fra byen var fulle av folk, hunder, fuglebur og fullastede bagasjerom. Han smilte uten glede. *Nytteløst, peeps.*

Ved Bryn senter tok han av til høyre, kjørte til Trasop forbi Oppsal, og kom til slutt ut på Trasopveien, siste strekningen før Tveita.

Jonas sperret opp øynene og måpte mot Tveitasenteret langt der borte. *Er det mulig?*

På området rundt senteret så han militære motorvogner, helikoptere, brennende biler og bevæpnede soldater som skjøt mot grupper av løpende mennesker med hendene hevet over hodet.

Jeg er for sein. Den første impulsen var å ta en u-sving og flykte i sikkerhet. I stedet gravde han fingrene fast i rattet, spente musklene til de skrek under genseren, og sa: «Ikke faen om jeg mister deg også i dag!» Med sammenbitte tenner *økte* han farten.

Etter å ha kommet seg over til senterets side av veien, som krysset den han kom fra, kjente han en synkende følelse i kroppen. Ved inngangen til tbanestasjonen patruljerte minst et dusin soldater i beige uniformer, alle bevæpnet med automatgevær. Folk i hvite frakker krydret av røde flekker lå spredd på bakken utenfor. Noen ble kastet inn i de militærfargede kassebilene. Jonas krympet seg i setet og kjørte bare rett forbi.

Kanskje på enden ... Han bøyde seg mot sidevinduet og lette etter en alternativ rute inn i bygningen. Idet han stirret innover veien ved siden av senteret som førte til baksiden, eksploderte noe som måtte være en brannbombe. Helt i enden, ved en trapp ned til parkeringsplassen på platået under, skjøt glefsende flammer opp rundt en soldat som ble grillet levende. Skriket ljomet over Tveita og blandet seg med lyden av helikoptere i luften. Flammene nådde halve høyden til lyktestolpen ved siden av, slukte også i seg benken som sto der. Jonas rykket bakover i setet, klarte ikke å kontrollere skjelvingen i kroppen. En gjeng menn viftet med balltrær og andre våpen, og løp etter soldaten som nå rullet ned trappen.

Dette går jo ikke. Jeg kommer meg aldri inn her. Han kjørte lenger, passerte veien, nistirret i alle retninger etter andre mulige innganger fra parkeringsplassen under. Blikket spratt ufrivillig tilbake til den brennende soldaten som rullet nedover trappen, forbi en gruppe damer. Og gærningene som fulgte etter, samtidig som en rekke soldater stilte seg opp på toppen med skyteklare våpen. Jonas så dem løpe ned på plassen og ... han satte hjertet i halsen.

8

«Inn der. Fort,» sa Tony og viftet med pistolen mot døren i enden av korridoren, hvor et fungerende Exit-skilt kastet grønnfarge utover halvmørket.

«Jada, jeg prøver,» svarte Robin uten pust, mens han drasset på halve kroppstyngden til den voksne mannen som hang med armen over skuldrene hans. På mirakuløst vis hadde Tony geleidet dem vekk fra dødsslusen ut til t-banehallen, hvor hundrevis av biobrikkesoldater garantert holdt vakt. I stedet førte han dem gjennom en rekke bortgjemte dører og korridorer som fortsatt var uberørt av fiendens skyteglade blikk. Han hadde ikke røpet noe om hva som befant seg i lokalene de passerte, men med tanke på at strømmen fungerte her, antok Robin at hele denne seksjonen av basen var 'ekstra' hemmelig og derfor tilkoblet et alternativt, sikrere strømnett.

Foran døren stoppet Tony, slapp taket rundt Robin og haltet de to skrittene bort til det lysende displayet i dørkarmen. Blodet fra skjorteriften hadde koagulert underveis, og minnet Robin om størknet sirup langs den svarte skjorten. Det samme gjaldt beinet, som kanskje var enda hardere skadd. Tony blottet tennene i en smertegrimase da han lente den skadde skulderen mot veggen, slik at han kunne taste koden med den andre hånden.

Skjermbildet endret seg til et rødlysende øyesymbol. Tony begynte å bøye seg mot skanneren, men snudde seg til Robin med en advarsel: «Nå kommer vi ut på nedsiden bak Tveitasenteret, men det er umulig å vite om biobrikkesvina er der også.»

«Ja, okay,» sa Robin. Magen hans rumlet misfornøyd. Han kjente etter at hans egen pistol fortsatt hang i beltet, og ble både glad og kvalm av å føle det harde skjeftet mot fingertuppene. «Hva skal vi gjøre, da?»

«Vet ikke.» Tony sendte et stivt blikk rett fram.

«Kjenner ikke du haugevis av folk, á – kan vi'kke bare ringe noen?»

Ikke uten anstrengelse dro Tony opp skjorteermet, vendte håndleddet med smartklokken mot Robin. Krakelerte streker sikksakket seg over skjermen som krokete heksefingre. Lyset fungerte ikke engang. «Knust,» sa han, overflødig.

«Okay, men vi har jo gått forbi minst én million dører siste kvarteret,» fortsatte Robin og vred kapsen bak fram. «Det finnes vel en mobil eller PC med internett eller hva som helst i ett av alle de rommene?»

Tony smilte på en rar måte, som om han syntes Robin var nusselig. «Du har selvsagt rett, unge mann, men jeg har ikke adgang til noe som helst i denne fløyen uten følge av en med høyere rang.»

«Hæ, e'kke du liksom *top dog* på huset her, á?»

Smilet til Tony forvandlet seg til en kort latter, ikke nedlatende, bare som om Robin var *enda* nusseligere denne gangen. «Delvis. Linnea, derimot, er *top mamazita*. Hun kunne fått oss inn hvor som helst.»

«Hu er *top mamazita!*» gjentok Robin. Selv situasjonens dystre virkelighet klarte ikke å hindre ham i å flire. Litt latter kjentes godt i all grusomheten.

«Korrekt,» nikket Tony. «Kun hun og tre andre er klarert her. Alle som er en del av operasjonen er klarert til å komme seg *igjennom* hele basen, men ikke inn i de topphemmelige rommene i denne fløyen. Personlig, vel, mitt ansvarsområde er å samle utvalgte individer fra sivilbefolkningen som skal være med i kampen mot biobrikken.»

Robin sluttet å flire. Korridoren krympet rundt ham igjen. «Sånn som meg og mora og faren min?»

«Mm, nøyaktig sånn.» Tony skulle til å snu seg mot øyeskanneren, men Robin fortsatte:

«Tror'u'kke det finnes smartere måter å samle folk på?» Robin fiklet med pistolen bak på ryggen. Rørte rastløst på beina. «Jeg mener, sikkert dritmange som ville joina dere frivillig, ikke sant.»

Tony sukket med ansiktet mot gulvet. «Smartere, bedre, lurere, mer hensynsfulle måter, ja, igjen, du har åpenbart rett, men tiden har vært for knapp til at vi bare kunne lene oss tilbake og vente på at folk frivillig skulle melde seg.» Han hevet hodet og møtte det bebreidende blikket til Robin. Rykninger gled over ansiktet hans på grunn av smertene, eller kanskje anger. «Tro meg når jeg sier dette: Hadde jeg hatt sjansen til å gjøre alt på nytt, skulle jeg gjort alt i min makt for å utføre oppdraget på en mer etisk korrekt måte.»

Robin svarte ikke. Tusen tanker spant i hodet hans.

«Men,» sukket Tony igjen, tok seg til skulderen og klemte rundt skuddsåret. «Det som er gjort er gjort, og det er kun *jeg* som må leve med det. Min-Yuns død. *Jeg* må leve med det. Kidnapping av deg og familien din; *jeg* må leve med det. Virkeligheten er hard og jævlig, og jeg skulle ønske det ikke var sånn. OK?»

Robin kjente fukt samle seg i øynene, så han stirret i gulvet i stedet. Motvillig nikket han. «OK.»

«La oss komme oss til helvete vekk herfra.» Tony bøyde seg inntil øyeskanneren. Da analysen var ferdig avspiltes den samme melodien som ved alle de andre dørdisplayene. Ordet *Adgang innvilget* suste over skjermen før et mekanisk klikk lød fra inne i døren et sted.

«Da tar vi ett miniskritt av gangen …» hvisket Tony, skjøv døren forsiktig opp, til en glippe på ti centimeter slapp utsiden inn. Kjølig septemberluftség inn ispedd fjerne lyder av roping, skyting og ubestemmelig kaos fra områdene rundt.

De klemte hodene sine inntil dørsprekken og kikket ut i mørket. Utenfor skrådde asfalten oppover, som om de hadde vært i et parkeringshus under bakken og skulle nå kjøre ut igjen, bortsett fra at det her knapt var plass til én bil i bredden.

Det støkk i Robin. *Å nei, holy shit.* Han trakk til seg hodet og lukket øynene til hjernen fikk prosessert og til slutt akseptert synet.

Kraftige halogenlamper hang på de motstående veggene midtveis oppover helningen. Med et sykelig hvitt skinn lyste de opp et titalls mennesker i blodflekkete, hvite frakker og soldater i opprevne, svarte uniformer som lå strødd i forskjellige stillinger på asfalten. Ingen levde.

«Fy faen, ass,» hvisket Robin.

«Vi er ikke de første som prøver denne utveien.» Tony skygget for det sterke halogenlyset fra vegglampene med hånden, mens den andre lente seg mot Robin for støtte.

«Men hvorfor kom ikke fienden seg inn her etter at de killa alle disse folka?»

«Hvis sistemann ut smalt igjen døren etter seg, blir den umulig å åpne utenfra. Den er designet som rømningsvei,» svarte Tony hest.

Enda lavere hvisket Robin: «Er fienden her nå?»

Han klarte ikke å få øye på noen, i hvert fall, men …

«Ser ingen, men de er neppe langt unna. Hører du det?» Tony snudde hodet så øret fikk bedre tilgang til lydstrømmen utenfor.

«Alt bråket, mener'u?»

Tony nikket. «Noe uventet må ha skjedd, siden ingen av biobrikkesvina holder vakt her.» Halve munnen hans vred seg opp i et slags smil. Det minnet mer om et dyrisk snerr i lysstripen fra halogenlampene som traff ansiktet hans på skrå gjennom dørsprekken. «Mulig vi har gudene på vår side.»

Robin trakk pusten i et ujevnt drag. Atter en gang krummet han fingrene rundt pistolskjeftet, for å forsikre seg om at den *fortsatt* hang fast i beltet. Men det var et tveegget sverd; hver gang han kjente det kalde metallet gli mot fingertuppene flashet mentale bilder fra de nå to gangene han hadde fyrt av en pistol; rekylen idet han drepte Roger, naken og jævlig på rommet til moren, og trippelskuddet da han nærmest på autopilot spratt fram og snappet opp pistolen fra et av likene i korridoren, for å redde Tony fra Magda, slik at Tony kunne hjelpe ham å finne tilbake til foreldrene sine. Blodet lå klistret over hans hender også nå. Han hadde tatt to liv, og det hadde gått så fort, så enkelt. Et rykk i en avtrekker, og vips var et menneske borte for alltid. *Jeg kan daue like enkelt. Svisj, over.* Som om pistolen akutt ble glovarm slapp han den, rygget unna døren, lenger inn, og skjøv seg vekk fra armen til Tony som hang som en bøddels kjøttøks over skuldrene hans.

«Døh, jeg er helt for jævlig livredd,» sa han og fuktet de knusktørre leppene. Stirret seg over skulderen, innover korridoren. Ingen snokte rundt på denne siden av basen uansett.

«Bra,» nikket Tony. «Da tar du ingen unødvendige sjanser. Kom.»

«Sorry, men veit ikke om jeg klarer det her,» sa han, slo en knyttneve mot brystet, forsøkte å puste ordentlig. Det kjentes ut som lungene snurpet seg sammen. Han kunne nesten *kjenne* luften forsvinne ut av dem, og hvordan lungeveggene klistret seg sammen med dobbeltsidig teip.

«Ta deg sammen, gutt. Det eksisterer ingen annen utvei. Kom nå,» brummet Tony, tålmodigheten – og sikkert tiden – begynte å ta slutt. Han skar en grimase da han løftet kalashnikoven fram der den hang i en reim på ryggen, og fiklet med den.

«Jeg kødder for faen ikke,» sa Robin med en skingrende stemme som hørtes ugjenkjennelig ut i hans egne ører. Pulsen gikk fortere, han snappet etter pusten, banket på brystet med neven. «Dette funker ikke.» Han rygget lenger bakover på kraftløse bein. «Jeg må ... tror jeg må bli her, bare, til ... veit da faen, men jeg kan'ke gå ut der.»

Tony sjekket klokken på håndleddet, men bannet da den ikke fungerte. Deretter grep han hardt rundt begge skuldrene til Robin, kom helt inntil ham. Begravde blikket inn i Robins. «Vi har ikke tid til dette, men ok, hør her. Jeg vet du er redd. Det er greit. Jeg er også redd. Vi er alle redde. Til og med biobrikkesvina der ute er redde. Ingen vet hva som kommer til å skje, ingen av oss vil dø, ingen vil miste kontrollen, men vi har ikke noe valg – *ingen* av oss – ikke engang verdens statsoverhoder, selv om det virker som de bestemte dette. Men det er feil. Alle vi som lever nå, vi er alle manipulert og underlagt *Toppen*, skjønner du? Dette er mye større enn deg og meg og familiene våre, for akkurat nå har det seg slik at de skjulte jævlene på toppen av samfunns-pyramiden som styrer hele verden har bestemt at dette skal skje – samme *faen* hva vi måtte mene om det.» Tony stoppet brått, holdt seg for munnen og hostet flere ganger inn i armen.

Robin bare stirret med vidåpne øyne på den skadde, intense mannen foran seg ... *de skjulte jævlene på toppen av samfunnspyramiden* ... Ordene ga gjenklang i hodet hans som et angstfremkallende ekko.

Tony fortsatte mens han ristet på hodet og pekte på fluktdøren: «Som jeg sa, ingen annen utvei finnes enn denne, og selv dét er ikke en ordentlig utvei. Sant å si vet jeg ikke om det finnes noen vei ut av dette helvetes uføret overhodet. Men skal vi kunne leve et fritt liv som menneske på jorden så *må* vi prøve. Og nekter du å bevege deg fordi du er redd, og blir værende her, Robin, så ender du garantert opp som de stakkarene rett utenfor her. Det er bare et tidsspørsmål før fienden finner veien inn hit. Ja, det kan åpenbart hende vi uansett blir skutt hvis vi går ut, men da *gjør* vi i det minste noe. Og er ikke det bra nok for deg, så tenk på foreldrene dine. Du har mitt ord på at dere kommer sammen igjen hvis vi overlever.» Skuldrene hans sank, grepet løsnet, leppene bøyde seg nedover og matchet de hengende posene under øynene. «Jeg har selv mistet familiemedlemmer i denne kampen. Den har pågått lenger enn du vet, og jeg nekter å la de dø uten grunn.»

Buldring hørtes fra andre enden av korridoren, kanskje tretti meter lenger inn. Deretter skrudde lyset seg av og på noen ganger, før det stabiliserte seg, hurtig flimrende.

Robin flakket med blikket mellom de foruroligende lydene, Tony og utgangen.

«Hvor lang tid tror du vi har før de finner en vei forbi sikkerhetssystemet,» sa Tony, men det var ikke et spørsmål. Han slang kalashnikoven tilbake på ryggen og åpnet fluktdøren igjen. «Kommer du?»

«M-m,» nikket Robin da det på ny buldret lenger nede i korridoren. På de ustø gelébeina sine vinglet han bort og hjalp Tony med å hekte armen over skuldrene sine. *Please, la dette gå bra, og la meg slippe å bruke den igjen.* Han bet i seg den sure smaken og dro fram pistolen i venstre hånd.

Kjølig luft la seg over dem idet de måtte bruke makt for å skyve døren helt opp, og i samme vending dytte unna den døde personen som stengte for utgangen. De haltet ut, skuffet vekk flere av kroppene, de veltede, gjennomhullede søppelkassene og pappeskene som sperret veien. Annet skrap lå spredd.

På utsiden hørtes bykaoset enda tydeligere, disse ubestemmelige, men likevel umiskjennelige lydene av opprørske menneskemengder, sporadiske skudd, skrikende sirener og during fra motoriserte kjøretøy. Alt blandet sammen i en tett lydgrøt av drømmeaktig uhygge.

Robin så at fluktdøren ikke lignet på en dør i det hele tatt; tvert imot gikk den i ett med veggen rundt. De gule malingstripene som markerte plassen hvor søppeltønnene skulle stå gikk rett over døren, noe som forsterket kamuflasjeeffekten. Forbipasserende ville ikke ofre nedgangen et eneste blikk mer enn å knapt notere seg ansamlingen av søppelkasser og annet avfall.

«Hysj,» hveste Tony, presset dem begge hardt ned på bakken, halvveis skjult av stablede bananesker. Han nikket mot toppen av nedgangen, hvor to biobrikkesoldater trampet forbi i beige uniformer og solide støvler. Våpen i hånd.

Robin holdt pusten med pistolen siktende på dem til de forsvant bak veggen.

«Greit, kom.» Haltende geleidet Tony dem inn mot den ene veggen, slik at de kunne følge den tett oppover. Jo høyere opp og nærmere enden av nedgangen de kom, jo mindre gjorde de seg. Til slutt nådde de toppen og fikk utsyn over plassen bak Tveitasenteret. En parkeringsplass full av ladestasjoner for elektriske biler og motorsykler.

Med åpen munn virret Robin vantro med blikket fra den ene enden til den andre. Han forsøkte å få med seg så mange detaljer som mulig for å kartlegge området på kortest mulig tid – en evne han hadde tilegnet seg av å tilbringe hundrevis av timer med heseblesende multiplayer i *Warrior of Doom*. Gatelyktene kastet guloransje, diffuse stråler rundt seg og skapte refleksjoner i de parkerte kjøretøyenes blanke flater. Han klemte fingrene hardere rundt pistolskjeftet ved synet av ungdomsgjengen omtrent femti meter unna. De omringet en brennende varebil, og veivet med armene og ropte ord han ikke hørte. Svart røyk veltet ut av de åpne skyvedørene. Tre soldater løp mot dem. Andre folk løp vekk fra stedet. Enkelte klumpet seg sammen mellom flere biler på tomgang på andre siden av parkeringsplassen, i nærheten av veien mot Hellerud videregående skole. Politibiler med blålys så ut til å stenge for veien inn til skolen, men ingen politimenn var å se. Livløse kropper lå på asfalten mellom alt det andre som foregikk, de fleste alene, andre med folk hengende over seg med bøyde hoder. Høyblokkene i bakgrunnen ruvet over trærne utenfor området, og ble flekkvis opplyst av lyskastere fra svarte helikoptere som patruljerte i himmelrommet.

«Jeg klarer ikke å tro på at det er ekte,» sa Robin, klamret seg fast i Tony med den støttende armen. Én ting hadde vært å styre dronen i krigen på E6, mens *han* satt trygt i en stol flere kilometer unna. En ganske annen var å faktisk *være* i krigen.

«Du kan ta deg faen på at kaoset knapt har begynt,» gryntet Tony og peste med seg Robin ut på den åpne plassen. Ut i galskapen. «Kom, vi må finne bilen min.»

Tony måtte tvinge Robin med seg fordi gutten var livredd, og Robin dro og delvis løftet Tony fra bakken fordi gamlingen knapt klarte å røre seg på egenhånd. Sammen haltet og slet de seg bortover i et nerveknusende tregt tempo, mens verden raknet i sømmene rundt dem.

Robin gispet og stirret lamslått på tre pakistanere som løp forbi, tente på tøybiter som stakk ut av noen flasker, og hev dem mot to soldater. Flaskene eksploderte i glupske flammeballer rett ved siden av soldatene, som bannet og plaffet pakistanerne rett ned.

Uten et ord røsket Tony Robin vekk og bak en container. De fortsatte forbi kanten på Tveitasenteret, over veien ved siden av og siktet seg inn på parkeringsplassen på nedsiden.

«Åssen har alt dette skjedd så fort?»

«I morgen er det chipping,» svarte Tony mens han speidet rundt seg. «Alt dette er som forventet. Bare vær takknemlig for at svina ikke bryr seg om oss lenger.»

Robin svarte ikke, men tok ekstra godt tak rundt livet hans og hjalp ham opp fortauskanten. De halteløp mot trappen som førte til parkeringsplassen nedenfor. Søppelkassen ved siden av gelenderet sto i flammer. Tykk røyk virvlet mot himmelen.

En gruppe damer i en salig blanding av nasjonaliteter gjemte seg i midten av trappen. Innimellom spratt de fram, ropte stygge ord og kastet stein og avrevne asfaltbiter innover mot senteret – mot soldatene, gjettet Robin. Likevel tviholdt han i pistolen, klar til hva som helst hvis noen prøvde å stoppe dem.

«Ta det rolig,» sa Tony da de begynte på trappetrinnene.

Robin nikket. Tok først ett trappetrinn, før han krøkkete hjalp Tony ned til det samme trinnet så godt han kunne.

«Ah, svarte faen,» bannet Tony hest, flekket tenner og pustet så hardt med munnen at de tynne kinnene bulte ut og inn. Trynet hans vred seg i smerte for hvert skritt. Svetteperler glitret i pannen hans i skinnet fra den overhengende lyktestolpen. «Helvetes tidspunkt å bli invalid på.»

«Det går bra, kom igjen,» stønnet Robin under tyngden.

Da de nærmet seg trappens midtparti, stoppet damene steinkastingen og drittslengingen. Flere stirret intenst på dem med uttrykk Robin ikke klarte å tyde. Det eneste han visste var at det *ikke* var en spesielt hyggelig situasjon.

«Ikke tenk på dem,» hvisket Tony mellom smertegryntingen. «Bare få oss ned.»

Etter hissig hvisking seg i mellom, reiste to somalierdamer seg opp fra gruppen og kom bort. En kniv glimtet i hånden til den ene, den andre bare smilte.

Nå skjer det, tenkte Robin, og ble iskald fra hårfestet og helt ned i tåneglene.

«Vær så snill,» begynte han, «vi skal ba-»

Den ene av dem strakk ut hånden og avbrøt ham: «Trenger dere hjelp, eller?»

«Hjelp?» sa Robin. *Skal dere ikke stjæle våpnene våre eller noe?*

«Hjelp, ja,» nikket hun med kniven, «som i 'assistanse til å komme ned trappa'?»

Robin sto urørlig, fanget i en skog av ulike impulser, blikket fastlimt på den altfor store kniven hennes. Det var til og med *tagger* på baksiden.

«Ja, gjerne,» svarte Tony, slapp Robin og strakk hendene mot de to damene. De la armene hans over hver sine skuldre, tok tak rundt livet hans og bar ham enkelt ned betongtrinnene.

Robin diltet med stive skritt etter dem, fortsatt ikke hundre prosent sikker på om de var til å stole på. Kunne noen som helst stoles på i en virkelighet hvor soldater massakrerte folk i en jævla undergrunnsbase på *Tveita*? Grøsninger prikket nedover ryggraden hans. Med bøyd nakke, skuldrene dratt nesten helt opp i ørehøyde, og pistolen delvis skjult i hendene mellom beina for ikke å fremstå som truende eller utfordrende, kikket han usikkert opp fra innunder kapsebremmen bort på resten av damegjengen – men uten å møte blikkene deres direkte.

Kledd i dagligdagse klær, tettsittende olabukser, bluser, moteriktige høstjakker, neglelakk og leppestift, passet ingen av dem inn i ideen hans om voldelige gærninger. Likevel hadde de samlet en toppet haug med stein i varierende størrelser og halvknuste flasker som krydret bakken rundt dem. Dødelige, brutale våpen.

«Ta godt vare på den pistolen din,» sa en av dem med indisk utseende. Det svarte håret i hestehale langs brystet som en sterk kontrast til den hvite jakken med rosa striper. «Bare slapp av du, gutten.»

Robin møtte blikket hennes, nølende. «Heh,» var lyden som kom fra ham, før han fortet seg etter Tony og bæredamene som allerede nådde parkeringsplassen under.

«Takker,» sa Tony, håndhilste på begge damene. «Og lykke til med … alt.»

«Ja, dere også,» smilte hun med kniven, løftet armen hans vekk fra sine egne skuldre og la den over Robins.

Alle snudde seg da lyden av knusende glass eksploderte i et blafrende ildhav på toppen av trappen de nettopp kom ned fra. En plutselige varmebølge fór gjennom luften. Flere av damene midt i trappen gispet av den to meter høye ilden som fortærte alt søppelet på bakken rundt den allerede brennende søppelkassen. Flammene vokste da de bet seg fast i benken ved siden av og brukte den som bensindynket fyringsved.

Skriket, skingrende og hjerteskjærende, kom ikke før et halvt sekund senere, da en rabiat mann – en av soldatene – løp ut av flammeportalen med flaksende armer. Han snublet i det første trappetrinnet, veltet og rullet nedover mens ilden forkullet eksistensen hans. Den indiske dama som hadde snakket til Robin, bannet og sparket den brennende menneskerullen idet han tumlet forbi.

Mer roping fra toppen av trappen da en gruppe menn løp etter soldaten med håndvåpen, balltrær og flasker med kluter stukket ut av tutene. Robin skjønte ikke at de ikke også ble brent av flammene, men på mirakuløs måte unngikk de infernoet.

«Vi drar *nå*,» sa Tony hest. «Fort!»

«Hvilken retning?» peste Robin, men klarte ikke å ta øynene bort fra infernoet i trappen, lamslått av tanken på hvor heldige de tross alt hadde vært som kom seg ned før helvete brøt løs der oppe.

«Bilen min, den sto *der*.» Tony pekte med en dirrende finger mot enden av parkeringsplassen, nærmest veien bortenfor som førte til sentrum. Ingen biler sto der i det hele tatt. «Hvor faen er den?»

Automatgevær pepret tordendrønn gjennom lydbildet bak dem.

Robin snudde seg idet flere av de ilsinte mennene som løp nedover trappen ble truffet. De ramlet i trinnene og rullet nedover like hjelpeløse som soldaten de nettopp brannbombet.

«Hva nå?» ropte Robin. Hele verden smuldret opp for ham. Bakken gynget under føttene som en vannseng.

«Vi løper,» hveste Tony, bannet og hostet.

Robin kastet et siste blikk bakover i tide til å se soldater komme til syne på toppen av platået. Alle med geværer rettet nedover mot de løpende mennene, damene og dem selv. Han satte alle krefter inn på å forflytte dem begge så fort som faens mulig og så langt vekk som mulig.

Asfaltbiter sprutet rundt dem da kuler kolliderte med bakken og kastet partikler opp i luften.

«Jeg vil ikke dø,» sutret Robin gjennom pustingen og pesingen.

«Hold kjeft og løp.» Tony fiklet fram kalashnikoven fra reimen på ryggen, og skjøt vådeskudd bakover mens han flekket tenner av smerte.

Men belastningen ble for stor for dem begge; de snublet i hverandres bein og trynet nesegrus i bakken.

Robin begynte å be sin siste bønn da en sølvgrå Tesla suste inn mot dem og bråbremset. Døren føk opp, og Jonas – *faren min* – hoppet ut av førersetet med åpne armer.

«Kom igjen, kom igjen, *kom igjen,*» ropte han, snurpet fingrene sine rundt Robins tynne håndledd og hev ham inn i baksetet.

Nesten alle mennene som hadde løpt ned trappen lå nå på bakken, livløse, men noen av dem sprintet forbi bilen mens Tony krabbet inn i baksetet etter Robin. Lakken sprakk og metallet ble gjennomhullet av kuler. Jonas slengte igjen dørene, ga bånn gass og råkjørte ut av Tveitas helvetesparkering som om fanden selv lå i hælene deres.

9

Mamma er her, vennen min.

June kjente hvordan de tørre, utslitte øynene roterte i hulene sine da hun sveipet blikket over gaten hun hadde bodd i de siste femten årene. Den svarte bilen med Kruz sine mordlystne hånddukker kunne dukke opp hvor og når som helst. Hun tok alle forholdsregler for å unngå at den plutselig skulle stå parkert rett foran henne, uten at hun først ble bevisst den. På veien fra bussholdeplassen og hit hadde hun passert flere svarte biler – og fått svimlende hjertebank hver bidige gang – men konkluderte med at de sto for langt unna til å tilhøre Kruz sine menn. Dessuten, hva om det ikke fantes noen svart bil – hva om den var blå, gul, rød eller sølvfarget? For sikkerhetsskyld forsøkte hun å holde seg i skyggene ved å unngå gatelyktenes forræderske lyskjegler. Selv om biler sto sporadisk parkert langs fortauene på begge sider av veien langs gaten av velstelte eneboliger, lå stillheten tykk i luften, som om ingen var hjemme noe sted. Hvert skritt hun tok syntes å knase høylytt i grus, løv og annet rask under føttene. Fotsålene sved brutalt, på nippet til det uutholdelige, og den tidlige høstkulden bet i de nakne leggene hennes som stakk ut av uniformens knekorte skjørt. Men tanken på Sofia og

Eckhart drev henne framover, ustoppelig. Gikk alt til helvete kunne hun heller varme seg og sove *der*.

June befant seg neppe mer enn femti-seksti meter unna den lyseblå, hjemmelagde postkassen deres som sto koselig på skakke ved inngangsporten. Da Eckhart snekret den sammen tre år tidligere hadde de fått Sofia til å male på den med sine nusselige, ujevne barnebokstaver:

HER BOR FAMILIEN NYLUND
VELKOMMMMEN TIL OSS!!

Nå kunne June så vidt skimte de store, hvitmalte bokstavene, men klarte ikke å lese dem. Likevel svulmet hjertet i brystet hennes av lengsel etter gull-ungen sin, den nydelige, uskyldige lille jenta. Var det virkelig bare noen få dager siden hun hadde holdt rundt henne sist?

Naboens parkeringsplass glitret i fraværet av biler, og kun mørke tittet ut av husets vinduer. June tok sjansen og smøg seg inn på tomten deres med lange steg og bøyd rygg. Håret dinglet over pannen, øynene, og klistret seg fast i de fuktige leppene og munnvikene. Irritert gned hun hårstråene vekk, hektet de bak ørene, men de gled rett ned igjen med neste hodebevegelse. Hun krøp inn mellom buskene og trærne som omringet hagen, kjente stive greiner raspe borti legger og ansikt. Duften av bark og kvae fra de nesten bladløse vekstene fylte henne med varme minner, som alle virket evig langt unna. Forsiktig la hun seg på kne, kjente det ruglete underlaget bite merke i de nakne knærne. Hun krabbet til enden av nabotomten, benyttet muligheten til å snuse i seg lukten av jord, og stakk ansiktet inn i – og nesten helt igjennom – en tørr busk.

Med vidåpne øyne nistirret hun på hver eneste parkerte bil langs fortauet foran huset. Et vidt spekter av bilmerker og -typer var representert nedover fortauet, fra folkevogner og sedaner til kassebiler og en og annen pickup. Men ikke én svart bil å se. Heller ingen sto på tomgang. Hun myste ekstra for å skjelne detaljer på innsiden av de som befant seg utenfor gatelyktenes oransjeaktige lampelys. Men nei, intet mistenkelig noe sted. Ingen skumle menn i noen av bilene.

Har de løyet for meg? tenkte hun med en stor dose skepsis til tankeforslaget. *Var historien oppdiktet kun for å få meg til å adlyde?* Neste tanke avfyrte en iskanon i mellomgulvet hennes: *Eller har de allerede vært her og ... og ...* Innskytelsen var så grusom og akutt troverdig at hun holdt på å sprette ut av busken og sprinte over hagen og inn i huset sitt, men fikk med nød og neppe stoppet seg selv før hun gjorde noe dumt. I stedet satte hun alle krefter inn på å tøyle frykten og trangen til å finne det ut med det samme. Hun lukket øynene, bet seg hardt i underleppen.

Neida, de har ikke ... tvert imot har de ikke vært her overhodet. Alt har bare vært manipulerende oppspinn.

Det var umulig å se om bilen til Eckhart var til stede eller ikke, da han alltid låste garasjen enten han var hjemme eller ute og kjørte. Men det lyste i vinduene; gardinene var ikke engang trukket for. June kikket mot de parkerte bilene igjen, før hun krøp gjennom buskene, bak trærne, og mot baksiden av tomten til naboen. Forhåpentligvis kunne hun snike til seg et blikk inn gjennom vinduene hjemme. Skarpe småstein skrapte opp knærne og håndflatene, men hun kjente det ikke.

Bak hennes eget og naboens hus var det heldigvis ingen vei hvor flere biler med potensielle onde mennesker kunne luske rundt – i det minste ikke rett utenfor som på forsiden. Tvert imot grenset tomtene deres til en barnehage bestående av et par rødmalte bygninger på størrelse med to eneboliger hver, pluss et uthus hvor de oppbevarte sykler og andre uteleker.

På vei mellom naboens buskas skannet June barnehagens uteplass, ikke trygg på at det virkelig var tomt der borte. Rundt bygningene var det stort og romslig med flere gatelykter plassert strategisk omkring for å fylle så mye av plassen som mulig med lys. Sandkasser med sklier og husker dekket mesteparten av området. Enkelte trær krydret plassen, men de var for få til at noen med lumske planer kunne skjule seg bak dem.

June krøp til gjerdet som omringet barnehagen, holdt pusten, og stirret med øynene stikkende langt ut av hodet. *Det er tomt,* tenkte hun etter noen sekunder med intens lytting. *Ikke sant?* Kunne man noen sinne være sikker her i verden? *Nei, men det er bra **nok**.*

Fortsatt med fryktklumpen knugende i magen tvang hun seg til å akseptere at gaten, barnehagen og området generelt var så tomt som det kunne bli – åpenbart med unntak av de røde kameralysene som plirte fram fra hustak og lyktestolper hvorhen de følte for. Hun rygget flere meter bakover igjen, til posisjonen ble riktig i forhold til stuevinduet hjemme. Liggende med knærne i gresset skimtet hun taklampen i stuen, som var avskrudd, noen av de uekte maleriene av kjente kunstnere som hun alltid hadde elsket, og dørkarmen – uten dør – til kjøkkenet lengst inn i rommet. Ingen av vegglampene var påskrudd, heller, så hun antok det dempede lyset måtte komme fra stuebordet.

Forsiktig, forsiktig støttet hun seg mot nærmeste tre, og reiste seg. Klemte seg inntil treet og håpte hun gikk i ett med stammen i mørket.

Kjærlig varme spredtes i kroppen da hun fikk øye på Eckhart der inne, sittende i sofaen. *Han lever! Det har virkelig ikke vært noen der!* Men en ubestemt kulde snek seg fort inn og utvannet gleden da hun la merke til at han satt med hodet i hendene, albuene på knærne. På stuebordet hadde han tent stearinlys, og små ark og sammenkrøllede dopapirballer lå strødd utover om hverandre. En vinflaske sto farlig nær kanten av bordet. Hun kikket tilbake på ektemannen sin, studerte ham. Det så ut til at han gravde fingrene hardt ned i hodebunnen, rev seg i det tynne håret. Skuldrene hevet og senket seg.

Hun tok seg til munnen da hun forsto at arkene på bordet måtte være bilder av *henne*.

«Å nei,» hvisket hun. Så hadde de allikevel vært her og fortalt at hun omkom i en bilulykke. De hadde vært gift i femten år, og sammen enda lenger, og hun hadde neppe sett ham gråte mer enn to-tre ganger på alle de årene. *Og nå sitter du der inne og sørger, kjære mannen min.* Piggtråd snurpet seg rundt hjertet hennes så hardt at det kjentes ut som hun fikk fysisk vondt. Nå måtte pinen ende.

Etter *enda* et sveip med blikket over gaten, aksepterte hun for andre gang at ingen ondsinnede mennesker ventet i noen av bilene. June klatret forbi naboens tørre busker, jogget over sin egen gressplen på vei til ytterdøren, men angret i siste liten. I stedet svingte hun til høyre og løp bak huset. Den lille lampen over døren til kjellerboden var avskrudd. Hun satte seg på huk, stappet fingrene ned i de fuktige gresstustene som vokste rundt inngangen. Fomlet rundt.

«Ja,» hvisket hun da en kald metallring hektet seg i pekefingertuppen. Nøkkelen dinglet og klirret guddommelig i hånden hennes. Uten å nøle trippet hun ned de tre trappetrinnene og låste opp kjellerdøren, smatt inn og låste. Stappet nøkkelen i skjørtelommen, famlet etter lysbryteren til høyre for dørkarmen, og fant den.

Rommet badet i lys. Kontrasten til mørket utenfor fikk øynene til å myse for ikke å blendes. Hun blunket og brukte hånden til å skjerme for armaturen i taket.

Ingenting hadde endret seg siden sommeren. Alle hageredskapene, syklene, gressklipperen, lekene, cricket-utstyret og alt det andre rotet lå akkurat der det lå sist – *overalt*. Sakte, for ikke å snuble, listet hun seg forbi gjenstandene. Kastet et ekstra langt blikk bort på tursekken og det innpakkede teltet, sverget at *neste* sommer skulle hun klare å dra Eckhart og Sofia med på skogstur.

Da hun nådde døren som ledet direkte inn til huset, ventet hun et sekund med hånden hvilende på dørklinken, forsøkte å puste bort hjerteklappet. Kroppen var et smertehelvete i høyspenn, og tankene en floke ut av en annen verden. *Hva i alle dager skal jeg si når jeg kommer opp? Hvordan kommer de til å reagere? Må vi stikke av, eller går alt bra nå? Skal jeg fortelle alt som har skjedd med én gang, eller er det best å fordele det utover de neste dagene?* Mens hun med lukkede øyne tvangsroet pustetempoet, lot hun alle disse tankene bare flomme gjennom hjernen som en flodbølge. *Jeg vet ikke,* konkluderte hun til slutt. *Det er hva det er. Blir som det blir.*

June nikket, dyttet dørhåndtaket ned, hørte det velkjente klikket, støttet seg mot det avrundede tregelenderet i trappen. Hun haltet opp på utslitte bein, glødende føtter. Skjøv opp døren på toppen av trappen.

Rommet på andre siden, kontoret hennes, lå mørklagt. En mild roselukt fra duftlys hun pleide å tenne når hun skrev artikler, blandet seg med svettestanken som oste fra kroppen hennes. Igjen måtte hun myse, men denne gangen for å trekke ut nok kontraster til å skimte hvor arbeidsbordet, stolen, og hyllene sto plassert. Det var som om dagene hjemmefra hadde visket bort følelsen av hvor alt var plassert, enda hun vanligvis kunne manøvrert seg gjennom hele huset stokk blind uten holdepunkter. Nå, derimot, opplevde hun det som et fremmed kontor.

June skvatt da de utstrakte hendene dunket borti den én og en halv meter høye gipsstatuen av bibelske David, oppstilt på en sirkulær plattform av treverk. Hun hoppet fram og klemte rundt den for å stoppe vippingen som truet med å velte den verdifulle replikaen. Statuen kom til ro med en dyp *thommp-omp*-lyd. Ansiktshuden prikket, og hun pustet lettet ut. Hun hadde kjøpt den på en av de første feriene med Eckhart da de badet i nyforelskelse, i Italia for mer enn 25 år siden, og betydde enormt mye for henne på så vel emosjonelle som kunstneriske plan. *Ikke gjør det der igjen.*

Hun følte seg fram til døren ut av kontoret, som ledet til nederste del av entreen, med stua som nærmeste nabo.

Hengslene knirket idet hun lukket den bak seg. Lampene i gangen lyste ikke, men i det svake lysskjæret fra stua så hun at filleryene klumpet seg i hverandre, som om småbarn hadde løpt rundt og sparket i dem. Flere av de innrammede familiebildene på veggen hang skjevt. Svidd pizza luktet fra kjøkkenet.

June vendte seg til høyre, gikk mot snufselydene i stua. Hun så sofaen fra inngangen, og Eckharts brede skuldre under en brun genser åpenbarte seg. Det kortklipte, delvis skallede hodet løftet og snudde seg lynraskt mot henne. Skinnet fra stearinlysene på bordet ble reflektert i de blanke, mørke øynene, og i tårebekkene som forsvant ned i helskjegget. Han rykket bakover i setet med åpen munn.

«Elskede,» sa June med hodet på skakke, løftet hendene mot ham. «Godt å se deg.»

«Du lever,» sa han, stemmen ujevn. Deretter gned han hendene over ansiktet, *hoppet* over sofaryggen og omfavnet henne med de store armene sine, hardere og mer intenst enn noen gang. Løftet henne fra gulvet. «De sa du var død.»

Et stakket øyeblikk forsvant all Junes frykt; hun klemte rundt mannen sin, forsvant inn i det uendelig trygge grepet og lot demningene briste. «De løy,» gråt hun med hodet begravd i brystet hans. «Åh, herregud, Eckhart, du aner ikke ...» Stemmen bristet, hun tillot seg å hulke hemningsløst.

«Det går bra,» hvisket han hest, «nå går det bra. Alt skal bli bra.» Han løsnet bjørnetaket, klappet de tårevåte, hovne kinnene hennes, dro det svette håret bakover og så henne i øynene. «Du stikker ikke av igjen, skjønner du? Du må være her nå, hos oss.»

Uttrykket hennes vred seg i en gråtegrimase. Hun lente ansiktet mot hendene hans og la sine egne over dem. «Aldri, aldri igjen.»

På ny omfavnet han henne så hardt at det gjorde vondt i ryggen og ribbeina, men det var utelukkende godt, utelukkende *hjemme*. June snuste inn lukten av ham og visste nesten ikke hvor hun skulle gjøre av seg.

«De er så onde, Eckhart, så fryktelig onde,» stotret hun, klamret seg fast i ham. «Verden går til helvete og det er ingenting vi kan gjøre. Hvor er Sofia?»

«Hun sover,» sa han, slapp June igjen. «Men hun vet ingenting. Jeg har ikke vært i stand til å si det ennå.» Snørr surklet i nesen da han snufset. Han rensket stemmen. «Det kom så brått på ... jeg ville

133

vente til jeg klarte å fortelle det uten å bryte sammen.»

June smilte gjennom tårene. Det var nesten så hun kunne le høyt. «Så utrolig fint!»

Eckhart stirret mot gangen, i retning Sofias soverom. «Ja, flaks. Skal vi vekke henne?»

JAAA!!! ropte Junes lengtende hjerte. I stedet ristet hun fort på hodet. «Nei, la henne sove. Vil ikke at hun skal se meg som dette … blant annet.»

«For noe tøv,» avfeide Eckhart. «Jeg henter henne.»

June snappet tak i armen hans idet han passerte, dro ham tilbake. «Det er ingenting i hele verden jeg vil mer enn å se, holde og nusse på den nydelige, lille jenta vår. Det vet du. Men vær så snill,» sa hun med dirrende lepper, «la henne sove.»

Det ene øyebrynet hans løftet seg høyere enn det andre, slik det pleide når hun sa noe for ham uforståelig. «Men hvorfor?»

June dro ham inntil seg igjen. «Vi må snakke sammen.»

«Vi kan snakke sammen hele kvelden etter at hun legger seg igjen,» sa han med det godslige smilet sitt som hadde smeltet henne utallige ganger i løpet av forholdet deres.

«Du skjønner ikke. Vi må snakke sammen *nå*,» sa June med lavere stemmevolum, klemte hendene hans.

«De som sa jeg døde i den bilulykken ... det kan hende de allerede er på vei hit for å drepe oss.»

Eckharts godslige smil forsvant.

10

De hadde parkert i et mørkt hjørne bak en gammel, råtten bygning i Hausmannsgate. Lyset til en lyktestolpe skar skrått innover plassen, men utenfor bilens rekkevidde. Nå stoppet Jonas midt i bevegelsen da han skulle til å assistere Tony ut av den stjålne Teslaen.

Tony så på ham med hevede øyebryn og utstrakte armer – den ene armen lavere enn den andre på grunn av skuddsåret i skulderen. «Litt hjelp?»

Jonas skrittet bakover, strakk overkroppen og korset armene over brystet som hevet og senket seg. Munnen kun en sammensnurpet strek.

«Hva skjer?» sa Robin, skiftet på hvilket bein som bar kroppsvekten. Kapsebremmen pekte skjevt ut fra hodet. Den farget halve ansiktet i en dypere skygge enn resten av ham. «Burde vi'kke bare pigge så fort som mulig?»

«Snart,» sa Jonas, viftet hånden mot sønnen. «Stikk og vent ved veggen der borte.»

«Øh ...» Robin kikket på Tony, som fortsatt løftet armene i luften. Den venstre armen ristet, synlig selv i det tette mørket.

«*Nå*, Robin.»

Halsen til sekstenåringen klikket hørbart, før han med bøyd hode subbet bort til kanten av den nedtaggete murveggen ved fortauet bak dem.

Jonas møtte de innsunkne øynene til Tony. Kjevemusklene bulte ut og inn i det grove, slitne ansiktet. Til slutt slapp Tony armene i fanget, sukket og ristet på hodet.

«Silje døde der ute i dag,» sa Jonas lavt, knapt hørbart gjennom støyen til alle menneskene som marsjerte i gatene. Han pustet dypt for å holde den indre ilden under kontroll.

Tony brøt blikkontakten.

«Se på meg når jeg snakker til deg.»

Tony så opp igjen.

Jonas tok et skritt nærmere. Huden i ansiktet prikket glovarmt. Kroppen dirret. «Silje daua, og hu hadde ingenting med saken å gjøre.»

«Absolutt *alle* påvirkes av dette,» sa Tony. «Kanskje spesielt journalister.»

«Det var mitt oppdrag. Du lovte meg at hu ikke skulle skades så lenge jeg fulgte ordre.»

«Ingen tvang henne til å gjøre det.»

«Ikke jug meg opp i trynet!» Jonas hamret knyttneven så hardt inn i dørkarmen over Tonys hode at materialet bøyde seg under de herdede knokene. Smellet slo skarpt mellom husveggene. Jonas bøyde seg nærmere. «Du sa dere skulle sende henne tilbake til meg i små *biter* hvis jeg ikke gjorde som dere beordra, husker'u det ... *Boksekongen?*»

Blikket til Tony røpte ingenting, og han rørte ikke en muskel, men pusten suste høyere i neseborene. Svettelukt og kruttrøyk oste av ham.

Kun en hes hvisking hørtes da Jonas åpnet munnen igjen: «*Eneste* grunnen til at du sitter her nå, er mora til Robin.» En ny hetebølge flommet over ham ved tanken på Linda. Huden strammet seg over knokene som en tynnslitt strikk.

«En dag vil du forstå,» sa Tony rolig, «at jeg gjorde det jeg måtte for å få med folk ... uansett hvor jævlig jeg syns det var.» Han trakk pusten tungt, tok seg til skuddsåret i skulderen og skar en grimase. «Vær glad for at det Silje gjorde hjalp hele nasjonen, ja, kanskje hele *verden*, å se sannheten, og at hun ikke bare døde forgjeves, som flere i min egen fami-»

Uten at Jonas syntes å ha noen som helst kontroll over seg selv eksploderte kroppen hans i rødglødende emosjoner. Mens han ropte: «*Døde ... ikke ... forgjeves?*» røsket han tak i skuldrene til Tony, rev den skadde mannen ut av baksetet, spente bein på han så han havnet på ryggen i bakken. Bakhodet klasket i asfalten, og Jonas hev seg på kne over brystet hans med hendene krummet rundt halsen. Skjegg-etterveksten stakk Jonas i håndflatene og adamseplet gnikket mot tomlene hans idet Tony begynte å le.

«Skjønner du fortsatt ikke at jeg ikke er fienden?» presset han fram mellom den forkvalte latteren.

«Dere blanda inn feil folk i dritten deres,» sa Jonas, følelsene hans kranglet med seg selv. «Vi ville bare leve livene våre, for satan!»

«Det vil alle.» Tony hostet under det stramme grepet, men gjorde ingen forsøk på å slite seg løs. «Hjelper du verden ved å drepe meg, tror du?» Ustemt lo han igjen. «Eller er det en egoistisk handling fordi du er for redd til å se udyret rett i øynene?»

«Bare ett udyr truer med å kappe opp dama til noen i småbiter,» sa Jonas.

«Du skjønner ingenting,» sa Tony med leppene dratt utover i et misformet grin. Han hostet kraftig, det lille som slapp ut av det sammenklemte pusterøret. «Hva er planen din – å drepe meg? Og etter det, hva da? Finne resten av antibiobrikkesoldatene og ødelegge dem?»

Hendene til Jonas ristet rundt halsen til jævelen. *Bare bli ferdig med det.* Det krevde all viljestyrke å hindre musklene i å rive hodet av ham.

«Og hva *da*?» spurte Tony, pupillene var svidd fast i blikket til Jonas, som om personen der inne overhodet ikke lot seg affisere av at kroppen ble kvelt. Han fortsatte, stemmen hørtes ut som hvesing: «La meg hjelpe deg: Da skjer ingenting. I morgen begynner chippingen. Og etter det ... evig fangenskap.»

Robin ropte fra hjørnet bak dem, men de hylende tankene til Jonas blokkerte tenåringens ord. Han knep øynene sammen, tvang seg til å dyppe bevisstheten i minnene fra knapt et par timer tidligere, da de samme fingrene gravde seg inn i halsen til kidnapperdama. *Det var jo de som drepte Silje. Jeg har allerede vært igjennom dette.* Den hvesende, knapt hørbare stemmen til Tony, som Jonas kjente vibrere i halsen mellom hendene sine, sa:

«Gjør hva du må. Dette er en enkel utvei for meg, heh.»

Jeg har allerede vært igjennom dette. Dette er bare en emosjonsindusert loop! Realisasjonen trakk ham ut av aggresjonshypnosen med en dusj av mental klarhet. Kjapt som om han plutselig brant seg, slapp han taket rundt halsen til Tony.

«Du er et utspekulert svin, men du redda Robin ut av Tveitabasen.» Jonas flyttet seg fra brystet hans og reiste seg på skjelvende bein. En nål av frykt stakk ham i mellomgulvet da han i sidesynet la merke til at Robin stappet en pistol ned i bukselinningen. *Har han nettopp sikta den på meg?* Men han spurte ikke; ville ikke vite svaret. I stedet hjalp han Tony opp i stående stilling.

Med rolige bevegelser børstet Tony grus fra de blodflekkete klærne. Han bikket på hodet, stirret på Jonas. «Ferdig?»

Jonas bet seg i tungen, kikket i bakken. Nikket uten å svare.

«Flott. Kom.» Tony haltet forbi ham og ut mot gaten bak dem. «Takk,» sa han lavt idet han passerte Robin, og la en hånd på guttens skulder.

Blikket til Robin flakket bort på Jonas, før han fulgte taust etter.

11

Robin ville ikke egentlig innrømme det for seg selv, men han *hadde* vært klar til å skyte faren sin hvis han ikke lot Tony gå. Eller i det minste skremme ham til å slippe. Bare Tony i hele verden kunne føre dem til den skjulte basen i Hausmannsgate, hvor Robin visste moren hans befant seg. Og nå syntes han å fysisk *kjenne* hvordan det prikket elektrisk på det punktet hvor øynene til Jonas boret seg inn i ryggen hans.

Tony skulle ikke klappa meg på skulderen og sagt takk. For en erketeit ting å gjøre! Men samma faen. Ingen er viktigere enn mamma. Ikke en gang Jonas. Robin smilte med halve munnen, kald etter en lang oppvekst uten farsfigur. *I hvert fall ikke en bitch som stakk av før jeg blei født.* Men klumpen i magen pekte mot et annet aspekt av saken også, og han måtte innrømme at til og med en far som stakk av og kom tilbake igjen var bedre enn ingen far i det hele tatt. «Yeah right,» mumlet han så lavt at ingen hørte det, og svelget den sure smaken i kjeften.

«Straks fremme,» sa Tony etter å ha rundet hjørnet og haltet inn i et smug klemt mellom to halvråtne, nedtaggede bygninger. Han haltet tregt og tungvint av gårde på det skadde beinet, og hadde nektet hjelp da Robin ymtet frampå at det ikke var no' stress å hjelpe'n, liksom.

Lenger inn i smuget, i enden av bygningen, passerte de en knapt synlig kassebil i mørket. Flere biler sto parkert bak bygningen, skjult av natten. Robin myste mot gatelyktene. De fleste mørklagt.

«Her,» sa Tony, stoppet og gestikulerte mot en av de mest shabby dørene Robin noen sinne hadde sett. I lysskjæret som listet seg ut mellom sprekker i de oppsprikrede plankene på de nærmeste vinduene, så han at avflasset tagging lå sprayet i tykke, fargerike lag over både veggen og døren. Hermetikkbokser stappfulle av sigarettsneiper klumpet seg sammen ved dørkarmen. Knuste tomflasker og ølbokser pekte fram mellom gresstuster som spirte fra sprekker i asfalten. Akerselva bruste lavt i bakgrunnen, sammen med flappingen fra fjerne helikoptre.

Robin sparket en ølboks. «Åssen jævla narkissted er dette, á?»

Jonas bøyde seg og hvisket i øret til sønnen: «Se opp for bakholdsangrep, liksom.»

«Ja,» sa Tony og støttet seg mot den flisete dørkarmen, «dette er et narkissted hvor vi alltid tar med og bakholdsangriper intetanende tullinger som dere.» Han blunket til Robin før han banket på døren i en spesiell rekkefølge.

Robin flirte utad, men tenkte: *Slutt og fuckings* **bond** *med meg, dust!* Han ristet av seg grøsningene krypende langs ryggraden. Tok et skritt nærmere Jonas i stedet, som la hånden på skulderen hans.

«Gå bak meg,» sa han.

Robin gikk til side og lot faren skritte forbi. Et blaff av takknemlighet varmet i kinnene. *Kanskje det er ganske mye bedre å ha en pappa som stakk og kom tilbake, enn ingen, ja.* Likevel klarte han ikke la være å fnyse lydløst, og gned hånden over ansiktet for å få vekk varmen.

Dørlåsen klikket, et pip hørtes, deretter noe rakling som minnet om lenker mot metall. Et slitent tryne innpakket i langt, fettete hår og uflidd skjegg kom til syne i dørsprekken. Kritthvite tenner i en smilende munn.

«Tony,» sa typen. «Denne gangen trodde vi nesten det var over for godt.»

«Vel, takk for omtanken,» sa Tony hest. «De andre, har de kommet?»

Typen dyttet underleppen utover mens munnvikene dro seg nedover. Nikket halvveis. «Alle som kom seg ut, i det minste.»

«Mm.» Tony kastet et blikk i retningen de kom fra. Robin snudde seg også. Toget av folk som passerte under lyset fra lyktestolpen ute på gaten viftet med plakater og lommelykter. Ingen av dem ofret smuget eller de som sto der inne noen oppmerksomhet.

«Her og nå,» mumlet den rufsete typen i døren, «*dette* er dagen. Endelig. Eller ikke.»

«Vi går.» Dørterskelen spraket da Tony gikk inn bygningen.

«Kommer du?» spurte Jonas.

«… ja.» Robin trakk til seg øynene fra kortesjen av bablende, iltre mennesker der ute. Det var noe skikkelig *feil* med hele dritten. *Som et 17. Mai-tog i hælvete,* tenkte han og fulgte med inn i varmen.

Gangen lignet entreen til en uryddig knarker-leilighet – sånne Robin hadde sett hundrevis av på amerikanske filmer, hvor politiet måtte sparke opp dører til gustne narkoreir. Sur sigarettrøyk etter årevis med innerøyking oste fra veggpanelene, hvor porøst treverk stakk fram under avflasset en-gang-i-tiden-turkis maling. Robin forventet bare at rotter skulle sprette fram fra hull i veggene og gnage seg fast i skosålene deres. Han hørte den langhårede typen låse ytterdøren bak dem.

Rakle, pip, klikk.

*

*Fra Tveitabasen til **dette***? Jonas passet på å ikke buse ut med noe ugjennomtenkt til Tony som haltet seg framover og støttet hånden mot veggene. I stedet skjerpet han sansene, holdt kort avstand til Robin bak seg.

Tony hilste til en annen uflidd type som lente seg mot dørkarmen inn til neste rom. De brunsvarte klærne hans hadde vært hvite en gang, mens gullkjedene rundt halsen og det ene håndleddet, derimot, glinset nypusset.

«Tony,» nikket han idet de tråkket inn i rommet ved siden av.

Smilet Jonas ga typen da han passerte nådde ikke de uttrykksløse øynene.

«Hei,» hørte han Robin mumle i forbifarten.

Klam, tett luft slo mot dem da de entret rønnen av en stue. Jonas så på Robin og ristet svakt på hodet, men sønnen var opptatt av de slitne hodene som satt henslengt i sofaene langs veggene. Et par gnikket på håndvåpen med pussekluter. Andre fulgte med på TV-en i hjørnet. Det støkk i Jonas da han la merke til Silje på skjermen, stående med mikrofonen i hånden foran den brennende traileren på E6, badet i lyset fra et overhengende helikopter.

Jenta mi! Han ville hoppe fram, omfavne TV-en. Prøvde å høre hva hun sa, men den lave lyden ble overdøvet av en dame i rosa topp og lårkort, svart skjørt som snakket høyt med en annen dame i sofaen. De lente seg mot hverandre, albuene på stuebordet, hvor overfylte askebegre, ølbokser og pornoblader lå hulter til bulter.

Uten ord nikket alle til Tony mens de skrittet gjennom stua.

Tony snudde seg mot Jonas og hvisket: «Vær fokusert. Bare en reprise.»

«Jeg *veit* det,» svarte Jonas mellom sammenbitte tenner. Iskald svette rant nedover ryggen under t-skjorta, og han forestilte seg hvordan det ville kjennes ut å rive hodet av Tony med bare nevene, deretter stjele automatgeværet som hang og dinglet i reimen på ryggen hans og skyte vilt rundt seg helt til alle forbanna jævler i hele verden døde og ble til ingenting. «Hva faen gjør vi her uansett?» hvisket han.

«Ikke lek dum,» sa Tony og hinket til andre enden av stua, støttet seg mot rotete kommoder og skap underveis.

En siste gang sugde Jonas til seg synet av den nydelige dama si. Rett før han la skjermen bak seg kom han nær nok til å høre stemmen hennes også, silkemyk, men samtidig streng, snakkende til Norges befolkning:

«Hvis staten ser *alt*, og dette har fått pågå bak våre rygger. Vel, da kan vi anta at vi har med et ganske stort problem å gjøre …»

Så klarte ikke Jonas å høre mer, og det sved langt inn i sjelen. TV-en var for langt unna, lyden for lav, og de horete kjerringene skravlet for høyt i bakgrunnen. Han forsøkte skyve unna vissheten om at reprisen snart ville vise at den svarte folkevognen meide henne ned. I stedet fokuserte han på det to meter høye, doble kjøleskapet, komfyren og utslagsvasken i kjøkkenhjørnet de nå kom inn i. Kaffelukt blandet seg med røyk.

Den lubne dama som med en sigarett mellom leppene ventet på at kaffetrakteren skulle surkle seg ferdig, var den første personen de hadde sett her inne med rene klær og tilsynelatende rent hår.

«Hei, du,» sa Tony. «Vi skal inn.»

«Jasså,» sa hun og stumpet sigaretten i vasken. Det freste da gloen druknet i vanndråper. Hun iakttok dem alle sammen, fra topp til tå. «Og dere er?»

Tony lo hest. «Skjønner. Du er den nye vakten,» sa han, støttet seg mot kjøleskapet.

Øynene hennes smalnet. «Relativt ny.»

«Hva heter du?»

«Julie.»

«Julie, ja. Hyggelig å ha deg på laget.» Han tok hånden hennes og ristet den et par ganger. Smerten ved å bevege armen skapte en rykning i ansiktet hans.

«Og du er?»

«*Tony*. Du vet, løpegutten til Linnea.» Han blunket og lo hest igjen. «Og disse her er Jonas og Robin, to meget tøffe karer som har ofret blod og tårer for å hjelpe menneskeheten ut i friheten.»

«Ikke frivillig, vel å merke,» la han til da hun møtte de miserable uttrykkene til far og sønn. «De har begge en de gjerne vil møte igjen der inne, så ikke la oss vente lenger.»

Julie vred på nesen, som virket knøttliten mellom bollekinnene. Med et håndvrikk ristet hun fram smartklokken på håndleddet, festet i en sølvlenke. «Et øyeblikk, bare. *Linnea*,» sa hun. Leppene glinset i LED-lyset fra klokkedisplayet.

«Julie?» svarte stemmen til Linnea rett etter.

«Åh, for Guds hellige skyld,» gryntet Tony, rev tak i Julies arm og dro den til seg. «Linnea, få pikebarnet til å forstå hvem som er sjef her, før jeg mister siste rest av tålmodigheten og kjører geværløpet inn i den rosa trutmunnen hennes.»

Linnea lo høyt. «Godt å høre stemmen din! Du hørte herren, Julie.»

«Unnskyld,» mumlet hun. Den rake, bestemte holdningen knakk sammen. Blikket hennes hoppet fort mellom de tre, før hun bøyde hodet og stirret i bakken mens hun følte seg fram til noe under kjøkkenbenkplaten.

Melodien som spiltes av fra bak kjøleskapet lød kjent i ørene til Jonas.

«Samme lyden som på sikkerhetsdørene på Tveita-basen,» sa Robin.

Jonas knipset. «Stemmer.»

Med et påfølgende høyt klikk, åpnet kjøleskaps-døren seg til en sprekk.

Fortsatt med øynene festet i gulvplankene, sa Julie: «Vær så god. Og igjen, sorry.»

Lys flommet ut av det gapende kjøleskapet da Tony åpnet døren på vid vegg. Kuldedamp virvlet ut av kjølerommet. Både Jonas og Robin vekslet blikk, flyttet på seg for å se hva som befant seg på innsiden, men Tony sto i veien. Han snudde seg mot vakten. Med haken dyttet ned på brystet krympet hun seg unna ham.

«Slapp av, Julie,» sa han, klappet henne på skulderen. «Du får stjerne i boka.» Så lirket han fingrene bak kanten på en av kjøleskaphyllene og dyttet den til side som en skyvedør. Mer kulderøyk drev ut i rommet.

«Kødder'u el'?» sa Robin, stakk hodet forbi Jonas og glodde med store øyne idet Tony skrittet *inn* i kjøleskapet.

«Kom.»

«Jeg først!» Robin spratt forbi faren og forsvant inn i kulden.

Jonas hadde blottet tennene i et bredt glis og latter i magen, var det ikke for at han hørte flere av de som satt i stua banne høyt og kjeftet, mens de kaklende damene gispet. *Det er bare en reprise,* minnet han seg selv på og trakk pusten dypt. *Ingenting jeg kan gjøre.* Uten å mene det kastet han et iskaldt blikk på Julie idet han klatret inn i den kjølige, sterkt opplyste portalen. Kjøleskapet sto for ham som en kiste laget for å fryse ned folk rett før de døde. *Da hadde jeg gjenoppliva deg på flekken, baby.*

Der bakveggen til kjøleskapet egentlig skulle vært, skrittet han i stedet inn i et varmt rom på størrelse med lasterommet til en varebil. Fire tomme vegger, gulv og et kamera festet i taklisten pekende på skrå ned mot døren i andre enden.

«Kast igjen veggen etter deg,» sa Tony, bøyde seg og stirret inn i samme type øyeskanner som det krydde av i Tveitabasen.

Kaldt, hvitmalt metall møtte fingertuppene til Jonas da han dyttet dem inn bak kjøleskaphylla. Dro den fram og dyttet den inn i sporet på motsatt side. I samme sekundet kjøleskapportalen lukket seg, hørtes et *bzzt* fra den elektroniske låsen i døren Tony fiklet med. Han hinket et skritt til side og åpnet den.

Øynene til Jonas myste mot lyshavet som veltet inn. Speilblanke, metalliske vegger og hvitt gulv speilet lampelysene i taket i den trange korridoren.

«Kom,» sa Tony, haltet innover og lente seg mot gelenderet langs korridorveggen, og strakk seg til enden omtrent ti meter lenger framme.

Fordi veggene var speil, ble effekten av å gå inn i korridoren som å være omringet av et stup som gjentok seg selv for alltid – dypere og dypere innover i en slags alternativ dimensjon. De motstående speilveggene reflekterte hverandre og alt som befant seg i mellom dem langt inn i evigheten utover på alle kanter. I tillegg var veggen svakt buet slik at speilrefleksjonene bøyde seg i en psykedelisk spiral innover og innover. Både Jonas og Robin måtte støtte seg mot gelenderet mens de ble vant til å se seg selv både forfra og bakfra gjentatt uendelig mange ganger, helt til speilene – eller *hjernen* – ikke lenger klarte å skjelne detaljene fra hverandre.

«Hva er poenget med dette?» sa Jonas, gned hendene i øynene for å mildne presset fra det sterke, reflekterende taklyset og svimmelheten.

Tony knegget en kort latter. «Hvordan hadde du opplevd det om vi akkurat nå skrudde av lyset, fylte korridoren med røyk og sendte inn kampdroner med blinkende lasere?»

«Ja ... nei, det ville jeg helst ikke opplevd,» nikket Jonas. Huden prikket i en bølge av grøsninger nedover ryggen mens han stirret på seg selv som stirret på seg selv som stirret på seg selv både forfra og bakfra innover og innover og innover i den evige speiltunnelen på begge sider.

«Fuck as,» sa Robin, plystret og vred på kapsen til bremmen endelig kom tilbake i riktig posisjon over øynene, slik at den skygget for flombelysningen. «Kommer *alle* som skal hit inn gjennom her?»

«Under bakken er basen koblet til en rekke bygninger i nærområdet,» sa Tony og virret fingeren i en sirkel rundt hodet, som for å peke på alle de usynlige bygningene. Hundrevis av refleksjoner snurret den samme fingeren rundt og rundt.

«Dere har med andre ord,» sa Jonas, «bygget et helt nettverk av korridorer festa i – la meg gjette – enda en enorm undergrunnsbase?»

«Mm. Men kun via falleferdige bygninger folk tror det bor utstøtte knarkere og utskudd i.»

«Sånn som de der ute?» Sekstenåringen kastet en tommel i retning kjøleskaputgangen.

«De der ute er *soldater* på vakt.»

Robin svarte ikke, men nikket med tynn strekmunn.

«Ingen visste noe om biobrikken før for et års tid siden, da ryktene kom samtidig med at staten hang opp alle de jævla overvåkningskameraene overalt,» sa Jonas og stoppet med hendene på hoftene. Han ventet med å fortsette til Tony snudde seg: «Så det jeg ikke skjønner, uavhengig av hvordan dere skaffa gryna til å betale for alt dette, er hvordan dere rakk å bygge begge disse enorme basene på så kort tid? Og ikke bare dét, men hvordan i helvete klarte dere det uten at noen heva et eneste øyebryn?» Han slo ut med hendene. «Jeg mener, skulle jo tro alle journalistene i hele forbanna landet hadde strømma til stedet for å dokumentere opplegget!»

Tony bare smilte.

«For ikke å snakke om at dere mest sannsynlig måtte stenge av gatene i områdene rundt, både her og på Tveita, for å kunne frakte materialer og inventar ned i basene i sikkert lange tider. Og ...» Jonas stoppet, trakk pusten lenge, foldet hendene over brystet.

Robin stirret med store øyne fram og tilbake mellom dem.

«Jeg fatter det bare ikke. Shit henger ikke på greip. Faktisk er det ikke mulig.» Jonas gransket blikket til Tony, som ikke røpte annet enn en slags lunefull undring.

Plutselig oppsto et sug i bakhodet til Jonas. Trykket rant nedover nakken hans, bredte seg over skuldrene, krøp inn i og fylte mageregionen. Kraftløst slapp han hendene langs sidene og sa: «Hvorfor bygde dere *egentlig* basene? Du veit,» sa han, tok et skritt på knirkende skosåler, *«før* biobrikken eksisterte?»

Mikrorykninger forplantet seg i musklene rundt øynene til Tony. «Det fantes ingen baser før biobrikken.»

«Skal du få meg til å tro at dere konstruerte disse digre greiene på under ett år?»

«Kom,» sa Tony, snudde seg og haltet videre mot enden av korridoren.

Jonas vekslet et skeptisk blikk med sønnen. Uten noen forventning til at den skadeskutte mannen kom til å røpe en eneste døyt til, fulgte de taust etter.

Tony stoppet et par meter før veggen i enden. Vendte seg mot dem og pekte på gulvet. «Gå innenfor den innrissede streken der.» Deretter bøyde han seg mot veggen. Med et klikk presset han inn en – for dem – usynlig luke i gelenderet. Den var på størrelse med et kredittkort, lot seg skyve til side og avdekket et grønnfarget display med et svart miniatyrtastatur av bakgrunnsbelyste knapper. Kneppe-lyder hørtes da han tastet en kodekombinasjon.

Robin skvatt unna den innrissede streken de nettopp hadde passert da den plutselig åpnet seg og en ny speilblank vegg skjøt i været fra sprekken med en mekanisk *dzzzzzd*-lyd.

På ny kjente Jonas følelsen av kvalmende høyder da veggen nådde taket og forseglet dem inne i et smalt rom med speil på alle kanter. Refleksjoner gjentok seg selv i en svimlende uendelighet rundt ham. Han lukket øynene halvveis og fokuserte på gulvet.

«Hva nå?» spurte Robin, studerte det grønne displayet i gelenderet.

«Nå går vi *ned*,» sa Tony. Den hese stemmen slo tørt tilbake mot dem i det trange rommet.

Magen til Jonas reagerte da verden flyttet seg nedover som en hurtig heis.

«Er det langt el'?»

«Nei, Robin, det er ikke langt.»

«Men seriøst,» fortsatte tenåringen, «jeg blei dritnysgjerrig nå. Hvordan klarte dere å bygge stedet uten at noen merka det?»

«Hvem har sagt at *vi* bygde basene?»

«Øh … i stad sa jo, eller, jeg bare …» Stemmen til Robin forsvant.

Jonas følte blikket til Tony spidde ham i nakken, men ignorerte det, fortsatte å se i gulvet.

Korridordelen, heisen, falt i ro etter et halvt minutts tid. Frisk ventilert luft la seg over ansiktene deres da speilveggen gled ned med samme mekaniske *bzzzzd*-lyd. Den ble slukt av sprekken i gulvet, som tettet seg og lignet igjen kun på en innrisning.

To svartkledde vakter med automatgevær i hanske-kledde hender sto på hver side rett utenfor. Stramme uttrykk i glattbarberte ansikter passet til den skinnende sterile gangen de voktet.

«Velkommen tilbake,» sa en, bikket hodet i et slags nikk. «Gå rett inn.»

Vaktene snudde førtifem grader på støvelhælene og lagde en åpning mellom seg bort til metalldøren bak. Den så ut til å være solid nok til å kunne holde en hel armé av granatkastende jævler unna.

I hvert fall en liten stund. Jonas inspiserte på vaktene. De tok uten tvil jobben på alvor. Tiden ville vise hvor barske de var. Han grøsset med tanke på hva han selv måtte regne med å kastes ut i innen uka var omme. Så grøsset han hardere da tankene hentet fram alt han *allerede* hadde vært igjennom.

Tony mumlet et takk, hinket mellom dem. Gjengene pep under tyngden til metalldøren da han åpnet den, og en tett tåke av stemmer og lyder innenfra fylte stillheten i gangen.

«Dette er hjertet vårt,» sa han, åpnet døren. «Norge vet det ikke ennå, men dette er landets eneste håp.» Så skuffet han Jonas og Robin først inn i menneskemengden i den opplyste, hvitmalte hallen.

Jonas skjønte ikke hvordan alle folkene – hundrevis, kanskje tusenvis – hadde klart å snike seg gjennom Oslo og inn hit uten å gjøre uønskede hjerner nysgjerrige på hva som foregikk. Han tok inn salen, full av høyteknologisk utstyr innimellom menneskene. Lyskastere flombelyste et punkt på gulvet nær veggen i enden, foran to lerreter, hvor Linnea snakket med et par stykker, uforstyrret av alle rundt.

Tony gjorde tegn til at de skulle følge etter. Han presset seg gjennom massen av rastløse kropper. Gulvet gynget under dem, og luften sitret av spenning, forventning og … aggresjon. Først da Jonas kjente lukten la han merke til eskene med pizza som ble sendt rundt sammen med ølbokser og brusflasker til alle som ville ha.

Uten mat og drikke duger helten ikke. Og uten alkohol i blodet klarer vi ikke noe.

En papptallerken med to saftige pizzabiter dukket opp til høyre for ham. «Skal du ha?» spurte Robin, allerede med munnen full av mat.

Jonas ristet på hodet.

«Sikkert lurt å ete nå, da,» mumlet han gjennom maten.

«Ellers takk,» sa han og skjøv papptallerkenen mot Robin.

Sønnen nikket. «Okay, whatever.»

«Hallo!» brøt Linneas stemme gjennom menneskesummingen. Den strømmet fra digre høyttalere som hang i taket på hver side av lerretskjermene. «Da kan alle samle seg rundt podiet.»

«Kom,» sa Tony, geleidet dem mellom folkene. «Sett dere foran.» Så slo han seg med Linnea på den lille scenen.

Da roen senket seg i forsamlingen, la hun en hånd på ryggen hans. «Tony. Godt å se at du overlevde angrepet.»

Han hostet. «Det var faen meg nære på. Hadde vært hakkemat var det ikke for Robin og Jonas her.» Han pekte på sønn og far. Folk klappet og plystret.

Jonas og Robin delte blikk.

«Først blir vi kidnappa, så *dette*,» hvisket Robin.

«Helt sjukt,» nikket Jonas.

Linnea fortsatte fra podiet: «Stille, vær så vennlig. Vi har mye på agendaen.»

Salen kom til ro.

Hun plukket fram en fjernkontroll fra lommen i den svarte skinnbuksen, og skrudde på skjermene. Videoklipp viste enorme bygninger på størrelse med

DVV, filmet fra luften, men Jonas kjente ikke til noen av dem.

«Dere ser nå hva vi kan kalle *biobrikke-hovedkvarterer* rundt omkring i verden,» forklarte Linnea. Et nytt bygg spratt fram hver gang hun klikket på knappen. «Det vil si, *vi* vet dette på grunn av våre topphemmelige kilder i høye posisjoner. Majoriteten av innbyggerne i disse landene, derimot, aner ingenting om dette, da alle byggene har andre, offisielle ansvarsområder. Her har vi for eksempel biobrikke-hovedkvarterene i USA, England, Tyskland, Frankrike, Japan, Kina,» sa hun og skiftet bygg for hvert land.

Tony tok fjernkontrollen og ordet: «Samfunns-oppgraderingen skjer globalt i løpet av det neste døgnet, og rammer *hele menneskeheten*. Ergo er enorme krefter i sving. Toppen sitter med jernklør stukket dypt inn i hjernene på alle statsoverhode-nikkedukkene sine,» sa han og byttet ut videoklippene av bygninger med et verdenskart. Mesteparten av kartet var fylt av røde prikker, med unntak av enkelte grønne områder i hvert av verdens land. «Som vi ser av de grønnfargede feltene har vi klart å grave fram allierte i alle land, og-»

Klapping og entusiastisk roping fra salen avbrøt ham.

«Ja,» fortsatte Tony, etter å ha latt folket lufte gleden sin i noen sekunder, «det *er* lov å juble ... i alle fall litt. Vi er ikke mange i forhold til populasjonen som en helhet, men kaaanskje vi likevel er mange *nok* til å skape en trykkbølge som kan sende ringvirkninger over verden og tvinge Toppen til å revurdere planene sine.»

«Eller i det minste utsette planene,» skjøt Linnea inn. «Jeg er mildt sagt skeptisk til om det overhodet er mulig å endre Toppens visjon om å 'oppgradere' samfunnet. Men håpet er å rette søkelyset mot de utallige grusomme ofrene gjort som følge av dette prosjektet, slik at ingen kan se en annen vei – verken statsoverhodene eller befolkningen. Eksempelvis det at vi fikk blottlagt likene trailerne fraktet på tidligere i kveld, kan ses på som en stor suksess i kampen om å avsløre Toppens kyniske bruk av menneskeliv.»

Jonas ble klar over at han ristet på hodet, gang på gang. Uvirkelighetsfølelsen ville ikke gå over. *De har holdt på med dette i over et år, uten at noen som helst veit om det. Åssen er'e mulig?* Han skvatt ut av tankerekken da Robin rakk opp hånden og sa:

«Bare én ting.»

Linnea kikket ned på ham. «Ja, Robin?»

«Hva skjedde med dronen jeg kræsja inn i trailer'n som stakk av, á?»

«Interessant du skulle spørre om det,» sa Linnea. «Siden dronens sporingsenhet forholdt seg intakt, har vi avdekket noen ganske så … *spesielle* saker.» Etter å ha tatt tilbake fjernkontrollen fra Tony og trykket på noen knapper, fikk hun opp et bilde av Oslo. Zoomet videre inn på Søndre Nordstrand, Klemetsrud, deretter gled visningen over til Grønmo.

«Grønmo Golf- og fritidsreservat,» sa hun. «For fem år siden bedre kjent som-»

«En jævla søppeldynge,» fullførte Tony hest.

Noen lo.

Linnea ofret ham et kvart smil. «Gjenbruksstasjon, men ok. De delene av området som ikke ble tatt i bruk av fritidsreservatet har blitt stående urørt. Ryddet for søppel, men urørt.» Et nytt klikk på kontrollen hentet et bilde av et landskap som minnet Jonas om et post-apokalyptisk ingenmannsområde.

«Ingenting foregår her, korrekt?» spurte hun, og besvarte seg selv: «Feil. Det viser seg nemlig at traileren som hadde dronen din som ubuden gjest, Robin, kjørte hit og forsvant *ned i bakken* via en skjult rampe. Her ser dere ferske bilder tatt av en mini-spiondrone vi sendte ut så fort vi skjønte hvor trailerens destinasjon befant seg. Dronepiloten klarte deretter å snike seg ned rampen da en annen trailer kom tilbake opp. Bildene er, mildt sagt, forstyrrende.»

Taket på trailervognen kom til syne da den kjørte opp fra rampen i bakken. Dronen smatt umerket forbi traileren og ned inngangen like før den ble lukket, akkompagnert av et hydraulisk hvin. En lang gang, bred som en tofelts motorvei, strakk seg sikkert femti meter innover. Hver tiende meter kastet taklamper hvite lyskjegler på den grå asfalten. Ellers ingen vinduer, ingen mennesker, ingenting.

«Ikke mye å se mens dronepiloten fant en vei inn,» forklarte Linnea og spolte filmen. Hoppet flere minutter framover, til hun fant det hun lette etter, og spilte av i vanlig hastighet.

Fra oppunder taket, delvis skjult bak deler av ventilasjonssystemet, hadde de nå oversikt over en hall. To menn og en dame i grå kjeledresser og kaps sto med foldede armer på kanten av en mange meter dyp nedsenkning i gulvet, på størrelse med et enormt svømmebasseng. En trailer sto med bakenden vendt mot nedsenkningen, med lasteplanet på høykant og containeren vidåpen.

«Holy fucking shit,» hørte Jonas sønnen hviske ustemt, samtidig som kvalmefrysninger skylte over ham. Uten å være klar over det la han hånden over munnen for å dempe den ufrivillige lyden. Folk gispet og bannet fra alle kanter.

Haugevis av døde, nakne kropper ramlet ut av containeren. De ble tømt ut i det digre bassenget som om de ikke var annet enn ubrukelig søppel. Linnea satte videoen på dobbel hastighet, til alle likene hadde stupt i massegraven, traileren forlot scenen, og to av de gråkledde gikk til et kontrollpanel ved enden av graven. Et display og lysende røde og gule knapper og spaker dekorerte bordflaten. Mens dama trykket på knapper og vred på brytere, åpnet mannen en luke i gulvet. Han dro fram noe som lignet en hageslange. Tok seg god tid med å sprute en slags væske over haugene med lik. Etter at slangen ble trukket tilbake i gulvhullet, fingret kvinnen med knappene igjen. En luke gled ut av en sprekk på toppen av massegraven og forseglet den. Den tredje mannen sjekket forskjellige punkter på gulvet og viste tommel opp. Kvinnen trykket på en stor, rød knapp. Langsmed lukekanten blafret et sterkt, flakkende guloransje lys. Bare så vidt synlig, men umulig å ta feil av.

«Vi vet foreløpig ikke hva som skjer med de avdøde etter kremasjonen,» sa Linnea, pauset videoen. «Enkelte ser det dog som sannsynlig at de finner måter å blande ut asken på forskjellige måter som, når alt kommer til alt, umuliggjør enhver tilbakesporing.» Hun trakk pusten i et langt, slitent sukk, mens stillheten blant forsamlingen nummet trommehinnene. «For øyeblikket klarer vi heller ikke å beregne hvor mange avdøde det er snakk om, men som vi vet har det vært en jevn tilstrømning av trailere i over et døgn. Derfor er det nærliggende å anta det er mange hundre, kanskje flere tusen. Og garantert døde dyr etter dyreforsøk, før biobrikken i det hele tatt ble stabil nok til at mennesker overtok rollen som forsøkskaniner.»

Jonas klarte ikke å dy seg: «Jeg skjønner ikke. Hvordan kan *så* mange mennesker bare bli borte i løse lufta uten at hele jævla samfunnet ikke har rakna i sømmene?» Han stirret på alle de emosjonelle ansiktene rundt seg. «Jeg mener, Norge er et knøttlite land. Familier, arbeidsgivere ... alle må jo merke at venner og bekjente plutselig forsvinner!»

«Mange måter å få tak i folk på,» sa Tony. «Mange fortapte sjeler der ute.»

Linnea nikket. «Selv om flere av ofrene åpenbart er norske statsborgere, er det grunn til å anta friskt blod har blitt innhentet via internasjonale kriminelle nettverk som spesialiserer seg på å få folk til å sporløst forsvinne.»

«Hva med staten?» skjøt Robin inn. Han vred kapsen rundt på hodet. «Eller snuten?»

«Ser en annen vei, eller er uvitende,» sa Tony, hev på skuldrene og holdt rundt seg selv i forsøk på å kontrollere smertene.

«Disse klippene skal med andre ord sendes til alle landets aviser, politikere, politikammere, fagforeninger og så videre,» fortsatte Linnea. «Alt vi finner må synliggjøres.»

«Men hva skal vi gjøre *nå*?» runget en mørk damestemme lenger bak i lokalet. «Skal vi bare stå her og jatte resten av livet mens verden går under rett foran øya våre?!»

Flere slang seg på. Føtter trampet i gulvet, armer viftet i været.

«Jeg vet du er klar for kamp, Annabelle. Greit, hør,» sa Linnea og klikket seg tilbake til verdenskartet fullt av røde og grønne punkter. «Sammen med våre allierte i andre land, har vi planlagt et mer eller mindre synkront angrep på biobrikkehovedkvarterene verden rundt. I tillegg til samarbeid med andre Abs-grupper spredt i Norge og andre land som skal ta ut mindre, men fortsatt viktige mål.» Da hun klikket på ny oppsto gule ringer rundt hovedstadene i de fleste land.

Med et forpint uttrykk i ansiktet hinket Tony til den ene lerretskjermen, banket håndflaten mot stoffet så trykkbølger spredte seg utover det projiserte kartet. Hest sa han: «Dette blir et fullblods *blitz*-angrep. Oppdraget er enkelt: Vi skal ødelegge så mange biobrikker og så mye viktig utstyr som mulig, for å sette Toppen ut av stand til å gjennomføre morgendagens chipping.» Igjen slo han i lerretet så hele verden lignet et bølgende hav.

«Bra,» ropte kvinnestemmen Linnea hadde kalt Annabelle. Resten av forsamlingen hang seg på; ropte samtykkende og klappet.

Dårlige følelser kvernet i magen til Jonas. Disse folkene slåss for en god sak, men han visste at skillene mellom rett og galt lett kunne viskes ut når folk var så aggressive. Uten å egentlig ville det, reiste han seg for å få alles oppmerksomhet. «Oppi det hele, hva med menneskeliv?»

Linnea ventet med å svare til roen igjen falt over de tilstedeværende. «Ja, hva med det, Jonas?»

«Hva med alle de som jobber på stedene hvor biobrikker produseres, de som ikke nødvendigvis er direkte skyld i saken?»

«Drep dem alle!» hylte noen nær den bakerste veggen.

«Å, virkelig?» sa Jonas med mer trykk, snudde seg i retning stemmen. «Skal vi liksom bare *kille* hver eneste stakkars faen som misbrukes for at Toppen skal få det som de vil?»

«Alle som én må d-»

Linneas autoritære stemme kappet av setningen: «Nei, det skal vi *ikke*.»

«Korrekt,» nikket Tony. «Målet er ødeleggelse av biobrikker og utstyr, ikke mennesker. Oppstår situasjoner hvor selvforsvar krever det, så er det selvsagt lov å forsvare seg. Men husk, det er en grunn til at vi ikke bare bomber alle bygningene med droner.» Han kikket utover salen, sakte, som om han stirret på hver og én av dem. «Er det forstått?»

Samtykkende lyder hørtes fra alle kanter, men Jonas klarte ikke å stilne den vonde magefølelsen. «Da håper jeg faen meg dere *holder* dere til planen også.»

«Her i Oslo er det vi som har den største utfordringen,» sa Linnea. «Alt avhenger av at vi klarer å sette Norges eget biobrikke-hovedkvarter, DVV, ut av spill.»

Deretter informerte hun forsamlingen om nattens oppdrag.

12

«Jeg ser ingen. For hva det er verdt,» sa Eckhart med hodet stukket ut mellom sprekken i gardinene. Han trakk til seg overkroppen, snudde seg mot henne igjen. «Sikker på at du ikke overreagerer, da?»

«Eckhart,» ropte June gjennom et bankende hjerte som pumpet svarte flekker ut foran synet hennes. «Våkn opp, du kjære mannen min!» Hun veivet hendene foran ansiktet hans. «Har du fått med deg noe som helst av det jeg nettopp fortalte?»

Mens blikket hans forsvant i retning rommet til Sofia, nikket han, rolig.

«Vi må dra NÅ. Begynn å pakke det viktigste.»

«Hvis disse menneskene er så utspekulerte som du sier ... finnes det da overhodet noe sted som er trygt?»

En skokk rykninger trakk ansiktshuden hennes i alle retninger samtidig. Øynene, blodsprengte, sved som om selve luften var syre. «Jeg vet ikke, Eckhart. Sikkert ikke, men vi *må* jo prøve.»

Rolig nikket han igjen. «Vil du vekke henne?»

June ble overrasket over å kjenne et smil bre seg om leppene. Kinnene, hovne og stive etter størknede tårer, krøllet seg til hver sin side, mens en varmende sky blomstret i brystet hennes. «Ja,» sa hun, trakk pusten. «Med største glede.»

Eckhart klappet hendene sammen. «Ok. Klarer vi det på en halvtime?»

«Nei. Vi *er* i bilen om tyve minutter, ferdig pakket,,» sa hun og småløp ut av stua. Kjente den ruglete filleryen under føttene da hun passerte familiebildene i gangen. Samtidig dundret Eckharts skritt opp trappen til andreetasjen på motsatt side av veggen.

Utenfor soveromsdøren til Sofia stoppet hun. Åpnet en sprekk og lyttet med øynene lukket. Jevne pust hørtes fra mørket der inne. June måtte styre seg for ikke å buse inn, hive seg over gullungen og knuse henne i favnen sin. I stedet listet hun seg inn, satte seg forsiktig på sengekanten og la hånden på det silke-myke, rufsete håret som stakk opp fra dyna.

«Jenta mi,» hvisket hun med en stemme som skalv av de harde hjertebankene. «Mamma er hjemme igjen.»

Sofia gryntet i dypet av søvnen, vred hodet på puten.

June skrudde på nattbordslampen ved siden av sengen, klappet håret til den sovende prinsessen. De lukkede øynene hvilte så rolig, så uskyldig. *Mamma elsker deg mer enn noe annet.* June blunket flere ganger for å viske bort fukten. «Jenta mi,» gjentok hun. «Mamma vet det er sent, men vi må stå opp nå.»

Motvillige nurkelyder knirket i halsen til Sofia. Øyebrynene krøllet seg sammen, før øynene åpnet seg så vidt, mysende misfornøyd mot det skarpe lyset.

«Hei,» sa June.

«Mamma!» All søvnig misnøye forsvant på et blunk. «Du er hjemme,» sa hun, dyttet bort dyna og strakk armene mot henne.

«Gjett om jeg er!» June tillot seg å dykke ned i de åpne armene til datteren og løftet henne fra sengen og over på fanget. Klemte henne godt og lenge.

«Har du savnet meg?» flirte hun.

«Veldig, *veldig* masse,» hvisket June inn i det nyvaskede håret til Sofia. Hjertet svulmet.

«Hvorfor tok det så lang tiiid før du kom hjem?»

Fordi verden er så grusom, skjønne lille jenta mi. Herregud. June svelget og fuktet leppene. «Mamma har bare vært opptatt med veldig viktige ting. Men nå er jeg hjemme igjen.»

«Og det er kjempebra,» konstaterte Sofia og nikket store nikk opp og ned flere ganger med et digert glis i det fortsatt søvntrøtte ansiktet.

«Ja, jenta mi, det er kjempebra, det.»

Sofia dyttet en varm pekefinger på nesetuppen til moren sin. «Og nå får du ikke looov til å dra vekk mer!» Brutalt ærlig og alvorlig som bare et barn kunne være – sagt gjennom latter.

«Det er bra, for det vil jeg ikke, heller,» sa June og lo, hun også. Ingenting skremte bort vonde følelser og tristhet som datterens smittende glede.

Et lysglimt løp over veggene og taket i rommet, men i samme sekund June stirret mot sprekken i gardinene hadde glimtet allerede forsvunnet.

«Mamma?»

«Vent litt.» June holdt pusten, lyttet med ørene på stilk, og pupillene svidd inn i fliken av svart himmel over gaten utenfor som var synlig gjennom sprekken.

Ingenting skjedde på fem evige sekunder.

June tillot seg å puste, smilte igjen. «Er du klar for et lite eventyr, eller?»

«Midt på natta?» Både overraskelse, trøtthet og en slags glede skinte i den lille jentas øyne.

«M-m,» sa June. «Midt på svarte natta, mens alle i hele verden sover. Blir ikke det spennende, da?»

«Jooo,» dro Sofias trøtte stemme ordet utover, til det gled sømløst over i en lang gjesp. Hun smattet og hvilte pannen mot morens skulder, nesten tilbake i søvnens dyp allerede.

June smøg hånden under stumpen hennes, løftet datteren og reiste seg fra sengen. Lysbryteren ved siden av soveromsdøren kneppet skarpt da hun dyttet den inn med albuen. Øynene, allerede tilvendt mørket, myste.

«Ikke så mye lys, da, mammaaa,» snøvlet Sofia.

«Bare litt,» mumlet June, fortet seg å åpne klesskapet med yttertøy. Fomlet fram tursekken, den Sofia elsket, med et bjørnehode tegnet i tykke streker og sterke farger på forsiden. Stoff i ulike materialer gnisset mellom fingrene.

Fra andreetasjen hørtes dunkelyder fra Eckhart som romsterte rundt i et iherdig forsøk på lynpakking av livsnødvendigheter.

June flyttet fokuset til skuffene i bunnen av skapet. Med tærne åpnet hun den øverste skuffen, og skar en grimase da den såre huden under foten ble gnidd mot treverket. I stedet bøyde hun seg, stålfokus på å ikke vingle for mye på datteren, og fiklet ut noe undertøy. *Et par døgns skift er nok. Maks.* Hun torde rett og slett ikke engang å *håpe* det var mulig å holde seg unna alt som foregikk i verden lenger det ... på den ene eller andre måten ville én eller annen slags konklusjon nås og innhente henne, dem, alle sammen. Suget i magen sendte kvalmebølger gjennom brystet og opp i halsen. Viljestyrke måtte til for å stappe tøyet ned i sekken uten å snuble i sine egne føtter.

«Nå er vi ferdige her, jenta mi.»

«Pippi også!» Sofia strakte en trøtt hånd i retning sengen.

«Ja visst, Pippi, så klart.» Kjappe føtter flyttet dem tilbake inn. June hentet den raggete kaninbamsen Sofia hadde hatt siden sin første uke på jorda, den som fikk kjælenavnet *Pippi* på grunn av sine store, knallrøde ører som sto rett ut til hver side, akkurat som flettene til Pippi Langstrømpe. Sofia knuget den i favnen sin.

Før June forlot rommet, Sofia i ene armen, sekken i den andre, flakket blikket ut mellom sprekken i gardinene igjen. Mørke hus på andre siden, den svarte himmelen, svakt skinn fra gatelyktene. Ingen bevegelser.

Det virket stille. Det gjorde jo det.

Utenfor badet satte June datteren på gulvet. Sofia vinglet litt fram og tilbake, holdt seg fast i buksen til moren. Hun gryntet trøtt med øynene plirende ut mellom to tynne øyelokksluser.

«Jeg må opp og se hvordan det går med pappas pakking til turen.» June satte seg på kne, hektet det lange englehåret bak ørene og la hendene på hver av skuldrene hennes. «Kan du være flink prinsesse nå og gå på badet og gjøre deg klar til å dra?»

En misfornøyd lyd rumlet i halsen til Sofia. «Jeg vil sove.»

«Jeg vet det, kjære deg, men vi må faktisk bare dra på denne turen. Du kan sove i bilen nå snart, ok?»

Sofia møtte blikket til moren. «Er det noe galt, mamma?»

«Neida, bare noe viktig. Vi kan snakke om det senere når du har sovet litt i bilen.» June dyttet Sofia ømt inn i sprenglyset på badet, fort, slik at datteren ikke skulle få ferten av gråten som klumpet seg i brystet hennes.

«Ja vel, mamma,» sa den trøtte stemmen. Badedøren ble lukket og låsen klikket. Sofia hadde begynt med det, å låse badedøren, fordi hun begynte å bli *stor*, som hun en dag for et års tid siden hadde poengtert, svært fornøyd.

June trakk pusten i et hakkete tempo, flakket rundt med blikket. Trampet opp trappene til andreetasjen. Eckharts bredskuldrede rygg hang over kofferten på gulvet. Klær og undertøy lå spredd utover dobbeltsengen.

«Hvordan går det her?» Hun gikk inn på soverommet deres. Det langhårede gulvteppet fra Frankrike, parafinlampene fra Island, alle familiebildene av de tre sammen på forskjellige ferier. Lukten av Eckhart mikset med det nyvaskede sengetøyet og hele resten av atmosfæren der inne. *Som om jeg ikke har vært her på flere år.* En skokk blandede emosjoner ilte svimlende fort gjennom henne. *Og nå drar vi herfra allerede. Rømmer som flyktninger i eget hjem. Herregud.*

«Tja. Klarer ikke helt å bestemme meg for hva-hei, June, da,» sa Eckhart da han snudde seg og så uttrykket hennes. De tårevåte øynene. Lidelsen. Han krummet de store armene sine rundt henne. «Dette kommer til å gå bra, kjære.»

«Så lett å si,» hvisket hun inn i brystet hans. «Men virkeligheten er ikke enkel. Ikke nå.»

Ringeklokken, som aldri ringte så sent, kimte i førsteetasje.

June dyttet Eckhart bort med stive armer, og hvisket høyt: «De er her. Allerede.»

«Tror du det?» sa Eckhart, bikket på hodet.

«Åh, herregud, hva gjør vi nå?» June dro hendene over ansiktet og stirret mot vinduet. «Hva gjør vi?!» Hun spurtet over teppet til andre siden av rommet, lente seg mot soveromsvinduet, forsøkte å se om det sto biler utenfor. Vinduet pekte ut mot nabohuset. Feil retning. Det eneste hun klarte å se av gaten og veien var gatelykten mellom husene, men ingen biler på tomgang, truende skikkelser eller skygger.

Lyden fra ringeklokken hylte ut av høyttaleren ved ytterdøren, dundret gjennom huset – gjennom *henne.*

«Jeg ser ingenting!» Hun prøvde å se mot baksiden av huset i stedet, noe som var enda mer umulig, da det ikke fantes lys på den siden. «Ingenting!» gjentok hun og løp mot døren ut av rommet.

«Vent litt,» sa Eckhart, grep tak i armen hennes. «Jeg går ned og ser hvem det er. Du blir her.»

«Sofia er på badet. Hun må ikke åpne døren!»

Eckhart bet seg i underleppen. «Ok, ok. Bli med ned og få henne vekk derfra.»

Ringelyden hørtes ut som en krigsalarm i ørene til June mens de jogget ned den trange trappen. Idet de såre føttene hennes landet på teppet i førsteetasjen, klikket låsen i baderomsdøren og Sofia stakk hodet sitt ut.

«Mammaa, det er sent og noen ringer påå!» ropte hun trøtt og sutrete.

June snappet tak i barnekroppen, hysjet og la hånden sin over munnen til datteren. Eckhart saktnet farten, åpnet døren til barnerommet og gestikulerte at de skulle gå inn. June kjente takknemligheten bred seg over henne over at hun skrudde av lyset da hun forlot rommet sist.

«Skal bare se,» hvisket han. «Ikke lag en lyd.»

Uten å si noe klamret June seg fast i genserermet hans, men som vann rant han ut av grepet og forsvant ned gangen mot ytterdøren. I stedet gled hun lydløst inn på datterens mørke soverom, lukket døren inntil og plasserte Sofia foran seg. Hun la begge hendene på datterens skuldre og hvisket: «Vi må være *helt* stille nå, jenta mi. Ikke si noe som helst før jeg sier at det greit. Nikk hvis skjønner.»

Med sammensnurpet munn og vidåpne øyne, nikket Sofia mange korte nikk.

«Flinke jenta mi. Sett deg stille ned her, og bare vent litt. Mamma må se ut av vinduet.» June klappet henne på kinnet og listet seg til gardinene mens kimingen fra ringeklokken drillet i ørene. Hun sank ned mot gulvet til knærne traff den harde linoleumen.

Forsiktig løftet hun hodet akkurat høyt nok til at hun kunne se ut av sprekken mellom gardinene.

Suget i magen tok pusten fra henne. To personer sto bredbeint ved postkassen. Begge farget i dype nyanser av rødgul oransje og svart fra spillet mellom gatelyktlyset og mørket rundt dem. De speidet hver sin vei langs den folketomme gaten. Silhuetten til den ene, tynn og hengslete, konturene av høye kinnbein og barbuskort hår.

Selvfølgelig hadde ikke Gregor tatt sjansen på å holde tett da Kruz begynte å grave etter svar da June flyktet fra NRK-bygget. Og nå sto han her, skrubbsulten etter å gjenvinne sitt tapte ansikt overfor sjefen.

Hva gjør vi nå? Men tankene fungerte ikke i det evinnelige ringeklokkehelvetet som boret henne inn i hjernen via øregangene.

«Mamma,» hvisket Sofia, «jeg er redd.»

June krabbet bort til datteren som satt lent mot veggen. La den klamme hånden på det iskalde kinnet hennes. «Det skal gå bra, jenta mi.» Ordene brant i munnen. «Jeg må hente pappa. Bare sitt her. Klarer du det?»

Blanke øyne i et kritthvitt ansikt som nikket fort, kort.

«Fint,» hvisket June, klappet henne og listet seg ut av barnerommet. Hun så til venstre. Ytterdøren var rett rundt hjørnet fire-fem meter unna henne.

Ingen Eckhart.

Ringingen ble erstattet av dundrende knyttnever. Vibrasjonene spredte seg gjennom huset.

«Eckhart?!» hviskeropte June.

En mørk stemme ropte gjennom ytterdøren mellom bankingen, men hun klarte ikke å fokusere på ordene. I stedet lente hun seg mot veggen, til den rue tapeten krafset tak i blusestoffet. Hun beveget seg mot ytterdøren, for å komme inn i hobbyrommet til Eckhart, hvor hun antok han gikk for å få bedre utsikt.

Forsiktig snek hun seg langs veggen for å unngå at det brølende udyret utenfor skulle få ferten av bevegelse på innsiden. Riktignok hadde han garantert hørt Sofias stemme rope, men June vendte det døve øret mot logikken. Det eneste som betydde noe var at de fortsatt ikke hadde kommet *inn*.

Flere stemmer hørtes utenfor. Bankingen økte. Trykket ristet i hele gangen. Hun gjenkjente stemmen til Gregor blant de andre.

Døren kom til syne rundt hjørnet i enden av gangen. Gjennom det blåfargede mønstervinduet i døren så hun svartkledde skikkelser.

De kan ikke se meg i mørket her inne. De kan ikke se meg. De kan ikke se meg.

«Eckhart?!» hviskeropte hun igjen.

Tre meter fra ytterdøren fikk hun åpnet døren til hobbyrommet. Eckhart var allerede på vei ut. Ansiktet fastfrosset i spenning, øynene fiksert mot den buldrende ytterdøren.

«Ut kjellerveien?» hvisket han.

June spiddet neglene i genseren hans. Nikket fort mange ganger, akkurat som Sofia hadde gjort.

Glasset i ytterdøren nærmest eksploderte da en svart støvel penetrerte det.

«June, Kruz er jævlig misfornøyd,» skar stemmen til Gregor gjennom lyden av glasskår som klirret i gulvet.

Sekundet senere spjælet dørhengslene. Låsemekanismen splintret idet de utenfor sparket inn ytterdøren. Den svingte opp og smadret vegglampen ved siden av. Biter av treverk og glass smalt i gulvet. Rovdyrene trampet inn, bannet og skuffet skrapet vekk fra inngangspartiet med tykke støvler.

Eckhart slet tak i armen til June og løp nedover gangen tilbake til barnerommet. Nå la hun merke til den lyden av gråt. Eckhart røsket opp soveromsdøren og de veltet begge to inn på rommet til Sofia, hvor datteren klamret seg fast i klesskapdøren.

«Jenta mi,» sa June, løftet og klemte henne inntil seg.

Eckhart kastet døren igjen og låste med nøkkelen som alltid sto i låsen på innsiden.

Harde never slamret mot døren fra andre siden, mens stemmer bjeffet: «Kom ut!»

Buldringen ristet gjennom June der hun sto med hele tyngden sin lent mot den, i tilfellet låsen plutselig bristet. Sofia strigråt inn i brystet hennes. En varm, våt rose av tårer blomstret i blusestoffet.

Eckhart dro gardinene vekk fra vinduet, kikket til begge sider, deretter tilbake på June. «Jeg tror alle er i huset,» sa han. «Vi hopper ut.»

«JUNE,» ropte Gregor gjennom døren. «Åpne.»

«Jeg gjorde som dere sa!» hylte hun tilbake. «Hva vil dere!?»

«Kruz aksepterer ikke folk som rømmer,» kom det tilbake mellom slagene mot døren.

«Du *lot* meg gå!»

«Du fikk et forsprang. Nå er det over.»

I det samme treverket sprakte på andre siden, dro Eckhart henne vekk fra døren og gjennom rommet, mot kulden fra det nå åpne vinduet. Kjapt kikket han ut, til begge sider. «Her,» sa han og prøvde å løfte datteren ut av grepet til June, men Sofia holdt seg fast.

«Det går bra, jenta mi. Gå til pappa,» sa June og kjente de små, sterke fingrene klore henne opp under armene da de tvang henne over til Eckhart.

«Nå,» sa Eckhart, pekte med hodet mot vinduet mens øynene var fastnaglet i døren som buldret på ny. Treverket sprakte. Bildet på veggen av Sofia og bestefaren hennes på tivoli i Danmark, gikk i gulvet. Rammen ble smadret, glasset knuste.

June brukte all viljestyrken sin på å samle bevisstheten rundt det som måtte gjøres: Ut av vinduet. *Nå*. Med gnissende tenner og leppene vridd i et fryktbesatt grin tvang hun fokuset vekk fra den buldrende døren, de ropende stemmene, frykten for alt, og plantet én hånd nederst på vinduskarmen, og den andre øverst. Med Eckharts messende «kom igjen, kom igjen, kom igjen» gående som et trykkluftbor i bakhodet, strammet hun de verkende musklene, tok sats og hoppet ut av vinduet.

En ett sekunds evighet svevende i frisk kveldsluft, vindsus i ørene, sug i magen.

De såre fotsålene traff gressplenen, før resten av kroppen veltet kraftløst overende. Hun ynket seg av smerten som skjøt fram fra alle de vonde punktene på kroppen. Et øyeblikk svimlet verden ... til lukten av eksos røsket henne tilbake. Gatelyktene ble gnidd ut i lysende guloransje stråler gjennom himmelen da hun rullet over på magen og reiste seg på beina. Stirret rundt seg. Synet av den svarte bilen med durende motor, men avskrudde frontlys, tok pusten fra henne. Der sto den, parkert på plassen utenfor det tomme huset til naboene – der hun en halvtime tidligere hadde krabbet gjennom buskaset.

«June,» kom det fra vinduet over henne. «Her kommer hun.»

June snudde seg mot Eckhart og barnegråten akkurat tidsnok til å ta i mot Sofia der hun fløy ut av åpningen og inn i armene hennes. Hun vaklet noen skritt bakover av trykket, men klarte å ikke miste datteren.

Inne fra rommet hørtes et brak av splintrende treverk, og kanskje døren som smalt inn i klesskapet. De ropende stemmene fra monstrene der inne ble mye tydeligere.

June kjente bakken vibrere da Eckhart havnet på beina ved siden av henne. «Kom,» sa han, la armen over ryggen hennes. Sammen løp de mot garasjen – lengst vekk fra den brummende motoren til bilen med avskrudde frontlys.

Rett før de nådde garasjen, kastet June et blikk bakover og så mannen i brun skinnjakke hoppe ut av soveromsvinduet til Sofia. Det halvlange håret blafret rundt hodet hans, før han landet på knærne med begge hendene i gresset. Gregor og den tredje personen fulgte ikke etter ham ut av vinduet. De forsvant inn i huset igjen.

Eckhart bannet hest og sparket i garasjeporten. Smellet slo hardt mellom eneboligene i området. «Nøklene ligger på kommoden i gangen ...»

Sofia klamret seg hardere fast i June. Barnetårer og spytt rant nedover brystet hennes.

«Hva gjør vi?» spurte June og klemte datteren tettere inntil seg, holdt hånden over det lille hodet. Vugget henne fra side til side.

«Stå stille!» gaulet skinnjakkemannen. Han stormet mot dem med flagrende hår og knyttede never. Bak ham kom Gregor og den tredje personen – en dame – til syne i utgangen av krateret som hadde vært ytterdøren deres.

Blikket til Eckhart flakket fra forfølgernes trampende føtter og tilbake til kona si. «Uten nøklene kommer vi ingen steder.» Han ristet på hodet. «Jeg *må* inn igjen.» Han tok den ledige hånden hennes. De løp rundt garasjen og skrådde inn mot baksiden av huset. «Gjem dere i sjørøverskuta i barnehagen. Jeg løper rundt, finner nøklene og henter dere med bilen så fort jeg klarer,» peste Eckhart.

De rundet hjørnet til den overbygde terrassen som stakk ut fra huset bak garasjen. June skjermet Sofia fra greinene til bringebærbuskene som pisket mot ansiktet hennes i forbifarten. Stemmen hennes skingret da hun peste tilbake: «Jeg forbyr deg å forlate oss!»

Stemmen til Gregor gikk som en hylende alarm over området: «Juneeee!»

«Gjem dere i barnehagen,» sa Eckhart idet de spurtet forbi to trær som ble brukt til hengekøyen om sommeren. «Henter dere etterpå. Ingen diskusjon.»

June skulle til å protestere på nytt, da hun ble bevisst det skarpe, ruglete som stakk henne i låret for hvert trinn hun tok. En kortvarig lykkebølge bruste gjennom blodårene. Hun slapp hånden til Eckhart og flyttet Sofia fra venstre til høyre arm, og sa: «Ta kjellerveien, i det minste.»

«Rekker ikke. Ekstranøkkelen har sikkert grodd fast i bakken siden i fjo-»

«Her.» June kastet kjellernøkkelen til ham. Lys glimtet i metallet da den svevde i luften.

Storøyd fanget Eckhart den med nød og neppe. «Er det virkelig …?»

«Ja, kjapp deg,» ropte June, så rev hun seg ut av løperuten hans og mot gjerdet i enden av plenen. Skjente skrått forbi det nå epeløse epletreet, dukket under en av de lave greinene og fortsatte mot barnehagen på andre siden. Bak seg hørte hun kjellerdøren lukkes hardt. Gleden ble kortvarig da den smalt hardt enda en gang.

Å nei, de kom seg inn før han rakk å låse. Raskt stjal hun til seg et blikk bakover – og stirret rett inn i ansiktet til Gregor som spratt fram fra bak epletreet. Anstrengt og pesende, men lydløs. De skarpe kinnbeina fikk ham til å ligne en djevelmaske under de flimrende skyggene i mørket.

Angst knøt seg i brystet hennes. Hun løp enda fortere. For hvert innpust sved et helt flammehav i lungene. Svovelsyre fråtset i lårmusklene. «La oss være i fred!»

Gregor svarte ikke. Kun fottrinn fra hurtige tramp i svisjende gress nådde ørene hennes.

«Jeg vil ikke være her mamma,» gråt Sofia. «Jeg vil ikke vil ikke vil ikkeee!!»

Fem meter igjen til gjerdet.

Gregor pustet dem i nakken.

Tre meter igjen.

Fingre snappet etter det blafrende blusestoffet.

Én meter igjen.

June prøvde å bråstoppe, men med et dyreaktig snerr dyttet Gregor henne bakfra. Hun snublet i sine egne utmattede bein, men klarte i siste sekund å løfte armene høyt nok til at Sofia ble kastet over gittergjerdet og inn på barnehageområdet. Med Sofias hylgråt som en sirene i ørene, trynet June med utstrakte armer og hodet først inn i gjerdet. Gitteret ristet, skingret og slengte henne i bakken. Lammelse overtok kroppen, ørene suste. Smak av jord og jern i munnen. June krafset panisk med fingrene i gresset, men følelsen ble mer og mer nummen, fjernere. Svarte flekker spiste seg utover synet hennes. Bevisstheten rant ut av henne.

«Nei,» forsøkte hun å rope da hun – som om det var evig langt borte – la merke til at gjerdet skingret igjen. I stedet boblet kun forkvalte lyder dypt i halsen.

Djevelmasken hang plutselig over det uklare, tåkeaktige synet hennes. «Tro meg ...» sa den bølgende stemmen, mens smertene i kroppen hennes mildnet. «Tro meg, jeg bestemmer ingenting. Men skal gjøre alt jeg kan for å redde familien din.»

Men June svevde allerede i svart bevisstløshet da han forsvant med Sofia hylende i armene.

13

Jonas Bittman lente seg til veggkanten på blokken vis-à-vis Departementet for Vitenskap og Våpen, og forsøkte å roe pusten. Dobbelt så stort som Stortinget ruvet bygget over ham. Med hender dirrende av anspenthet løftet han smartfonen og forstørret verden med kikkert-appen. Skiftet til nattmodus og speidet rundt i området han hadde oversikt over fra den nåværende posisjonen. Individer med ryggsekker, stive uttrykk og rastløse pupiller hopet seg opp i de nærmeste gatene. «Ser ut som folk begynner å nå fram,» sa han.

«Mm,» sa Tony, de tynne leppene forvrengt av smerte. Han *nektet* å la seg kue; hadde bare beordret legene om å surre skuddsårene inn i bandasje, gi ham noe kraftig smertedempende og sagt de skulle «la det stå til, for helvete». Stødig løftet han smartklokken til munnen: «Alle, husk hva vi snakket om. Ingen rører så mye som et øyelokk før jeg sier ifra.»

For å unngå uønsket oppmerksomhet hadde Abs forlatt basen i Hausmannsgate via alle dens forskjellige utganger i grupper på to til fire stykker. Kledd i sivil med ryggsekker og bager fulle av sprengstoff, samt automatgeværer og håndvåpen skjult av jakker og frakker, hadde de spredt seg i menneskemengdene som demonstrerte og bråkte i

Oslos mørke gater. Skjult av aggresjon, jubel, virrende hoder og veivende armer, jobbet de seg umerkelig gjennom byen, helt til de hadde omringet det enorme DVV.

Jonas kikket bakover, ned gaten de kom fra, innrammet av blokker på hver side av veien. Stengte kebabsjapper og andre butikker på gateplanet, leiligheter og kontorer i etasjene over. De fleste vinduer mørklagt. Kun Tony og de to vaktene Egil og Annabelle var å se bak ham, hendene begravd i sekkene hvor de fiklet med noe utstyr. Lenger bak dem, i enden av veien, krydde det av forventningsfulle folk.

Jonas svelget tørt og vendte blikket tilbake. Fikk ferten av en flyvende flekk på himmelen over DVV. Han trykket på knappen til senderen i øret sitt, kjente den harde plastikken presse mot fingertuppen. «Robin?»

«Her!» svarte sekstenåringen, uforståelig entusiastisk.

«Hvordan er utsikten?»

«Holy shit, DVV er diiigert når man ser det herfra, ass!»

Med et grynt tvang Jonas vekk den klaustrofobiske følelsen av å drukne i frykt. «Er folk i posisjon også på de andre sidene av bygget?»

«Øhm, ja ... tror det.»

«Du *tror?*» brøt Tony skarpt inn. Jonas hørte ham dobbelt, både rett bak seg og gjennom senderen i øret. «Enten *er* de i posisjon, eller ikke.»

*«Sorry, kanskje noen få som fortsatt ikke er helt framme, men jeg **ser** i hvert fall folk ved alle de oppmerka punktene rundt hele DVV.»*

«Er resten av dem langt unna, da?» sa Jonas kjapt, for å unngå at Tony skulle bite sønnen for hardt.

«Hvem faen er det der?» sa Tony og overdøvet Robin, pekte på en person som kom gående mot dem fra forsiden av departementsbygningen. «Få den.» Han tok mobilen, siktet på den ukjente skikkelsen og forstørret bildet. Uniformert og bevæpnet.

«Garantert ikke en av våre,» sa Annabelle etter å ha stukket hodet fram mellom dem.

«Er det ... en vakt?» sa Jonas. «Men sa ikke Linnea at det *ikke* er vakthold her?»

«Jo.» Annabelle nikket.

En knurrelyd duret nederst i halsen til Tony. Kjevemusklene bulet ut og inn. Han skulte på Jonas, før han dunket pekefingeren mot hodet til personen på skjermen. «De har åpenbart endret rutinene nå i kveld. Vi skulle gjort dette for *lenge* siden. Hvorfor var det ingen som fant ut av dette før vi dro? Helvete!»

«Så hva gjør vi?» spurte Annabelle.

Tony dro hånden over ansiktet så det skrapte i skjeggstubbene. Han stirret mot himmelen, eller kanskje på overvåkningskameraet uten lysende rødt øye rett over dem.

Jonas trykket inn knappen på senderen igjen.

«Robin, klarer du å se personen som går på siden av DVV, på vei mot oss?»

Et øyeblikk passerte, så: *«Du mener duden i samme type beige uniform som soldatene som storma Tveitabasen?»*

«Mm,» nikket Tony med lukket munn.

«Du ser ikke tilfeldigvis om det er flere av dem rundt her?» fortsatte Jonas.

«Gi meg et minutt eller to.» Den svarte prikken på himmelen økte farten og forsvant over taket på DVV.

Robin manøvrerte dronen i en slak, jevn bue over den mer enn seksti meter høye – og sikkert én kilometer brede – bygningen. Piggtrådgjerder dekorerte taket som strakk seg langt og flatt over hele byggets areal. Blinkende lys varslet hvor helikoptere kunne lande, og kameraer krydret hver tiende meter.

Departementet for Vitenskap og Våpen.

Imponerende bygg, jada. Superflott. Han måtte ta seg sammen for ikke å spy i kjeften ved tanken på det. *Vitenskap og fuckings Våpen.* Erkesvada, hele greia. Hardere klemte han fingrene rundt kontrolleren, kjente lærhanskene med avkappede fingertupper stramme seg rundt hendene.

«Er'e mulig?» mumlet han under virtual reality-hjelmen ved synet av en rekke beige uniformer som tøyt ut av hovedinngangen. De spredte seg og gikk til hver sin side av bygget. *Veit de plutselig at vi er her, el'?*

Stolen knirket da han uten å tenke over det lente seg framover samtidig som han dyttet joysticken for å bedre se hva som skjedde der nede. Dronen bikket med snuta. Ingen av vaktene så ut til å reagere på oppsamlingene av folk ved enden av gatene som grenset inn til DVV-området, men fortsatte ferden rundt til baksiden av bygget.

«Øh ...» begynte Robin, fuktet leppene. «Dritmange vakter har akkurat kommet ut av hovedinngangen.»

Stemmen til Jonas sprakte i ørene: *«Hvor mange?»*

«Skavvi se,» mumlet Robin, plasserte kontrolleren i fanget og famlet seg fram til tastaturet på bordet foran seg. Fingrene spant over knappene mens han forstørret og roterte 3D-kartet som lå som et ekstra lag over synsfeltet i visiret til virtual reality-hjelmen. Omgivelsene i kartet ble vist som nyanser av blått, men han kunne også markere bevegende elementer i rødt. Han tastet kommandoen for å skille mellom bevegelsene basert på varmesignaturene deres. «Straks klar,» sa han og selekterte alle med beige uniformer. Ble plutselig klar over hvor tørr han var i munnen. «Akkurat nå er det tolv stykker, pluss han dere allerede har sett.»

«Hvilken retning kommer de fra?»

«Seks på hver side.»

Tony presset seg inn i samtalen: *«Hvor fort beveger de seg?»*

Robin blåste luft ut av munnen, kjente pizza-ånden slå tilbake i ansiktet inni den trange hjelmen. På 3D-kartet markerte han punktet hvor gruppen til Tony og Jonas befant seg i relasjon til de nærmeste vaktene. Valgte deretter kommandoen for kalkulering av estimert tid før sannsynlig sammenstøt mellom de to punktene, basert på nåværende hastighet. Igjen fuktet han leppene. «Dere ser nok de første om to-tre minutter ... hvis de fortsetter i samme tempo.

Banning knatret i ørene hans.

«Men ingen av dem har reagert på de andre Abs-ene enda.»

«Bra.»

Robin siktet seg inn på to stykker som gikk tett. Gned tommelen over knappen for avfyring av missiler. Hjertet banket i tinningene. «Skal jeg ta meg av dem el'?»

«Nei!» bjeffet Tony. *«Verken du eller noen av de andre gjør **noe som helst** slik situasjonen er nå. Forstått?»*

«Hundre prosent. Da bare venter vi så lenge,» sa Robin, fjernet tommelen fra avfyringsknappen, pustet lettet ut og styrte dronen høyere i luften. *Men vi slipper ikke unna for alltid,* tenkte han og endret fokuset til 3D-kartet slik at alle de andre dronene som sto lydløst parkert på bygningene rundt DVV lyste opp i en kraftig hvit farge.

Håper vi er mange nok.

*

Beskjeder spraket inn på løpende bånd fra de andre som omringet DVV. Alle så de uventede vaktene nå. Ingen visste hvordan de skulle reagere.

«Hold posisjonene deres,» beordret Tony. «La alt *utstyret* ligge, prat sammen og oppfør dere som vanlige folk som er usikre på hva som skjer i morgen.» Han så på Jonas. «Hva tenker du?»

«Hva tenker jeg?» gjentok Jonas og stirret igjennom Tony og bort på DVV. Alle vinduene inn til lagrene her på baksiden hadde persienner trukket for. Likevel var det enkelt å se at det krydde av liv rett bak de gedigne portene hvor leveransene slapp inn. Han flyttet mobilen og forstørret bildet på kikkertappen igjen, saumfarte sideveggene som ledet framover mot inngangen så langt vekk at det ikke var mulig å se den. Hundrevis av vinduer på rekke og rad i tre etasjer, trolig på alle sider av bygget, om enn noe færre her på baksiden. Folk bak de fleste vinduene – spesielt på en kveld som denne. «Uansett hva vi gjør blir vi garantert lagt merke til.»

«*Jeg* tenker,» sa Annabelle og stakk ut haken, «vi kan like godt akseptere at dette ikke er et fredelig oppdrag, og gå til fullt angrep først som sist. Skjønner ikke hvorfor folk er så usikre.» Hun korset armene, et fandenivoldsk smil lurte i de mørkebrune øynene som observerte den første vakten over gaten. Han så ikke på dem; patruljerte bare langs veggen som en trekk-opp-figur. «Vi er ikke her for å krype rundt, ikke sant. Jeg droppa ikke marinen for å leie bestemødre over veien. La verden vite at vi ikke er redde for de jævlene.»

«I utgangspunktet er jeg enig med deg,» sa Tony, «men å være fryktløs betyr ingenting hvis vi ikke først kommer oss *inn*.»

«Men er ikke det poenget med dronene, da, at de skal hjelpe oss, ikke sant?» sa hun og kikket mot himmelen.

«Fulgte du ikke med da vi la fram planene?»

Annabelle hevet skuldrene, smilte fortsatt.

«Robin,» sa Jonas med fingeren mot sender-knappen i øret.

«*Ja?*»

«Du sa seks stykker kommer mot oss fra hver side. Hvor lang avstand mellom hver av dem?»

«*To går sammen, mens resten er det, hm, kanskje ti meter mellom. Åssen det?*»

«Takk,» sa Jonas, lente seg mot Tony og Annabelle. «Hva om alle som står nærmest går og distraherer vaktene? Ber dem bli med bort for å se på noe 'merkelig' – ja, kanskje de har lagt merke til at overvåkningskameraene ikke lyser her, og vil bare rapportere det ... eller noe sånt?»

Annabelle løftet et perfekt velfrisert øyebryn. «Og etter det, hva da?»

«Veit da faen, jeg. Kanskje noen kan bedøve dem bakfra mens de inspiserer kameraene?»

«*Bedøve* dem?» gjentok hun, løftet hendene uforstående i været og kastet et blikk på Tony som utilslørt lurte på hvor han hadde fått tak i den patetisk puslete typen.

Tony ignorerte henne. «Finn pistolene og skru på lyddemperne,» sa han inn i smartklokken. «La oss rydde her. Men avvent klarsignal-»

Han rakk ikke å fullføre setningen før en rekke skudd smalt hardt og høyt mellom bygningene i området.

«Idioter,» glefset han inn i smartklokken. «Så gjør hva faen dere vil!»

Jonas stakk hodet forbi kanten på veggen og virret med store øyne nedover gaten der skuddene kom fra, men kunne ikke se hvem som avfyrte. Det ble fullt liv blant alle de andre Abs-ene som klumpet seg sammen i gatene. Vakten som nå befant seg foran lagerportene til DVV bråvåknet fra patruljeringstransen sin, og løp tilbake veien han kom fra, mot skuddene.

«Ikke bare jeg som er utålmodig her,» sa Annabelle idet hun ble ferdig med å skru på lyddemperen. Kastet pistolen til Jonas.

Han tok den imot med høyrehånden, kjente hvordan det kalde metallet mot huden medførte uventet kribling i magen – som om han gledet seg, selv om han var livredd. *Nei, forbanna som et faens monster.* Med en anstrengelse løftet han sekken han hadde hatt med fra Hausmannsgate. Slengte den på seg og kjente tyngden av innholdet presse mot skulderen. Delte blikk med Annabelle, som gjorde det samme, smilte fortsatt, bredere nå, med synlige tenner. Øynene hennes gnistret i det mørke ansiktet.

«Jeg dekker dere,» sa Tony, satte seg på huk og lente skulderen mot veggen med våpen i hånd.

Uten å se seg tilbake løp Jonas over veien, rett mot DVVs lagerporter. Verden virket plutselig ekstremt detaljert. Samtidig som han i sidesynet registrerte at de andre Abs-ene også løp ut fra sine sidegater, opplevde han lyden av sin egen pust og følelsen av luften som trakk friskt inn gjennom nesen, traff innsiden av halsen og ned i lungene, den iskalde svetten langs ryggraden, og støvlene til Annabelle som klakket mot asfalten bak ham. Roping og *ratatata*-lyder fra automatgevær tordnet gjennom byen og forplantet seg i trommehinnene hans.

«Venstre,» ropte Annabelle.

I neste øyeblikk traff noe hardt ham i ryggen, og han skjønte det var hånden hennes da han ramlet forover med henne over seg. Den lyddempede pistolen hennes smalt tørt da hun fyrte av to skudd mot vakten i beige uniform som løp mot dem med hevet gevær. Murpuss sprutet fra veggen ved siden av ham, samtidig som det ene beinet ikke klarte å bære den store kroppen lenger. Vakten snublet med hendene framfor seg, geværet klunket i bakken rett før albuene hans.

«Opp, opp, opp,» sa Annabelle og dro i armen til Jonas. Han gapte av overraskelse da smellet som hørtes bak ham gjennomhullet hodet til vakten. Blod sprøytet utover klærne og bakken, etterfulgt av stemmen til Tony som ropte med ekko mellom bygningene at de måtte kjappe seg.

Jonas røsket med sekken og stabbet seg på beina igjen. Fortsatte over veien i en drømmeaktig, merkelig tilstand. Kroppen kjentes fjern ut, men den fortsatte å adlyde hjernens ordre om å flytte en fot foran den andre.

«Bra. Bort her,» sa Annabelle, trippet opp på fortauskanten, kom seg bort til veggen til DVV. «Du husker neste steg?»

«Bedre enn mitt eget jævla navn.»

Hun gliste.

De slang seg på kne og åpnet glidelåsene til sekkene. Jonas stappet hånden nedi, ignorerte kvalmegysningen nederst i halsen da fingrene fikk fatt i den første pakken. Sekken var full av dem. Fjernstyrte bomber innrullet i gråpapir, pakket i plastposer festet med gaffateip.

«Bare ta med hele sekken, plassér dem-»

«-med cirka fem meters mellomrom, yes, jeg veit,» fullførte han setningen hennes.

«Dette går!» Plastposen knitret da hun dyttet den første pakken inn mot veggen, ved siden av den ene av de fire digre lagerportene.

Ja, dette går ... rett til helvete, tenkte Jonas, løp til enden av den første porten. Vurderte avstanden, aksepterte usikkerheten og stappet en pakke godt inntil kanten der asfalten møtte murveggen. Annabelle løp i motsatt retning. Hun hadde allerede lagt ut tre pakker. Jonas virret med blikket mot Tony, som veivet med hendene, og assosiasjonene tok ham tilbake til Alnabru og den ekle, lille pakken han måtte klistre fast på traileren ... som senere førte til at Silje døde. Jonas flekket tenner og løp videre med tunge skritt til enden av neste port.

«Robin?»

«Jeg er her.»

«Ser du meg?»

«Seff.»

Sekken gled av skulderen og dumpet i bakken. «Hvor lenge til neste vakt kommer hit?» Jonas snappet ut en ny pakke. I skinnet fra lampen på toppen av porten glinset plastposen. Den var glatt mellom de svette fingrene hans.

«Tipper'u straks ser'n komme rundt hjørnet på venstresida di nå. Han løper mot deg.»

«Faen ...» Jonas slapp pakken på bakken. Sparket den inn mot veggen og hoppet i knestående med blikket begravd i midtpunktet rett over siktet på pistolløpet. Pekefingeren dirret løst over avtrekkeren.

«Jonas,» blandet stemmen til Tony seg inn i lydstrømmen. *«Ikke stopp. Følg planen.»*

«Men-»

«Fortsett jobben; klokken tikker.»

Brått snudde Jonas seg bakover mot Tony med et fortvilet uttrykk i ansiktet, munnen bøyd i en sur geip. Tony veivet fortsatt med hånden.

«Stol på meg.»

I det samme Jonas slengte sekkereimen over skulderen, fikk han øye vakten som rundet hjørnet. All viljestyrke i hele universet måtte samles for å hindre kroppen fra å automatisk tumle bakover i dødsfrykt, legge seg flat og overgi alt. I stedet løp han *mot* vakten, *mot* geværet, *mot* den sikre død.

En fin dusj av rødsvarte dråper sølte til den gråhvite murveggen ved siden av. Vakten mistet våpenet, mistet balansen, mistet livet. Kollapset mot veggen, skled og dro blodsølet utover på vei ned mot asfalten.

«Takk ... eller no',» peste Jonas og løp forbi liket til den første vakten Tony hadde plaffet ned.

«Som sagt, stol på meg.»

Foran den siste lagerporten bråstoppet Jonas med en skrapende skrens som vibrerte under føttene. Småstein spratt unna skosålene. Glidelåsen på sekken skrapte opp huden da han fiklet fram en ny pakke.

«Øh,» sa Robin, *«det begynner å tyte folk ut av noen dører på taket her.»*

«Folk?»

Uten å tenke over hva de snakket om i øret hans, kittet Jonas pakken inn i hjørnet mellom bakken og veggen. Stirret langt etter Annabelle som sto i enden av den siste porten på andre siden, halve figuren opplyst av lampen over henne, resten bekmørk. Hun løftet en hånd i luften. Pekefingeren og tommelen dannet en sirkel.

«Ja, vakter, liksom. Dritmange.»

Jonas nikket og løftet sin egen pekefinger-og-tommel-sirkel.

«Hva skal jeg gjøre?»

Nå var det Annabelle som veivet med hånden. *Kom deg langt pokker i vold vekk fra porten,* sa den. Med tydelige leppebevegelser formet hun ordet: «NÅ!»

«På tide å vekke hærskarene av slumrende droner,» sa Tony i øret til Jonas, etterfulgt av et *«Okay, sjef»* fra sekstenåringen.

Før han fikk seg til å stikke, hoppet blikket mellom alle pakkene de hadde lagt ut. Seks stykker nå. Lagerportene røpte ikke hva som foregikk på innsiden. Ingen lyder slapp ut, men det var ingen tvil om at hundrevis av mennesker jobbet på spreng for å bli ferdige til neste dag. Jonas kjente hendene lukke seg til harde knyttnever, som av egen vilje.

Han *ville* hevne Silje, *ville* hindre den slavebindende biobrikke-faenskapen i å slippes løs på massene. Likevel kom han ikke unna samvittigheten, usikkerheten, samt vissheten om at de aller fleste som jobbet med saken ikke hadde noe de skulle sagt verken fra eller til. *Dette er til alles beste. Det **er** jo det. Når alt kommer til alt. Til slutt.*

Metallet i den ruglete porten foran ham splintret i det samme øyeblikket han oppfattet smellet bak seg. Med et byks kastet han seg rundt, grep etter pistolen i bukselinningen, og han så at skuddet kom fra våpenet til en ny beigekledd, uniformert vakt. Hun skrek ved synet av kollegaen som lå i en rødsvart dam på asfalten. Samtidig registrerte han at Robin ropte noe om at *nå begynner'e!* i øret hans. Men Jonas hadde ikke tid til annet enn å støtte albuene på sekken og sikte. En bitter visshet om at han nå krysset en grense han aldri ville kunne returnere fra, knuget i mageregion. Det kjentes ut som pistolen glødet mot håndflaten da han fyrte av og plantet to kuler i brystet hennes. All kontroll forsvant fra kroppen hennes, og hun falt sammen ved siden av den andre vakten.

«Syns du sa jeg kunne stole på deg,» sa han med en skjelvende finger på senderknappen.

Stemmen til Tony druknet i drønnet fra eksplosjonen på toppen av DVV. Vibrasjonene festet seg i bygget, løp nedover veggene og førte til at bakken rumlet under beina hans. Overrasket myste han opp mot det kortlevde rødskjæret på den svarte himmelen, gispet og snappet med seg sekken. Hoppet unna idet fallende betongfragmenter knuste lampen over porten i et flash av gnistrende glass. I det påfølgende mørket smalt bitene i asfalten rundt ham som livsfarlig hagl på størrelse med murstein.

«Ingenting å vente på nå.» Hånden til Annabelle skjøt plutselig innunder armen hans og dro ham bakover og over veien, tilbake til posisjonen til Tony. «Planer-*schmaner*, ikke sant!»

Mens Jonas rygget etter henne, så han droner på himmelen i full krig med det han antok var vakter på taket.

«-om dere vekk fra veggene,» sa Tony hest da de kom bort til plassen.

«Nå?» sa Annabelle.

«Nå, for helvete!»

I neste sekund detonerte de pakkene foran lagerportene.

14

«Vi er alle enige i at ingenting er viktigere enn at vi møtes her og nå,» sa Slatan Estwick. «Eller kanskje *er* det det – for ham. Han er tross alt inkludert i denne saken på en noe mer, skal vi si, *taktil* måte enn resten av oss. Vi får derfor nesten anta det finnes en logisk forklaring.» Sjefsoverlegen sto foroverbøyd. Sliten i ryggen. Lente seg mot den blankpolerte bordoverflaten som kjentes glatt mot håndflatene. For hundrede gang skled blikket ned på smartfonen ved siden av dokumentmappen hans, før han igjen møtte øynene til de tolv alvorlige personlighetene som fylte hver side av det lange konferansebordet. Rastløse fingre i alle farger og fasonger fiklet med kaffekopper, nettbrett og penner hele veien nedover, til bordet buttet i en tom stol på motsatt ende. Fraværet skapte et emosjonelt vakuum i alle tilstedeværende.

Rino satt ikke der.

Slatan tok av seg brillene og dro den andre hånden over ansiktet. Gjespet uten å gape altfor tydelig, sukket og korset armene over brystet. «Vi har uansett ikke annet valg enn å fortsette etter planen.»

«Det er helt sikkert den forferdelige E6-ulykken,» sa Erna Månebakke – *Statsminister* Erna Månebakke, som hun alltid presiserte hver gang en stakkars sjel kom i skade for å kalle henne ved fornavn.

«Ja, mest sannsynlig.» Slatan sukket igjen. Kroppens tyngde presset tungt mot linoleumen. Til og med barten tynget der den hang slapt under snyteskaftet. *Tung som en labbrotte.* «Mest sannsynlig,» gjentok han, begynte å strekke hånden mot koppen med lunken kaffe, men ombestemte seg.

«Er det virkelig ingen måte å få tak i ham på, overhodet?» spurte Tadjik Ralooq i det pertentlige vestkanttonefallet som alltid fikk Slatan til å grøsse innvendig, uten at han egentlig kunne sette fingeren på nøyaktig *hvorfor.*

«Vel, kulturminister,» sa Slatan, «jeg har prøvd å ringe ham i hele dag. Selv Egon Kruz har jeg forsøkt. Resultatløst det også, ikke overraskende.»

«Kruz hvem?» Ralooq kikket rundt seg. De fleste hev på skuldrene.

«Ikke farlig,» fortsatte Slatan og forbannet seg selv for den unødvendige glippen. «Poenget er at militærsjefen garantert er midt oppi noe svært viktig.»

«Det må da være *noen* vi kan kontakte som har informasjon om hvor Rask befinner seg?»

«Har ikke militærsjefen en hel skokk folk rundt seg til enhver tid?»

Mumlingen bredte seg rundt bordet ispedd gnisselydene fra dresser som vred ukomfortabelt på seg i minimalistiske designerstoler uten armlener.

«Hvorfor, doktor Estwick, skal vi finne oss i dette? Hvorfor?»

«Skal vi fortsette?» avbrøt Slatan dem alle sammen. Stemmen nådde vanligvis ikke så dype toner. «Eller skal vi krype sammen og dø?» Han slo ut med armene.

Folk falt i ro.

Fram til nå hadde Malin sett på ham med en medlidende skrukk i pannen over de store brilleglassene, der hun satt ved et eget arbeidsbord fullt av papirer og mapper. Nå skjulte et smil seg bak hånden med velfriserte, blå negler.

«Akkurat nå er det kun én ting vi er nødt til å enes om,» sa Slatan og viftet en finger i luften. «Endrer E6 noe som helst, eller fortsetter planen upåvirket?» Han så på dem en etter en, samtidig som tankene spilte av den uheldige hendelsen med den unge mannen som fikk panikkanfall etter et feilslått biobrikkeforsøk dagen før.

Statsministeren tok ordet: «Doktor Estwick, vi har intet valg.»

«Har vi ikke, virkelig?»

«Vi må fortsette.»

«*Må* vi, Erna?»

Et misfornøyd drag løp over det fyldige ansiktet hennes. Hun kremtet og rettet seg opp i stolen.

Slatan plasserte brillene tilbake på plass. «Jeg er sannelig ikke så sikker lenger.»

«Ærlig talt, *Slatan*,» fortsatte hun, «å stoppe innføringen nå er å innrømme overfor befolkningen at vi har tatt feil.»

«Å *ikke* stoppe innføringen er det samme som å si at vi med full bevissthet har akseptert og oppmuntret den bestialske mishandlingen av alle de stakkars menneskene som befant seg i traileren,» sa Slatan. Han kjente blodårene banke på hver side av halsen. «Er flere av dere enige med statsministeren?»

Flakkende blikk spratt rundt som redde kaniner og søkte tilflukt i hverandre over konferansebordet.

«Nå?»

Lepper strammet seg til stive streker med nedoverbøy i munnvikene. Blikkene dvelte nå ved kaffekopper og mobiltelefoner.

Isbiter rant langs ryggraden til Slatan. Suget som oppsto i mageregionen kom helt uventet. Han kikket fort på sekretæren og så at den bekymrede skrukken hadde gjeninntatt pannen hennes.

«Vi er beint nødt til å gjennomføre, doktor Estwick,» konstaterte Erna. Hun markerte hvert ord ved å dunke digitalpennen mot skjermen til nettbrettet foran seg.

«Jeg har forstått at du er av den formening, statsminister Månebakke. Men hva med resten av dere?»

Til slutt, etter et uant antall sekunder i trykkende uhyggelighet, løftet utenriksminister Thorvald

Plancke Jr. sitt glatte åsyn. Håret, skinnende svart, var gredd bakover og forsterket opplevelsen av den allerede høye pannen. Brystet hans hevet seg under den altfor trange, grå dressen. «Doktor Estwick,» sa han, smilte og løftet øyebrynene som for å spørre om Slatan skjønte noe som helst av saken. «Tenk på resten av verden.»

«Jeg kan forsikre deg, unge mann, om at det nettopp er kognitiv prosessering som har ført meg til mitt nåværende mentale status quo,» sa Slatan og forsøkte å overbevise seg selv om at snørrvalpen hadde havnet i posisjonen grunnet dyktighet, og ikke *bare* fordi Plancke senior dirigerte visse deler av det politiske spillet som sitt personlige dukketeater. «Men for all del, utdyp gjerne. Det er tross alt grunnen til at vi er her.»

«Vel,» kremtet Plancke Jr., «lille Norge har ikke særlig mye å stille opp med når resten av verden også innfører biobrikken nå.» Hans flakkende blikk flokket seg sammen med andre flakkende blikk. Sammen nikket de subtilt forsikrende til hverandre.

«Stille opp med?» Slatan dyttet brillene lenger opp på nesebeinet. «Mener du vi ikke kan si nei?»

Munnen til Plancke Jr. ble til en rar liten snurp, som om noen strammet en tråd rundt den. «Mm,» sa han og bikket hodet opp og ned.

«Mener du vi *bør* si nei?» spurte Ralooq. «Er det realistisk?»

Slatan trakk pusten dypt, fulgte den helt ned i magesekken og tilbake opp igjen. *Perfekt fred og bliss finnes her akkurat nå, garantert, men hvordan finner jeg det utenfor meditasjonsrommet?* Stolbeina skrek ustemt mot linoleumen da han dro fram stolen sin og satte seg. Foldet hendene i hverandre på bordet. «Tadjik, jeg er lege, hvilket betyr at jeg først og fremst er opptatt av menneskers velbefinnende. Videre forstår jeg åpenbart at alle rundt dette bordet har individuelle standpunkter og incentiver hva gjelder innføring eller ikke, men se meg for helvete inn i øynene og fortell meg at dere syns det er helt kuuult at hundrevis, tusenvis, nei, kanskje *hundretusenvis* av uskyldige liv har gått tapt i prosessen av å teste ut biobrikken!»

Flere svelget samtidig.

«I går bevitnet jeg personlig at en defekt brikke trigget et kraftig panikkanfall under et tilsynelatende harmløst psykologisk forsøk. Potensialet til biobrikken er enormt, der er vi alle enige, men slik situasjonen forholder seg, er den *ikke* feilfri.» Slatan lente seg framover og omkranset halsen med hendene, pustet dypt igjen og kjente hvordan blodårene i halsen pumpet mot håndflatene.

«Men,» sa statsminister Månebakke, «vi kan ikke motsi ...»

«Motsi ... ?» sa Slatan, lot spørsmålet dingle litt fram og tilbake i luften mellom dem, før han la til det åpenbare forslaget: «*De Vi Ikke Snakker Om?*»

Et samstemt gisp blåste som kraftig gjennomtrekk i alle munnene rundt konferansebordet. Slatan *så* det, selv om de forsøkte å skjule mikrouttrykkene sine så godt det lot seg gjøre. Alle bortsett fra Plancke Jr., som tvert imot prøvde å hindre at smilet han holdt unna leppene skulle feste seg i øynene.

Bedrøvelse var én av emosjonene som slåss om Slatans indre oppmerksomhet. «Hvordan havnet vi her? Er vi allerede fanget av det enøyede monsteret?»

«Nå holder det,» sa statsministeren. Fingertuppene hennes hvitnet rundt pennen som bare kunne skrive på nettbrettet.

«Svaret er med andre ord 'ja', vi er allerede fanget?»

«Doktor Estwick!» Pennen var i ferd med å presses tvers igjennom den digitale skriveblokken foran henne.

Slatan stoppet midt i tankeprosessen. Bikket på hodet slik at øret vendte mot taket. «Hørte dere det?»

De rundt bordet så usikkert på hverandre.

«Hørte *hva*, Estwick?» spurte statsministeren.

«Sikkert ingenting,» mumlet Slatan og fortsatte i fullt volum: «Uansett. Det må da være mulig å stille et ærlig spørsmål til en samling individer hvis primære oppgave er å sørge for at befolkningens ve og vel vedlikeholdes.»

«*Ikke* hvis befolkningen kan skades bare ved at et slikt spørsmål i det hele tatt ser dagens lys.»

Slatan pustet ut. Bedrøvelsen vant kampen, og han sank sammen i stolen. Hendene gled ned i fanget. «Nei, det er no' dritt,» hvisket han. «No' skikkelig dritt, virkelig.»

Plutselig ristet konferanserommet så voldsomt at kaffekopper veltet, og penner rullet over bordkanten og klunket i gulvet. Damene – og Ralooq – skrek i overraskelse, mens mennene hev etter pusten og holdt seg fast i stolene sine.

Neste øyeblikk ... dødsstille. Alle satt med vidt oppsperrede glugger og lyttet.

Deretter satte alarmsystemet i gang for fulle mugger. Øredøvende sirener og intenst rød blinkelys fra alle kanter. Stolbein skrapte mot gulvet idet noen av Norges mest betydningsfulle personligheter skjøv seg unna konferansebordet. Oppjagede stemmer, fektende hender og lysende mobiltelefoner.

Likevel hørte Slatan kun én ting, som overdøvet alt annet: Høye, skarpe, men herfra, dempede smell. *Pistoler og automatgevær*, antok han. *Fra vare-mottaket.* Med et slags ironisk halvsmil luskende under barten noterte han seg at han ikke kjente noen videre overraskelse. Derfor forble han sittende på stolen, hendene foldet i hverandre på bordplaten, og bevitnet de andre virre vettskremt rundt uten å komme seg noen vei. Ingen tok sjansen på å forlate konferanselokalet. Hva hadde de trodd, egentlig? At ingen reaksjon ville oppstå som følge av biobrikkens plutselig så blodige inntog?

Igjen dundret det. Nærmere denne gangen. Vibrasjonene forplantet seg fra skosåler til håndflater. Ikke like kraftig som det første bråket – som ikke usannsynlig hadde vært bomber ved lagerportene – men kanskje en granat eller lignende. Statsminister Månebakke, Ralooq og noen flere hadde sklidd ned på gulvet på motsatt side av utgangsdøren, og satt klistret mot veggen. Plancke Jr. satt på huk ved siden av det persiennetettede vinduet. Han ropte inn i mobilen og hyttet med en neve personen han snakket med ikke så.

Slatan stirret på dem, men oppfattet ikke de høylytte stemmene. Og, merket han til sin glede, det var som om han befant seg milevis unna og observerte både dem og tankekaoset i sitt eget hode. Så rolig, så fredelig. Ufrivillig vokste smilet seg større. *Så* **her** *er blissen og freden, altså. Når alt går til helvete dukker den jaggu opp, gitt. Hendig funksjon.*

«… Estwick!» Malin hang over bordet og ristet i dressjakken hans.

Han flyttet blikket opp på henne, og kjente han syntes synd på jenta. En flott, ung og ambisiøs kvinne. Fanget her. Han klemte hånden sin rundt hennes, trakk henne ned mot seg og klappet henne på hodet.

«Bare ta det med ro,» sa han.

«Har det klikka for deg?» sa hun, fortsatte å riste i jakken hans. «Vi må vekk herfra!»

«Shh, shh,» hysjet han rolig, dro henne enda litt nærmere, la hånden mot kinnet hennes. «Akkurat nå kan vi ikke gjøre annet enn å vente til det verste er over.»

Gulvet ristet på ny. Folk sutret og bar seg der de klemte seg inntil veggene, mens de røde alarmlysende flakket over alle overflater.

Malin slo hånden hans vekk, rev tak i jakkekragen hans og begynte å riste i den. «Vi kan jo ikke bare *være* her!»

«Kjære deg,» sa Slatan, og kjente en merkelig tilfredshet ved hele situasjonen, «jeg tror dette er et av de tryggeste stedene i hele bygget akkurat nå.» Så la han hendene sine over hennes, og klemte akkurat hardt nok til å vekke henne litt fra fryktdøsen, slik at hun slapp taket i kragen hans. Deretter, fortsatt holdende i hendene hennes, reiste han seg, la en arm over skuldrene hennes. Sammen gikk de sakte over det ristende gulvet i skiftende rødfarger, med lydene av sirener og skudd i økende volum fra alle kanter rundt seg. «Jeg tenker det er greit vi setter oss litt ned her, ok, Malin?» sa han, fortsatt rolig og behersket, stikk i strid med all fornuft.

Hun snufset, nikket. «Du blir med?»

«Ja visst,» sa Slatan, og tenkte: *Hvor skal jeg ellers gjøre av meg?* Var det ikke for de dempede skrikene som hørtes utenfra, ville han mest sannsynlig kvekket av latter. I stedet hjalp han henne varsomt ned på gulvet, helt inntil veggen, slik som alle de andre. Gjorde flere noe, føltes det tryggere, selv om det ikke hadde noe å si fra eller til.

Etter at Malin satt relativt godt til rette der nede, la han merke til at armen hans skalv da den svette håndflaten møtte veggen. Lårmusklene spente seg og kjevemusklene verket av anspenthet. *Interessant*, tenkte Slatan og ble videre bevisst tunnelsynet som hadde sneket seg innpå ham. Han funderte over hvordan blissen kunne fjerne ham så totalt fra opplevelsen av kroppens reaksjon på situasjonen. Så hadde allikevel alle timene i meditasjon – om enn uperfekt gjennomført – resultert i en eller annen verdifull endring i bevisstheten hans. Midt i alt kaoset smilte han samtidig med at uttrykket til Malin endret seg fra redd til *liv*redd, og hyling fra andre i rommet mikset inn i trykket fra døren som eksploderte bak ham.

Slatan kjente det som om en flere meter stor ballong sprakk rett bak ham, og trykket slengte ham inn i veggen sammen med stoler, nettbrett og kaffekopper som føk rundt i konferanserommet. Han snublet på Malin og skled overende på gulvet, begge armene beskyttende over hodet. Høylytte stemmer blandet seg i sireneneuværet. Skudd smalt tett i tett; kulene pulveriserte alarmboksene oppunder taket. Småbiter av plast og glass brast i gulvet samtidig med at ulingen fra sirene stilnet.

Skosåler knaste i søppel på gulvet. Stemmen, rusten og hes, skar inn i den nyfunne stillheten som en stikksag gjennom fløyel: «Slatan Estwick?»

Av alle verdens mest latterlig usannsynlige tilfeldigheter! tenkte han, og, igjen, var det ikke for situasjonens grusomme realitet, hadde han sikkert kvekket av latter. Et øyeblikk virket det som armene var fastlåst over ansiktet og hodet. Slatan forsøkte å løsrive seg fra den plutselig så sammensnurpede kroppen med stive muskler i høyspenn.

Ruststemmen spiddet luften igjen: «Er sjefsoverlege Estwick her?»

Til sin store overraskelse hørte Slatan statsminister Månebakke si: «Skam dere, alle sammen!»

«At det var?» glefset stemmen tilbake.

Månebakke reiste seg fra gulvet med et stønn. «Du hørte meg. Dere er en skam for Norge. Terrorister, er dere!»

Et tørt fnys. «Det kom fra rette rasshølet. Nå, hvem av dere er sjefsoverlege Estwick?»

«Du våger ikke å avbryte meg,» fortsatte Erna. «Jeg er *Statsminister Månebakke*, og dere har å-»

Flis sprutet fra veggen da skuddet dundret i rommet. Det kom så uventet på at statsministeren rygget bakover. Slatan *så* det ikke, der han fortsatt lå med armene fastlåst foran ansiktet, men han *hørte* henne skvette, subbe bakover og dunke ryggen i veggen.

«Slapp av, nå, kjære statsminister,» hvisket den skarpe stemmen. «Vi vet alle hvem som er de reelle terroristene her. Nå, for siste gang: Slatan Estwick.»

«Her,» dirret stemmen til Slatan. «Det er meg.» Han fikk tvunget armene ned fra den beskyttende og noe pinlige posisjonen foran ansiktet. Tok inn synet av de tre terroristene. To menn som begge siktet våpen på dem, og en dame som sto vakt i døråpningen.

«Flott. Du kunne jo bare sagt det med én gang, så hadde vi sluppet dette tåpelige skuespillet,» sa ruststemmen, som passet til den høye, magre mannen med innsunkne øyne og svart, rufsete hår. Nylig hardt skadd; hvit bandasje trolig surret rundt overkroppen eller skulderen kom til syne i brysthøyde bak en åpen jakke. Hånden på samme side hang rett ned, mens den andre pekte pistolen på Slatan. «Kom deg opp.»

«Hva vil ...» Å høre sin egen skjelvende stemme briste i de adrenalinsusende ørene sine, fikk Slatan ut av bedøvelsen som en stakket stund hadde dempet opplevelsen. Nå ramlet han hodestups inn i vissheten om at de faktisk var ute etter *ham*. Hjertet pumpet angst ut i alle lemmene hans. «Hva vil dere meg?» Han ble overrasket over å høre ordet 'meg' i sitt eget spørsmål. Skammet seg, men noe dypt rørte ved ham. Kroppen prikket at frykt.

«Estwick. Er det ikke åpenbart?» De nærmest ikke-eksisterende leppene dro seg i et halvsmil i det tynne ansiktet, mens øynene hatet ham, dem, alle sammen, alle i rommet, alle i hele departementsbygget.

Slatan klemte seg hardere oppetter veggen, uten at det hjalp. Ufrivillig dykket han ned i det dypet blikket til denne intense, utmattede mannen, som han alltid gjorde med mennesker, pasienter, for å ta inn over seg hva som feilte dem. Her, i dette sinnet, sorg. Fortvilelse svømte der inne. Aggresjon. Håpløshet.

«Er det for faen ikke *krystallklart* for dere alle sammen hvorfor vi er her?» Mannen hev blikket rundt i konferanserommet som kastekniver.

Ingen sa noe, selv ikke Plancke Jr..

«Vet dere ikke at dere *alle* fortjener å dø?» ropte han og sparket en veltet stol inn i veggen. Den moderne, skrøpelige pinnesaken knuste. Pistolløpet begynte å fly fra hode til hode. Alle krympet seg etter tur. «Tenk på menneskene i de helvetes containerne vi avdekket tidligere i kveld, og fortell meg at dere ikke fortjener samme skjebne.»

«Tony,» hvisket den yngre, lyshårede mannen i hettegenser ved siden av. «Ro ned.»

Tony, som han het, dyttet sidemannen unna. «Ikke bland deg, Jonas. Nå snakker *jeg*. Annabelle!»

Dama som hittil hadde stått vakt, kom inn og stilte seg opp. «Hm?»

«Hva tenker du?»

De mørke øynene hennes gled over Norges fremste som satt skjelvende sammenklumpet på gulvet. Smellende skudd og jamrende mennesker hørtes fra alle kanter utenfor.

«Du har rett,» sa hun. Stemmen stødig. «De fortjener å dø. Hver eneste én.»

«Dette var *ikke* poenget,» sa den blonde mannen. Grep tak i skulderen til Tony, snudde ham mot seg. «Poenget e'kke å kille alle disse folka.»

«Hold kjeft, Jonas,» bjeffet Tony, skar en grimase og dyttet ham vekk for andre gang.

Slatan svelget. Terroristene så ikke ut til å være helt på bølgelengde. Planene de mest sannsynlig hadde lagt slo kanskje sprekker nå som kampens hete buldret rundt dem. «Bare,» begynte Slatan, «bare en liten ting?»

Tonys stikkende blikk sugde seg fast i ham igjen. «Ja, doktor?»

«Har dere tenkt på at vi muligens ikke-»

«Åh, for guds skyld! La meg si det som det er!»

Slatan snudde hodet mot Thorvald Plancke Jr., som allikevel ikke klarte å dy seg, snørrvalpen.

«*Ja*, det er utrolig trist at alle de menneskene i trailerne er døde, og *ja*, kunne vi gjort det annerledes, så hadde vi *selvsagt* gjort det! Men!» sa Plancke Jr., reiste seg fra gulvet og struttet med brystet i den grå, svinedyre dressen.

Øynene til Tony ulmet, halvt lukkede. Stemmen, kun et lavtlydende risp i luften: «... men?»

Kjapt dro Plancke Jr. en hånd over hodet for å glatte ut bakoversleiken igjen. «Men noen ganger er man simpelthen nødt til å ofre noe for at resten av oss skal kunne nå det neste evolusjonære trinn-»

Hodet til utenriksministeren eksploderte til lyden av det øredøvende skuddet og skremte tilskuere. En klumpete, rød dusj farget veggen bak ham mørk og glinsende idet den livløse kroppen ramlet i gulvet. Malin holdt seg fast i armen til Slatan, gjemte hodet inn mot brystet hans.

«Da holder i hvert fall *han* kjeft,» sa terroristdama. Hun fuktet de fyldige leppene og slapp hånden med mordvåpenet ned i hoftehøyde.

«Det var fuckings *utenriksminister'n*,» sa den unge mannen, Jonas.

Hun nikket. «Aldri likt den klysa.»

Tony gned seg i øynene. Gapte med munnen som for å løsne opp en stiv kjeve, og stirret i taket før han sa: «Jaja, ja. En verden i kaos. Alle vil sikkert leve, så hold kjeft og hør. Dette er hva som skjer nå: Dere blir sittende her i to-tre timer, og vi tar med oss Slatan.» Han stirret på alle de livredde, kritthvite ansiktene. «Dere skjønte det – at dere *blir sittende her*, ja?»

Ingen var uenige.

Slatan klappet Malin på hodet, skjøv henne forsiktig vekk og reiste seg ustø fra gulvet. Pulsen banket så hardt i tinningene at fargene i synsfeltet pulserte. Da han sto mer eller mindre stødig, løftet han hendene, holdt blikket festet i bakken. «Hva nå?»

Tony gestikulerte med våpenet. «Kom.»

«Doktor Estwick ...»

Slatan ignorerte Malin og slepte de blytunge føttene sine over gulvet. Svetten rant nedover pannen, gled forbi nesen og festet seg i den fuktige barten. Alltid hadde han sett seg for god til å klandre andre, ønske andre vondt, eller benytte seg av tilsvarende psykologiske forsvarsmekanismer. Men nå, i dette øyeblikket, hørte han den lille djevelstemmen inne i seg hyle at *hvem som helst andre* i dette rommet fortjente å bortføres på denne måten mer enn ham selv. *Rino mest av alle, den forbannede ordreadlydende hånddokka, som uansett ikke har noen å komme hjem til på slutten av dagen.* Han følte seg som et svin, men følelsen av dyp urettferdighet knuget i mellomgulvet, og sprengte bak øynene.

Uten et snev av motstand føyde han seg da denne pene, dødelige Annabelle snappet tak i håndleddet hans og bøyde hånden bak på ryggen hans – akkurat hardt nok til at det gjorde vondt.

«Da blir du med oss,» sa hun.

Han løftet hodet og så uttrykksløst på henne gjennom duggen som hadde samlet seg på brilleglassene. «Åpenbart.»

«Ved nærmere ettertanke,» sa Tony til henne. «Han blir med *oss*. Jeg syns du bør bli værende her til vi er ferdig med det viktigste.»

«Ja vel?»

Slatan bet tennene sammen da hun kanskje uten å tenke over det klemte armen hans høyere opp på ryggen. Skulderleddet vibrerte av smerte; han reiste seg på tå for å dempe krafttaket.

«Det hadde passet *jævlig* dårlig om noen av disse smartingene plutselig fikk noen litt for lure ideer mens vi er opptatt, ikke sant?»

Endelig løsnet hun taket en anelse. «Ja. Sant.» Slatan klarte å puste igjen. Hun dyttet ham med en knyttneve i ryggen så han snublet bort til Jonas. «Du får si ifra, da.»

Tony nikket. «Og hvis noen allikevel finner på noe kødd …»

«Da løser jeg problemet,» smilte Annabelle.

«Ypperlig,» mumlet Tony hest. Viftet med armen – den som ikke var skadd – mot Slatan og Jonas. «Vi har en jobb å gjøre.»

Da de forlot konferanserommet stirret Slatan bare målløs rundt seg. For under en time siden hadde korridorene vært rene, pene og hvite, alle dører, vinduer og rom i god behold. Nå dinglet lysarmaturer fra taket, elektrisitet flashet i smadrede lysrør. Knuste vinduer og skillevegger mellom møterommene og korridorene de grenset ut til. Han tørket dugg fra brilleglassene og gapte mot de livløse kroppene som lå strødd, mens bevæpnede folk kledd i sivil løp forbi dem i begge retninger.

«Hvorfor gjør dere dette – hvorfor dreper dere så mange, og ødelegger absolutt alt?» Slatan holdt seg for munnen.

Tony dyttet Slatan inn i veggen. «Så dette er ille, men det dere gjorde mot oss på Tveita er greit? Eller det dere prøver å gjøre mot *hele* befolkningen?»

«På Tveita?» Slatan så med blanke øyne fra Tony til Jonas. Beina skalv, og den svidde lukten av treverk og plast stakk i neseborene. «Hva har skjedd på Tveita?»

«Ikke spill uskyldig, Estwick,» sa Tony. «Vi har detaljert informasjon om din rolle i biobrikke-innføringen.»

«Den eneste *rollen* jeg har direkte er å koordinere selve chippingen. Jeg har ingen som helst anelse om hva som har skjedd på Tveita!»

Jonas grep tak i skulderen til Tony. «Dude, han snakker sant. Du ser vel det? Og han har et poeng:

222

Hva faen skjer her, egentlig? Både du og Linnea lovte at dette ikke var et morderoppdrag! Poenget er jo at vi ska-»

Med et brått skulderrist kastet Tony vekk armen til Jonas. «Har du allerede glemt hva de gjorde mot Silje?»

«Hei, karer, hør,» avbrøt Slatan, «jeg aner virkelig ikke hva som har skjedd på Tveita, og jeg beklager dypt hvis de som styrer innføringen har påført dere og deres kjære skade, men ...» Et øyeblikk stoppet han og gapte mot to kolleger som løp haltende forbi uten å ense ham. Den ene blødde fra et stygt sår i pannen, mens den andre så ut til å ha fått halve armen revet av. Lettelse over å se dem forsvinne rundt hjørnet uten at disse desperadoene plaffet dem rett ned, fikk ham tilbake på sporet: «... vit dette: Jobben min forventer ufravikelig samarbeidsvillighet av meg, men personlig er jeg *ikke* enig i måten biobrikken tvinges inn i samfunnet på. Dere kunne ikke valgt en mindre passende person å ta som fange her nå. Hvem som helst andre fortjener det mer enn meg!» Ved lyden av sin egen tryglende stemme skjemtes han igjen over sin patetiske selvopptatthet. Like fullt maktet han ikke å kontrollere frykten, sårheten over hvor urettferdig alt var. «Det er Rino Rask dere skulle tatt. Ingen på DVV har mer kunnskap eller gjennomslagskraft enn ham.» Og med dét utsagnet nådde han bunnen. Én ting hadde vært å tenke det, men å faktisk *si* det. Toppen av ynkelighet. Utlevere sin medsjef på den måten; en ærlig, hardtarbeidende mann som gjentatte ganger i løpet av karrièren hadde satt sitt eget liv i fare for å beskytte fedrelandet. Slatan kjente hetebølger pulsere gjennom de iskalde ørene.

«Bare ta det med ro, du, doktor. Rino er på lista vår. Men akkurat nå ... akkurat nå er det *du* som er hovedpersonen her. Nok pisspreik,» sa Tony og dyttet pistolløpet inn i halsen til Slatan, rett under haken. «Vi vet at tech-brettene har ankommet. Ta oss til dem. *Nå.*»

Slatan kjente adamseplet dunke borti det kalde metallet til pistolen da han svelget. «Selvsagt. Følg meg.»

15

Solen glødet mot ansiktet, farget synet mørkerødt bak de lukkede øynene. June snuste i seg duften av nyklippet gress, presset seg enda tettere inntil Eckhart som satt ved siden av henne på benken. Hun nøt tyngden av den trygge armen hans over skuldrene sine, mens hun klappet silkehåret til den lille prinsessen som *endelig* lå og putret i barnevognen.

Overalt hørtes barnelatter og svingende husker, bjeffende hunder, syklister og turgåere. Første skikkelige sommerdag etter en altfor lang vinter.

June trakk pusten dypt inn i lungene, elsket livet, og slapp den sakte ut i et langt sukk av velbehag. Hun smilte og gned hodet hardere inn mot brystet hans.

«Vet du,» mumlet hun med flaksende småfugler i magen, «jeg har aldri vært så lykkelig som akkurat nå. Tenk det. Akkurat her, akkurat nå. Jeg skal aldri glemme dette øyeblikket. Du, jeg og gullungen vår. Herlig.»

Noen uforståelige ord buldret i magen hans.

«Er det noe du prøver å si, kjære?» flirte hun, åpnet en sprekk i øyelokkene og ble blendet av solen. Smilende myste hun opp mot den svarte silhuetten av hodet hans.

Flere utydelige, rumlende ord.

«Tullekopp, jeg skjønner ikke hva du sier,» lo hun og la hånden skjermende over øynene for å se ansiktet hans bedre. Men det forble svart, konturløst. Hun blunket flere ganger, men mørket este og vokste seg større og større til solen sluknet, varmen frøs til is og barnelatteren, hundebjeffingen, Eckhart … alt løste seg opp, til det svarte konturløse omformet verden til en mørk, dødsstille intethet.

Vet du …

jeg har aldri vært så lykkelig som akkurat nå

Smerten i nakken kom først.

Med et stønn åpnet June øynene i en kropp overmannet av utmattelse. Liggende på ryggen tett opp mot gittergjerdet med armene bøyd over ansiktet. Fortsatt usikker på hvor det ble av den nydelige sommerdagen i parken, stirret hun rett fram. Mellom krokete, numne fingre hengende over ansiktet som fremmede slyngplanter, fikk hun øye på barnehagen bak gitteret. Himmelen lå beksvart i bakgrunnen. Stillheten suste i ørene. Kulden bet skarpt mot de nakne leggene i gresset.

«Sofia,» hørte hun stemmen sin si. «Jenta mi. Mamma … mamma er her.»

Et nytt smertestønn unnslapp de tørre leppene hennes da hun veltet kroppen over på siden. Strakk seg, både hørte og følte ryggen knase. Rettet sakte ut armene. Venstre håndledd verket. Forstuet, kanskje knekt. Hun bet tennene sammen og skjøv seg opp i knestående ved hjelp av albuene.

Øynene fyltes med tårer da hun så huset svøpt i lydløst mørke der borte bak epletreet. Kjellerdøren sto åpen; en lysstripe fra innsiden sprikte ut av sprekken og vasket gresset og buskene utenfor.

Hvor lenge har jeg vært borte?

Hun så ingen. Hørte ingen, med unntak av den svake brusingen av kaos som ble båret gjennom luftrommet fra sentrum. Hun knep øynene sammen og myste mot nabohuset. Ingen bil med avslåtte frontlys og durende motor å se, høre, eller lukte.

Hadde Eckhart og Sofia klart å rømme? Magen knøt seg da noe dypt i hjernebarken husket ristingen i gittergjerdet og Gregor som hang over henne med Sofia hylende i armene. Men det var så langt unna; som å knapt huske følelsen av et mareritt like før det forsvinner fra hukommelsen for godt.

Hva sa du før jeg besvimte? Hun gned fingrene mot sytrådsåret rundt halsen. *Fortalte du meg hva jeg skulle gjøre? Hvorfor lot dere meg bare ligge her? Var ikke hele poenget å hente meg inn igjen? Sa du hva oppdraget deres var?* Vakuumet i tankene nektet å gi fra seg mer informasjon. Hun dunket seg i hodet, forsøkte å hindre det ulmende utbruddet av frustrert håpløshet i å overta kontrollen. I stedet blåste hun luft ut av munnen i et hakkete tempo, tørket de rennende tårene, og klarte ved hjelp av gjerdet å reise seg. Spyttet ut noen hårtuster som hadde klistret seg fast i leppene, og var på kanten til å overmannes av smerten i kroppen.

«Mamma kommer, jenta mi,» hvisket hun og stabbet framover mot huset. «Mamma kommer.»

Nakken verket da hun så seg til begge sider før hun åpnet kjellerdøren. Lyset fra armaturene i taket sved i øynene. Nå luktet det ikke lenger tett kjeller, men frisk natteluft etter døren som hadde stått på gløtt.

Herregud, hvor lenge var jeg borte?

Hun listet seg innover. Det hadde gått hardt for seg her; alt fritids- og hageutstyret lå nå veltet ut til siden og ryddet liksom en sti fra kjellerdøren og bort til døren inn til huset. Også den på gløtt, men ikke noe lys fra kjellertrappen.

Knitrende plastemballasje da hun skumpet borti cricketpakken de aldri hadde åpnet, fordi Sofia viste null interesse. Skjelvende satte June seg på huk, tok pakningen og holdt pusten da hun forsiktig presset pekefingerneglen igjennom plasten. Like rolig rev hun i stykker emballasjen. *Riiitsj.* Men bare akkurat nok til at cricketkøllen kunne fiskes ut med to fingre. June løftet køllen med begge hender som et balltre, kjente det kalde treverket gnage inn i de ømme håndflatene. Venstre håndledd banket smertefullt.

Med foten åpnet hun døren til kjellertrappen, vendte øret inn mot mørket, lyttet. Stummende stille. Ikke engang en flaksende flue hørtes.

Det eneste hun klarte å tenke på mens hun listet seg opp trinnene var at Eckhart ikke hadde klart å redde verken seg selv eller Sofia. Tre gærninger mot én mann og en jentunge kunne aldri gå bra. Og nå var de fanget. Nakkehuden krøllet seg ved tanken på tvangsspylingen hun og Ali hadde blitt utsatt for etter at Jason førte dem ned i Egons underjordiske lokaler ved … ja, hvor hadde vært, egentlig? Vinduene i bilene hun satt i både på vei inn og ut var alltid dekket til.

Samme kan det være. De finner meg her uansett, og da overgir jeg meg med én gang. Dere skal gå fri, mine kjære. Dette har ingenting med dere å gjøre.

June klemte hardere rundt cricketkølleskaftet. Skrittet inn på kontoret sitt i toppen av trappen. I det dunkle rommet, kun opplyst av skinnet fra gatelykten utenfor som skrådde inn gjennom sprekken i gardinene, så hun David-statuen ligge på gulvet, knust. Hodet lå i døråpningen ut til gangen, og armen var brukket tvers av. Roseduften fra luktlysene fylte luften – også disse lå strødd utover gulvet, rundt den veltede kommoden. Noen hadde endevendt rommet. June forsøkte å kontrollere pusten, men det virket som hjerterytmen tvang lungene til å hyperventilere. Hvite og grå prikker virvlet i synsfeltet, danset i takt med hjertet som dunket i tinningene.

Fortsatt ikke en eneste lyd noe sted. Hun løftet et skjelvende bein over det avkappede hodet til David-replikaen og åpnet døren til gangen. I det samme kjente hun en kjølig vind dra seg fra den ødelagte ytterdøren lengst ut i gangen, gjennom kontoret hennes og, gjettet hun, ned trappen og ut av den åpne kjellerdøren i underetasjen. Kulden omfavnet ansiktet og de nakne leggene hennes da hun snek seg ut i gangen.

På gulvet, mellom klumpete filleryer og knuste bilder, lå Gregor. Livløs. June tok seg for munnen og rykket bakover. To røde flekker i ryggen hans glinset vått i det svake skinnet fra stuen i enden av gangen.

Betydde det at Eckhart hadde tatt pistolen hans og …? Hadde Eckhart og Sofia allikevel klart å rømme?

Et glimt av håp løsnet litt av klumpen i brystet hennes. June dro hånden flere ganger over ansiktet mens tankene løp løpsk, og stirret ned på liket til Gregor. Dyttet til ham med foten. Ingen reaksjon. Hun pustet dypere, begynte å virre med blikket. Stirret i retning ytterdøren. Ingenting. Den åpne soveromsdøren til Sofia. Ingenting. Blikket festet seg til slutt i den store sofaen hun så i inngangen til stuen. Den sto skjevt, og vinflasken Eckhart hadde drukket av da hun kom hjem var ikke lenger på bordet.

Uten å vite hvorfor, løp hun. Snublet over Gregor, løp gjennom entreen og skrenset inn i stuen.

Hun hylte.

Hun hylte som ingen hadde hylt i hele menneskets historie. Sjelen hennes rant ut av kroppen. Hun ramlet sammen på gulvet med vidt oppsperrede øyne, munnen kun et enormt gap av lidelse. Veggene i rommet bøyde seg innover mot henne. Armene og fingrene, kraftløse, klorende mot gulvplankene. Med sine egne skrik skjærende i trommehinnene, krabbet hun febrilsk bortover, men forflyttet seg sakte som i et umulig, surrealistisk mareritt. Håndflatene gled i klissete blod på gulvet. Skrikene fortsatte å fosse ut av henne, øynene klistret seg sammen av tårer. Som en helvetes jævlig ut-av-kroppen-opplevelse bevitnet hun seg selv kave og skli i bloddammene, til hun klatret over de ubevegelige beina til Eckhart, ramlet over ham, krafset til seg Sofias livløse arm. Dro og slet i henne som om hun veide to tonn, til June fikk samlet den lille engelen dypt inne i sine ukontrollerbare, skjelvende armer. Hun klemte datteren så hardt mot seg at det knaste i kroppen til det lille jentebarnet. Hun gravde ansiktet sitt inn i det blodklissete håret, krøllet seg sammen i fosterstilling med ryggen tett inntil Eckhart, og skrek og skrek. Gulvet var et flammehav i en kokende vulkan, veggene krympende torturinstrumenter. Verden raknet i sømmene. Hele eksistensen hylte med henne.

Sekunder ble til minutter ble til timer mens hun gråt og gråt. Alt opphørte i sorg.

Til slutt satt hun bare der, stirrende framfor seg, hikstende, ikke til stede i sitt eget liv, med hendene holdende krampaktig i både Sofia og Eckhart, mens stemmen, som av seg selv, kontinuerlig hvisket: «Du skal dø. Du skal dø. Du skal dø. Du skal dø. Du skal dø. Du skal ...»

16

Selv om Robin satt på en komfortabel kontorstol i Hausmannsgatebasen, og hadde hodet stappet inn i en VR-hjelm, så *kjente* han suget i magen da han presset joysticken framover og lot dronen stupe unna stormen av kuler fra vaktene på taket til DVV.

«Holy shiiit!» Stemmen forplantet seg i hjelmen og runget i ørene hans.

«Svin, ass,» ropte han da en av de andre dronene på laget, den som lå nærmest bak ham og som også forsøkte en unnamanøver, flammet opp i et gnistregn. Fire beigekledde vakter der nede hoppet unna idet dronen styrtet og eksploderte mellom dem.

«Faen,» hørte Robin lagkameraten si via headset'et. *«Ikke fem minutter engang.»*

«Ta deg en bolle eller no' – vi fikser'e!» Robin røsket i joysticken, rykket i stolen, gjorde helomvending for å hente seg inn fra stupet. To av de fire vaktene satt på kne og strakk seg etter våpnene de mistet underveis, mens den tredje rullet frenetisk rundt for å slukke flammene fra eksplosjonen, som gnafset i seg deler av den beige dressen. Den siste vakten hadde kommet seg på beina og plaffet en remse kuler rett mot dronen til Robin.

«Here goes nothing,» hvisket han mellom sammenbitte tenner. Forsøkte å ignorere de motstridende tankene som kvernet i hjernen. Men det var umulig å dekke over ens egen sannhet. I det ene sekundet som passerte fra han skviste inn triggerknappen på kontrolleren og avfyrte mini-missilen, til han så den forlate dronen, kappe gjennom luften og sprenge de fire vaktene i en flere meter bred kule av pumpende ild, kjente han på usikkerheten ved om om dette var riktig – at han, en sekstenåring, måtte drepe disse menneskene på denne måten, eller om det tvert imot var det *eneste* riktige? Tvilen, usikkerheten spant rundt i en slags perfekt anti-harmoni med oppspiltheten, adrenalinet og følelsen av å redde verden.

Dronen skar gjennom luften og passerte det som nettopp hadde vært fire levende mennesker, men som nå kun var et rykende, svartsvidd krater på taket til DVV.

«Godt jobba,» kom det fra en damestemme i ørene hans, og andre hang seg på:

«Robin the man!»

Før han rakk å verken svelge klumpen i halsen eller føle glede over oppmuntringen, ble opp-merksomheten trukket mot flere bølger av soldater og vakter som tøt ut av takdørene. De løp og veivet med hendene mens de plasserte seg strategisk rundt på området. Sikkert tretti stykker av dem. Noen med desidert større våpen enn automatgevær.

Herregud så jævlig mange, da!

En kjapp kikk på radaren viste at de opprinnelig noen-og-tjue dronene nå var redusert til tretten. Medkrigerne hans ropte og bannet i headset'et. Ropene kom gjerne samtidig med at fiender mistet livet, mens banningen fulgte droner som smadret i bakken.

Robin bet seg i overleppen. Virret med blikket over radaren. Forsøkte å samle seg om det som måtte gjøres; simpelthen eliminere fienden. *Akkurat som i Warrior of Doom. Akkurat som alle de tusenvis av timene med trynet klistra i GameSpace.* Det kjentes ut som svetten rant fra alle kroppsåpningene hans. Kald sildret den nedover ryggen og kilte ekkelt i rumpe-sprekken. Han vred seg i stolen.

En rødblinkende varselfirkant med tilhørende pipelyd oppsto i hjørnet på radaren. Robin oppfattet det og kastet seg over joysticken. På nippet tidsnok rakk han å tippe dronen over på siden. Raketten svisjet forbi, og flammen som sto ut av bakdelen dens sniddet dronekameraet i forbifarten. Et flekkete sotlag la seg over høyre halvdel av linsa.

«*Nære på,*» hoiet en stemme.

Uten å svare, roterte Robin i luften og siktet seg inn på jævelen der nede. Typen satt på huk mellom fem andre bevæpnet med automatgevær som pepret luftrommet med bly. Noe som lignet en bazooka hang tungt på skulderen hans, mens en annen så ut til å grave fram en ny rakett.

Robin ventet til siktet låste seg til målet før han presset inn triggerknappen – og *holdt* den inne. Den pulserende stikkflammen fra dronens maskingevær flashet opp skjermen i visiret hans og la seg som ytterligere et forstyrrende lag i tillegg til sotflekkene. Det var på en måte formildende; de grusomme detaljene av at han gjennomhullet folkene der nede ble uskarpe. Han fortsatte å holde knappen inne, til ingen av de fem rørte seg lenger. I stedet rørte det seg i magen hans, kveilet og boblet som råtne, etsende zombie-kobraer.

Jublende stemmer knatret i headset'et og blandet seg med skyte- og sprengelyder.

Igjen stod det så altfor klart for ham hvor mye virkeligheten skilte seg fra spillverdenen, samme hvor realistisk spillet var. Herregud, hver gang han trykket inn skyteknappen døde *ordentlige* mennesker. Kontrolleren mellom de klamme fingrene fikk det til å vrenge seg i ham, akkurat som pistolen hadde gjort. Det var ingen forskjell. Bortsett fra at han nå satt trygt bortgjemt og nærmest bare lekte med disse … disse soldatene som jo *var* der med sitt eget kjøtt og blod.

Robin rettet seg brått opp i stolen; hørte et smell i lokalet de satt i. Han skakket på hodet. Døren hadde blitt slengt inn i veggen.

Linneas stemme var utydelig gjennom alt bråket i headset'et, men *tonen* hennes tydet på at noe hadde gått skikkelig til helvete.

17

Jonas kikket skrått opp på kameraene oppunder taket i toppsikkerhetsrommet. Han myste mot dem. Forsøkte å avgjøre om de var intakte eller ikke. Begge pekte mot stablene av hvite esker på det blankpolerte gulvet. Før han rakk å si noe, smalt to skudd.

Kameraene revnet i en føyk av gnister, sprutende glass og plast som skranglet i bakken.

«Sånn,» sa Tony. «Garantert ute av drift. Inn med deg.» Han dyttet den livredde sjefsoverlegen inn i rommet. Gestikulerte med våpenet for å få Jonas til å følge etter.

Den svulmende heten bak pannen til Jonas hadde vokst i jevnt tempo helt siden de brøyt seg inn i DVV og alle begynte å skyte vilt rundt seg. Vakter eller uskyldige arbeidsfolk? Pytt, sann. Alle skulle visst dø. Og Annabelle drepte utenriksministeren uten å blunke, og Tony satt *henne* til å vokte resten av politikerne. Jonas gnisset tenner. Uten å si noe bare stirret han på Tony da han passerte.

«Slapp av nå,» mumlet Tony, og skrittet inn til slutt.

Jonas lot blikket løpe over stablene med logo-løse, hvite esker, mens hjernen delte de opp i bolker på fem, så ti, og videre til antallet var beregnet. «Bare 200 esker?»

«Det er faktisk to *millioner* biobrikker,» sa Estwick og klappet en ustø hånd på toppen av den ene stabelen.

Henvendt til Estwick, sa Tony: «Det er ikke alle.»

«Jo, her er alle biobrikkene til hele Oslos befolkning.»

«Og hvor er resten?»

Estwick kikket på Tony med et skjevt smil, gjennom duggete brilleglass. «Resten?»

«Resten av brikkene til Østlandet.»

Sjefsoverlegen blåste ut et langt pust, nappet av seg brillene. «Jeg skjønner ikke. De befinner seg da åpenbart i hver enkelt kommune hvor de skal brukes,» sa han og dro armen over den blanke skallen, tørket bort svette med jakkeermet.

Pannehuden til Tony trakk seg sammen. Øynene smalnet. «Og hvor er det nærmeste, neste lageret?»

«Akershus.»

«Siden når?»

«Hva mener du?»

«Vi fikk beskjed om at oppdelingen gikk etter fylker. Enten lyver du, eller planene må nylig ha blitt endret.»

«Når?» Estwick ristet på hodet. «Planen har alltid vært at hver kommune står for chipping av sine egne innbyggere.»

En vakuumfølelse oppsto i brystet til Jonas, som om han falt i et bunnløst hull som plutselig åpnet seg under ham. Han gikk bort til Tony, vred på hælen og stilte seg med ryggen mot Slatan. Hvisket: «Hva faen?»

«Linnea må ha blitt feilinformert.»

«Så hva nå?»

«Nå ...» sa Tony, uten at noe mer kom.

«Hvordan skal vi klare å hærpe alle chipsa hvis de er så jævlig spredd?»

Med et slitent uttrykk skulte Tony over skulderen til Jonas og bort på Estwick, som fiklet med en eske. «Vi improviserer.»

Suget i magen til Jonas ble forsterket. «Improviserer?»

Uten å svare dyttet Tony ham unna, og gikk til sjefsoverlegen. «Få se.»

Estwick løftet en av de nøytrale eskene opp mot ham.

«Innholdet.»

«Selvfølgelig,» mumlet Estwick, subbet på stive bein bort til et arbeidsbord. La fra seg esken, vendte bordlampen mot den. Det klikket da han flippet på bryteren. Lyset la seg over den hvite esken. I en av skuffene fant han en foldekniv som han kappet forseglingen med. Estwick vippet opp lokket, dro ut innmaten og sa: «Som dere ser inneholder hver eske ti tech-brett. Og hvert tech-brett kommer med tusen biobrikker.» Han løsnet en av de ti datakortlignende platene og holdt den opp i lyset.

De bøyde over bordet for å se tydeligere. Tusen mikroskopiske databrikker reflekterte lyset fra bordlampen som snøkrystaller i måneskinn. Jonas sniffet i seg den karakteristiske lukten av ny-produserte datakomponenter. Grøsninger prikket nedover ryggen hans ved tanken på at alle de små parasittjævlene skulle implanteres under huden på hele Norges befolkning. Kanskje alle som medvirket i spredningen av denne digitale sykdommen allikevel fortjente å dø, uansett hvor uskyldige de så ut til å være? Han sa: «Tenk at noe så lite kan slavebinde en hel verden.»

«Jeg kan ikke være mer enig,» nikket Estwick. «Måten teknologien innføres på er regelrett hårreisende.»

Uvirkeligheten rundt Siljes død snek seg umerkelig inn i tankerekken til Jonas. Idet han kjente heten bak pannen presse mot øynene, tvang han seg ut av grublingen og røsket tech-brettet ut av grepet til sjefsoverlegen. Slengte det i gulvet og trampet på det med støvelhælen, flere ganger, til det bare var småbiter igjen. Han ble stående og puste tungt med hodet bøyd.

Hånden til Tony klemte skulderen hans. «Vi brenner faenskapet og kommer oss til helvete vekk herfra.»

«Jeg har en bedre idé.» Jonas tok av seg sekken, hentet ut to av de gjenværende bombene pakket i gråpapir og teipet plast. Kastet på seg sekken og jogget bort til stablene med esker, hvor han plasserte en pakke på gulvet mellom dem, og en på toppen.

«Hva er det i de der?» spurte Estwick. «Er det ... bomber?»

Tony ignorerte spørsmålet hans og kom med sitt eget: «Noe annet vi må vite om som må ødelegges?»

«Øhm ... vel, injeksjonsprosessorene, vil jeg anta.»

«Injeksjons-hvaforno'?»

«De *dingsene* som automatisk sprøyter biobrikkene inn i huden,» sa sjefsoverlegen mens han holdt en arm ut, og illustrerte størrelsen på 'dingsene' med den andre hånden.

«Og hvor er de?»

«Trolig fortsatt i varemottaket.»

«Faen, da,» sa Tony. «Ja vel.» Mens han trykket på senderen i øret og sendte ut en ordre om at noen i området skulle sørge for at hele DVVs varemottak ble tilintetgjort, gikk de alle ut av rommet og lukket døren godt igjen.

De flyttet seg omtrent fem meter ned i korridoren, satte seg på kne. Med tennene hardt sammenbitt og svevefølelse i magen, fiklet Jonas seg fram til den korrekte applikasjonen på smartfonen, og detonerte bombene.

Gangen ristet. Døren inn til lageret sprengtes og ble blåst av hengslene. Den føk ut i den ristende korridoren og dundret inn i veggen på motsatt side. Lysarmaturene i nærheten sluknet. I den overrumplende trykkbølgen mistet Jonas mobilen og slet med å holde balansen. Sjefsoverlegen kastet seg på gulvet, klynket med lukkede øyne, mens Tony bøyde hodet mot brystet og beskyttet nakken med hendene.

Da kun lydene av småbiter som traff gulvet hørtes, våget Jonas å snu seg mot lageret igjen. Ved inngangen til lagerrommet flakket guloransje lys fra flammene på innsiden. Tykk røyk veltet ut i korridoren.

Forsiktig krabbet Jonas bort, stakk hodet forbi den deformerte, svartsvidde dørkarmen og myste inn i røyktåken som oste fra alle kanter. Der eskene hadde stått så han ikke annet enn et brennende krater som gjennom røyken delvis lyste opp ødelagt skrap og skrammel av vegg- og gulvplater, samt ugjenkjennelige biter av interiøret som hadde vært der inne. Gjennom susingen i ørene hørte han Tonys rustne stemme bak seg:

«Ett skritt i riktig retning.»

Jonas nikket, trakk til seg hodet og gned seg i øynene som sved av røyken. «Om ikke alle, så er det i hvert fall to millioner folk som nå slipper å få faenskapet innunder hud-»

Midt i setningen ble Jonas avbrutt, samtidig som Tony brått løftet hånden i været og hysjet; de hørte det begge to. Stemmen til Linnea, uvanlig skingrende, som sprakte i senderne de hadde i ørene:

«Vi er under angrep. Jeg gjentar: Hausmannsgate er under angrep NÅ!»

18

Den nedtaggete, halvråtne inngangsdøren ble sprengt i fillebiter. Trykket fra eksplosjonen røsket med seg flere av de oppspikrede plankene foran vinduene – som *også* knuste. Glasskår, tresplinter og flis sprutet i alle retninger. Ut av det nå åpne gapet inn til bygningen, kunne roping høres.

Med et håndvrikk signaliserte Rino at teamet han hadde organisert for anledningen skulle innta bygningen. Denne tilsynelatende uskyldige bygningen, men hvor de på forhånd ikke hadde klart å hente ut informasjon om hva, hvem eller hvor mange som skjulte seg på innsiden. *Selv ikke med vår mest avanserte overvåkningsteknologi. Bare en gammel rønne av en bygning, ja. En ikke kartlagt, svart boks, tenker jeg vi sier.*

Rino så på at de svartkledde, velkoordinerte soldatene gled fram fra bak hjørner, biler og containere. Alle våpen siktet inn i det hakkete hullet i bygningen.

Sammenhuket småjogget to soldater bort til åpningen, én på hver side. Den ene gjorde et tegn med hånden, så klirret det i militært utstyr da han løsnet en tåregassgranat fra beltet og kastet den inn. Rino fulgte granaten med blikket innover i den dunkle inngangen, mens teamet tok på seg gassmasker. Den traff tregulvet og spratt på skrå i lav høyde videre. Rino merket seg en skygge omtrent ti meter lenger inn som forsvant gjennom en dør til høyre, samtidig med at en oransje gnist sto ut fra granaten. Deretter begynte tykk røyk å pumpes ut i jevn fart. Hele inngangspartiet ville være fylt om få strakser.

Rino stirret på sine menn og kvinner, alle sammenhuket, med skuddsikre vester, gassmasker og nypussede våpen som glimret i skinnet fra månen.

Hosting kunne allerede høres innefra.

Tre sekunder. To, ett. Rino nikket. *Kjør på.*

Soldatene snek seg hurtig mot bygningen. Biter av glass og søppel knuste under de tretti par støvlene. Tåregassen veltet ut av den sønderknuste inngangen i store, trege røykbølger som innhyllet dem.

Da omtrent halvparten hadde kommet seg inn gikk en bombe av i inngangspartiet, inne der Rino nettopp så skyggen forsvinne. Han stirret på det buldrende ståket som rystet virkeligheten, og ikke minst, oppdraget. Like plutselig som de hadde dukket opp her, hadde nå fire, kanskje fem av dem like plutselig forlatt livet. Støvskyer etter eksplosjonen blandet seg med tåregassen, og gjorde det umulig å se lenger inn enn et par meter.

På gulvet, som svarte skygger i tåken, skimtet han to livløse overkropper med spredte armer. Resten av teamet sto fortsatt utenfor, bortvendt fra inngangen, armene beskyttende bak hodet. I sidesynet registrerte

245

Rino bevegelser fra de knuste vinduene. Han bråsnudde seg, sa: «*Tilbake,*» og sprintet i dekning bak hjørnet til nabobygningen i samme øyeblikk automatgevær, pistoler og annet jævelskap spratt fram i de nærmeste vinduene. Han hørte soldatene trampe etter seg, mens lydbildet ble krydret av glass som knaste i bakken, før et uant antall våpen spyttet ild etter dem.

«Bak, bak, *bak*,» peste Rino, sugde tak i en av soldatene på vei rundt hjørnet, og nærmest kastet henne i trygghet. Han la så vidt merke til at hun rullet overende idet han var tilbake i posisjon for å redde inn nestemann fra kuleregnet. Rino hev seg over neste soldat og dyttet ham sjanglende inn i tryggheten bak veggen. Tilbake i redningsposisjon bannet han mellom sammenbitte tenner.

Én av soldatene lå urørlig på asfalten. Et par meter nærmere dro en annen soldat seg langs asfalten etter armene, beina satt ut av spill. Det skjeggete ansiktet bak gassmasken fortrakk seg i smerte. Rino bannet igjen. Han følte seg overmannet av ikke bare fienden, men også av trøttheten bak øynene og uklarheten i tankene.

Jeg trenger oversikt.

Han så at angriperne i vinduene gjemte seg på gulvet på innsiden, mens de holdt våpnene opp over hodet så de kunne skyte ut. Avfyrte kuler spiddet luften på kryss og tvers, smalt inn i metall, stein og asfalt. Han trakk til seg hodet igjen, vurderte.

Ser dere ikke, treffer dere ikke.

Ved neste kikk rundt hjørnet så han gjennom den avtagende tåregasståken at to, kanskje tre, av soldatene på innsiden hadde overlevd bomben. Det virket som de hamret mot døren der skyggen forsvant før eksplosjonen. Rino kjente han ble glad for å se dem.

«Jeg tror de kommer inn *der* når de kommer derfra,» ropte en stemme til høyre for ham, for å overdøve skytingen. En hånd spratt fram ved siden av hodet hans og pekte fra lagkameratene på innsiden og bort til vinduene.

«Ja,» svarte Rino og dyttet vekk den forstyrrende armen til soldaten.

«Derfor kan vi ikke bruke granater,» fortsatte stemmen til høyre for ham.

«Nei, men,» sa Rino og snudde seg, møtte blikket hans, og klappet seg på våpenbeltet. Det som hang der dinglet.

«Ah,» sa soldaten, nikket. «Tåre-»

«Ja,» avbrøt Rino. «Jeg skyter, dere-»

«Kaster!» fullførte soldaten. Det matte blikket bak gassmasken fikk en ny gnist. De andre som sto bak ham gjorde seg klare. Rino noterte seg at folk hadde begynte å samle seg langs militærsperringene de hadde satt opp tjue meter unna, ute ved gaten.

Smartfoner i alle hender. Og derfor både foto- og videokameraer, lydopptagere, chatte-funksjoner og sikkert en skokk andre ting han ikke ante hva var.

Pupillene til Rino fant den bakerste soldaten. «Be folk holde seg til helvete *vekk*. Spesielt journalister!»

Ett nikk. Soldaten vred på hælen, jogget mot folkeansamlingen og veivet med armene mens han ropte.

Etter å ha forsikret seg om at resten av teamet fortsatt var klare, snudde Rino seg tilbake mot kuleregnet. Ingen av bilene på parkeringsplassen hadde uskadde ruter lenger. Men han så tydelig at flere av de som skjøt var amatører, selv om de gjemte seg under vindusrammene. *Amatører er også dødelige.* Og med dét i tankene grep han automatgeværet og klemte avtrekkeren inn. Siktet løselig på våpnene i vinduene, i håp om å ta ut noen hender i samme slengen. Murpartikler, treverk og glass, alt oppløstes av kulestrømmen hans. Flere trakk hendene vekk fra de åpne rutene, men han traff noen av dem.

Med et sammenbitt grin om munnen og øynene nesten skjult av en dyp fure i pannen, huket Rino seg sammen og skrittet ut på plassen. Våpenet skjøt seg varmt mellom bjørnelabbene hans. Roping og banning fra innsiden. Klynking?

Soldatenes trampende støvler spredte seg ut bak ham, før tre tåregassgranater fløy i en jevn bue over ham, mot bygningen. Vinduene slukte to av dem, mens den tredje traff en karm og spratt ut til siden og rullet bortover parkeringsplassen.

Øyet hans ble tiltrukket av bevegelser fra inngangen. De som overlevde bomben der inne hadde sparket opp døren, og tok seg inn i rommet hvor gassgranatene nettopp ble kastet inn. Hjernen til Rino kalkulerte taktiske mattestykker, snudde seg og beordret mannskapet: «Dere tre blir med meg, mens dere to vokter vinduer, flanker og bak, og du, du hjelper skadde i dekning og … diverse.»

Alle oppfattet.

Med tre soldater hakk i hæl jogget Rino over plassen. Sparket bort sprengt treverk og skrittet inn i noe som sikkert hadde vært en koselig 70-talls-inngang, men som nå kun var et røykfylt, ihjelsprengt tomrom av smadrede vegger og pulverisert inventar. Svidd, avflasset turkis maling krøllet seg og hang nedover plankene. Noen av hans egne menn lå på det ødelagte gulvet. Mot bedre vitende valgte han å bruke tiden det tok på å sjekke begge to.

Puls på kropp 1? *Nei.*

Puls på kropp 2? *Umulig; deler av hodet mangler.*

Rino løsrev seg fra de som ikke kunne hjelpes. Uten å rapportere til soldatene bak seg, trampet han videre innover mot den åpne døren det nå oste tåregass ut av. På motsatt side av veggen hørtes full krig. Han lurte på hvordan de råtne veggplatene klarte å holde igjen kuleregnet som drillet inn på andre siden. Akkurat som han også lurte på hvordan i helvete de som holdt til her hadde avansert nok utstyr til å kunne skjule varmesignaler, elektrosignaturer og alle de andre forskjellige typene *avfall* som ble avgitt ved bruk av enhver form for utstyr eller organisk materiale – og som dermed ga øyne til den som kunne se i mørket. Det gustne utseende på utsiden og innsiden av bygget lurte kanskje lokalpolitiet, men for Rino stinket det skalkeskjul lang vei.

Han gjorde et tegn med hånden til mennene bak seg, før han trampet inn i tåregasståken som steg ut gjennom dørkarmen, og inn til rommet de andre soldatene hadde entret.

En gang i tiden hadde det vært en stue. Nå, gjennom den tykke, hvite gassen, skimtet han ubevegelige kropper på gulvet. De fleste lå i unaturlige stillinger lengst til høyre i rommet, hvor de sønderknuste vinduene hang. Langsmed veggen, et par meter ut på gulvet, var bord, stoler og skap veltet. Bak de patetiske forsøkene på beskyttelse satt folk på huk, hostet og gned seg i ansiktet, mens enkelte andre hadde nok faen i seg til å fortsette kampen.

Rino snek seg gjennom rommet mens han gjorde tegn til de bak om å spre seg. Videre nikket han til den første han så av de som først gikk inn. Stua var formet som en L og fortsatte til venstre da han kom til enden. Han skjøt vådeskudd mot vindusrekka idet han lente seg mot kanten og kikket videre innover.

I utkanten av området med tettest gasståke så han de to resterende soldatene sine; en sammenhuket bak en TV-reol med en knust, rykende flatskjerm på, og den siste sitt hode og geværmunning stakk opp fra en kjøkkenbenk helt innerst i den lange L-formede stua. I forbifarten nikket Rino til dem begge to, før han tok dekning bak det to meter høye, doble kjøleskapet inntil venstre vegg i kjøkkenkroken.

I relativ trygghet bak kjøleskapet skjøv han våpenet til side, dro opp jakkeermet, klikket seg inn på smartklokken. Med lyden av død fortsatt smellende i ørene, flippet han seg inn i klokkens spionapplikasjon som var spesialdesignet av militærets beste programmerere. Utenfor fungerte det ikke å fange opp noen informasjon om diverse *aktivitet* fra innsiden, nei vel, men her og nå, på *innsiden* måtte vel for pokker søppelet virke? Ikke uten en viss følelse av spenning startet han søkefunksjonen som var laget for å automatisk sniffe fram ulike typer aktivitet i ulike frekvenser.

Mens blikket fulgte den snurrende pilen på midten av klokkeskjermen, hørte Rino at skytingen avtok rundt ham. Noen – ikke mange – frustrerte, ropende og gråtende stemmer overtok for skuddvekslingen.

Pilen snurret fortsatt. De urolige stemmene ble roligere rundt ham. Han oppfattet klirrelyder fra noe som minnet om lett kjetting. Det som var på vei til å forme et smil gjorde en u-sving og lagde i stedet en misfornøyd grimase.

INTET LIV FUNNET, opplyste beskjeden på skjermen som hoppet fram under den fortsatt snurrende pilen. *Intet liv funnet.* Rino gjentok ordene for seg selv noen ganger mens han stakk hodet forbi kjøleskapkanten og kikket ut i stua. Tåregassen hadde sunket en del. Nå hang den som en lavtliggende høsttåke en grytidlig morgen på en sønderknust gravplass. Han stusset over at assosiasjonen boblet fram samtidig med en uventet, ektefølt glede over å se så mange av soldatene fortsatt i live – *og* i ferd med å bortføre terrorister som attpåtil hadde overgitt seg.

Jo, tenkte han og stirret mer på den snurrende pilen, *liv har vi funnet, men ikke **roten** til dette livet.*

En kvinnelig soldat nærmet seg. Automatgeværet mellom hendene hennes pekte på skrå ned i gulvet. Hun stoppet foran Rino, mellom kjøleskapet og kjøkkenbenken. Biter av en knust kaffekanne lå like ved den svarte støvelen hennes. «Området er sikret.»

«Hva med resten av bygningen?»

Hun ristet på hodet. «Resten av leilighetene på bakkeplan er mer eller mindre tomme. Og andreetasjen er stengt av. Noe av taket, eller gulvet, da, gikk i stykker når bomben detonerte i stad. Så langt vi kan se er det like forlatt der oppe.»

«Leilighetene er mer eller mindre tomme?» sa Rino. Pilen snurret fortsatt. *«Hva* er det mer eller mindre av?»

«Bananesker, søppelsekker og sånne ting,» sa hun uten tenkepause.

«Vi drar ikke herfra før hver eneste eske, boks og pose er endevendt,» sa Rino. Han markerte de viktigste ordene ved å dunke håndflaten inn i kjøleskapet, som absorberte slagene og ga fra seg en tung og hul lyd. Til og med gjennom det sotete gassmaskevisiret fikk han med seg den knapt synlige reaksjonen i trekkene hennes. Han lente seg nærmere, pekte på den snurrende pilen på smartklokken.

Hun kastet et blikk på skjermen, og sa: «Intet liv funnet.»

«Noe forhindrer oss fra å innhente data.»

«Kanskje det ikke *er* noe å finne her.»

Rino smilte med munnen. «Sett i gang.»

Hun hev på skuldrene og gikk tilbake der hun var kommet fra, mens Rino ble stående og lene seg på kjøleskapet med håndflaten mot den kjølige, blanke overflaten. *Det er garantert en eller annen tekno- logisk **dings** her et sted som dekker over signalene. Men hvor?* Alt han hittil hadde sett her var bare møkkete skrot og gammelt treverk. Med unntak av alle disse særdeles velbevæpnede menneskene, selvsagt. *Og*, innså han, *kjøkkenet.*

Var det ikke for de nå ihjelskutte veggene, skapene og kjøkkenbenken, så stakk faktisk kjøkkenkroken seg ut som en uzi i en westernfilm. Benkeplate av blankpolert granitt. Selve benken av pressede trefiberplater. Utvilsomt høy kvalitet.

Glassbiter fra kaffekannen knakte under sålene hans da han kikket nærmere på kjøkkenbenken og den innfelte komfyren. *Induksjon.* Deretter la han merke til mocca-masteren. Knust, men høy kvalitet, den også. Mens hørselen oppfattet den forsvinnende trampingen av støvlene til teamet hans som forsvant ut av leiligheten og spredte seg for å kartlegge bygningen, fulgte han ledningen til mocca-masteren med blikket. Kabelen kveilet seg over kanten på benken. Støpselet sto i én av seks stikkontakter oppunder kanten – også disse innfelt i benken.

Rino kastet et blikk på smartklokken og ristet på hodet av den snurrende pilen. Hvilken moroklump hadde bestemt at de skulle kalle fraværet av registrerte signaler for *Intet liv funnet?*

Irritert røsket han av seg gassmasken, kastet den på benkeplaten. Knust skrot av ymse slag drysset i gulvet. Tåregassen var uansett mer eller mindre borte nå, selv om den spesielle odøren hang igjen og blandet seg med lukten av brent tre, svidde sikringer og død.

Deretter plasserte han hendene på siden av benken, ved de innfelte stikkontaktene. La fingertuppene over den øverste delen av kantene til frontene av to håndtaksløse skuffer. Lot håndflatene gli inn mot midten av dem, la press på og skjøv begge to inn. De gled innover før gjengene klikket og skuffene spratt ut av seg selv. *Push-out-skuffer.* Igjen, moderne og høy kvalitet. Men fortsatt like lite spennende.

På innsiden av de dype skuffene lå kjeler i ulike størrelser, et par stekepanner og -brett, samt en ildfast form. Uten å kjenne et snev av interesse flyttet han rundt på dem.

Ingenting.

Mens han lot håndflatene gli over veggene på innsiden, lukket han øynene halvveis og lot seg friste av forbudte fantasier om dyner og puter. Lengselen etter søvn tæret på motivasjonen. Men han ble revet tilbake da den ene hånden støtte borti noe hardt og buet der inne, langsmed toppkanten. Han satte seg på kne, lyste med smartklokken. Et bitte lite håndtak. Forsiktig lirket han lillefingeren innunder. En luke åpnet seg med en knapp bak. Uten å vente et sekund lenger trykket han på knappen med pekefinger-knoken.

En høyfrekvent *pssshhh*-lyd kom fra kjøleskapet, etterfulgt av en kortvarig melodi. Han kikket over kanten på benken og så at kjøleskapdøren åpnet seg automatisk. Lys sprikte ut fra innsiden og malte mer og mer av området rundt i sitt gule skjær, mens frostrøyk virvlet utover og fordampet i rommet.

Smartklokken vibrerte på håndleddet hans.

Pilen snurret ikke lenger.

Liv funnet.

«Det var som faen.» Han glemte alt om dyner og puter.

19

Ryggen til Slatan verket etter at han instinktivt hadde kastet seg på gulvet da denne Jonas-fyren sprengte lageret langt ut i evigheten. Røyken som nå fylte korridoren framkalte hoste. Hvert host sendte stråler av smerte gjennom ryggsøylen. Han skar en grimase og klatret opp i stående stilling, lente seg ustø mot veggen. Terroristene hadde tydeligvis fått en uventet beskjed på øret. Slatan lyttet og myste mot dem i sidesynet gjennom halvmørket og røyken, men holdt munn.

«Vi har ikke noe valg,» sa Tony. «Kun én ting gjelder nå, og det er å hindre chippingen i morgen.»

«Men ... men både Robin og Linda er jo fortsatt der!» Jonas slo ut med armene så røyklaget rundt ham ble delt og virvlet i retningene hendene hans beveget seg.

«Jonas, jeg vet. Linnea også,» sa Tony lavt. «Men dette er større enn oss. Heldigvis er det fortsatt mange oppegående soldater igjen der borte. De kan ta vare på seg selv.»

«Faen i helvete.» Med en skjelvende hånd presset Jonas tommel- og pekefingeren inn i hver av øyekrokene, mens han knep øynene igjen. Kinnene bulte ut og inn av trykket fra tennene som han bet hardt sammen gang på gang.

For å se bedre tok Slatan av seg brillene. Gnikket på de sotete glassene med jakkeermet. Han holdt dem opp foran seg og sjekket at de var rene. Gjennom de rengjorte brilleglassene så han Tony trykke inn knappen på senderen i øret sitt.

«Beklager å si det,» begynte Tony, men måtte kremte for å stramme opp stemmen før han fortsatte: «Vi har null mulighet til å assistere dere.» Han snudde seg i Slatans retning, bort fra Jonas som bannet og sparket i veggen. «Nei. Jeg vet ikke. Kanskje. Bruk det for hva det er verdt.»

«Robin,» nesten ropte Jonas bak ham, nå med sin egen finger stukket i øret. «Hører du meg?»

«Et øyeblikk,» sa Tony, snudde seg og stirret hardt på sin yngre medsammensvorne. «Hva er det du gjør nå?»

«Hold kjeft,» svarte Jonas, før han gikk flere meter lenger ned i korridoren, forbi det sprengte hullet i veggen som hadde vært inngangen til lageret. Fortsatte å prate, men nå utenfor Slatans hørevidde.

Tony, derimot, snakket høyt til personen på andre siden av øret hans: «Gjør hva dere må, men sørg for guds jævla skyld at droneførerne blir *sittende* så lenge som overhodet mulig.» To sekunder senere sa han: «Ja, det håper vi også. Lykke til.» Deretter trampet han til Slatan, stilte seg rett foran ham. «Estwick.»

Sjefsoverlegen lot som han nettopp ble ferdig med å pusse brillene, kikket liksom overrasket opp på ham. «Ja?»

«Hvordan ødelegger vi resten av biobrikkene i landet?»

«Øhm ... det,» sa Slatan, blåste luft mellom delvis lukkede lepper mens hjernen spant. « ... det er sannelig ikke godt å si.»

Stemmen til Jonas lød hissig i bakgrunnen. Tony skrittet nærmere. Svettelukt dunstet fra ham, og et eller annet sted begravd i lukten kjente Slatan en subtil duft av manneparfyme. «Ikke lek med meg, doktor.»

Slatan flyttet seg et hakk bakover, svelget tørt. «Det kunne ikke falle meg inn å 'leke' med deg ... Tony.»

«Jeg spør igjen: Hvordan destruerer vi alle de helvetes brikkene på kjappest og best mulig måte?»

«Vel, det beste er er jo sikkert å sprenge dem i luften, slik dere nettopp har gjort her, tror du ikke?»

«Umulig å rekke over så mange områder på så kort tid.» Tony gned seg i øynene med håndbaken til hånden som holdt pistolen. De grønne kriselysene som hadde skrudd seg på oppunder taket langs den mørklagte korridoren ble reflektert som små, grønne striper i metallet til våpenet. «Det må finnes en måte å deaktivere dem på avstand.»

Ja, hvem i all verden sitter på slik kunnskap? Slatan kjente varm kribling i magen, og ble overrasket over at han, tross terroristenes brutale framgangsmåte, så smått begynte å rives med i operasjonen deres.

«Hvor er IT-avdelingen her på huset?»

«Finnes ikke.» Før Tony rakk å buse ut med neste forsøk på å ta ham i løgn, løftet Slatan hendene framfor seg og sa: «Alt arbeid som er mer komplekst enn enkelt vedlikehold av personalets jobb-PC-er og de interne serverne, blir leid ut til eksterne IT-firmaer. Og, når jeg tenker meg om, så betviler jeg sterkt at det overhodet finnes noen utenfor de topphemmelige avdelingene som selv produserer brikkene som har tilgang på brikkenes programvare.» Idet ordene forlot munnen hans, meldte en ny tanke seg. *Eller kanskje ... men vil jeg egentlig dele den informasjonen? Bør jeg dele den?* Kriblingen i magen skiftet fra entusiasme til usikkerhet. Slatan forsøkte å dekke over uttrykksendringen i ansiktet ved å hoste.

«Hva?» sa Tony. «Hva var det der?»

«Hva var hva?» Estwick løftet et buskete øyebryn, foldet armene over brystet. «Lyden av skyting og død, mener du?»

Ikke uten en viss anstrengelse løftet Tony hånden på den tydelig sårede armen, og viftet en finger i sjefsoverlegens ansikt. «Du kom på noe, et eller annet.»

Pupillene til Slatan spratt ned korridoren, buttet i Jonas som fortsatt snakket hektisk med noen på øret, før de hoppet til andre enden av gangen, hvor lyset og en mulig utvei fantes. Eller kanskje bare mer grusomheter. Uten andre steder å rømme falt til slutt blikket tilbake på Tony. «Det var ingenting.»

Pekefingeren ble til en knyttneve som kom i full fart inn i brystkassen hans. Kraften sendte Slatan inn i veggen så hardt at han slo bakhodet. Deretter snurpet de ru fingrene til Tony seg rundt halsen hans. Pistolen kom opp i øyehøyde, før det kalde metallet gnagde seg inn i pannehuden, rett over brillene.

Gjennom en smertegrimase Tony forsøkte skjule, hvisket han: «Si meg, fatter du ikke at det ikke koster meg en halv drue å ende det lille landssvikende drittlivet ditt her og nå?»

«Greit,» sa Slatan mens han forgjeves prøvde å vri seg unna pistolløpet. «Jeg vet ikke om det engang kommer til å fungere, men det finnes et laboratorium dedikert til testing av biobrikkens mange forskjellige funksjoner, og-»

«Og du skal ta oss dit nå med én gang. Fantastisk!» Tony smilte uten glede i blikket, slapp sjefsoverlegen og klappet ham på brystet, hardt. «Veldig god idé. Og er det langt unna?»

Slatan smilte hult tilbake. «Nei.» Utallige potensielle krisescenarioer spant gjennom tsunamien av tanker. *Uansett hva jeg foretar meg nå, ender jeg i en kiste.* Den fjerne buldringen av ting som eksploderte og ble tilintetgjort i varemottaket lenger vekk i bygningen, sendte følbare vibrasjoner helt hit. Via skosålene kjente han det vibrere oppover leggene og slå rot i de allerede skjelvende knærne sine. *Om jeg da ikke allerede befinner meg i en kiste.*

«Jonas,» ropte Tony. «Vi skal videre. Nå.»

20

Rino stakk hodet inn i det vidåpne kjøleskapet. Kulden la seg som et kaldt, vått teppe over ansiktet hans. Han studerte innsiden. Tomt. Han smilte ufrivillig da han så sprekken mellom en av kjøleskaphyllene og bakveggen.

Finurlig.

Først sjekket han innover leiligheten, mot stuen. Ingen av soldatene hadde kommet tilbake ennå. Uten å egentlig skjønne hvorfor, kilte en gledesfølelse ham i mellomgulvet.

Teamet mitt er jo gull verdt, tenkte han, smilte bredere og lirket de robuste fingertuppene inn mellom kjøleskapveggen og -hyllen. Kulden fra det iskalde materialet bet seg fast i hendene hans, krøp oppover og kjølte ned ansiktet. Øynene sved, tørre etter mer enn trettifem timer i våken tilstand.

Sprekken oppsto fordi bakveggen gikk i en trinse som en skyvedør, og denne 'døren' var ikke skikkelig lukket.

Han skjøv den helt opp. Et mørkt belyst og tomt rom – så vidt han kunne se – befant seg på andre siden. Kjøleskapet var stort, men Rino var større, og måtte huke seg sammen og gå sidelengs gjennom for å få plass til de brede skuldrene.

Ekkoet lød hardt da støvlene traff betonggulvet. Vel inne rettet han seg opp, strakk litt på ryggen. Tørre knepp kom fra forskjellige deler av ryggraden. To sekunder passerte i stille observasjon, før han mumlet: «Fem ganger fem meter. Tre under taket.» Fortsatt med dette uforståelig smilet om leppene, nikket han til kameralinsen øverst i hjørnet. Fortsatte: «Garantert vidvinkel, men iakttar i hovedsak døren. Forseglet. Vakuum? Øyeskanner. Ser proff ut.» Munnen ga opp smilet og falt tilbake til en nøytral, rett strek.

Med blikket fastlåst i øyeskanneren, kontaktet han teamet sitt og ba dem pelle seg tilbake til stua, kjøkkenkroken, og deretter krype inn i kjøleskapet – *ja, krype inn i kjøleskapet* – og møte ham på andre siden.

Seks stykker kom tytende ut av den trange kjøleskapsportalen, mens frostrøyk virvlet i tykke sløyfer rundt dem. Ingen viste det, men selvfølgelig var de overrasket over den finurlige løsningen. Rino smakte på ordet. Ja, *finurlig* stemte godt.

«Vi må inn der,» sa han til ingen og alle, bikket hodet i retning døren med øyeskanneren.

«Straks,» sa Ravina umiddelbart. Den korte, kompakte islendingen passerte ham på vei til døren, nesten uten å hinke. Blodet nedover buksen glinset fargeløst på det svarte stoffet. Vel framme bøyde hun seg over sikkerhetspanelet, fiklet fram noe som minnet om en mobiltelefon. Etter å ha koblet den til smartklokken sin, la hun den telefonlignende tingen inntil øyeskanneren med én hånd, mens hun med den andre flippet pekefingeren rundt på klokkeskjermen.

«Hva med kameraet?» spurte en av de andre soldatene, Erik. Nesten like høy som militærsjefen, men usannsynlig tynn til soldat å være. Likevel visste Rino at mannen benyttet seg av sine få kilo på en ytterst effektiv måte.

«Uviktig.»

«Øh, ja vel?» Kjevemuskulaturen bulte inn og ut i det magre ansiktet.

Rinos blikk møtte hans. «Vi *lar* dem se på,» sa han og hørte hvordan sin egen dype stemme slo tilbake mot ham fra de glatte veggene i rommet. *De vet uansett at vi kommer, og ingenting kan stoppe oss.*

Da Erik ikke sa noe mer, henvendte Rino seg til Ravina: «Klarer du det?»

Uten å se opp fra arbeidet, svarte hun på et halvveis gebrokkent norsk ikledd islandsk tonefall: «Det finner vi ut om under ett minutt.»

«Mm.» Rino lyttet, ignorerte gnissingen fra stive militærklær, et våpen som ble ladd og de andres ulike pusterytmer. Kun en svak, elektrisk summing hørtes fra kjøleskapet, ellers ingenting. Han konstaterte for seg selv at det her inne var umulig å fange opp lyder fra omverdenen utenfor – i det minste kun ved hjelp av øret.

Kilingen i magen blusset opp igjen ved tanken på hvem, og hvor mange, som befant seg på andre siden av døren. Deretter gled følelsen over i en tilfredsstillende ro. Dersom roten til anti-biobrikke-aksjonen lå og ulmet her, så ville kanskje problemet være ute av verden om en times tid, og Rino kunne rose teamet sitt for et godt utført oppdrag, rulle hjem og slukes av dyna.

Misfornøyd ble han bevisst tankenes dagdrømmende flukt inn i håp, ønsker og selvsikkert vrøvl. Forsøkte å riste det av seg, men trøttheten satt som en bjørnesaks i bevisstheten hans, og gjorde ham sløv i tankesettet og løs i selvdisiplinen.

Et lavt *bzzt* kom fra øyeskanneren samtidig med at displayet lyste grønt.

«Sånn,» sa Ravina, pakket vekk utstyret sitt. Hun tok et skritt til siden, ventet et par sekunder i stillhet før hun prøvde å åpne døren. Til ingen nytte. De mørke øyebrynene hennes dro seg sammen i en tett V-form da hun snudde seg mot Rino. «Jeg skjønner ikke. Den skulle åpnet seg nå.»

«Fjernlåst,» sa Erik før Rino rakk å respondere. «Terroristene *ser* jo at vi bryter oss inn.»

«Er den fjernlåst?»

«Ser du noen *annen* mulighet?»

Rino la blikket på ham, ignorerte den trassige, halvfrekke tonen. «Det er alltid flere muligheter.»

«Faktisk,» sa Ravina. «Døren er åpen, men noe forhindrer den i å åpnes.»

Alle så på henne.

Den basstunge stemmen til Rino rumlet mellom veggene igjen: «Hvordan vet du at den er åpen? Kan det ikke tenkes at terroristene har, som Erik så oppvakt foreslo, fjernlåst den?»

Hun ristet på hodet, dunket pekefingeren mot smartklokken. «Altså, jeg gikk helt inn til kjernen av systemet deres, og endret krypteringsidentifikasjonsnøkkelen i selve programkoden til sikkerhetsmekanismen. Og, det er faktisk ikke mulig at-»

«Ok, ok.» Rino nikket med ansiktet vendt mot Erik. «Fjernlåsing er ergo ute av verden.»

En lynrask sammentrekning av musklene rundt øynene, nesen og munnen til Erik fikk det til å se ut som han kvalte et nys. Rino visste derimot at det var et *fnys* som ble kvalt.

«Uansett,» fortsatte Rino, kikket på hver og en av soldatene. «Hva annet kan det være – noen forslag?»

Mareko hev på skuldrene, et hint av et smil lekte i munnvikene. «Vi kan ... øh,» sa han og lette etter ordene, fullførte på gebrokken engelsk: «Explode door. *Da*?»

Smilet smittet over på Rino. «Alt kan sprenges. Men vi vet ikke hva som er på andre siden.»

«Maybe ... damer og barn?»

«Nettopp. Andre forslag? Klokken tikker.» Idet Rino sa det, noterte han seg at spionapplikasjonen fortsatt viste *Liv funnet*. Et eller annet gnagde i hjernebarken. Noe begravd i underbevisstheten dunkle sfære forsøkte å gjøre seg kjent. *Signalet ble ikke synlig før jeg åpnet kjøleskapet. Hva så?* Igjen beregnet han avstanden fra den ulåste, men ikke samarbeidsvillige døren, til kjøleskapsinngangen. Fem meter. *Hva skjer om* ... Han pekte på skyvedøren som fungerte som baksiden av kjøleskapet. «Lukk den.»

Mareko gryntet samtykkende, skrittet forbi de andre soldatene, og klundret med å snurpe de hanskekledde fingrene fast i kanten som så vidt stakk ut av sprekken. Omsider dro han dørveggen ut. Mer frostrøyk puffet ut av åpningen da han skjøv døren inn i sporet sitt og forseglet den.

Alle snudde seg mot *bzzzt*-lyden fra øyeskanneren. Samme som i stad, men denne gangen fulgte et tydelig *klikk*.

Ravina heiste på skuldrene, forsøkte på ny å åpne døren. «Jøss,» sa hun da den svingte velvillig opp. Hun tok et skritt til siden for å komme i skjul bak veggen. Snappet tak i våpenet sitt.

Resten av soldatene gjorde det samme; hoppet inn til hver sin vegg, klare for hva som helst.

«Det var som faen,» hvisket Rino. Plutselig var signalet borte fra spionappen. Pilen spant igjen.

Intet liv funnet.

«Rask,» hvisket Erik fra sin sammenhukede posisjon ved veggen. Signaliserte med et hoderykk at militærsjefen måtte gå i dekning.

Sårbar som en skyteskive sto Rino fortsatt midt i rommet. Igjen lød ordet *finurlig* i tankene. Han ignorerte det fornuftige forslaget til den tidligere politimannen, plasserte hånden over øynene og myste mot flombelysningen som skjøt inn fra inngangen.

Men det var ingen der borte. Tomt. Stille.

Rolig gikk Rino mot den åpne døren, lot øynene tilvennes lyset. Passerte soldatene som sto på hver side langs veggene i det lille, klamme rommet. Han krummet fingrene hardt rundt skjeftet til automatriflen som hang i en reim over skulderen. Skrittet skrått mot venstre de siste meterne før han nådde døren, slik at Ravina havnet til høyre for ham.

Han smilte kort til henne og stakk hodet forbi kanten. Tok inn synet av en lang korridor med sterke lysstoffrør i taket. Digre, svakt buede speil tapetserte veggene i hele passasjens lengde. De forsterket lysene ved å reflektere dem fram og tilbake mellom seg. Samtidig reflekterte speilene det hvite, blanke gulvet, noe som skapte illusjonen av at det strakk seg uendelig utover til hver side, men usymmetrisk på grunn av de delvis buede speilveggene. Effekten var blendende, kvalmende og – for en som ikke hadde sovet på snart to døgn – desidert desorienterende.

Rino blunket gang på gang uten virkning; de utslitte øynene ville bare sove.

Mens han fortsatte å ta inn det merkelige, foruroligende synet, gjorde han tegn med hånden til at soldatene skulle komme nærmere. Gnissing i stivt tøy, klakking fra våpen og støvelskritt mot betong kom nærmere. Når de kom nær nok, rettet han ut fingrene og gjorde en stoppebevegelse. Alle adlød.

Passasjens spesielle design var *ikke* en tilfeldighet. Videre, garantert *ikke* noe terroristene hadde konstruert for å more seg med. Rino hadde aldri sett noe lignende før – bortsett fra på tivoli, selvfølgelig. Han tok et drag av den friske luften som strømmet inn fra åpningen, før han kikket seg over skulderen og møtte ti par anspente øyne.

«Hva tror du, sjef?» spurte Ingvild med den vaniljemyke stemmen. Pupillene var store og tilstedeværende. Hun ville gått i døden for ham uten spørsmål. Han visste det. Nå, de kom vel til å gå i døden alle sammen til slutt, men Ingvild ville gjort det gladelig.

«Jeg tror,» svarte han, «at det hadde vært jævlig godt å legge seg i en varm seng og glemme hele greia. Vi bare drar hjem, hva?»

Spøken høstet en halvhjertet blanding av latter, host og kremt fra omtrent halvparten av dem. Ingvild, derimot, fniste på ordentlig.

«Ravina,» fortsatte han i en alvorlig tone, «send inn en sensorkolbe. Spionappen viser ingenting, men ... hvem vet.»

Et ritsj fra en borrelås hørtes da Ravina rev løs en taske som satt i utstyrbeltet, bak på ryggen. Ut av tasken lirket hun en kolbe i metall på størrelse med et cigaretui. De trente fingrene hennes pirket fram fire små hjul fra sensorkolben. Deretter plasserte hun den på gulvet i døråpningen, trykket på smartklokken sin og et grønt lys våknet på toppen av sensoren.

Alle – bortsett fra Ravina, som fulgte med på klokkeskjermen – bøyde seg framover for å se bedre da metalltingen rullet innover korridoren. Et utall forskjellige, innebygde sensorer og detektorer skannet omgivelsene etter aktivitet innen en lang rekke frekvenser; elektronisk, radioaktiv, infrarød og så videre.

Først da den et par minutter senere nådde enden av passasjen, kikket Ravina opp fra klokkeskjermen. Hun viste Rino en turkisfarget 3D-modell som sensorkolben hadde generert på veien, med flere lag av frekvenser lagt over hverandre. Punkter av mulig interesse skinte oransje. Hun flippet pekefingeren rundt på den lille skjermen, slik at Rino kunne se korridoren fra ulike vinkler.

«Her var det ikke mye å se,» sa han.

Ravina ristet på hodet.

Rinos store finger skjøv bort hennes lille. Han flyttet på 3D-modellen, pekte på punktene langs taket. «Kun armaturenes varmesignaturer, eller?»

«Ja.»

«Og de punktene på veggene der?»

Hun heiste på skuldrene så det klinket i utstyret som hang i den svarte uniformen. «Vet ikke. Kanskje airconditionanlegget. Eller alarmer av noe slag. Med tanke på at vi ikke får opp noe ekstra informasjon kan det være hva som helst, egentlig.»

«Faen.»

«Men, se her,» fortsatte hun, og flyttet 3D-modellen slik at de kunne studere den motsatte enden av passasjen. To oransje punkter lyste sterkt. Ett på gelenderet som strakk seg gjennom korridoren, og ett som dekket en større flate av gulvet. Oransjefargen fortsatte *under* gulvet og ble mindre og mindre synlig jo lenger ned den kom.

«En heis?»

«Garantert,» nikket Ravina med et glimt av glede i øyet. Likevel la hun til: «*Nesten* garantert, vel å merke.»

«Ja. Problemet er de ukjente prikkene i veggene der.» Rino blåste en søyle av luft. Gned seg i de svidende øynene. «Pluss alle de potensielle fellene som *ikke* ble registrert.»

«Sensorkolben kom seg i hvert fall trygt fram,» påpekte hun, uten at tonen hennes virket noe videre betryggende.

«Fuk diz,» sa Mareko med den tykke, russiske aksenten sin. Han pekte med rifleløpet. «Vi går inn. *Da?*»

Rino måtte smile. En ekte kriger. «Greit,» sa han. «Mareko, Erik, dere først.»

Ansiktet til Erik fortrakk seg i et misfornøyd uttrykk, men det forsvant fort da Mareko dultet ham kameratslig i skulderen. «Look sharp, eh? We're da bosses, you know.»

«Mm,» rumlet det fra halsen til Erik da de trampet forbi Rino og Ravina, inn i den overbelyste, speilbefengte passasjen.

«Wow, sick,» sa Mareko etter å ha tatt fem-seks skritt innover. Både han og Erik begynte å vingle så smått, tok kortere skritt og slet kanskje litt med å holde balansen. De stirret rundt seg, utilslørt måpende.

Rino og Ravina fulgte etter. «Kom igjen,» sa han til resten av teamet. Kjappe drag av nøling blafret over noen av ansiktene, men de kom med det samme. *Merkelig hvordan død og fordervelse ikke skremmer, mens en tom korridor med blendende lys og buede speil gjør oss usikre og på vakt,* tenkte han idet han skrittet inn i evigheten av refleksjoner av seg selv og de andre som ble speilet gang på gang til begge kanter. Det var nesten så det kilte i magen. «Vi tar det rolig,» sa han «Hold blikket rettet framover.»

Klapringen fra støvelsålene mot det blankpolerte, hvite gulvet gikk i et slags grotteaktig ekko mellom de inneklemte speilveggene, og løp liksom nedover korridoren.

Helt i enden sto fortsatt sensorkolben for seg selv og blinket grønt.

Iherdig forsøkte Rino å ignorere følelsen av å falle inn i uendelighetene på hver side, og tvang seg i stedet til å se *veggene* speilene var, heller enn bare refleksjonene i dem. Han saumfarte de latterlig rene og glattpolerte overflatene, fra gulv til tak. Lette etter skjulte luker, sprekker, eller hva som helst som kunne røpe skjulte ulumskheter.

Omtrent midtveis stoppet han, gikk bort til Ravina. «Få se den 3D-modellen igjen.»

Hun slang våpenet på ryggen og dro opp jakkeermet, blottla smartklokken. «Noe spesielt vi ser etter?»

«Zoom inn på de der,» sa han og pekte på de tvilsomme punktene hun hadde ment kunne være alt fra airconditionanlegg til hva som helst.

Hun zoomet inn til ett av de oransje lyssirklene fylte hele klokkeskjermen.

«Vi er rett under dem nå,» sa han, kikket opp mot takhjørnet. «Men ingenting tyder på at det er noe der.» Så tok han to skritt bort til veggen, la øret mot det kalde speilet. Den friske luften som trakk gjennom korridoren blåste sterkere der. Hvor den kom fra måtte de også finne ut av. Soldatene fulgte med. Rino lukket øynene, lyttet.

Ingenting.

Så dunket han en knyttet neve mot veggen, mens øynene forble lukket og hørselen totalfokusert på mulige endringer i lydbildet.

Fortsatt ingenting; kun den samme dype, tette lyden samme hvor han slo.

«Erik,» sa han, «ta og slå i veggen så høyt opp mot taket du klarer. Prøv flere steder.»

Uten å svare gjorde soldaten som beordret. Ravina sørget for at han fikk med seg hele området det oransje varselpunktet dekket.

«Der,» hvisket Rino. «Dunk på nytt.» Han nikket. «Bak der er det hulrom. Hva ser du?»

Erik heiste på skuldrene. «Bare speil.»

Hjertet begynte å banke en anelse kjappere i brystet til Rino. Hans indre varseltrekant blinket fortere. «Neppe,» sa han og flyttet seg lenger unna, slik at han bedre kunne se området. *Ikke så mye som en skrue. Ikke én forbanna spiker, bolt eller stift.*

«Vi ikke bare gå videre, eller?» Mareko skiftet rastløst på kroppstyngden.

Rino nikket. «Du, Ravina og Erik, gå helt til enden,» sa Rino, viftet dem bortover med hånden. «Ingvild og resten av dere går tilbake ti-»

Automatisk lukket døren til passasjen seg da Rino pekte på den.

«Hva fa-» begynte Ravina, men hun ble også avbrutt. Denne gangen av at alle lysene sluknet.

Totalt mørke fylte korridoren, kun avbrutt av lysglimt fra enkelte smartklokkeskjermer og diverse duppeditter soldatene hadde festet på draktene sine. Disse lysene flakket mellom dem og ble reflektert tilsynelatende for alltid i alle retninger, som virrende stjerner i et evig, svart verdensrom.

Ingen rakk å sette på verken hjelmlyktene eller våpenlysene innen multiple mekaniske *zzzz*-lyder hørtes i takhøyde rundt dem, og lydene av aggressive minipropeller drillet alles trommehinner.

Droner.

21

Propellydene gnisset som sagblader i ørene, ledsaget av små, røde LED-lys. I det samme dronene spredte seg i mørket over dem, observerte Rino at to røde lys var festet på hver av dem.

«Få på nattlyset og spre dere,» beordret han. Sammenhuket og lent inntil veggen flakket blikket mellom alle de små jævlene. *Fire*, telte han. *Eller, nei. Seks?*

Korte flash av lys akkompagnerte øredøvende smell fra hver side av ham da folk avfyrte dødelige salver. Men dronene hadde ikke skutt ennå?

Verden kom til syne i dunkle, blågrønne farger da han slengte på seg nattbrillene, etter å ha rotet litt for lenge med å løsne dem fra festet. På grunn av speilene virket det som det var uendelig mange droner rundt dem.

«Åtte droner,» sa han høyt for å overdøve skytingen som smalt tett og kompakt i tunnelen. Adrenalinet fylte årene og frysninger kruset langs ryggen hans. «De posisjonerer seg jevnt utover. Kom hit!»

Våpenet vibrerte mellom hendene hans da han presset inn avtrekkeren, og forventet å se gnister sprute fra den lille metalldjevelen over ham.

Den gang ei.

Kulene rikosjetterte rett av, tilsynelatende flere centimeter unna selve dronen.

«Hva i helv-» begynte han, men fikk ikke fullført ordet før dronene var fornøyd med plasseringene sine. Synkront utløste de helvete da stikkflammer blomstret fra alle åtte og lyste opp nattsynet hans i blendende hvitt.

Speilglass splintret på alle kanter, men ikke som vanlig speil. Han kastet seg unna en skuddsalve og noterte seg at kulene ble slukt av glasset, og etterlot seg kun oppsprukne, runde hull, som om det var betong.

Noen skrek i enden av korridoren, ved inngangen.

Alle skjøt nå, men dronene rikket seg knapt.

«Ravina,» ropte Rino idet han på ny slang seg unna en skuddsalve fra nærmeste dronen. Til lyden av enda en som ble truffet – denne gangen på motsatt ende av korridoren – bannet han og ga opp å skyte mot dem. Uansett hva slags beskyttende skjold som pakket dem inn, så tålte det uten problemer vanlig ammunisjon. «Ravina,» prøvde han igjen, men stemmen druknet i kulesmell. Igjen rullet han over gulvet for å unngå dronenes blyregn. Vemmelse grep ham som en kvelende klo rundt halsen da han koblet inn våpenets alternative ammo; eksplosive runder med tilnærmet samme effekt som en halv granat som eksploderte når det møtte motstand.

«Alle unna,» ropte han gjennom sammenbitte tenner. La seg flatt på gulvet for å komme lengst mulig vekk fra nærmeste drone, og skviste avtrekkeren. Én kraftig rekyl ristet våpenet.

Smellet som gikk hånd i hånd med infernoet oppunder taket sendte varmebølger mot ansiktet hans. Tunnelen ristet. Folk kastet seg vekk. Glassplinter og annet knas blåste i alle retninger. Rino beskyttet ansiktet med armen.

Dronen han traff føk veggimellom og kolliderte med flere av de andre; propellene deres viklet seg inn i hverandre og de styrtet mot gulvet. Mareko og Ingvild, rakk han å oppfatte, hev seg unna de fallende metallboksene idet de skranglet i gulvet.

Før han engang rakk å se hva som skjedde med dem, eksploderte det to andre steder i tunnelen. Trykkbølgene som skylte over ham, kjente han liksom presse øyeeplene innover i soklene sine. Skytingen til dronene stoppet et øyeblikk, mens de to som var truffet av de alternative kulene spant gjennom luften i nedadgående spiraler.

«Watch out,» ljomet stemmen til Mareko. Rino hørte Ingvild slippe ut en kvalmende lyd som minnet om en blanding av at noen skriker og kaster opp. Han lå på siden, støttet seg med venstrearmen, og kjente først de spisse albuene hennes bore seg inn i ryggen hans, før hun veltet over ham og ramlet med hodet ned i det harde underlaget.

Det gikk kaldt gjennom kroppen til Rino da han så at en av dronene satt fast i nakken hennes. Eksplosjonen hadde skutt den ut i en ukontrollerbar fart som sendte den rett mot henne, og nå satt de små, livsfarlige propellene fast i kjøttet hennes, fortsatt spinnende. Opp fra den opprevne uniformskragen sprutet blod utover hodet og kroppen hennes da dronen forsøkte å spinne seg løs. Sett gjennom nattsynet lignet det svart olje. Han fanget et glimt av det sjokkerte blikket hennes bak nattbrillene, skjøv henne av seg, og grep automatriflen som om det skulle vært et balltre. Slo dronen flere ganger, til propellene løsnet og han fikk den bort til veggen. Rundt ham sprengte flere eksplosiver. Han ville beordre dem om å gi faen, men visste at hvis de ikke kvittet seg med dronene *nå med én gang*, så var det over ut med dem, alle sammen. Derfor holdt han kjeft og fokuserte på sitt eget mål. Flippet våpenet tilbake i korrekt vinkel, kjente avtrekkeren presse mot fingeren og plaffet det lille teknologiske helvetesyngelet til de evige jaktmarker. Gnister og metallbiter føk.

Flere soldater skrek rundt ham; de falt som fluer. Fire droner hersket fortsatt i det svarte, forvirrende, evig reflekterende luftrommet over dem – nå til og med enda mer forvirrende grunnet alle flammene, flakkende lys, skytelyder og bevegelser.

«Ravina,» prøvde han igjen. Oppfattet eksplosjonen bak seg og hoppet unna idet enda en drone svisjet forbi og krasjet i speilveggen.

«Her!»

Han stirret rundt seg etter stemmen hennes.

«Rask!»

Der. Sammenkrøpet bak to falne medsoldater. Hun fiklet med noe på armen som lyste. Løftet hodet igjen og skulle rope på nytt, men så at han var på vei.

Rino løp, rullet og hoppet unna droneskuddene mens han kom mot henne, passerte Erik og Berge på veien, beordret *«Dekk meg»* i forbifarten og kastet seg over den morbide muren av lik som Ravina gjemte seg bak.

«Skjoldene,» sa han gjennom heftig pusting. La en hånd på skulderen hennes.

«De må vekk,» ropte hun tilbake. «Jeg vet.»

«Finner du ut av det?»

Hun bøyde seg nærmere ham, slik at den halvparten så store kroppen hennes ble godt gjemt. Hun løftet hånden slik at han bedre kunne se smartklokken på håndleddet. «Da de kom inn måtte luker på veggen åpnes,» sa hun, «noe som gjorde at jeg klarte å snike meg dypere inn i sikkerhetssystemet her, og-»

Brått hev Rino henne ned på gulvet, med seg selv over som et skjold. En strøm av kuler gjennomboret de døde lagkameratene, drillet seg langs gulvflaten og sniddet skulderen til Rino, før de fortsatte oppover veggen. Deretter hørtes – og føltes – en ny eksplosjon bak dem. Lyden av metall som smadret mot glassveggen skingret et sted bak dem.

«Snakk fortere,» sa han, forsøkte å overdøve bråket.

«Jeg kan skru av skjoldene dems,» sa hun. «Gi meg ett minutt!»

Rino nikket, reiste seg i knestående og sendte blikket til andre enden av korridoren, akkurat tidsnok til å se Erik bli gjennomboret av to droner som pepret ham med kuler. Mareko som stupte unna kuleregnet.

Igjen gikk det kaldt gjennom ham. *Er det mulig?*

Etter alle eksplosivene som var blitt avfyrt, forventet han maks to intakte droner. Men med unntak av den han hadde slått og skutt i stykker som drepte Ingvild, hadde alle syv begynt å fly rundt igjen.

For første gang de siste par dagene, på tross av all galskapen og grusomheten som hadde skjedd, gapte Rino av mistro. Mageinnholdet sank. De var alle fanget i et mareritt i stummende mørke, farget i grønt, blått og hvitt av nattbrillene. Som om han befant seg utenfor kroppen sin, bevitnet han seg selv reise seg foran Ravina, siktet våpenet inn på klyngen med illsinte droner oppunder taket – men i forsøk på å ikke påføre de ytterst få resterende soldatene mer skade enn nødvendig, siktet han mot veggen, heller enn rett *på* dronene. Sterk rekyl tre suksessive ganger da han sendte ut tre eksplosiver, og ropte samtidig: «Fløtt dere!»

Etter noe som kjentes ut som et helt sekund – men som ikke var mer enn kanskje null komma to sekunder – trippeleksploderte tilsynelatende halve *verden*. Alle droner, objekter og kropper i tunnelen ble hevet unna av trykkbølgene, og flammer grillet de nærmeste likene.

De påfølgende sekundene rådet en øredøvende stillhet kun avbrutt av ettersusingen i ørene hans. Han myste i forsøk på å se noe i det tette røyklaget som fylte synsfeltet med utflytende grums. Med fingrene krampaktig klemt rundt våpenkolben, holdt han pusten og nistirret. Lyttet.

Begravd i lydbildet av knitrende flammer og ramlende biter, grøsset han igjen – dronepropellene ble tydeligere og tydeligere igjen. En varm bølge av frustrasjon sitret i bakhodet hans.

Der. På gulvet dukket først én kravlende hånd fram fra røykvirvaret. Deretter en til. Så to til.

Mareko og Berge slepte seg bortover gulvet.

Rino skimtet nå konturene av dronene oppunder taket. De tok faen ikke pause. Kjapt virret han hodet bakover mot Ravina; fortsatt konsentrert om hackingen på den lille klokkeskjermen. Han kjente kjevemusklene strammes og bule utover da han bet tennene sammen. Slang våpenet på ryggen og hoppet over likene av soldatene – *vennene* – sine. Sparket unna glassplinter og løp til Mareko og Berge. Dronepropellene økte i lydstyrke, men de hadde fortsatt ikke gjeninntatt angrepsmodus. Kanskje de hadde tekniske problemer tross alt, selv om skjoldene beskyttet skrogene fra skade.

«Ikke ... så farlig,» sa Mareko hest.

«Kjeft,» sa Rino, bøyde seg og grep om armen til russeren, slang den over skuldrene og fikk ham opp i stående stilling. Tok deretter hånden til Berge, og måtte bruke alle krefter på å slepe den store mannen etter seg, mot Ravina.

Med ansiktet forvridd i en grimase, stabbet han et og et skritt bakover med de to voksne mennene på slep.

Dronene, alle syv, gled fram fra røykhavet oppunder taket. På noen av dem fungerte kun det ene LED-lyset nå, og et par andre fløy litt vinglete.

«Jeg vet ikke hvordan vi skal komme oss ut av dette, karer,» peste Rino. Dagdrømmene om puter og dyner kom svevende inn i tankene hans igjen. *Jeg er så sliten*, fortsatte ordene i hodet, forlokkende som den snikende døden i et menneskesinn på kanten av å fryse i hjel.

«Det er en ...» sa Berge, hostet. «En ære, Rask.»

På rad og rekke fylte dronene luftrommet, som om jævlene som kontrollerte dem satt og gosset seg over å vite hvor totalt *balletak* de hadde på dem.

«Bare vi ... *left*?» sa Mareko.

Rino svelget. «Her inne, ja.»

«Lucky at ikke alle ble med inn,» fortsatte Mareko, et slags smil om leppene. «*Da?*»

Før Rino rakk å svare begynte alle dronene å skyte

...

og stoppet umiddelbart.

Plutselig ramlet de viljeløst ned. Skramlingen fra metall mot gulv blandet seg med et triumferende gledeshvin fra Ravina.

I det neste nå skrudde lysene seg på igjen. I alle fall noen få, som ennå ikke var totalknust av krigen.

Rino slapp Berge og Mareko, tok av seg nattsynbrillene og – i et ukontrollert øyeblikk – løftet han Ravina og omfavnet henne, hardt og godt.

«Fantastisk godt jobba,» sa han inn i øret hennes.

Hun klemte ham tilbake. «Takk det samme, sjef.»

Døren som hadde ledet dem inn i tunnelen gled nå opp. Rino snudde seg etter lyden. Han smilte bredt da resten av teamet tråkket inn fra utsiden. Nølende til å begynne med, før de løp inn og undersøkte likene, dronene og de sinnssyke speilveggene – som i det minste opplevdes mindre forvirrende nå, siden store deler var sprengt av veggene.

Rino smilte bredt og rakte hånden mot Berge. «Her.»

«Takk,» sa han i en hes hvisken, grep den og kom seg på beina.

«Jeg fant nettopp noe mer,» sa Ravina, nikket mot gelenderet. Hun bøyde seg nærmere, fiklet med noe og åpnet et lokk som åpenbarte et lite talltastatur og lysende display.

«På tide å påkalle heisen, kanskje,» sa Rino og blunket til henne med et tørt øye.

«Nøyaktig det jeg tenkte, ja!» sprudlet hun, beundringsverdig full av pågangsmot.

Rino lot henne hacke videre, og lyttet til pulsslagene han både hørte og følte i ørene. Med blikket skannet han omgivelsene.

En slagmark.

Vi ble slaktet. Gikk rett i fella. Igjen kjente han tvilen til om biobrikken var verdt alt som gikk tapt. Alle livene, utvisket. *Tapre sjeler, er de. Om ikke annet.* Noen undersøkte Ingvild der hun lå med opprevet nakke etter dronepropellen. Det knøt seg i magen hans da det gikk opp for ham at kun Mareko, Berge, Ravina og ham selv overlevde angrepet. Resten lå spredt blant brennende droneskrog, knust glass og sprengte biter av veggene.

En av de nyankomne sikksakket seg mellom skrotet og gjorde hilsen til Rino. «Glad å se dere i live,» sa han gjennom det lange skjegget. «Vi var redde for a-»

«Fire stykker,» avbrøt Rino, stemmen knapt hørbar.

Han stirret på militærsjefen med hevede bryn som matchet det mørkebrune skjegget.

«Fire stykker overlevde,» sa Rino. «Kun fire.»

Soldaten skulle til å si noe, men Rino fortsatte:

«Hvor mange er fortsatt operative utenfor?»

«Femten eller seksten, kanskje.»

Rino pekte en finger i gulvet. «Få *alle* inn hit nå med det samme. Nå skal vi ha en ende på denne faens dritten.»

Skjegget til soldaten gjorde et lite hopp da han rettet seg opp og hilste. Idet han løp ut av tunnelen, vibrerte smartklokken til Rino. En lydløs remse banneord unnslapp de tørre, flisete leppene da han så det var Slatan. Av alle. Kun Kruz ville vært verre, klysa.

Han aksepterte samtalen. Bjeffet at det passet jævlig dårlig. Lyttet i tretti sekunder. Bannet høyt, senket hodet nesten umerkelig. Enkelte ting kunne simpelthen ikke ignoreres *uansett* hvor upassende øyeblikket var. Han nikket, mumlet noen ord og avsluttet samtalen. Til Ravina sa han: «Jeg må dra. Berge overtar styringa.»

«Oppfattet,» sa hun, smilte med glimt i øyet og tastet inn en rekke tall mens hun tidvis kikket på smartklokken. Plutselig åpnet en luke i gulvet seg ved siden av dem.

«Du fant heisen,» sa han og la hånden på skulderen hennes.

«Jeg gjorde visst det.» Ravina dunket fingeren på smartklokken. «Med litt hjelp.»

«Godt jobba,» sa Rino og pigget mot utgangen, mens tusen tanker kokte i topplokket.

22

«Da var det tomt,» sa Linda etter å ha stukket hånden inn mellom sprinklene og gitt norsksomalieren den siste pizzabiten.

«Tusen hjertelig takk,» sa han, foldet biten i to og spiste én tredel i ett jafs.

Hun nikket smilende til ham. Tok med de tomme pizzaeskene til veggen hvor et par søppelkasser sto åpne. Med en viss anstrengelse brettet hun dem sammen og dyttet dem ned i resten av søppelet. En salig blanding av lukter – også noe muggent, kjente hun – dunstet opp i ansiktet hennes. Hun blåste luft ut av både nesen og munnen, snudde seg vekk fra stanken. Samlet det viltre, røde håret mellom fingrene og la det mer ordentlig til rette på ryggen.

«Du, dama,» sa somalieren.

«Hm?»

Han gjorde tegn til at hun skulle komme.

Linda kikket rundt seg. Verken Linnea eller noen av de andre var å se. I deres øyne hadde hun allerede spyttet på dem alle sammen – og det de sto for og jobbet mot – ved å gi Bbs-fangene mat. Da hun hadde forsikret seg om at ingen fulgte med, gikk hun tilbake til ham. Møtte det tydelig utmattede åsynet hans.

«Hvorfor gjør du dette?» spurte han, og svelget den siste biten.

Fordi de kidnappet oss. De tvinger sønnen min til å krige for å hjelpe faren sin, så han ikke blir drept av å gjennomføre oppdraget de tvinger på ham, tenkte hun, men sa: «Man holder ikke folk bura inne uten å gi dem mat.»

De kritthvite tennene lyste opp i det kullsvarte ansiktet da han smilte. Så stakk han den kraftige hånden gjennom sprinklene.

Linda nølte, men tok den.

«Ali.»

Hun kikket på de fire andre burene langs veggen, og menneskene i dem. Alle tause. Skulende.

«Linda,» svarte hun og, uten å innse hvorfor, kjente varme spre seg i kinnene.

Ali klemte hånden akkurat passe hardt, ristet tre ganger. «Hyggelig å møte deg, Linda.»

Brått trakk hun til seg hånden. «Vi er under angrep,» sa hun, og tenkte: *Og ikke bare dét, men Robin sitter inne på et av datarommene og kriger, og Jonas* ... Hun svelget. «Akkurat nå,» fortsatte hun, «prøver resten av dere å finne en vei inn hit.»

Ali ristet på hodet, nesten umerkelig. «Ikke 'vi'.» Med pupillene pekte han mot de andre burene. Lente seg helt inntil gitteret, hvisket: «Jeg skulle aldri vært her.»

Linda bikket på hodet, ett øyebryn høyere enn det andre. «Fanget?»

«Riktig, men-»

Fnyset hennes avbrøt ham.

«-*men* ikke av dere,» fortsatte han, «men av *dem*.» Igjen spratt pupillene hans i retning de andre burene.

Denne gangen fnyste hun enda høyere, med et lite latterhikst på slutten. Det skrapte i betonggulvet da hun vred på hælen, på vei vekk. Håret, rødt og blankt i skinnet fra taklampene, svingte i takt med bevegelsene.

Fort, og litt høyere, sa han: «Hvis det kan skje med deg, er det så utenkelig at det har skjedd med meg?»

Hun ga ham et skarpt blikk fylt av sinne og usikkerhet. Hendene åpnet og lukket seg.

«Ja,» nikket han. «Du har ikke pokeransikt.»

«Hva er det du vil, egentlig?» hvisket hun.

«Helt ærlig? Slipp meg ut.»

«Umulig.»

«Neida, bare lås opp.»

«Om jeg så hadde *villet* hjelpe deg, så aner jeg ikke hvor nøklene er. Dessuten-» Hun tok seg i det, stoppet. *Dessuten hadde de straffet sønnen min.*

«Øverste hylle.» Ali nikket mot et lukket metallskap ved siden av døren inn til rommet.

«Ali,» ropte dama i buret ved siden av. Det lange, svarte håret mildnet ikke det røffe utseende hennes, selv om hun var pen på sin måte. Linda visste de ble bragt inn samtidig. «Hva pønsker du på?»

Ali svarte ikke.

Den dype, raspende damestemmen fortsatte: «Slutt å hviske som en hemmelighetsfull drittunge!»

Noen av fangene fra de andre burene lo.

Ali fortsatte å holde blikket til Linda. «Vær så snill.»

«Hvorfor?»

De lange fingrene hans krøllet seg rundt sprinklene, og han stakk ansiktet så nær som mulig. Nesten uhørlig sa han: «Vi står sterkere sammen.»

Linda bøyde hodet, stirret på det grå betonggulvet. Motstridende følelser svevde forbi i henne som hurtig skiftende vær.

«Du er ikke alene om å ikke komme deg vekk ... er du vel?»

Den uventede ektefølte tonen hans sendte et stikk i mellomgulvet hennes. Skapet der borte begynte å virke fristende. Nøklene. Kanskje hun bare skulle hjelpe ham litt?

Men nå var det *nok!* Hun trampet i gulvet. Lyden av hælen smalt mellom veggene. Nå var hun drittlei manipulatoriske, jævla *svin* som trodde de kunne tvinne henne rundt lillefingeren!

Han skvatt vekk fra sprinklene, tok et skritt bakover. Øyebrynene reiste seg på den høye pannen.

Pekefingeren med den rødmalte neglen pekte på ham. Dirret i luften. Da hun snakket kom ordene ut som lav hvesing: «Hva er det med dere menn som alltid tror dere kan herse med meg?»

«Vi menn?»

«Bare hold kjeft,» sa hun, kjente hvordan munnen hadde snurpet seg sammen til en stram knute, slik den alltid gjorde når hun ble skikkelig frustrert. Kinnene varmet. «Jeg er så jævlig lei slibrige drittsekker. Ikke si ett eneste ord til. Jeg mener det.»

«Jeg ...» Ali snudde seg mot latteren til den røffe kvinnen i buret ved siden av.

«Ikke prøv deg, du heller,» sa Linda og pekte på henne i stedet.

«Å, hold nå kjeft, fitte!» svarte hun med en munn så stygg at det støkk i Linda. Deretter slo dama håndflatene mot sprinklene. Ringene hennes klunket mot jernet.

«Hva er det du kaller meg?»

«Fitte,» gjentok den stygge damekjeften. «Jeg kaller deg ei forbanna-»

Alle stoppet da lyden – og vibrasjonene – fra en eksplosjon med påfølgende skrangling av ting som sikkert ble kastet veggimellom et sted utenfor. Linda sperret opp øynene. En synkende følelse slukte alt annet. *De fant veien inn.*

«Linda,» prøvde Ali igjen.

Hun stirret tomt på ham mens tankene lynraskt nøstet opp skrekkflokene.

«Slipp meg ut, så fikser vi dette ...»

Stemmen til Ali blandet seg med hennes egne klakkende skosåler, og forsvant fra lydbildet idet hun løp ut av rommet for å finne Robin.

Da hun hørte de første skrikene løp hun enda fortere.

23

Ali Khalil stirret langt etter Linda der hun forsvant ut av rommet, ut av livet hans. Hun hadde virket åpen, et eller annet i henne ville hjelpe. Hvorfor kom hun ellers med mat til dem? Han hadde vært sikker på at med bitte litt mer tid ville han vunnet tilliten hennes. I stedet sto han her, fortsatt fanget i et jævla bur i et tørt, grått, støvete møkkarom sammen med andre bur fylt med folk han for alt i verden ikke ville assosieres med.

Ali sukket. Krigen tok ham igjen. Etter alle disse årene. Nå var den her. *Insha'Allah*, tenkte han, følte tyngden av virkeligheten skvise hjertet, og gjorde det vanskeligere å puste. Han hadde forlatt religionen også. Eller hadde den forlatt ham, da han fant familien liggende i et rødt hav på stuegulvet? Med mer kraft trakk han pusten hardt ned i de motvillige lungene, og hvisket: «Insha'Allah.»

Støveltramping hørtes gjennom betongveggene; vibrerte gjennom gulvet og inn i føttene hans der han sto på andre siden av rommet. Brennende frysninger drillet langsmed ryggsøylen. Et mentalt bilde av de to soldatene han som barn passerte på vei hjem den grusomme dagen, oppsto foran hans indre blikk. Når ville skytingen begynne?

Mens ørene lyttet, kikket han på Angelica i øyekroken.

Så klart la hun merke til det på sekundet og ropte til ham: «Gjør noe, da!»

«Hvorfor bryr *du* deg, egentlig?» snøftet han.

Hun sparket i sprinklene. «Hva faen prøver du å si?»

«I motsetning til meg,» sa han og viftet hånden mot trampingen fra utsiden som rumlet i veggene, «så kommer de til å redde deg. Men hva er jeg verdt oppi alt dette?» *Ikke en dritt,* tenkte han og sparket i sprinklene, han også. Litt ekstra hardt.

De spisse trekkene hennes mildnet. «Ja, det er jo faktisk sant, da.» Hun nikket til seg selv. «Men jeg skal legge inn et godt ord for deg, hvis de spø-»

.

..

...

....

.....

Minst fem evige sekunder passerte før verden kom tilbake til Ali. Han var blind og kjente ikke kroppen sin. Dotter og øredøvende susing i begge ørene. Da kroppsfølelsen sakte returnerte, ble han klar over at han hostet kraftig. Så kjente han alt støvet mot huden, og de ruglete, vonde sprinklene han lå på. Med viljestyrke åpnet han øyelokkene på gløtt. Han befant seg i en støvsky. Det luktet brent. Skygger flimret et stykke rundt ham. Vibrasjonene fra støveltrampingen var nå allestedsnærværende. Med numne hender følte han rundt seg. Lot fingrene gli over avrundet metall, treverk og annet skitt. Suget i magen da han skjønte at buret ... det ...

Det er åpent!

Buret lå knust rundt ham i utallige spisse, flisete deler.

Uten å tenke en eneste ekstra tanke, krabbet han bortover. Forsiktig, så ikke de stygge skyggene plutselig skulle legge merke til ham. Sprinklene – *metallstengene* – gnagde seg inn i kneskålene og albuene for hver gang han landet på dem, noe som i tillegg førte til at han skled av og dunket de ømme knoklene i betonggulvet.

Dottene i ørene mildnet; susingen sank i intensitet. Stemmer, lyse, mørke, stødige, skjelvende, og klaprende utstyr gjorde seg kjent i lydbildet. Den verste støvtåken avtok mer for hvert sekund. Ikke uten en viss desperasjon nærmest sprellet Ali i lav høyde over gulvet, heldigvis godt nok skjult av støv og enkelte veltede skrivebord og stoler. Begravd et sted i virvaret plukket han opp Angelicas kjeftende stemme. En lettelse kom over ham. *Nå er hun ikke mitt problem lenger.* Myste ut i røyktåken i begge retninger før han snek seg ut av rommet via en stor flenge i enden av veggen. Flere deler av betongen hadde falt ut og lå strødd rundt åpningen.

I det samme sekundet han entret midtgangen som førte inn mot hovedarealet, var det som om forhekselsen ble brutt, og han ville ikke lenger gjenkjennes som fiende. Tvert imot bare enda en forvirret sjel på søken etter en utvei.

Fortsett å fortelle deg selv det, du, sa en syrlig stemme i hodet hans. Uten tid til å fullføre tankerekken, bråsnudde han i midten av gangen da ørene fanget opp flere fottrinn. Var nær ved å snuble i sine egne, altfor store føtter mens han skjulte ansiktet med hendene og rygget inn mot veggen. Åpnet første, beste dør. Hoppet blind inn i mørket. Slang døren igjen bak seg og ramlet over skrotet på innsiden. De trampende støvlene passerte rett utenfor samtidig med at Ali gikk i gulvet sammen med harde, runde ting, lange, krokete ting og myke, store ting. I den intense stillheten som fulgte, kjente han såpelukt blande seg med svettestanken som dunstet fra armhulene hans. Et kott fullt av vaskesaker, altså.

Mens han lå i mørket med gnissende tenner, lyttende etter det som foregikk utenfor, husket han plutselig bussen med elevene sine på vei fra klasseturen i Tyskland. Den skarpe, følelsesløse tonen til Angelica da hun spyttet ordene ut mot ham der han hadde ligget ødelagt etter slagene fra batongen hennes.

Hva faen skal jeg gjøre? Hvis jeg stikker av ... Magen rumlet misfornøyd. Hjernen fikk seg ikke til å fullføre tankerekken. Ville han klare å leve med seg selv hvis Bbs sprengte skolebussen?

«Helvete,» snerret Ali gjennom et hvisk. Det fantes jo ikke tvil om hva som måtte gjøres. Han flyttet på seg. Forsiktig, for ikke å bråke for mye med skrotet som lå rundt ham og spiddet og stakk ham fra alle kanter. En smertegrimase feide over ansiktet da han reiste seg. Kroppen verket *overalt*.

Veggen kjentes ru og tørr mot håndflatene. De små ruglene gnagde seg inn i huden mens fingrene skled bortover veggen, til de buttet i døren.

For øyeblikket virket det rolig i gangen utenfor. Etter en kikk med raskt blikk, smatt Ali ut av det han antok var et vaskekott, og småløp tilbake til rommet Angelica forhåpentligvis fortsatt befant seg i. Skjulte ansiktet med hendene idet noen ukjente soldattyper jogget forbi. De enset ham knapt.

Svidd røyklukt kom samtidig med de brente, svarte stripene som strakk seg skrått over gulvet. Pulveriserte biter av den sprengte veggen knaste under skoene hans. Fortsatt hang noe av røyken igjen i rommet, men ikke nok til å skjule seg i. For å unngå å bli sett, krøket han seg til halv høyde, og med blikket naglet i de fire Bbs-ene som sto med ryggen vendt mot ham fem-seks meter unna, snek han seg over og igjennom den ujevne flengen i veggen, før han skled ned på kne bak skrivebordet og skapet som nå lå veltet i en slags haug.

Mellom soldatene så han Angelica. Og hørte henne:

«Jeg *sa* det var en tåpelig idé å blande inn fanger så tidlig i prosessen!»

Den største av de fire mennene stilte seg rett overfor henne, med bøyd hode – for å se ned på henne – og bulende øyeballer. «Du var delegert oppgaven.»

«*Mot* min vilje!» Hun sparket vekk plankebiter fra det splintrede fengselsburet.

Soldatene vekslet blikk, før kjempen fortsatte: «*Vilje* er et ikke-begrep her. Du vet dette.»

Angelica knøt armene over brystet, snurpet munnen sammen og så på ham gjennom halvt lukkede øyelokk.

Den store soldaten løftet håndleddet i ansiktshøyde, sa: «Kruz.»

Overraskelsen over at Angelica plutselig slo hånden sin ned på overarmen hans, var så oppsiktsvekkende at de andre soldatene holdt på å kaste seg over henne.

«Ikke noe poeng i å blande inn han,» sa Angelica og forsøkte å dytte vekk armen. Senene på hver side av halsen hennes strittet av anstrengelsen.

«Kruz blandes *alltid* inn,» sa han og ristet kort på hodet mot de andre. De adlød motvillig, holdt seg unna henne. En av dem kikket i Alis retning.

Ali dukket hodet bak kanten av skapet, som lå på skrå over det veltede skrivebordet. Magemusklene strammet seg. Kom de til å rope nå?

Heller enn å høre noen av soldatenes rustne stemmer runge i ørene, skingret Angelicas plutselig mye lysere toneleie gjennom luften:

«Det er ikke nødvendig å blande inn Kruz, sier jeg jo. Konsentrer dere om oppdraget her, dere, nå, så skal jeg sørge for å korrigere problemet.»

«Kommer ikke på tale,» gryntet den mørkeste stemmen igjen.

Det skulle kanskje ha stått soleklart for Ali, med tanke på at han jo hadde gått tilbake hit. Likevel gikk det først nå opp for ham at Angelica kanskje forsøkte å hindre Kruz i å få nyss om hans forsvinning, *nettopp* for å hindre noe i å skje med elevene. «Hva er det jeg driver med?» hvisket han til seg selv, og kjente magen synke enda lavere. «Drit.»

Så reiste han seg med hendene hevet over hodet.

Umiddelbart snudde alle seg.

«Greit,» mumlet Ali, «dere vinner. Bare la elevene mine komme seg trygt hjem fra klasseturen.» Roping, skriking og skyting ljomet fra andre steder i bygningen idet han skrittet forbi skrotet på gulvet, fortsatt med hendene i hodehøyde.

«Ali,» sa Angelica, nesten med en slags melodiøs klang av – tenkte han – lettelse.

Knapt ett sekund passerte fra den store soldaten vippet en finger i hans retning, før de tre andre kastet seg over ham med rå makt. En knyttneve eksploderte i magen hans. Han hostet, bøyde seg overende og ble løftet i stående stilling igjen – denne gangen holdt fast av en soldat på hver side, mens den første ladet opp til et nytt slag.

«Slutt,» ropte Angelica. Igjen syntes Ali det klang melodisk følsomt av stemmen hennes.

Gjennom tårene som spratt fram i synet hans, så han den tilsynelatende sjefen nikke og løfte en hånd: «Det holder.»

Hun løp forbi ham, kom bort til Ali og klasket ham i ansiktet med en åpen hånd som sved som tusenvis av nåler.

«Bare *jeg* har lov til å mishandle han,» sa hun, stemmen tilbake i sin mørke, beinmargsgrøssende styrke.

Så ingen medynk, altså. Gysninger bølget langs ryggraden hans.

«Elevene dine, sa du?» spurte den store soldaten. Navnelappen på skjortebrystet proklamerte at dette var 'Berge'. Vel, stor som et *berg* var han i hvert fall.

Smerte gnistret i nakken da Ali stirret opp på ham. «Ja ...»

Angelica kuttet inn: «Glem nå det. Fangen er tilbake.»

Henvendt mot henne, sa Berge: «Dette er dataguruen?»

Hun smilte. «Oh yes.»

«Bra,» sa Berge. De buskete, grålige øyebrynene trakk seg sammen. «Vi har en jobb til deg. Nå med én gang.»

Ali svarte ikke, rikket bare så vidt på skuldrene og prøvde å styre tankene vekk fra skrikingen som blafret gjennom rommet fra utsiden.

Berge stakk en grov finger i øret, og sa: «Mareko, er du der?»

- - -

«Hvor finner vi mainframe'n her nede?»

- - -

«Bra,» sa han, ventet, la til: «Og du, sørg for at det er *rent* innen vi ankommer.» Til de rundt sa han: «Vi går.»

«Hvor?» spurte Angelica.

«På vei inn hit ble vi overfalt av et droneangrep. Meget dødelige, små jævler. Vi er opplyst om at et utall droner dreper alt de kommer over på DVV i dette øyeblikk. Og du, lille dataguru,» sa han og naglet de skarpe, blå pupillene sine i blikket til Ali, «skal få æren av å deaktivere dem.»

En virvelvind av fluktrelaterte tanker blåste gjennom Ali. Hvordan i helvete kunne de bare beordre ham til å gjøre noe sånt? Tusen ting kunne forhindre ham fra å oppnå kontroll over dronene. *Det er ikke sikkert jeg klarer å komme meg inn på PC-en engang!* Men han holdt kjeft. Kun elevene betydde noe. En slags ro falt over ham. Ja, akkurat, *kun* elevene betydde noe akkurat nå.

«Tror du han er i stand til det?» spurte Berge.

«Uten tvil,» sa Angelica.

Med to av soldatene i snik-modus foran seg, slik at de skulle oppdage og tilintetgjøre trusler, og én på vakt bakover, førte Berge ham og Angelica gjennom flere korridorer i undergrunnsbasen. Til å være antibiobrikkesoldatenes mest topphemmelige base, var det merkelig tomt for kampklare krigere der. Men så husket Ali DVV. De hadde sikkert sendt mesteparten av styrken sin dit for å gjøre slutt på innføringen nå i kveld. Han *håpte* det ble vellykket.

De passerte en korridor hvor et tjuetalls folk, noen i militærklær, andre i dress og vanlige klær, satt på kne, bakbundet, langsmed veggen.

«Landssvikere,» ropte en fra gulvet. Ansiktet hans rødsprengt av sinne. Ali kjente svettelukt dunste av ham da de gikk forbi.

«Dere er en skam for nasjonen,» istemte en like forbannet ung kvinne ved siden av ham. «Skjønner dere ingenting? Dere hjelper til med å sette oss alle i fangenskap – *inkludert* dere selv.»

Ali konsentrerte seg om å puste rolig. Stirret rett framfor seg da en av vaktene som voktet gislene strenet bort til uromakerne og kjørte geværkolben inn i bakhodene på dem begge to. Dumpe klunk hørtes før de ramlet overende. Begge bevisstløse. Gisp kom fra de andre bakbundne som satt ved siden av.

«Jævler!» hylte en eldre mann. I øyekroken så Ali at han strevet seg opp på føttene – klønete, da begge hendene var bundet på ryggen. «Og dere skal være Norges forsvar ... jeg forbanner dere.»

Skuddet lød intenst i den trange korridoren. Mannen snublet i beina sine og ramlet livløs foran de andre gislene.

«Flere som har noe på hjertet?» sa vakten hest.

Noen gråt, noen snerret som hunder, men ingen hadde noe mer på hjertet.

Ali krympet seg av kuldegrøsningene som vokste fra mageregionen og spredte seg opp ryggen og inn i bakhodet hans. Han elsket dette landet, for trygg-heten, freden, og til og med ytringsfriheten, selv om den åpenbart hadde slått sprekker de siste årene. Men var det slutt på alt godt nå? Skulle Norge synke ned i kaosgjørma som så store deler av verden allerede vadet i? Enda en bølge gysninger kruset kvalmende gjennom ham. *Dette er faen meg krig. Jeg kan ikke tro det.*

Verken Angelica eller noen av soldatene som eskorterte ham så ut til å reagere på behandlingen av gislene. Han forsøkte å opprette øyekontakt med Angelica, men det virket som hun ignorerte ham med vilje. Kanskje hun skammet seg? Var dét overhodet en mulighet for noen som få timer tidligere banket ham helseløs med en batong?

Da de rundet hjørnet stoppet en muskuløs soldat dem med en utstrakt hånd. «Jeg usikker om det er smart å … *enter* her,» sa han med tykk østeuropeisk aksent.

Berge lagde en misfornøyd lyd. «Hvorfor?»

Russeren kom nærmere, snakket lavere: «Vi, øh, still cleaning room. *Da*?»

«Det skulle vært gjort allerede, Mareko,» sa Berge og gned seg i pannen med en hanskekledd hånd.

«Jeg vet,» nikket denne Mareko, «men vi møtte noen difficult folk. Du forstå?»

Berge strakk ut hånden og skjøv Mareko unna, mens han i en brysk tone sa: «Vi har ikke tid til dette.» Uten å vente på respons fra soldaten, signaliserte han til den lille gruppen sin at de skulle fortsette gjennom en åpen dobbeltdør.

Rødoransje fargenyanser fra flakkende flammer på andre siden flimret over gulv og vegger. Ali trakk pusten brått da han så hvordan det enorme lokalet hadde endret seg siden han og Angelica ble ført gjennom det tidligere samme dag, på vei til fengsels-burene sine; fullt av kamplystne folk som fulgte med på scenen, hvor en godt voksen dame kledd i svarte skinnklær talte med beundringsverdig mye innlevelse om hvorfor biobrikken for alt i verden måtte forhindres. Hun hadde stoppet midtveis i en setning da Angelica og Ali ble geleidet gjennom mengden, som spredte seg til hver side og lagde en skammens sti for dem. Ali hadde villet hyle ut at alt var feil; at han ikke egentlig var en del av biobrikkesoldatene, men frykten for hva som kunne komme til å skje fortiet ham. Da de forlot rommet hadde dama – lederen deres, antok han – fortsatt talen sin, men først sagt stygge ting om ham og Angelica.

Nå, derimot, lå lokalet øde, med unntak av alle gislene som også her satt på kne langs veggene. Bakbundet og skamslått. Vakter patruljerte. Andre samlet sammen utstyret de fant og kastet det inn i flammene som slikket oppover projektor-skjermen på scenen.

«Skal dere bare brenne alt som er her?» sa han, selv om han visste bedre enn å åpne kjeften. «Sånn helt uten videre?»

«Fangen har rett,» istemte Angelica. La en hånd på Berges volumøse skulder.

Berge ofret henne knapt et blikk uten å saktne farten.

Hun hevet stemmen: «Hva er poenget?»

«Ordre fra øverste hold,» gryntet han. «Alt skal destrueres.»

Et øyeblikk glemte Ali frykten. Han ristet på hodet og veivet med hendene. «Men tenk på all informasjonen som forsvinner hvis dere bare *brenner* alt som er her. Det er sikkert snakk om hundrevis, hvis ikke *tusenvis* av terrabyte med data som i grundig detalj utdyper hvilke planer disse ... terroristene har for å sette kjepper i hjulene våre.» Å høre seg selv kalle antibiobrikkesoldatene 'terrorister' var like jævlig som å blande seg selv inn i biobrikke-folka ved å kalle det 'kjepper i hjulene *våre*', men elevene hans var viktigst.

Nå stoppet faktisk Berge. Glodde inngående på Ali, før han bøyde seg ned mot ham og sa lavt, truende: «Ikke tenk så mye, gutt.»

Gutt, ja. Ali bet det i seg. Ville de rævkjøre seg selv på denne måten, så kjør for all del på!

Berge skulle til å begynne å gå igjen, men med et hint av et smil snudde han seg mot Ali igjen, og sa: «Tenker deg litt bedre om, så klarer du nok å resonnere deg fram til hvorfor det ikke er noe problem, *dataguru*.»

De siste ordene spiddet Ali i brystet.

«Nå, hvor er mainframe'n?» ropte Berge. Hoder snudde seg.

«Sorry,» hørtes Marekos mørke, nasale stemme bak dem. Han småløp til han tok dem igjen, nikket med hodet og sa: «Følg meg. Over her.»

De sikksakket forbi folk som bar utstyr, inventar og dokumentmapper fra alle kanter, og bort til de altetende flammene. Ali antok Bbs hadde fått sky-tilgang til terroristenes planer. Å brenne alt sto uansett for ham som latterlig meningsløst.

«Inn her,» sa Mareko da de kom til en anonym dør. Åpnet den og mumlet: «Shit.» Han bøyde seg og begynte å dra i liket som lå i en bloddam, på skrå, slik at det blokkerte veien. «Like I zaid, ikke ferdig.» Etter noe pusting og pesing lente han kroppen mot veggen, hvor rekker av kulehull syntes.

«Vel, vel,» brummet Berge. «Er det inn der?»

«*Da*. Rett fram og ... left.»

Angelica skar en grimase da hun tråkket i blodet. Subbet skoen i gulvet for å skrape det av.

På sin side hoppet Ali paradis mellom flekkene til han var forbi. En subtil lukt av jern lå gjemt i den brente luften.

Berge stoppet ved neste inngang, den til venstre. Veivet mot noe der inne. «Vær så god. En data til *guruen*.»

Den spydige tonen sendte grøsninger ned Alis ryggrad; han unngikk å møte blikket til jævelen. Gikk i stedet rett inn.

Armaturene i taket sprayet hvitt, hardt lys utover og ble reflektert tilbake fra hvitmalte, klinisk sterile vegger. I midten, omringet av arkivskap og hyller, så han to lysende dataskjermer med et hvitt tastatur og hvit mus foran. Ut av printeren til høyre for skjermene stakk noen ark ut. Idet han skjøv kontorstolen til side og satte seg, la han merke til at utskriftene avbildet biobrikke-propagandaplakater. De hang på butikkvinduer og vegger overalt for tiden.

Stolen knirket da Ali satte seg. Han rørte på musa så skjermspareren forsvant. Dokumentene med propagandabildene var fortsatt åpne på skjermen. Advarende setninger i store bokstaver sto under hvert av bildene.

«Nå?» sa Berge bak ham. Skosålene trampet helt inn. Angelicas lettere fottrinn fulgte etter. «Deaktivér dronene dems.»

Kjapt tørket Ali svetten i pannen. Forsøkte å stilne skjelvingen som fikk fingrene til å dirre ustanselig. La hendene på tastaturet.

«Deaktivér dronene dems,» gjentok Berge.

«Ja ... skal prøve.»

«Ingenting som heter å 'prøve'.»

Angelica brøt inn: «Slapp av; han kommer til å klare det.»

Det første han gjorde var å stikke på nettet for å få tilgang til sin egenprogrammerte programvare, som allerede hadde kommet så godt med. Deretter åpnet han terminalen og lot fingrene gjøre det de gjorde best; snoke fram all inn- og utgående aktivitet fra nettverk i nærheten. Tastene klapret, mens Berges delvis tette nese plystret ustemt bak ham.

Ali kjente et tonn med oppsamlet angst forlate tankene da han klarte å spore opp en liste med alle som for øyeblikket var koblet til nettverket. *Enklere når jeg allerede er koblet til her.* Han slapp ut et lettelsens sukk. Han hevet et øyebryn, mumlet: «Hm.»

«Hva?» gryntet Berge.

«Har dere ikke rensket bygget for folk enda?»

«Mer eller mindre. Hvordan det?»

Ali gled pekefingeren nedover listen med aktive tilkoblinger som vistes på skjermen. «Alle disse bruker nettet akkurat nå. Jeg antar soldatene deres ikke benytter terroristenes nettverk, eller?»

«Det ...» sa Berge, skiftet kroppsvekten fra det ene til det andre beinet. «Det høres usannsynlig ut, ja. Hvordan?»

«Hvis det ikke er deres, betyr det jo at alle på denne lista er folk som fortsatt er i basen som bruker nettet.» Ali scrollet seg nedover. «Med andre ord minst tjue stykker som ikke er fanga.»

Den sterke svettelukten til Angelica boret seg inn i nesen hans da hun lente seg over skulderen og gransket skjermen. «Mulig å finne ut hva de forskjellige bruker nettet til akkurat nå?»

Leppene til Ali spredte seg i et skjevt smil. «Åpenbart.» Fingrene løp over tastene igjen.

«Lokalisér de som bruker dronene, og stopp dem,» brautet Berge. «Du sørger for at han gjør som beordret. Jeg har en høne å plukke med noen.»

«Selvsagt,» svarte Angelica samtidig som han trampet ut av rommet. I gangen hørte de navnet til Mareko ropes.

Ali sorterte listen etter mengden bits brukt per sekund, slik at de som slukte størstedelen av nettverkstrafikken havnet øverst. Deretter, ved hjelp av snokeprogrammet sitt, koblet han seg direkte inn på strømmen til den øverste. Åpnet kanalen og fikk den venstre skjermen til å strømme hendelsene som foregikk på skjermen til den ukjente brukeren.

«Fytti helvete,» gispet Angelica, som om hun bevitnet magi da skjermen plutselig ble fylt av levende bilder fra noe som utvilsomt fløy over DVV i dette sekund. Førstepersonsperspektiv fra en av dronene. Om det skulle vært et snev av tvil, forsvant den da det ble siktet inn på soldater på taket til departementsbygget. De forsøkte å skjule seg, og de tittet fram med jevne mellomrom og avfyrte skuddsalver mot kameraet. Deretter skjøt dronen de fulgte med på en rakett som traff midt i mellom dem og eksploderte i et flammehav.

«Bingo,» hvisket Ali.

«Stopp dem,» ropte hun så det skingret i øret hans. «Stopp dem nå med én gang!»

Igjen hev Ali seg over tastaturet.

24

Robin ignorerte Linneas ordre om at de alle måtte forlate PC-ene og henge seg på henne. Langt vekk hørte han også noe skyting, skriking og andre skumle lyder. *Men akkurat nå må landet vårt reddes*, tenkte han og gjennomførte en brå unnamanøver idet enda en jævel med det som lignet en rakettkaster avfyrte en sulten rakett mot dronen hans. Den suste forbi, om mulig enda nærmere enn den forrige.

«Robin, du også,» ropte Linda.

«Bare litt til,» sa han, låste siktet på Bbs-soldaten nede på taket til DVV.

«Vi er under angrep, gutt.»

Selv om pulsen buldret både i brystet, halsen og ørene hans, ignorerte han henne. Usikkerheten som skylte over ham et kvarter tidligere var borte. Det faktum at biobrikkesoldater nå hadde tvunget seg inn hit og skjøt vilt rundt seg beviste at *han* også satte livet på spill ved å være her. Dermed var oddsene utlignet; han risikerte døden når som helst.

«Jeg skal ta med så mange av dere som mulig, bitches,» hvisket han og posisjonerte dronen slik at siktet sirklet inn rundt rakettmannen der nede på det overveldende enorme departementsbygget. Han stengte lyden av skudd fra andre steder i basen ute. Ventet med is i magen på at tre andre Bbs-rasshøl skulle komme nær nok rakettmannen til å ta del i tilbakebetalingen.

Tre ... *to* ... tenkte han og skviste fingrene sakte mot på begge avtrekkerne, både for dronemissilene og maskingeværet. ... *én*. Robin klemte avtrekkerne helt inn.

Ingenting skjedde.

«Hva?» sa han, prøvde igjen, flere ganger.

Fortsatt ingenting.

Oversiktskartet og de andre informasjonsbærende HUD-elementene forsvant fra skjermen.

«Hva faen skjer?» Robin trykket på alle knappene, slo kontrolleren i bordkanten foran seg, men dronen lot seg ikke styre. Den mistet momentum litt og litt, til all akselerasjon stoppet. Dronen falt! Robin kunne ikke gjøre annet enn å se på.

«Dette skjer ikke!» ropte han, ristet på kontrolleren og slo den hardt inn i VR-headsetet. «Jeg har ikke blitt skutt på. Dette er ikke mulig!»

Han rykket bakover i setet i overraskelse da en hånd dumpet på skulderen hans. «Gutten min, kom, nå,» sa plutselig stemmen til moren hans.

«Alt bare slutta å funke!» hylte han, stemmen vrengte seg ustemt mot slutten av setningen. «Dronen min og alle de andre bare ramler ned fra himmer'n. Åssen er'e muuulig?» Håpløsheten truet med å drukne ham. Det kilte i magen like før dronen traff bakken og VR-visiret svartnet. «FAEN!»

«Robin, kjære deg, nå *må* vi stikke,» sa Linda, før han kjente neglene hennes skrape mot hver side av hodet idet hun dro VR-hjelmen av ham.

Han stirret på moren sin, leppene dirret av frustrasjon over sammenbitte tenner. Ansiktet gjennomvått av svette. «Du skjønner ikke,» sa han. «Uten dronen kan jeg ikke hjelpe pappa og de andre som er på DVV. Hva faen skal de gjøre nå?»

«Jonas klarer seg,» sa hun og omfavnet sønnen sin. «Han er en tøffing.»

«Det veit du'kke en dritt om,» sa han, klemte tilbake og dyttet hodet inn mot brystet hennes. *Jeg har i hvert fall deg her, mamma.* Han klemte hardere rundt henne.

Først nå la han bevisst merke til at nesten alle de andre hadde forlatt rommet; og de som fortsatt befant seg der var i ferd med å komme seg ut. Men hvor skulle de? Løpe rett ut i fiendens klør?

Linda fant hånden hans, begynte å dra i ham.

«Mamma, vent.»

«Robin, slutt å tulle. Vi *må* ut herfra.»

«Men,» sa han, virret med hodet. «Hvor?»

«Hvor som helst annet enn her.»

«Ja, men *Bbs* er der ute, jo!»

Og i samme sekund, som om han hadde påkalt dem, trampet soldater inn. I motsetning til de som invaderte Tveitabasen, var ikke disse kledd i beige uniformer, men svart.

Linda reagerte ved å skyve ham bak seg. «Dere rører ikke sønnen min.»

«Vi trenger ikke å røre noen av dere,» brummet den mørke stemmen til soldaten som tårnet minst et hode over de andre to. Han fiklet fram to håndjern. De fløy gjennom luften og klirret i gulvet, skled noen meter framover og landet ved Lindas føtter. «Ta på dere disse og gjør som vi sier, så går alt fint.»

Håndjern ble kastet til de resterende fem-seks andre som sto skjelvende rundt i rommet, gjemt bak skrivebord med pc-skjermer og datamaskiner.

«Det gjelder alle,» la soldaten til venstre for den største til.

Robin tvang seg til å skritte foran moren sin. «Hva skal dere gjøre med oss?» spurte han, og holdt henne unna da Linda forsøkte å dytte ham bak seg igjen.

Den største soldaten smilte med halve munnen. «Vet ikke,» sa han. «Men du kan regne med at du har ett av to valg: Gjør som vi sier og kanskje overlev, eller ikke og ... *ikke* overlev.» Han klappet pistolen som hang i det svarte hylsteret på låret.

Rundt Robin klirret håndjern fra alle kanter. «Dere trenger ikke,» begynte han, men stoppet da han kjente hånden til Linda på skulderen. Så svelget han klumpen i halsen og dro skulderen vekk fra morens advarende grep. «Dere trenger ikke å sette *oss* i håndjern,» sa han og gestikulerte mot seg selv og moren.

Den store soldaten lo. «Jo,» sa han, «det trenger vi.»

«Nei, helt seriøst,» fortsatte Robin, slåss mot at fryktrykningene i ansiktet skulle vises. «Vi *er* allerede fanga av disse syke jævlene.»

«Robin ...» sa Linda, men han avbrøt henne:

«De kidnappa først dama til faren min, så tok de han også og tvang'n til å jobbe for dem. Gjør'n ikke det kommer de til å drepe dama hans *og* oss,» forklarte han lynraskt.

«Få på deg håndjernene, jypling,» gryntet soldaten, som om han ikke fikk med seg en dritt.

«Skjønner'u ikke?» Robin rygget, med armene ut for å beskytte moren sin, da de to lavere typene gikk sakte mot ham. «Jeg snakker *sant*, for faen! De dreper oss hvis vi ikke gjør dette for dem.»

Nå pekte begge våpenmunningene på ham. Begge soldatene med harde, uttrykksløse ansikter. Sjefen av dem fortsatte:

«Så la oss *redde* dere vekk herfra. På med håndjernene. Nå.»

25

Etter at Jonas, Tony, Annabelle og Slatan kom seg ut av DVV, hadde plutselig kampdronene deres smadret i bakken overalt rundt dem. Ikke fikk Jonas tak i Robin, heller. Faktisk virket det som hele kommunikasjonslinjen mellom dem og Hausmannsgate var brutt. Tony og Annabelle måtte riste Jonas ut av trangen til å dra tilbake for å hjelpe sønnen sin; det var ingenting de kunne gjøre, annet enn å fortsette sitt neste livsviktige mål.

På vei mot bilen til Slatan løp de i sikksakk mellom falne medsoldater, Bbs-vakter og knuste, gnistrende droner. Sval høstluft blandet seg med lukten av svidde materialer og bensin fra brennende biler. I enden av gatene langs de høye bygningene som omringet DVV kunne de se ut til demonstrerende folkemasser, mens lyssøyler fra helikoptere skyldte over fektende armer og ropende hoder. På denne avstanden hørte han ingen enkeltstemmer; kun et slags hav av mas som blandet seg med smell fra våpen som kom fra DVV.

«Her,» sa Slatan, vinket dem til seg. Dressjakken hans flagret da han forsvant rundt neste hjørne. Jonas kikket en siste gang bakover og fulgte etter inn i den mørklagte sidegaten.

Gatelykten hang utent over den sølvgrå stasjonsvognen som et sørgende hode. Nøkler klirret. Lave knepp hørtes fra dørene da sentrallåsen gikk opp. Slatan veivet hånden mot mercedesen, før han dukket ned i førersetet og lukket døren nesten uten en lyd. Jonas satte seg foran, mens Tony og Annabelle tok baksetene. Motoren duret. Slatan kjørte rolig ut av mørket på vei mot folkemengdene i bykjernen.

Grøsninger strømmet gjennom Jonas ved synet av det kokende Oslo. Det virket som at hver gang han hadde sett bykjernen de siste par dagene, hadde den blitt mer og mer ustabil. Én ting var å se enkeltområder gå til helvete, som på Tveita og DVV – men å oppleve *hele* byen, *alle* menneskene, i en tilstand som dette, var forbi uvirkelig.

Håndflater og knyttnever slo mot rutene, mens fortvilede, aggressive og oppspilte øyne gnistret i hundrevis av ansikter.

«Uansett hva du gjør,» sa Tony hest fra baksetet, «ikke stopp.»

«Selvfølgelig ikke,» sa Slatan. I rolig tempo pløyet han bilen gjennom menneskemassene, uavhengig av om folk ville flytte seg eller ikke. De presset på fra alle kanter som flomvann.

Da bilen til slutt kjørte ut av sentrum løsnet trafikken, og de få bilene som befant seg på veien spant rett forbi dem. Nå, som tidligere, la Jonas merke til at ingen kjørte *mot* byen, og bilene var gjerne fulle av både folk, kjæledyr og bagasje.

«Ja, vekk med deg,» mumlet Slatan da en bil som hadde ligget bak dem en stund, suste forbi.

Jonas fulgte bilen med blikket der den fortsatte å passere flere framover. Urolige bilder av Robin flakket rundt i tankene hans, fulgt av en knugende følelse i magen. Han trykket på knappen til senderen i øret. Fortsatt ingenting. Sjekket mobilen, men av en eller annen grunn funket den ikke. Blank skjerm. Null respons. Han tørket de svette håndflatene av på bukselåret, og holdt munn. Det hadde uansett ikke noe å si lenger, noe som helst. Han ble sittende og marinere i hetetokter som brettet seg over ryggen. Samtidig søkte han tilflukt i motorduren for å unngå tausheten i bilen – tausheten som bare *forsterket* de vonde tankene.

Ti minutter senere trillet bilen inn på en dårlig belyst parkeringsplass. Der stoppet de ved noen mer eller mindre bladløse busker, alle plantet på en rett linje fra ende til ende – i perfekt symmetri med tilsvarende rader av busker nedover plassen.

I enden buttet parkeringsplassen i en liten vei som ledet bort til én av en klynge med store, avlange bygninger. Mørkt bak de fleste vinduene.

«Et eldresenter?» sa Annabelle fra baksetet.

«Ja, ikke sant,» svarte Slatan, dro ut nøklene og gikk ut.

Alle fulgte etter.

Utenfor trakk Jonas dypt inn den friske luften, og var takknemlig for at ingenting luktet verken svidd eller sprengt her.

«Nå?» sa Tony, sveipet blikket over plassen.

«Dette er et særdeles velbevoktet område,» sa Slatan. «For ikke å snakke om bygningen.» Han ble stående og granske dem en stund, mens fingrene rullet den ene enden av barten rundt og rundt.

Tony holdt blikket hans. «Ja?»

«Våpnene må vekk,» fortsatte Slatan omsider.

«Ikke i helvete.»

«Enten gjør dere som jeg sier, eller vi snur nå med én gang.» Ingenting i verken tonen eller ansiktet til sjefsoverlegen tydet på at han bløffet eller overdrev.

Annabelle krysset armene over brystet. «Vi finner en annen løsning.»

«Problemet er vel *synlige* våpen?» sa Jonas. «Ikke at vi nødvendigvis *har* dem med?»

Slatan ristet på hodet, sukket. «Å simpelthen *skjule* våpnene har selvfølgelig ingen effekt. Vi lever da ikke i det tyvende århundre.»

«Detektorer og sånt, ja,» sa Jonas.

«Akkurat.»

«Jaja, gutter.» Annabelle så på dem etter tur, et smil luskende i munnviken. «Livet er sjelden optimalt.»

«Har du en idé, el'?»

Smilet blomstret for fullt da hun møtte Jonas' miserable uttrykk. Litt av de hvite tennene glimtet i sprekken mellom leppene. «Ikke annet enn at vi hører på sjefsoverlegen her, og bare går inn og tar en titt.»

Tony dro hånden over det blekblanke ansiktet.

«Og kom igjen, nå, Tony,» fortsatte hun, «vi har da hatt verre odds enn som så.»

Et mikrouttryk som trakk overleppen hans opp i et snerr flakket forbi. «Jeg er faen ikke sikker.»

«Vi finner ut av det når vi kommer inn.»

Henvendt til Slatan, sa Tony: «Mange på jobb nå?»

«På denne tiden pleier det å være i underkant av ti stykker på labben, men tatt i betraktning chippingen i morgen – og opprørsutbruddet som pågår nå ... hvem vet. Kanskje ingen. Kanskje alle.»

Jonas klarte snart ikke mer; klumpen i magen var i ferd med å gro pigger. Kvalmen red ham. «Verden går til helvete rundt oss, så veit du, jeg er faktisk enig med Annabelle. La oss bare drite i det og kjøre på. Alt er bedre enn å stå her og glo.» Han åpnet bagasjelokket på stasjonsvognen og kastet fra seg våpenet. Det klunket i metall da det traff noe verktøy som lå der.

Annabelle fulgte etter. La automatgeværet forsiktig fra seg, deretter en pistol, før hun nikket mot Tony. «Du og, sjef.»

Motvillig hinket han mot mercedesen og hektet av seg geværet, ga det til henne. Munnen vred seg i en smertegrimase da han viglet seg ut av jakken, og tok av seg skulderhylsteret med et håndvåpen. Størknet blod hadde misfarget bandasjen som var surret rundt overkroppen hans.

«Bra,» sa hun. Lukket bagasjelokket. Ville hjelpe Tony med å få på jakken igjen, men han bare gryntet og stresset den på seg på egenhånd.

«Da går vi.» Slatan trasket i retning det nærmeste bygget.

Jonas gikk bakerst. Drakk dypt av den kjølige luften. Pustet inn med nesen og ut av munnen. *Dette funker eller ikke. Helt enkelt. Eller vanskelig.* Han prøvde å se for seg hva som ventet dem – ikke fordi han hadde noen som helst formening om hvordan et skjult biobrikkelaboratorium så ut – men bare for å tvinge tankene til å fokusere på noe annet enn Robin. Og Linda. Ja, Linda også. Og heller ikke Silje. *I hvert fall ikke Silje.* Han svelget en klump som kjentes like piggete ut som klumpen i magen.

Fem meter unna inngangen, som så ut som dørene til et vanlig eldresenter, stoppet Slatan. Snudde seg mot dem. «Jeg står for snakkingen. Med mindre noen spør dere direkte. I så tilfelle, respondér med omhu.»

«Respondér med omhu,» hvisket Annabelle og så på Jonas. Ristet på hodet og fniste, som om hele verden *ikke* var i ferd med å rakne i sømmene.

«Heh,» svarte han, men var altfor opptatt med å ikke tenke på Silje, Robin og Linda til å oppfatte hvorfor det var morsomt.

«Vis vei, Estwick,» sa Tony.

Sjefsoverlegen rettet på dressjakken og strenet med lange skritt til inngangen.

Gjennom vinduene i dørene fikk Jonas øye på en resepsjon med noen pc-skjermer som ble svakt opplyst av et grønt Exit-skilt på en dør enda litt lenger inn. Ellers tomt. Og mørkt.

Slatan stoppet. De lange, tynne fingrene gled nedover barten hans før han stirret opp i et kamera festet på kanten av dørkarmen. Endene på den lange barten løftet seg da han smilte. Hånden kom opp i en kort hilsen.

Nesten umiddelbart sprakte en kvinnestemme i en høyttaler: *«Estwick! Du slapp unna DVV.»*

«Ja,» sukket han, ristet på hodet og veivet en hånd bakover mot de andre. «Vi flyktet med nød å neppe fra de brutale terroristene.»

Noen sekunder passerte før neste respons: *«Og hvem er de andre?»*

Jonas møtte det redde blikket til sjefsoverlegen idet han snudde seg kort mot dem. «Disse ... er bare noen fra IT-avdelingen. Vi møtte hverandre på vei ut og bestemte oss for å slå følge hit. Planen er-»

«Det er *jævlig* viktig at vi tar en grundig gjennomgang av biobrikke-sikkerhetsrutinene nå med én gang,» skjøt Jonas inn, uten å helt forstå hvor innskytelsen kom fra.

Haken til Slatan gled ned på brystet hans. Misfornøyde øyne boret seg inn i Jonas. En nesten uhørlig rumling kom fra halsen til Tony, som sto ved siden av ham.

«Jasså,» skrapte høyttalerstemmen, nøytral i tonen.

«Ja,» fortsatte Jonas, følte seg luftig i hodet og vinglete i knærne. «Nå som terrorister har overtatt DVV kan vi umulig vite om de er teknisk kyndige nok til å kunne bryte seg inn på sikkerhetsnettet.»

«Men det er jo-»

«Ja,» avbrøt han damestemmen, «i teorien er det umulig, men, herregud, burde vi ikke dobbel- og trippelsjekke? *Just in case*, liksom?»

Alle holdt pusten. Blikkene deres sved mot kroppen hans.

«Men det kan da vi som allerede er her gjøre.»

Stødigere i stemmen nå, sa han: «Er ikke flere hoder klokere enn ett? Bare *tenk* hvor katastrofalt det er hvis terroristene klarer å ødelegge softwaren til alle biobrikkene som sk-»

«Greit, greit, greit,» sprakte stemmen, «hold nå for all del munn.»

Et rødt lys ved dørhåndtaket skiftet til grønt, og døren åpnet seg på egenhånd.

«Smart valg,» sa Jonas, kanskje litt for høyt og med litt for lys stemme.

«Takk,» mumlet Slatan, fortsatt med bøyd hode. Han subbet inn i den mørke resepsjonen med de andre på slep.

Varmen på innsiden la seg mykt over ansiktet til Jonas. Han pustet dypt mens lettelsen bølget bedøvende gjennom ham. Med unntak av den jevne duringen til en roterende vifte i taket, hørtes ingen lyder. Han skulle til å si noe, men Tonys stive fingre snurpet seg rundt genserhalsen hans. Trakk ham til seg og hvisket hest mellom sammenbitte tenner: «Ett sånt stunt til ...»

«Vi er inne, er vi ikke?»

Tony lente seg enda nærmere. «*Forstår* du?»

«Jaja.» Jonas slet seg løs.

«Jeg syns du gjorde en god jobb,» blandet Annabelle seg. Uventet hyggelig.

«Ikke,» sa Tony og lagde en mur mellom henne og Jonas med hånden sin.

«Denne veien,» sa overlegen fort – kanskje for å avbryte gnisningene mellom dem – og trasket lutrygget bortover. Han førte dem langs høyreveggen mot en kromfarget metalldør lenger inne. Exit-skiltet Jonas hadde lagt merke til i vinduet utenfor, hang over den. Det grønne skiltlyset skinte diffust i det matte metallet. Ingen dørhåndtak eller nøkkelhull fantes. Kun en svart boks på størrelse med en fyrstikkeske på høyresiden av karmen.

Estwick stoppet foran døren, fant en lommebok fra innsiden av dressjakken. Førte den i en jevn bevegelse over boksen.

Blipp.

Døren gled til side, men før han gikk inn snudde han seg mot dem, nå omkranset av sterkt, hvitt lys som tøt ut av åpningen. Han så ut til å ville si noe, men sukket. Skuldrene sank enda lenger ned. Han ristet på hodet, som om de var barn, og han en *veldig skuffet* forelder. Eller kanskje ikke. Kanskje han bare sukket over situasjonen generelt? Jonas følte seg plutselig usikker.

De fulgte sjefsoverlegens klakkende dressko inn i det gedigne laboratoriumet. Med hodet halvveis bøyd, som om han var blyg, kikket Jonas fort rundt. Tørr lukt som minnet om tannlegeventerom akkompagnerte synet av det hvite gulvet, hvite vegger, fem-seks seksjonerte kontorer i åpen løsning, separert av skillevegger. Folk i hvite frakker med øyne stirrende i PC-skjermer. Fingre klaprende mot tastaturer. Og i midten av lokalet, en felles arbeidsstasjon full av avansert utstyr. For Jonas lignet det en salig blanding av ting som hørte hjemme i en naturfagstime på skolen, og IT. Reagensrør, kolber og mikroskoper, datamaskiner, nettbrett og servere, om hverandre.

Det støkk i ham da han så flere av de samme nøytrale, hvite eskene de nettopp hadde sprengt i filler på DVV.

«Slatan,» sa kvinnestemmen som møtte dem i høyttaleren utenfor. Hun, en middelaldrende, lyshåret dame med spiss hake og lang nese, nikket til sjefsoverlegen. Tok inn synet av de tre andre. «Ja ... velkommen, da.» Hun kremtet. «Mitt navn er Mina Brochman. Jeg er assisterende forskningsleder her.»

«Og Drangsholt,» sa Estwick, «hvor er han?»

«Harald har vært opptatt med andre saker hele kvelden. Jeg er stedfortreder. La oss hoppe over høflighetsfrasene og gå rett på sak, eller hva?»

«Selvsagt,» sa Estwick. Pupillene hans føk i alle retninger.

Brochman viste vei med en veivende hånd. «Husets IT-avdeling er rundt hjørnet her.»

De passerte den store arbeidsstasjonen i midten av lokalet. Jonas dultet Tony i skulderen med albuen, nikket mot stablene av hvite esker som tårnet ved siden av langbordet med alt naturfags- og IT-utstyret.

«De skal vekk,» hvisket Tony.

I det minste én ting de var enige om.

De rundet en rad bokhyller som ruvet over hodene deres. Tre bakhoder på toppen av hvitkledde, bøyde rygger møtte dem. Alle hodene hadde hvite glorier malt i duse strøk av de lysende PC-skjermene foran seg. På dataskjermene til resten av de femten-tyve tomme arbeidspultene rundt dem, snurret skjermsparere med psykedelisk 3D-grafikk.

«-etter at overvåkningskameraene vokste fram i fjor? Staten ser jo alt!»

Jonas gispet nesten hørbart da han, som en hvisken, ble bevisst den nydelige stemmen som så forsiktig rørte ved trommehinnene hans.

Han snudde hodet mot flatskjermen plassert til høyre for pultene. Den flimret for seg selv med lav lyd. Ujevnt trakk han pusten. Silje sto på det brennende E6 med mikrofonen foran kjeften og snakket til Norges befolkning. Igjen.

Jenta mi. Er du her også, nå. Det var tydeligvis en av NRKs favorittsendinger for kvelden, og gikk i reprise som en del av katastrofenyhetene. Synsfeltet hans skrumpet inn, visket ut resten av verden, til han druknet i blikket til sin elskede. Hardfokuserte for å høre hvert eneste ord fløyelsstemmen sa:

«Vi kan trygt si at et eller annet sted i en eller annen lumsk avkrok finnes det noen som har en ganske enorm forklaring å komme med. Jeg spør dere:-»

«Hvor er alle?» spurte sjefsoverlegen samtidig som en hånd dumpet ned på skulderen til Jonas. Han rykket tilbake til den virkelige verden – en verden Silje ikke lenger eksisterte i – og fulgte hånden oppover armen og møtte Tonys forpinte grimase. Medlidenhet lå gjemt i de nedoverbøyde munnvikene.

To av de tre IT-folkene snudde hodet mot Estwick. Bleke uttrykk stirret utmattet på dem.

«Det er bare vi som er her,» sa den ene, før begge vendte tilbake til skjermene.

De tynne øyebrynene til Brochman hevet seg. «På DVV for å preppe systemene for klargjøring til chippingen i morgen.» Hun så fra Estwick til Jonas, leppene stramme under nesetippen. «Det vet vel *dere?*»

«Brochman, helt ærlig,» sa Jonas, blåste luft ut av nesen, «DVV brenner, kapra av blodtørstige terrorister. *Det* er alt vi veit akkurat nå. Alt annet er egentlig bare ganske ... meningsløst.» Akkurat som Siljes død. *Totalt fuckings meningsløst.*

Hun svarte ikke, men dro tommelen og pekefingeren over to slitne øyelokk. Henvendte seg til IT-folkene som dundret i vei på tastene: «Leif, gi Jonas her og de andre tilgang til sikkerhetsrutinene rundt kontrollering av biobrikken.»

«Hva med de direktivene fra Top-»

«Gjør som *jeg sier,*» eksploderte hun og trampet foten i gulvet. Rødfarge fosset over det hvite ansiktet hennes.

«Jaja.» Leif himlet med de små øynene før han flyttet oppmerksomheten tilbake til skjermen.

«Ouch,» hørte Jonas Annabelle hviske bak seg.

Brochman gned fingertuppene over øynene igjen. «Ja, det har vært en noe hektisk dag, det her,» sa hun. «Nei, i realiteten har hele *året* vært helt forbi fatteevne.»

Estwick mumlet samtykkende under barten.

I bakgrunnen hørte Jonas stemmen til Silje bli avbrutt av en mannlig nyhetsoppleser. *Da er hun borte igjen.* Han kjente nakkemusklene strammes da han nektet seg selv å se hva som skjedde på den flimrende TV-en. *Okay, drit nå for helvete i denne sutringa. Hva må gjøres her nå? Hva er planen?* Liksom tilfeldig dro han hånden gjennom håret, rettet opp ryggen og kikket på de rundt seg.

Annabelle virket rolig. Armene hang avslappet over magen hennes. Eneste som røpte noe om tilstanden hennes var at det så ut som hun klemte den ene hånden *litt* for hardt rundt håndleddet til den andre.

Tonys bistre åsyn sa mye om hvor jævlig han hadde det, og kjevemusklene bulte konstant ut og inn. Han holdt en hånd på den skadde skulderen.

Rekken av høylytte knepp fra tastaturet Leif mishandlet, stoppet. «Terminalen er åpen,» sa han utydelig gjennom pennen som stakk ut av munnen. Hjulene på kontorstolen hans skrapte i gulvet da han snudde seg mot dem. «Kom og se.»

«Leif,» hvisket Brochman, ansiktet hadde fått tilbake den hvite fargen sin, men rødfargen dekket fortsatt nesetuppen. «Jeg ... det ...»

Han stirret uttrykksløst på stedfortredersjefen. Gnagde på pennen.

«Du vet jeg ikke mente det på den måten,» fortsatte hun idet Jonas, Tony og Annabelle passerte henne. Slatan ble stående bak dem.

«Ikke tenk på det,» sa Leif. Så kikket han på Jonas, lot høyrehånden gli over tastene på tastaturet. «Dere kjenner vel systemet inn og ut, eller? Og bare finn dere noen stoler, så klart.»

Da Jonas tok tak i ryggen til en av kontorstolene ved det nærmeste bordet, skrek Brochman.

Han snudde seg og så Tony stå bak Brochman med en arm rundt halsen hennes, og en teppekniv presset mot pannen.

«Så, så, så,» hvisket han hest. «Gjør som vi sier, så kommer alt til å gå så bra, så.»

26

Ali Khalil smilte. Han var kvalm av seg selv, situasjonen, *alt*, men han smilte like fordømt. Den siste dronen stupte i asfalten, skjermdupliseringen endte, og han ble sendt tilbake til den svarte terminalen med grønne, lysende bokstaver. Listen over aktive nettverk som slukte mye nettverkstrafikk var nå tom. Kun tre-fire aktive tilkoblinger hang over hverandre. Under dem blinket en prikk avventende.

«Da var det gjort.» Han kremtet. Gned svette håndflater mot buksebeina.

Angelica stappet hodet sitt merkelig nær skjermen igjen, som om hun *egentlig* forsøkte å få øye på én bestemt piksel. «Sikker?»

«Så sikker jeg kan bli.»

«Hva med de andre der?» Hun gned en finger med avbitt negl over de resterende linjene.

«Ubetydelig,» sa han, vendte hodet mot høye stemmer fra gangen utenfor, fortsatt et stykke unna. Ali fanget blikket hennes. «Når er det nok, det her?»

«Nok?»

«Skolebussen ... elevene mine. Når har jeg gjort nok til at de ikke lenger er i fare?»

Hun skjøv seg unna bordet, samlet det tykke håret bak på ryggen og foldet armene over brystet. «Veit ikke.»

De skjøre hjulene på kontorstolen knirket og skrapte mot gulvet da Ali reiste seg. «Jeg samarbeider,» sa han, «og har gjort det hele tiden etter at du slapp meg ut av det trange, jævla kontoret. Er ikke det nok?»

Uten å vike med blikket, sa hun, rolig: «Du er smart. Du skjønner jeg ikke bestemmer over skjebnen din.»

«Men du kan ringe han som bestemmer, og forklare at jeg ikke er en trussel for dere.»

«Du mener Egon Kruz?»

Ali hev på skuldrene. «Sikkert. Eller Jason, for alt jeg veit.»

«Skjer ikke. Kruz er tvers igjennom psykopat. Til og med *militærsjefen* passer på hva han sier – og *hvordan* han sier det – til Kruz,» sa hun og snudde seg etter lydene som nærmet seg.

Roping nå, fortsatt langt unna, utydelig. Noe rykket i Alis underbevissthet, men han klarte ikke å grave fram hvorfor den merkelige følelsen i magen oppsto.

«Men,» fortsatte han, «kan du i det aller minste garantere at ingenting kommer til å skje med dem så lenge jeg samarbeider?»

Med tommel- og pekefinger nappet hun bort noe rusk fra øyevippene. «Eneste garantien jeg kan gi deg er at vi *hittil* aldri har brutt et sånt løfte,» sa hun, og la til noe lavere: «... så vidt jeg veit.»

Aggresjon brøt ut i Ali; den startet som en kompakt ildkule i mageregionen, og før han visste ordet av det brant hele hodet hans og han viftet en dirrende finger i ansiktet hennes. «Du har å love meg at ingenting skjer med elevene mine, hvis ikke, når dette er over, kommer jeg til å-»

Spydet av is som spiddet ham punkterte aggresjonseksplosjonen da han hørte ropingen igjen; denne gangen nær nok til at han oppfattet hvem det var. Den aggressive fingeren hans visnet som en tørr blomst. Ali snudde hodet i retning den delvis mørke, delvis lyse stemmeskiftestemmen fra gangen utenfor. *Er det mulig?*

«Er de her?» spurte han.

«De?»

«Elevene mine, for helvete,» sa han, kastet beina på nakken og løp ut av rommet før hun rakk å reagere.

Ute i gangen, videre innover, hvor han ikke hadde vært ennå, kom Berge og to soldater med kanskje ti folk i håndjern. Først i rekken fikk han øye på gutten som ropte og bannet. Da han så Ali stoppet han. Hele rekken med folk stanset samtidig.

«Robin?» sa Ali, mens uvirkelighetsfølelsen fylte hodet hans med vattdotter.

Sekstenåringen lyste opp. «Ali!»

Linda, den rødhårede kvinnen som hadde gitt ham pizza i buret, sto ved siden av gutten. Likheten var slående; Robin var som snytt ut av nesen til moren sin. Hun kikket sjokkert fram og tilbake mellom sønnen og Ali.

«Hva gjør du her ute?» sa Berge. «Hvor er Angelica?»

Ali ignorerte ham, løp forbi noen bloddammer på gulvet og bort til eleven sin. «Er resten av klassen din her også?»

«Hæ, nei,» sa Robin. «Jeg ditcha jo den klasseturen på grunn av Norgesmesterskapet, husker'u vel?»

«Stemmer, det,» nikket Ali, men ble revet unna eleven sin av Berges bjørnelabb som knuste seg inn i skulderen hans. «Gi faen,» sa Ali og slet seg løs fra grepet. «Guttungen er bare seksten år gammel!»

«Gammal nok til å drepe voksne menn med droner,» sa Berge. «Hvor i svarte er Angelica?»

«Her,» kom det fra inngangen til terminalrommet. Hun bykset fire-fem langbeinte skritt bort til dem. «Han forsvant plutselig fra meg.»

«Han har en jobb å gjøre.»

«Jobben er gjort,» sa hun. «Ikke noe problem.»

Mens de var opptatt, bøyde Robin seg nærmere Ali, hvisket: «Fanga, du og?»

Nesten umerkelig nikket Ali.

«Faen gjør vi, á?»

«Aner ikke,» hvisket Ali tilbake, mens han holdt blikket til Linda. *Så det er derfor du var livredd for å rømme sammen med meg. Men hvordan havna dere her?* En søyle av kvalme dirret i ham da minner boblet opp; minner fra alt han selv hadde vært igjennom for å til slutt ende opp her, i en mørk gang med kulehull i veggene og blod på gulvet, fanget og tvunget til å jobbe for en stat som var blitt riv ruskende gal. Heldigvis var det ingenting som tydet på at *resten* av elevene hans var tatt til fange.

Berge snudde seg brått fra samtalen med Angelica, ga Ali det styggeste blikket i menneskets historie. «Hva er det dere hvisker om?»

Ali returnerte det olme blikket uten å svare.

«Det skal du drite i,» sa Robin.

Det var ikke ett hode i korridoren som ikke snudde seg mot den rappkjefta ungdommen. Flere av fangene bak ham gispet hørbart, og Linda la hånden for munnen før hun grep tak i skulderen hans og dro ham mot seg. Berge knuffet Ali til siden og trampet mot guttungen.

Leppene til Robin vibrerte. Han så åpenlyst sjokkert ut over sitt eget utbrudd, men holdt likevel masken og rørte seg ikke av flekken da Berge stappet det grovskårne trynet sitt opp i ansiktet hans. De enorme nevene knyttet og åpnet seg om og om igjen.

«Så du er en tøffing, hva?» sa Berge. «En barsk jævel som gjemmer seg bak et tastatur og dreper voksne soldater med droner, hva?»

Ikke gjør noe dumt, nå, Robin, tenkte Ali og delte blikk med Linda.

Da Berge ikke sa noe mer på en stund, men bare sto og pustet tungt med pupillene gravd inn i irisene til Robin, sa til slutt Robin: «Nei, jeg e'kke no'n jævla tøffing. Men jeg veit i hvert fall hva som er forskjell på frihet og fengsel. Mens du, dere, Norges jævla militæ-»

«Robin,» hvisket moren hans, dro ham enda nærmere seg. «Ikke mer nå.»

«Jo, for faen,» sa han og løsrev seg. Stirret opp på Berge igjen. «Dere skal liksom beskytte oss! Men i virkeligheten er dere bare noen fuckings *hånddokker* som styres av staten. Og dere har ikke evne til å tenke sjæl nok til å løsri-»

Berges hånd skjøt fram og snurpet tak i den tynne, lille halsen til Robin. Klemte hardt. Faretruende lavt sa han: «Ett ord til. Ett eneste ord til, og jeg avliver deg her og nå, som den utakknemlige snørrvalpen du er.»

«Slipp han!» Linda begynte å slå på Berge, men ble revet bort fra ham av de andre soldatene.

Kun gurglelyder kom fra sekstenåringen. Ansiktet fyltes med rødfarge og pupillene var på vei til å vrenges mot taket.

Ali kjente sin egen frykt svulme i mellomgulvet. Han skalv av aggresjon, men visste ikke hva som var smartest å gjøre. Beskytte Robin og risikere at resten av elevene på bussen gikk ad undas, eller ikke gjøre noe nå og allikevel ikke ha noen garanti for at de sparte elevene. Han flakket mellom alle de tilstedeværende; fra hode til hode. Hvert par øyne han møtte snudde seg vekk – så i bakken, bort på veggen, opp i taket, hva som helst. Angelica snudde seg ikke vekk, men hun gjorde ingenting. Kanskje den eneste som faktisk kunne gjøre noe. Eller kanskje ikke. Mest sannsynlig ikke. Hun hadde ingenting hun skulle sagt. Og et eller annet sted i skyen av tanker og emosjoner mistet Ali den røde tråden.

Før han fikk summet seg hadde han hoppet på ryggen til Berge, armen kroket rundt halsen til jævelen, og klemte alt han maktet mens han sparket kneet i ryggen til sjefssoldaten gjentatte ganger. Ali var en over gjennomsnittet stor, muskuløs mann, men Berge var ganske bokstavelig et *berg* i forhold. Robin ble dyttet vekk og ramlet inn i Linda så hardt at også hun snublet bakover. Ali rakk bare så vidt å se at flere i rekken av folk fikk problemer med å holde balansen, før Berge løftet armene sine over hodet sitt og – lange som de var – klarte han å gripe tak i genserryggen til Ali, som jo hang bak ham. En svevende følelse slo ham idet Berge på en og samme tid bøyde seg framover og kastet Ali over hodet sitt ... og rett i betonggulvet.

Langt vekk, dypt begravet i smertene og stormen av sansestimuli, var Ali halvt bevisst tumultene som oppsto rundt ham. Han prøvde å se, og trodde øynene var åpne, men kun tåkete skygger virvlet rundt ham. *Slo jeg bakhodet?* Tett tåke og stjerner i synsfeltet, susende hørsel. Lammelse i kroppen. *Både hodet og ryggen, sikkert. Allah, bare hent meg, okay? Men la elevene mine overleve, Insha'Allah.*

Om sekunder, minutter eller timer hadde passert siden han angrep Berge, da han endelig fikk synet tilbake, ante han ikke. Bare at det første han så da den verste tåken forsvant, var løpet til et gevær cirka to centimeter fra det høyre øyeeplet sitt. Og kroppen til sjefssoldaten som ruvet over ham og skulte ned på ham.

«Reis deg,» bjeffet Berge.

Ali prøvde å bevege den ene foten. Umulig. Den andre, da? Nope. Ikke den, heller. I sidesynet så han silhuettene av alle som hadde vært i korridoren den gangen han angrep Berge. *Nei, vent litt,* tenkte han, *det var nå, det.* Han lo. Og hostet.

Det intense, men tydelig slitne trynet til Berge stirret. Stemmen hans som bølgende sa: «Reis deg, for svarte.»

«Jeg ... Det er umulig,» sa Ali. «Noe har skjedd med ryggen min, eller noe.» Han hostet igjen, og lo mer. Ante ikke hvorfor, bare at det sto for ham som totalt latterlig, alt sammen. Dessuten var betonggulvet fjærmykt under hodet hans. *Eller vannbløtt.* Han flirte mer.

Geværløpet forsvant. Verden begynte å gli oppover, eller nedover. Noe klemte hardt under armene. Menneskehender.

De løfter meg, tenkte han, mens han kikket på Angelica som viftet med hendene mot noe utenfor synsfeltet hans.

«Kan han stå?» sa hun. «På egenhånd?»

«Stå på min egen hånd?» sa han, og syns det var en urkomisk måte å formulere seg på. «Nei, men pass på så ikke *dere* tråkker på hendene mine!» nesten ropte han og brøt ut i en vill latter.

«Han er helt ute, plutselig,» sa hun, henvendt til Berge.

«Hæ?» sa Ali. «Vi er da alle *inne.*»

«Få han vekk,» sa Berge, «men ikke mist han av syne. Kruz får bestemme hva som skjer videre.»

Angelica gjorde et vrikk med nakken, og Ali så at han ble båret bortover etter henne. «Hvor skal vi?» sa han.

«Ali!» ropte en guttestemme bak ham.

Berge kjeftet idet det gikk opp for Ali at det var stemmen til Robin.

«Hvor skal vi?» gjentok han.

Angelica snudde seg mot ham, stoppet. Hun så trist ut, nå. Blekere enn vanlig. «Vekk,» sa hun lavt. «Vekk herfra.»

27

Bloddråpen piplet fra riften i huden til Brochman. Tony presset teppekniven for hardt inn mot pannen hennes. Hun så kun kniven, som om pupillene var limt fast i toppen av øyekanten, nærmest mulig knivbladet. Kom det mer blod nå, ville det renne inn i øynene hennes – som jo allerede svømte i frykt.

«Leif,» sa Tony med munnen så nær øret til Brochman at han kunne kysset henne. «Nå må du høre på meg. Gjør alt jeg si-»

Som av seg selv snudde hodet til Jonas seg mot Annabelle. Hun befant seg allerede i bevegelsen som beskyttet ansiktet fra det uventede slaget fra typen som satt ved siden av Leif. Han kastet seg mot henne med resten av kroppen, og Jonas la ikke merke til mer fordi en rykning i skuldrene til Leif – som satt ved siden av ham – var nok til at Jonas, uten å tenke seg om, spant rundt med overkroppen – men heller enn å smadre trynet hans med en venstre hook, så snappet Jonas pennen ut av kjeften hans. En fornemmelse av noe vått oppsto på Jonas' venstre håndbak, før han snurret tilbake igjen. Sparket stolen vekk fra under Leif samtidig som han plantet høyrehånden på brystet hans, og dyttet ham i gulvet.

Ynkelige lyder kom fra Brochman der hun satt fast i grepet til Tony.

Samtidig som Jonas slang seg over Leif, presset kneet ned i brystet hans og holdt tuppen av pennen svevende foran det utstikkende adamseplet, så registrerte han i kanten av synsfeltet at Annabelle fikk overtaket på den andre dumdristige geeken.

To sekunder. Maks tre, tenkte Jonas. *Hvordan er det mulig?* Han kikket fra det vettskremte trynet til Leif, til sine egne hender som klemte rundt halsen hans og skrapte pennespissen mot huden. Han skjønte ikke hvordan følelsen av anger kunne sameksistere med den nærmest forventningsfulle kriblingen i kroppen. Pennespissen kom umerkelig nærmere det dirrende adamseplet.

«Estwick,» ropte Brochman, selv om han sto rett ved siden av.

Sjefsoverlegen, på sin side, sto med armene snurret rundt seg selv. Stirret sjokkert på alt som foregikk. Munnen åpnet seg til en lydløs sprekk.

«Du må gjøre noe,» tryglet Brochman.

«Eh ...» sa Estwick med ansiktet trukket opp i en grimase sammensatt av noe Jonas ikke klarte å sette fingeren på, men som kjentes ut som *rettferdighet* – som om sjefsoverlegen nettopp *ikke* ville gjøre motstand; ikke fordi han var redd, men fordi han innerst inne *ville* stoppe biobrikken.

«Jeg tror-» begynte Estwick, men stoppet og tok enda et skritt bakover da han ble avbrutt av Tony:

«Kanskje vi skal prøve å gjøre noe konstruktivt her nå? Hva sier du, Mina ... *frøken?*» sa han, fortsatt med leppene nesten hud mot hud med øret til Brochman.

Kriblingene til Jonas ble til grøsninger da Tonys nøytrale tonefall plutselig gikk over i den klysete tonen han tydeligvis alltid falt inn i i gissellignende situasjoner.

«J-ja ... jo,» pep Brochman. Prøvde å ynke seg unna med en knekk i knærne, og strittet i mot jerngrepet. «Hva er det dere vil?»

«Å, bare det som er best for alle,» sa han.

Det lille kuttet i pannehuden revnet noen millimeter til da hun uten hell forsøkte å snu hodet bort. «Og hva er best for alle?»

Sakte, uten hastverk, svarte han: «Ikke så fort, nå, frøken stedfortreder.»

Annabelle kremtet fra bak typen hun låste fast begge hendene til. «Tony ...»

«Greit,» sa han. Leppene flerret opp i et hyneaktig smil. «Mina, Leif – *folkens!* Slett all informasjon og alle kontrollerende algoritmer fra *alle* biobrikkene i landet. Eller i hele verden, hvis det lar seg gjøre. Helst i går.»

De svetteblanke kinnene til Leif glimret i flimmeret fra PC-skjermen da han nikket med hodet – forsiktig, antok Jonas, for å ikke skremme Jonas til å gjøre noe overilt, som for eksempel å punktere halsen hans med pennespissen.

«Du nikker,» sa Jonas, «... som i at du aksepterer?»

Leif nikket igjen, mer selvsikkert denne gangen. «M-m.»

«Okay, da later vi som det.» Jonas slapp ham – men ikke med øynene.

«Slett *alt*,» gjentok Tony. «Hvis ikke kommer frøken Brochman her til å ... ja, du skjønner, selvfølgelig.»

Stolen gnikket i gulvet da Leif satte seg tilbake mot PC-en. Rettet på den hvite skjorten, strakk ut det svarte slipset. «Ja,» sa han til slutt. Dyster aksept hørtes i stemmen. «Jeg skjønner.»

Igjen klapret fingrene mot tastene, før klikke-orkesteret endte i et drønn fra *Enter*-tasten. På skjermen spratt dialogbokser fulle av tekst og tall opp. Etter å ha klikket litt rundt med musa, oppsto en rød boks med beskjeden:

INGEN ADGANG

Jonas bøyde seg fram for å bedre se den skriften under:

Vennligst logg inn med områdespesifikk ID

«Det ante meg,» mumlet Leif mellom fingrene som stakk opp fra hånden han hvilte haken i. «Mina, hva er OSID for intranettets globale adgangskontroll?»

Pupillene til Brochman hadde fortsatt ikke flyttet seg fra knivspissen i pannen hennes. «J-jeg ... vet ikke.»

Hånden dumpet ned på bordflaten da han snudde seg mot henne. «*Hva* er OSID for intranettets globale adgangskontroll?»

«Jeg har ikke t-tilgang,» sa hun. Pupillene hoppet fram og tilbake mellom kollegaen og knivbladet.

«Nei vel ...» sa Leif, stemmen blafret og forsvant, som om noen blåste ut en flamme. Jonas la merke til at et tynt lag av svettedråper vokste opp fra IT-mannens hvitbleke hud, som glinset i lyset fra skjermene. Nå dro han håndbaken over ansiktet. Tørket hånden diskré på bukselåret.

«Har vi problemer?» sa Tony, stadig med knivspissen rissende i Brochmans panne. Han sparket i stolen til Leif. «Har. Vi. Problemer.»

«Altså ... saken er den at-» mumlet Leif med bøyd hode, blikket liggende dødt på tastaturet foran seg.

«De e'kke autorisert til å logge seg inn,» svarte Jonas i stedet. Ordene etterlot en kvalmende følelse i magen hans, og en letthet i hodet. *Hva faen gjør vi nå?*

Tony skviste Brochman hardere i grepet sitt, selv om det gjorde tydelig vondt i den bandasjerte armen.

Med ett var han tilbake med leppene bortpå øret hennes, hvisket: «*Hvem* har autorisasjon, frøken?»

«J-j-jeg .. e-er ...» stotret hun. Vidåpne glugger målbundet av sylskarpt stål.

«Puuust,» hveste han teatralsk.

«Estwick,» ropte hun plutselig. «E-estwick vet!»

Et synlig rykk bølget gjennom sjefsoverlegens hengslete kropp.

Alle så på ham.

Estwick møtte blikket til Tony. Rolig sa han: «Hadde jeg hatt adgang, ville vi ikke stått her og kopet nå.»

«Men du vet *hvem*,» sa Brochman.

«Det betviler jeg.»

På andre siden av de høye hyllene bak dem, hørte Jonas at ting begynte å skje. Raske, lave stemmer og klaprende sko. «Finn det ut kjapt,» sa Jonas, kastet blikket bakover.

Plutselig skiftet lyset i øynene til Estwick fra undring til gjenkjennelse. «Å ja, stemmer, det. Selvsagt vet jeg hvem som er autorisert,» sa han med stramme lepper. «Og det passer nok *jævlig* dårlig ...»

28

Etter en treg vandring over nattehimmelen, hang månen lavt. Kald og rolig. Delvis skjult av den langstrakte, krokete skyggen til epletreet sto June på dirrende bein. Gjennom tårevåte øyne så hun tomt på haugen av jord og løsrevne gresstuster. Hvor lang tid det hadde tatt ante hun ikke. Natten virket evig; gigantisk nok til å romme den uendelige lidelsen hun kavet hjelpeløst rundt i.

Men hun hadde måttet gjøre det, nå i natt, før resten av helvete brøt løs.

Kroppen verket. Kjentes ut som de møkkete, gjennomsvette klærne brant mot huden; sølete av det størknede blodet til Sofia og Eckhart.

Åh, som hun hadde hylt, grått, forbannet Egon Kruz, verden, livet. Musklene skrek av utmattelse etter alt som hadde skjedd, og ikke minst, gravingen.

June viklet de krampaktige fingrene vekk fra spadehåndtaket. Spaden vippet og knaste i bakken, før hun slapp seg ned på kne ved siden av den. Lot overkroppen falle framover, dynket albuene i jorden. Hun begravde hodet i hendene.

På ny ville gråten flomme fram. Men denne gangen meldte ingen lyder seg. I stedet ble hun liggende og hive etter pusten i krampelignende hikst. Alt gjorde så vondt. Så utrolig, ufattelig *vondt*.

«Jenta mi,» sa hun mellom sprukne lepper. «Kjære lille, uskyldige, nydelige jenta til mam-» Stemmen bristet. Stemmebåndet var utslitt etter timesvis med misbruk. June krafset i jorden, knuste den porøse massen mellom fingrene. Hun begynte å grave febrilsk, skjøv vekk store mengder av jorden hun nettopp hadde tettet igjen.

«NEI,» ropte hun plutselig. Stemmen lød forkvalt i hennes egne ører. Hun trakk til seg hendene, stirret forskrekket på dem. De virket fremmede, møkkete av leirete jord, blodige av sår og kutt. Hun strammet dem til to harde knyttnever. Trakk pusten helt ned i lungene, selv om det gjorde vondt, holdt inne, og slapp den ut så sakte hun klarte. Blunket vekk fukten i øynene med øyelokk stive av flere lag med tørkede tårer.

June røsket løs bunter med gress, og tvinnet dem sammen noen ganger for at de skulle holde litt bedre sammen. Så slapp hun gresstustene over det høyeste punktet i ansamlingen av jord hun hadde skuffet over familien sin.

Jeg elsker dere.

Motvillig tvang hun synet vekk fra graven og over mot kjelleren. Døren sto åpen; lyset fra taklampen i boden strakk seg ut av inngangen og sprikte over gresset i hagen. I lyset, halvveis maskert av skyggene, så man at noe tungt var blitt slept fra døren, over gresset og bort til jordhaugen ved siden av epletreet. I tillegg strakk sporet av røddryppende gresstuster seg hele veien fra haugen til huset. Derfra var rødt kliss smurt utover kjellergulvet, opp trappen og inn i stua, hvor de enorme blodpølene lå og druknet sjelen hennes i et hav av lava.

Med bøyd hode slepte June de såre føttene med seg, tilbake inn i huset. Utmattet av pine beveget hun seg mekanisk som en robot opp til soverommet, hentet nyvaskede klær fra gulv-til-tak-klesskapet. Hele tiden med kun én tanke spinnende i hodet.

Egon Kruz er død.

Til slutt snirklet hun seg forbi den forhenværende Gregor som fortsatt lå på gulvet i gangen – som hun *ikke* skulle grave ned – og vaklet inn på badet. Vred om nøkkelen til låsen klikket, dro ut nøkkelen og la den ved siden av vasken.

Uten å ofre det groteskt utmattede speilbildet sitt så mye som en tanke, kledde hun av seg de svette-stinkende, leirete og blodstørknede uniformsklærne hun var blitt påtvunget av Bbs. Å klemme fingrene rundt plaggene økte følelsen av fangenskap. Kvelningsfornemmelser tvistet magesekken. For hvert plagg kledde hun det neste fortere av seg, til hun sto naken og skalv, ikke av kulde, men av svimmelhet og kvalme. Hutrende gikk hun inn i dusjen og skrubbet seg til blods. Men uansett hvor hardt hun skrubbet var det umulig å fjerne det verste: *følelsen*. Følelsen av helvetet hun levde i satt tatovert langt under huden, inngravert i selve bevisstheten hennes.

Hun fikk øye på det dyprøde arret på låret, og førte fingrene over de fire, små klumpene av arrvev. Forsøkte å huske nøyaktig *hvordan* det hadde kjentes ut da hun spiddet seg selv med gaffelen den gangen i barndommen. Skarpt stål gjennom huden, dyttet med eksplosiv fart inn i det myke lårkjøttet, og det merkelige elektriske støtet som skjøt ut i hele beinet. Skuffelsen og aggresjonen over hvor dårlige venner hun hadde. Fornedrelsen over å være redd for å bli innelåst i vedskjulet. Mørket og frykten.

Vannet som plasket rundt henne var glovarmt. Likevel hutret hun og la armene rundt seg. Lukket øynene og dyttet ansiktet tett mot dusjstrålen, slik at vannet dynket både nese, øyne og munn, noe som gjorde det vanskelig å puste. Hun sto sånn med den nesten skåldende varme strålen midt i ansiktet til hun ikke klarte å holde pusten lenger. Trakk hodet til seg igjen, hostet og hev etter pusten. Men ikke engang dette trakk oppmerksomheten ut av den numne døsen som hadde lagt seg over henne, og fylte alle mentale tomrom med et kaldt hat.

Endelig kledd i nye klær, det nyvaskede håret dratt stramt bakover og samlet i en tett knute i nakken. Sytrådsåret rundt halsen var blitt vablete og oppblåst etter den glohete dusjen. Et øyeblikk møtte hun sitt eget blikk i speilet, men fikk ikke øye på annet enn en avgrunn av håpløshet, så hun forlot badet.

I gangen skrittet hun utenom Gregor, og satte seg ved datamaskinen på kontoret sitt. At David-replikaen hadde knust betydde ingenting lenger. Mindre verdt enn luft. På nettet søkte hun opp informasjon på statens hjemmeside om de nasjonale planene for morgendagen. Noen museklikk senere fant hun opplegget for innføring av biobrikken i Oslo. Øynene smalnet da hun så det aktuelle tidspunktet.

Det er en date.

Hun skrudde av PC-en og gikk rett ut på kjøkkenet for å finne noe i en skuff.

Noe skarpt.

29

«Ja ja, vi prøvde. Da er det vel kun én mulighet igjen,» sukket Egon Kruz etter at Rino hadde videreført situasjonens tilstand. Men Rino betvilte at det var et 'trist sukk'. Tvert imot satt *helt sikkert* jævelen der med et digert glis om munnen og sukket fornøyd over at taktikken endelig fikk en skjellig grunn til å endres.

Rino gnisset tenner, men holdt munn. Måtte Gud være barmhjertig mot ham nå, i denne dødens time. *Mot oss alle.* Vakuumfølelsen i magen hadde holdt seg like stram helt siden Slatan ringte ham få minutter tidligere.

«Eller hva, Rino?» sa Kruz i et tonefall som sank mot slutten av setningen. En forventning forkledd i ord.

Rino svelget alle usmarte valg av ord, og fikk fram: «Du bestemmer.»

«Jeg ... vi, alle sammen, har fått nok av alt dette tullet, nå,» sa han liksom skuffet, som om han snakket om plagsomme småbarn. «De har fått styre og holde på lenge nok nå, eller hva?»

«Unektelig,» svarte Rino i et langt utpust. Der var de igjen. De forbudte fantasiene om dyner og puter. Verden vippet på nippet til å bikke over i apokalyptiske tilstander, likevel hvisket søvnen forlokkende til ham gjennom nummenheten som innhyllet bevisstheten.

«Drep dem,» sa Kruz. «Alle sammen.»

«Alle?»

«Alle som har tilknytning til disse ... disse antibiobrikke-terroristene. Tilintetgjør dem. Jeg er møkk lei.»

Vakuumfølelsen i magen ble forsterket. Så måtte det skje. Rino vred på seg i bilsetet, men svarte ikke.

«Rask,» sa Kruz, denne gangen i sin mest kommanderende tone, «er det forstått?»

Rino kremtet. «Hundre prosent.»

«Du er et brutalt dyr, Rino, men jeg vet også at det skjuler seg en bløthjertet, gosselig mann der inne et sted.»

«Kom til poenget,» sa Rino, og fullførte setningen i tankene: ... *ditt avskyelige, lille bremsespor av en møkkamann.*

«Enkelt. Verken Toppen eller jeg ønsker mer hodebry med disse uskikkelige kverulantene. Skyt dem, gass dem, elektrifisér dem, ja, hva som enn må til. Få dem av banen så fort som mulig. Det er mildt sagt en ganske så viktig dag i morgen. La oss slippe å avlyse på grunn av noen selvgode kakerlakker. Vi skal tross alt etablere et splitter nytt samfunn.»

«Har du noen sinne *ikke* kunnet stole på meg?» gryntet Rino. Han klemte så hardt rundt bilrattet at stoffet knakte under trykket.

«Og Rino? Jeg vil ha en *rask* gjennomføring av avviklingen av problemet ... om du skjønner hva jeg mener? Hah!» På brøkdelen av et sekund gikk han fra å være blodalvorlig til å fritt flire av sin egen lavpannede spøk.

«Ja, jeg skal knuse dem som glass, *Kruz*,» sa Rino og kuttet forbindelsen.

Du vil jeg skal være en drapsmaskin.

Ja vel.

Så er jeg en helvetes drapsmaskin.

30

«Ali,» ropte Robin da læreren hans ble båret bort. Han ville løpe etter, men visste det var håpløst. Han hadde gjort det han kunne, og som et resultat verket nå hele halsen hans. Til og med nakken gjorde vondt. Berge hadde klemt hardt. Jævlig hardt. Robin hadde prøvd å puste, men det gikk bare ikke. Alt var klemt sammen. Den digre jævelen hadde ingen skrupler, akkurat som alle de andre drittsekkene som styrte landet og verden. Robin tok et skritt til siden for å se Ali bli båret rundt hjørnet, diltende etter hun militærdama som så sykt mannevond ut.

Berges enorme hånd dyttet ham tilbake mot moren, inn i rekken. Deretter pekte han på Robin. «Hvis du så mye som rører en lillefinger, skyter jeg deg. Er det forstått?»

Vel vitende om at trusselen var et løfte, unnvik Robin blikket hans. Stirret ned i betonggulvet, på en flekk misfarget av svetten til Ali – og blodet hans, der bakhodet traff. «Jeg skjønner.»

«Det gjelder dere alle sammen,» fortsatte Berge, og spiddet hele rekken av fanger med pekefingeren sin. Den andre hånden strammet rundt geværet. Han var alene her nå, etter at de andre måtte bære bort Ali. Alene og sliten. Robin så med et halvt øye at han hadde vært igjennom mye. De måtte sikkert ta seg inn via speilkorridoren først. Han husket Tony som løselig nevnte noe om å skru av lyset og slippe løs droner hvis inntrengere prøvde å tvinge seg inn i basen. Robin kjente grøsninger krype oppover ryggraden. Tenk om disse militærfolka faktisk hadde opplevd det, og *allikevel* klart å overleve, for så å overta basen og fange alle som var der. Med Berges fillete, møkkete uniform, avrevne tøyslintrer og sotflekker krydret rundt, var det ikke umulig. En hard, barsk og kald jævel. *Helt sykt.* En slags beundring kom snikende i skogen av hat.

«Dere tror dere er frihetskjempere,» sa Berge, stilte seg bredt opp foran dem. «Men dere er terrorister. Landssvikere. Søppel. Det er ennå ikke klart om dere skal gjenvinnes, komposteres eller brennes.»

«Herregud,» sa noen lenger bak i rekken.

Linda klemte rundt skuldrene til Robin. «Vi kommer oss ut av dette,» hvisket hun. «Vi må bare holde oss rolige og være ærlige. Vi ble jo tatt til fange av terroristene først.»

Men Robin visste allerede hvilken side av saken han befant seg på. Han hadde innsett det ordentlig nå.

Berge fortsatte: «Men innen det finnes ut skal dere i trygg forvaring. Følg meg.» Han vendte dem den brede ryggen, og gikk med tunge skritt mot utgangen.

«Men mamma,» hvisket Robin, «jeg *er* en terrorist.» Så satte han opp farten, la noen av de andre mellom seg selv og moren sin, og fulgte etter Berge.

Tilbake i hovedlokalet, der møtet med Linnea og Tony ble holdt før alt virkelig gikk til helvete, overtok noen andre soldater ansvaret med å føre dem videre ut. Hele veien gikk Robin måpende og tok inn det uvirkelige synet av ødeleggelsen som hadde skjedd siden han og faren kom med Tony bare noen timer tidligere. Og da de tok den samme heisen opp, og kom til speilkorridoren, fikk han pusteproblemer. Som å entre en postapokalyptisk parallell virkelighet.

Militærfolka overlevde faktisk droneangrepet her. Men ikke alle; mange lå hulter til bulter inntil sønderknuste vegger og smadrede droner. Det knaste i glass og betongbiter under et tjuetalls sko. Ingen sa noe. Soldatene bar tydelig pregede ansiktsuttrykk. Like før de var ute av tunnelen snudde en av dem seg mot fangene og skrek: «Dette er *deres* skyld! Alt sammen!»

Det er staten sin skyld, tenkte Robin, men sa ingenting. Det gjorde ingen andre, heller. Alle holdt kjeft.

Etter å ha blitt ført gjennom den hemmelige kjøleskapdøren, totalødelagte leiligheter, den bomba gangen og ut av bygningen, ble de stilt på rad utenfor.

Robin myste mot lyset fra den ene gatelykten som fortsatt var intakt etter krigen som hadde buldret her. I det svake lysskjæret glinset hundrevis av tomhylser på den sprekkete asfalten. Glasskår, treplanker og murstein lå strødd. Og til lyden av tusenvis av iltre, ropende stemmer som slo inn mot området fra menneskene som demonstrerte i Oslos gater, tenkte Robin på bilder han hadde sett på skolen fra den andre verdenskrig. Jøder som stiltes på rekke og ble skutt en etter en. Han kjente gråten ville fram, men bet tennene hardt sammen. Snek seg nærmere moren sin, holdt rundt henne.

«Det går bra,» hvisket hun. «Alt skal gå bra.»

Kulden bet langt inn i knoklene, og den svidde lukten overalt gjorde ham kvalm.

En av soldatene ropte og veivet mot noen eller noe som kom fra gaten utenfor. «Gjør plass, for helvete!»

Dyp motordur hørtes før en lastebil kom til syne. Den kjørte rolig inn på plassen, forbi de gjennomhullede bilene. Stoppet foran dem.

Panikk grep Robin. «Nei,» sa han, virret med blikket. «Nei, det er ikke sant. Dette skjer ikke.»

Linda holdt ham fast, klemte ham inntil seg. «Kjære deg, hva er det?»

Soldatene åpnet dørene på containeren bak på lastebilen.

«Skjønner du ikke?» sa Robin. «Det der er en av *de* lastebilene. Går vi inn der kommer vi aldri ut igjen!» Han ropte nå. «Slaktercontainer!» Stemmen hans, forvrengt og hes, hamret mellom bygningene i Hausmanngate. Likevel ble den slukt av alt det andre bråket i gatene. Minner fra alle de nakne likene som hadde veltet ut av lastebilen han sprengte på E6 flommet på, og han skjønte ikke hvorfor alle de andre bare sto der, apatiske som sjelløse zombier.

«Hva er det med dere, alle sammen?» skrek han ustemt, kjente vonde fingre grave seg inn i skuldrene og dra ham bakover, mot lastebilen, mot døden. «Hjelp!»

Kun moren hans begynte å skjønne hva som skjedde. Mens han ble dratt bakover løp hun mot soldatene, sparket og slo på dem, men ble enkelt dyttet vekk – nærmere traileren, hun også.

«Inn,» sa en av dem. «Alle sammen, inn med dere.»

Uansett hvor mye Robin prøvde å løsrive seg fra stålgrepet, hjalp det ingenting. Soldatene løftet og kastet ham inn i containeren. Deretter stilte én seg opp foran dørene, med automatgeværet pekende inn, mot Robin spesifikt. Den andre sluset resten av de såkalte terroristene inn.

«Mamma ...» Robin hikstet og krabbet bort til Linda der hun hadde satt seg mot veggen. Han la hodet på brystet hennes. «Mamma'n min.»

Hun gråt og holdt rundt ham, hardt. «Vi skal alltid være sammen. I dette livet og det neste.»

«Sorry for alt,» sa han. «For maset om at jeg ikke har hatt noen far, for at jeg ikke alltid har hørt på deg, for at jeg har vært så jævlig kjip og frekk så mange ganger. Sorry.» Alt bare rant ut av ham, mens han klemte seg så hardt han kunne inntil henne; det tryggeste stedet som fantes. Det eneste stedet som betydde noe.

Dørene smalt igjen. Et skingrende hvin lød da soldatene forseglet den eneste fluktmuligheten i hele universet.

I det stummende mørket som fulgte stilnet plutselig alle som gråt og snakket da en *fssss*-lyd hørtes fra et sted i taket.

Det tok ikke mange sekunder før det intense mørket som omfavnet Robin slukte ham.

31

Etter å ha presset seg mellom mengdene av mennesker som fosset nedover Hausmannsgate, på vei til Oslo sentrum, fant de tilbake til bilen Angelica hadde parkert et stykke unna basen. Hun låste opp, åpnet passasjerdøren og sa: «Inn med'n.»

De to soldatene forsøkte å lempe Ali inn i bilen, men han strittet i mot.

«Slipp meg. Klarer det selv,» sa han, og selv om ryggen verket og verden fortsatt bølget i synet hans, albuet han dem vekk.

«Ikke prøv deg på noe smart,» gryntet den ene.

«Faen prater du om? Jeg har ikke gjort annet enn å samarbeide.»

Angelica la en hånd mellom dem, skjøv soldaten unna. «Takk for hjelpen. Dere kan gå.»

Uten å slippe Ali med blikket, gjorde de en lite overbevisende hilsen, og forsvant mellom folkene som stimet forbi.

Ali skar en smertegrimase da han lente seg mot den åpne bildøren. Forsiktig satte han venstre bein inn, og lot seg synke ned i setet. Nåler av ild flammet opp ryggraden hans.

«Ikke smart å kødde med Berge,» sa Angelica, og vred om nøkkelen. Motoren våknet.

«Hva skjer med fangene vi møtte i korridoren?»

«Aner ikke.» Hun satte bilen i revers, rygget i en halvsirkel, og kjørte fram mot veien – som var stappfull av mennesker.

«Du er ikke enig i at Berge behandlet den gutten så røft,» sa Ali. «Det så jeg.»

Uten å bry seg med menneskene, la Angelica seg på hornet og tutet ett sammenhengende tut som ljomet gjennom gatene.

«Gratulerer med observasjonsevnen,» sa hun flatt. Begynte å kjøre framover, inn i menneskemengden mens hun fortsatte å tute. Motvillig flyttet de seg, som om de satt fast i hverandre.

«Hvorfor brøt ikke *du* inn?» sa Ali, ignorerte det som foregikk utenfor.

«Så fløtt dere, da, jævla tomsinger,» ropte Angelica. Hun tutet av og på mange ganger. Kjørte fortere. Noen som ikke rakk å flytte seg snublet og skled over panseret.

«Jeg mener,» fortsatte Ali, mens han studerte det forpinte uttrykket hennes. Svettedråpene i pannen. Svettelukten som var sterkere enn noen sinne. «Tør du ikke å vise hva du mener, når dine overordnede tråkker over grensa?»

Knyttnever og støvler hamret mot bilen fra alle kanter. Folk bannet og ropte mot dem. Andre løp.

«Fløtt dere, sa jeg!» sa Angelica på nytt. Ga dem fingeren og gasset på for å presse bilen igjennom den illsinte menneskemassen.

Bakruta knuste. I glassregnet havnet en murstein i baksetet.

«Er dere helt gale?» sa en diger type som forsøkte å ta seg inn via den knuste ruta.

Dårlig utvikling, tenkte Ali, og vurderte om han skulle komme seg ut. Hyle at han var tatt til fange og at dama var klin gæren. Men ingen av disse menneskene tenkte logisk lenger. Kun en stim av emosjonelt ladde, reaktive dyr. Han nøyde seg med å klamre seg fast i setet, og dukket seg lenger ned, i tilfellet flere mursteiner kom susende.

«Pell deg vekk,» ropte Angelica til han som iherdig jobbet med å slå i stykker resten av bakruta. Til Ali sa hun: «Ta rattet.»

«Ta rattet?» gjentok han, men hadde ikke annet valg enn å gripe tak i det da hun snudde seg bakover, satte seg på kne i setet. Dro fram pistolen og siktet på de som klatret på bagasjerommet.

Storøyd og med munnen åpen så Ali fra frontruta til Angelica til bakruta. Foran måtte han styre unna for å kjøre inn i færrest mulig folk. Ved siden av sjekket Angelica magasinet. Og bak var det nå tre gærninger som snart hadde klart å smadre i stykker resten av bakruta. Ingen så ut til å bry seg med våpenet hennes. *Hva slags faens mareritt er dette?*

Tre øredøvende skudd smalt.

Inntrengerne bak slapp taket i ruta og skled av bagasjerommet. Døde. Sjokkerte utrop og løpende mennesker dannet umiddelbart en ring av pusterom rundt bilen. Folk gapte mot dem, i vantro.

Uten å si et ord satte Angelica seg til rette igjen, gned hånden over ansiktet og blåste luft ut av munnen. Overtok rattet og kjørte videre. Denne gangen flyttet folk seg når hun tutet. Alle i kilometers omkrets hørte garantert skuddene, så når den eneste bilen på veien, med knust bakrute og sikkert full av bulker og skrammer etter slag og spark, så tvilte ingen på at dette var noen de måtte passe seg for.

Omtrent en time senere hadde de til slutt kommet seg tilbake til Bbs' hemmelige base, og Ali var blitt sluset tilbake inn på 'kontoret' sitt, der det hele begynte.

I total frustrasjon hadde han veltet den lille drittpulten, sparket i stykker laptopen og knust bordlampen mot veggen.

Nå satt han på gulvet med ryggen mot betongveggen. Gnisset tenner av smertene som red ham. Lurte på hvor Robin og moren hans var. Om elevene skulle vært framme i Oslo nå. Kom de helskinnet fram? Klarte bussen i det hele tatt å kjøre inn i hovedstaden? Så husket han June. Hva hadde skjedd med henne? Var hun engang i live? En uoverkommelig grøt av ubesvarte spørsmål og usikkerhet. *Og det verste av alt,* tenkte han, *er at jeg kunne stikki av. Hadde jeg ikke reddet Angelica ut av krangelen med de helvetes soldatene.*

Et lite øyeblikk hadde han vært fri igjen. Han tok seg i å fantasere om det ene minuttet han hadde ligget i skjul i det mørke kottet, sammen med vaskeutstyr og bøtter. Akkurat *da* var framtiden åpen, og han kunne kanskje ha kommet seg unna.

Men det var en løgn, selvsagt. For det hadde ikke hatt noe med verken Angelica eller noe annet å gjøre. Det var elevene. Den midlertidige friheten hadde kun vært en skygge på veggen fra et ikke-eksisterende vesen. Det begynte mye tidligere enn som så. Og akkurat da, når det gikk skikkelig opp for ham, kjente han samtidig en dyp skuffelse over seg selv. For han angret. Angret på at han hjalp June ut av hytta i Finnskogen. Hun var jo sikkert død nå uansett. Alt hadde vært forgjeves.

Jeg skulle vendt ryggen til og bare gitt faen. Han svelget en hard klump av fortrengte tårer. *Skulle vært lykkelig uvitende.*

Men hadde han klart å leve med minnene om de såre dameskrikene fra nabohytta den gangen, og visst at han kunne gjort noe med det?

Nei. Men da hadde det vært for seint, akkurat som det allerede uansett er.

«Faen!» Han krøllet armene rundt seg, la haken mot brystet. Kjente tårene komme allikevel. Gråt med lydløse hikst. Kun lyden av den ujevne pusten hans som blandet seg med suset fra ventilen øverst i veggen – den han hadde revet ut i forsøk på å rømme – kunne høres.

Han holdt på helt til det pep i dørens låsemekanisme. Kjapt tørket han tårene på ermet, og snufset så det surklet i nesa. Kikket opp mot døren som åpnet seg.

Angelica kom inn. Nyvaskede klær, luktende av sjampo og en mild parfyme. Tok et overblikk over rommet, kikket på alt som var ødelagt. Ristet svakt på hodet, men nikket like svakt da hun møtte øynene hans. Hun satte seg på gulvet framfor ham. Det pene, men røffe ansiktet hennes, innrammet av svart, tykt hår, så ti år eldre ut enn da de møttes første gang bare fire-fem timer tidligere.

«Du har to valg,» sa hun og sukket. «*Én*. Du aksepterer å jobbe for oss, i skjul. Elevene dine får leve, og vil aldri få vite noe som helst av alt som har foregått, og hva som kunne skjedd. Du fortsetter i jobben som lærer, som om ingenting har skjedd. Ingen får vite noen ting. I tillegg betaler vi husleie og andre livsnødvendige utgifter for deg. Du vil med andre ord aldri slite økonomisk igjen, og kan fortsette livet der det slapp. Det eneste vi forventer av deg, er at du stiller opp med dine datatekniske ferdigheter ved behov.»

Pulsen til Ali steg. Han svelget. «Hva slags behov?»

«Veit ikke. Hva som helst.»

«Kan du ikke gi meg en pekepinn engang?» Det kjentes ut som veggene krympet rundt ham.

«Du forstår ikke,» sa hun lavt. «Poenget er ikke hva behovene er, men *at* du alltid stiller opp, uten diskusjon.» Flere rykninger flakset over ansiktet hennes, og røpte at hun mistrivdes. «Eller du kan velge nummer *to*. Du nekter å samarbeide. Nekter å holde kjeft. Aksepterer å være en av terroristene. Da vil du bli behandlet som en terrorist, og jeg kan ikke gjøre noe mer for deg.»

Ali ville ikke spørre, men måtte jo: «Hva skjer da?»

For første gang siden hun kom inn brøt hun blikkontakten. «Elevene dine dør. Og mest sannsynlig du også.»

Ali lo kort. Gledesløst. Livredd. «Jeg har med andre ord ikke noe valg.»

«Jo,» sa hun. «Du velger, her og nå.»

Ett minutt passerte i øredøvende, tankelammende stillhet.

«Greit,» sa Ali til slutt, «jeg tar jobben.»

Angelica ga ham et nikk, reiste seg og åpnet døren. Rett før hun forsvant, sa hun: «Du har forresten rett. Jeg tør ikke gjøre motstand når mine overordnede tråkker over grensa. *Ikke nå lenger.*»

32

Jonas holdt igjen et gisp da han plutselig sto øye til øye med militærsjefen Rino Rask igjen.

Umiddelbar gjenkjennelse gnistret i det harde blikket til Rino, og blandet seg med alle de andre emosjonene – eller hva det var – som tordnet inni der.

Jonas krympet seg der han sto med pennespissen siktende mot adamseplet til livredde Leif. Den samme frykten som jaget ham da Rino hadde jaktet på ham på Alnabru, før alt hadde gått skikkelig til helvete, blusset nå opp igjen for fullt. Kroppen forsøkte å snu hodet vekk, men øynene deres satt naglet i hverandre.

«*Du*,» hveste Rino. Fingeren som pekte på Jonas, skalv.

«... ja,» hvisket Jonas, stirret kjapt på Tony, som fortsatt ikke hadde rikket kniven en centimeter fra Brochmans panne. De siste minuttene hadde tårer begynt å sildre nedover kinnene hennes, som ikke lenger var hvite, men farget røde av hektiske roser.

«Stopp,» sa Tony. «Det koster meg ikke fem flate øre å snitte av skalpen til kjerringa.»

Trampingen fra Rinos solide militærstøvler stoppet. De volumøse skuldrene senket seg. Militærsjefen virket sliten. Han sukket. Leppene rørte seg knapt da han sa lavt: «Nei, det gjør det vel ikke. Hva tenker du om dette?»

«Tenker?» sa Tony. «Jeg-»

«SLATAN,» brøt Rino inn, snudde hodet mot sjefsoverlegen som til nå så ut til å forsøke å gå i ett med permene i skapene ved siden av pultene.

Estwick kremtet ustemt.

«Kom hit, er du snill, kjære kollega.»

Med krum rygg og fingre tvinnet inn i hverandre foran magen, subbet legen fram fra sidelinjen. Stilte seg ved den mye bredere Rino.

«Går det bra med deg?» sa Rino og klappet Estwick på ryggen så hardt at munnen hans åpnet seg under den tunge barten.

«Vel ...» sa Estwick og kremtet igjen. «Vi har vel alle sett bedre dager.»

Rino nikket. Dro håndbaken over pannen. «Så sant som det er sagt.»

«Du har autorisasjon, ja?» sa Tony hest. Svettedråper piplet fra pannen hans. «Det er det eneste som betyr noe.»

«V-vær så snill,» tryglet Brochman uten å se på Rino. Blikket hennes var for alltid stiftet fast i knivbladet. «Bare gj-gjør som de ber om og bli ferdig med det.»

«Mina er en klok kvinne,» sa Tony, smilte. «Hun vet å prioritere korrekt.»

Igjen sukket Rino. Et langt, utslitt utpust. *Som om han har vært i krigen i flere år sammenhengende.*

Jonas kjente pennen sakte gli mellom de svetteglatte fingrene sine.

«Ja,» sa Rino. Den dype basstemmen rolig. «Ja, jeg har autorisasjon. Men før noe annet skjer, vit dette: Rett utenfor står det tredve-førti topptrente menn fra spesialstyrken. De venter kun på én ting.» Han ga dem alle et par sekunder hver med isbading i blikket hans. «Og det er å storme inn og drepe dere, ved den minste lyd fra meg – men også *fraværet* av en lyd.» Han tok en pause, sikkert for å la det synke inn hos dem. Noe det absolutt gjorde hos Jonas. Håndflatene ble svettere for hvert sekund, og skjelvingen i armene spredte seg videre og forplantet seg i lårmusklene.

Et hørbart klikk fra Estwicks hals klakket i det store lokalet, før han hvisket akkurat så høyt at alle uansett fikk med seg ordene: «Vi må i det minste først få ut de sivile.»

Rino snøftet en slags kort latter. «*Vi*, Slatan?»

«Eh ... ja?»

«I det sekundet du bøyde deg for terroristenes vilje, ble du én av dem.»

Sjefsoverlegens buskete øyebryn hoppet først høyt opp på den glatte pannen, falt deretter ned på plass igjen og knøt seg stramt sammen over nesen. «Hva skulle jeg ellers gjort? De truet med å drepe Malin!»

Med enda dypere og mer raspete stemme enn tidligere, sa Rino: «Vi bøyer oss ikke for terrorister. Uansett hva de truer med.»

«Ærlig talt, Rino, hva er det du sier? De hadde nettopp brutt seg inn, tatt alle topplederne til gisler, skutt Plancke Jr. – kun fordi han kom med en lite veloverveid kommentar – *og* kapret hele DVV! Du kan da ikke med hånden på hje-»

Jonas rakk knapt å oppfatte lyden av Rinos støvel som gnikket mot gulvet før Estwick stupte framover med overkroppen først. Han snublet i de hengslete beina sine, men klarte med nød å hente seg inn igjen. Kraften Rino dyttet ham med kom uventet på dem alle sammen.

Gjennom Estwicks sjokkerte pust, hørte Jonas Rino si: «Bøyer man seg for terrorister, *er* man en terrorist.»

«Ut!» ljomet en annen stemme fra andre siden av hyllene som skilte IT-avdelingen fra forskningsseksjonen. «Ut med dere alle sammen, før det er for seint.»

Igjen strammet Jonas' magemuskler seg. Også denne stemmen kjente han.

Tanken rakk knapt å tenkes ferdig før både den grove generalen og rævedilteren hans, Ahab, trampet inn i synsfeltet hans, som et mareritt man tror man har våknet opp fra, kun for å til slutt innse at man er evig fastlåst i det.

Mens de spradet fram var det tydelig på fottrinnene fra andre siden av lokalet at de gjenværende forskerne forlot bygget så fort de kunne.

Jonas la merke til blodåren som stakk ut fra halsen til Rino, da han vred på det barberte hodet sitt og skulte på de nyankomne.

«Jeg ba dere ikke komme.»

En skygge av et smil lå i de grovskårne leppene til generalen. «Snart er det ett fett hva du ber om eller ikke.»

Ahab nikket. «Sant. Det koker ute.»

Rino veivet en finger mot dem. «Ingen rører så mye som en nesevinge før jeg sier ifra.»

Ahab snurpet sammen munnen og lot General Gard overta, hviskende: «Det må du ta med Kruz.»

«Det er allerede gjort,» sa Rino.

«Ikke nå lenger,» sa generalen. «Ventetiden er visst over.»

«Å nei,» hvisket Estwick til seg selv, der han hadde slumpet ned på en stol.

Mens militærmennene fortsatte uenighetene sine, fisket Jonas til seg sjefsoverlegens rødkantede blikk. «Hva?» hvisket han.

Pupillene til legen flakket mot Rino før han snakket: «Det er ikke mer å vente på.»

Jonas gjorde tegn til at han ikke forsto.

«Skal dere gjøre noe, må det skje nå.»

Annabelle, som sto ved siden av legen, nikket subtilt til Tony og lagde en lav *psst*-lyd. Da han oppfattet signalet, bikket hun først hodet mot Rino og generalen, deretter et knapt synlig tipp med pannen i retning Jonas.

«Hv-hva er det dere pønsker på?» utbrøt Brochman så høyt at alle i hele jævla *verden* skulle høre det.

«Faen,» snerret Tony da de tre militærmennene forsto hva som var i ferd med å skje, og grep etter våpnene sine. Med en hørbar kraftanstrengelse røsket Tony Brochman opp fra den sammensunkne posisjonen hun sto i, løftet henne foran seg. Pannen hennes dro han bakover, slik at halsen åpnet seg som en velvillig blomst, og presset den sløve siden av kniven så hardt inn at huden og kjøttet bøyde seg innover. «Dere *våger* ikke,» hveste han hesere enn noen gang.

Skjelvingen hadde nå overtatt hele kroppen til Jonas, men han skjønte hva som måtte gjøres. Derfor kopierte han Tonys bevegelser, dro Leif opp fra bakken, bøyde hodet hans bakover og kjørte penne-spissen inn i siden av halsen hans, rett bak adamseplet.

Ahab var den eneste av de tre som reagerte. Forskrekkelse lyste av ham. Pistolen sank og pekte mot bakken.

Automatgeværet til Rino siktet på Tony. «La dem gå,» sa han, tok et skritt nærmere.

«Logg inn i systemet med autorisasjonen din, slik at vi kan deaktivere biobrikkene. *Så* lar vi dem gå,» svarte Tony med uforståelig stø stemme. Brochmans stille gråt ble til hulking da han flippet knivbladet rundt, slik at den skarpe siden glefset tak i halshuden hennes.

«V-vær så snill, Rask,» klynket hun, «bare gjør som de sier. Vi kan alltids t-tilbakestille det senere.»

«Det finnes ingen vei ut for dere,» sa Rino. «Gi opp nå, frivillig, så skal jeg prøve å overbevise øverstkommanderende om å gi dere en rettferdig dom.» Han trakk pusten. «Siste sjanse.»

«Nei,» ropte Annabelle, tok noen skritt og plasserte seg foran de andre. «*Dere* har siste sjanse før *vi* gjør kort prosess på disse nikkedukkene av noen paras-»

Smellet fra våpenet til General Gard ga lyd til blodet, hårflisene og hodeskallebitene som plutselig sprutet ut fra bakhodet hennes. Og Estwicks livredde gisp ga lyd til fryktlammelsen som slo inn i Jonas. Den livløse kroppen til Annabelle dumpet i gulvet. Tonys ansikt vrengte seg i en grimase, flekket tenner og skrek idet han i ett hurtig, brutalt rykk delte halsen til Mina Brochman i to revnede kjøttflenger. Gråten hennes gled over i et hyl som brått forvandlet seg til uforståelig gurgling da en foss av intenst rødt pumpet ut av halsen hennes og gulpet støtvis ut fra de nå uformelige leppene.

Rino og General Gard løsnet ild. Øredøvende smell buldret i ørene til Jonas idet han dyttet Leif foran seg og hoppet over arbeidspultene. På vei over bordflaten rev han med seg bordet slik at det veltet sammen med ham og dannet et meningsløst forsøk på dekning fra det dødelige kuleregnet. I sidesynet så han Tony gjøre det samme, mens Brochmans nå sjelløse kropp ble gjennomhullet av kulene.

Trefliser og plastbiter av elektronisk utstyr sto som en fin dusj over hodet til Jonas. Han ynket seg med hjertet i halsen, kastet seg på gulvet og sprellet videre under rekkene av arbeidspulter. Han ante ikke lenger hva noen av de andre gjorde; bare at han måtte vekk, vekk og enda lenger *vekk* fra dette helvetes marerittet. Synsfeltet hadde snevret seg inn til å kun inneholde en liten sirkel av visuell informasjon – resten av verden sto for ham som et brennende, svart intet av død og fordervelse. Sylskarpe, klare farger blandet seg som i en suppe med skytelyder til. Tunge ting smadret i bakken rundt ham, og noe han langt bak i bevisstheten registrerte som Estwicks fortvilte roping. Et eller annet bet seg fast i – eller kanskje ramlet på – leggen hans. Med enda mer styrke krabbet han framover på albuer og knær.

Men ingenting av dette betydde noe. Kun flukten.

Jeg må vekk. Jeg må vekk. JEG MÅ VEKK.

Desperat skjøv han seg bortover gulvet, snirklet seg mellom stoler og bordbein. Han visste ikke hvor mye tid hadde passert da han ble bevisst Tonys stemme et sted til høyre for seg; kanskje bare fire-fem sekunder, men det kjentes ut som en hel time. Men selv om han hørte Tony, langt der borte – hvor langt det enn var – og han visste at Tony prøvde å få tak i *ham*, så virket det som en umulighet å skulle bryte seg ut av flukttransen for å fokusere på noe annet, noe av null viktighet i forhold til å *komme seg vekk*.

Verden buldret under, over og rundt ham. Alt ristet som et jordskjelv. Jonas skrek, noe han hørte flere andre også gjorde. Lyden av noe enormt som revnet og slo sprekker langt over ham, kanskje selve *taket*, hørtes. Skytingen stoppet, og i neste øyeblikk var det noe som fanget høyrearmen hans og rykket ham bortover samtidig som betongblokker smadret i gulvet der han nettopp hadde krøpet. Arbeidspulter og stoler knuste til pinneved, og han ble klar over stemmen til Tony i øret sitt:

«Du får ikke lov å dø helt enda.»

I sjokk gulpet Jonas luft, prøvde å takke ham, men rakk ikke, før neste bølge av fallende bygningsmaterie krasjet rundt dem.

«Hva er det som skjeeer?» ropte han. Stemmen druknet i stormen av stupende materialer.

«Bomber,» ropte Tony tilbake, og dro Jonas med seg til veggen, i ly fra det verste nedfallet.

I det vinglende lyset fra ristende armaturer, under endevendte hyller, fikk Jonas øye på sjefsoverlegen. Den ene armen hans var fanget under et veltet bord med en avrevet bit av taket over seg. Jonas skannet resten av lokalet, men så verken Rino, generalen eller

Ahab. Det kjentes ut som en knyttneve traff ham i solar plexus da blikket stoppet ved de veltede pultene han først hadde hoppet over. Det vil si, det som hadde *vært* dem ... nå ... Leif ... han ... Kvalme og frykt skjøt ut i kroppen til Jonas. Leif lå most under en sikkert to meter stor takplate. Hodet hans rørte seg så vidt; han virret rundt med det, som om han lette etter en utvei, eller noen som kunne hjelpe ham med å ... Jonas svelget ... med å ende det hele. *Men det er umulig – han er altfor langt unna.* Blikket spratt tilbake til Estwick idet han kjente Tony dra i ham igjen for å komme seg lenger vekk. Jonas trakk seg unna grepet hans. «Vi kan fortsatt redde legen!»

«Nei. Bygget kollapser. Kom,» sa Tony og krabbet bortover mens han støttet seg mot veggen med den gode armen.

«Da gjør'u hva faen du vil! Jeg forlater'n *ikke*.» Uten å vente på Tonys reaksjon, måkte Jonas unna rubbel og bit, og tok seg nærmere Estwick. Nå som den verste sjokkreaksjonen hadde lagt seg gikk det opp for ham at han nesten ikke klarte å bevege beinet; leggen etterlot seg et blodspor, og hver gang han forsøkte å røre foten strømmet gnistrende smerte oppover hele beinet.

«Fuck i helvete,» hvisket han gjennom sammenbitte tenner. «Jeg blei faen meg *skutt*, jo,» sa han og hostet kraftig av skyen av murpuss, støv og annet drit som dunstet fra en rift som åpnet seg i veggen da bygningen ristet på ny. *Da var det ikke noe som falt over meg i stad. Herregud, ass.* Han ignorerte smerten, fortsatte mot Estwick, men brukte armene mer enn beina; dro seg framover, slepte seg etter fingertuppene. «Hold ut,» ropte han ustemt. «Jeg ... kommer!»

Sjefsoverlegen hørte ham, begynte å veive med den frie armen. Først trodde Jonas han vinket ham til seg, men så skjønte han hva legen sa:

«Ikke kom nærmere. Alt raser sammen!»

Det gapende hullet i taket over Estwick var i ferd med å revne ytterligere. Riften vokste og løp i et sikksakkete mønster over himlingen, til det koblet seg sammen med en av de andre digre sprekkene der oppe. Småbiter og støv ble spyttet ut fra alle de små riftene som hurtig tegnet taket i krakelerte mønstre.

Jonas dreit i det. For mange hadde mistet livet. Like foran Slatan sank han ned på gulvet, holdt seg fast i et veltet skap med den ene hånden, og snurpet fingrene på den andre hånden fast i legens frie arm.

«Det går ikke,» sutret han.

«Hold kjeft og ta i med meg,» sa Jonas, plasserte føttene sine på den enorme takbiten som fanget legen, og sparket fra alt han hadde. Slatan skrek av smerte da biten forflyttet seg noen centimeter, men ikke nok til å frigjøre ham.

«Det går ikke,» gurglet han av smerte.

«Hold *kjeft*, sa jeg,» sa Jonas. Synet av flengene i taket som åpnet seg enda mer, og slapp nå inn små striper av sølvhvitt lys fra månen, fødte en vill panikk i ham som visket ut tvilen som meldte seg.

«Én gang til,» sa han og satte alle krefter inn på å skyve den blytunge takbiten bort. Magemusklene, lårmusklene og alle andre muskelgrupper strammet seg. Han kjente senene i halsen stritte og blodsmak bre seg i munnen. *Litt til. Bare liiitt til, for Satan!*

Da det virket som alt håp var ute, poppet Tony fram i synsfeltet hans. Misfornøyd og jævlig, men han lente seg mot takbiten og la kroppstyngden sin mot den.

Alle tre skrek av anstrengelse. Og det bar frukter. Den enorme klossen veltet og rullet av armen til Slatan, som nå lignet en råtten grein – men han var *fri*.

Taket buldret over dem. Riftene hadde nå koblet seg sammen med alle sprekkene, og hele konstruksjonen revnet i ett digert brak.

«Nå *må* vi stikke,» hostet Tony, snappet tak i ermet til Jonas og dro for å få ham til å følge etter.

Jonas, på sin side, feilet å fange den friske armen til Estwick.

«Den er totalt destruert,» sutret sjefsoverlegen med oppmerksomheten på den maltrakterte armen.

«Slatan *fuckings* Estwick,» hylte Jonas så høyt og kraftfullt at stemmen vrengte seg som en stemmeskiftebefengt fjortenåring. «Taket raser!» Så kastet han seg over legen, sugde tak i jakkestoffet over ryggen hans og rev og slet ham etter seg akkurat før neste dose med taknedfall dundret i gulvet og begravde stedet hvor de alle nettopp befant seg.

«Fort, fort, fort,» peste Tony.

For hver meter de krabbet knuste stien bak dem i fallende takrester. Bakken ristet og trommehinnene skingret i larmen.

«Inn der borte,» sa Estwick. Stemmen hans lød dempet gjennom bråket. Mens et helt spekter av ulike smertegrimaser flakket over ansiktet hans, klatret han over skarpe betongsteiner, og pekte over skulderen til Jonas.

En dør kunne skimtes i enden av det kollapsende lokalet, bak den siste raden av arbeidsbord, stoler og hyller med bøker som ristet og ramlet utover.

Uten å snu seg eller saktne farten, sa Tony: «Den ser forseglet ut. Hvordan kommer vi inn?»

«Jeg ...» begynte sjefsoverlegen, men hostet da en ny sky av murpartikler og annet skitt puffet ut fra nye framvoksende sprekker i veggen de fulgte. «Jeg har tilgang.»

Jonas stålsatte seg og økte farten. Han passerte Tony, endevendte pulter for å rydde plass, dyttet unna bordlamper, datamaskiner og annet søppel. Jo nærmere han kom døren, jo mer kilte det liksom elektrisk langs ryggraden hans. Følelsen ville ha ham til å snu seg, eller gjemme seg, eller noe annet. Han klarte for øyeblikket ikke å bruke tankekraft på å finne ut av det. Kanskje var det Rino og resten av hele jævla militærnorge som siktet på dem mellom alt som raste fra taket; det fikk ikke hjelpe. *Må. Til. Døra. Nå.* Han gned støvpartikler ut av det tåkete synet.

Døren var laget av solid jern, og minst dobbelt så bred som vanlige dører. Matt grå, robuste gjenger og så ikke egentlig ut til å kunne åpnes i det hele tatt – i alle fall ikke fra denne siden. Jonas snudde seg for å be om legens nøkkelkort, eller hva det enn var som kunne åpne noe så tilsynelatende ugjennomtrengelig som dette.

Verden svimlet for ham.

Langt der borte, på andre siden av lokalet, mellom gnistrende, avrevne ledninger, totalvraket interiør og kontormøbler og røyk- og støvskyer, *der* … Jonas rykket bakover til han stanget i jerndøren.

Ikke bare Rino. Ikke bare General Gard. Ikke bare Ahab.

Men hele militærstyrken deres. Minst tretti mann med automatgeværer, pistoler og andre skytevåpen rettet i hans retning. Og det kanskje skumleste av alt; det virket som de bare *sto* der. Iakttok. Som om de visste forbi enhver tvil at ingen utvei fantes. Jonas gned bakhodet sitt mot det kalde jernet, klemte håndflatene mot døren, svelget tørt.

Er det nå jeg skal dø? Etter alt dette ... ender det nå?

Så, plutselig, uten at han forsto hvordan det var mulig – eller klarte å tro på det – døren ga etter for tyngden hans og *åpnet* seg, sakte og seigt. Forsiktig lettet han på trykket, slik at den åpnet seg enda saktere. Virket ikke som militærfolket la merke til den subtile bevegelsen. Faktisk så det ut som de var opptatt av at Rino snakket med noen via smartklokken.

Estwick kom diltende etter Tony da de endelig nådde fram. «Å nei,» sa han med store øyne over den fremtredende neseryggen. «Er sikkerhetsmekanismen død?»

Jonas kikket på den firkantede, svarte boksen på venstre side av jerndøren. Han hadde ikke engang tenkt over den.

Estwick gikk bort og slo på den med sin ene intakte hånd. «Helt død.»

«Døra *er* åpen,» sa Jonas, lente tyngden sin mot den igjen og skjøv den opp nok til at en sprekk inn til rommet på andre siden åpenbarte seg.

«Så hva faen venter vi på?» sa Tony og kastet seg på den.

Jonas skulle til å protestere, men det var allerede for sent. Soldatene brølte sammen med våpnene som spydde død og fordervelse. Malingflak og murpuss sprutet rundt dem idet de smatt inn i sprekken.

Vel inne dyttet de alle tre den tunge jerndøren hardt igjen, til lyden og vibrasjonene av utallige kuler som pepret inn fra andre siden.

«Men går det an å låse døra nå?»

Estwick ristet på hodet som i sakte film. «Ikke uten strømtilgang.»

«Så hva gjør vi?»

«Fortsetter,» brøt Tony inn. «Vi fortsetter til verden går under eller vi finner en utvei.»

Synet som møtte dem her inne var så uventet at det støkk i Jonas. De tubeaktige, gjennomsiktige glassrommene som sto på rekke og rad langs hver side, med kabler og rørsystemer som forsvant opp fra toppen av dem og ble koblet sammen til enorme hovedrør i taket, var som tatt rett ut av en science fiction-film. Hurtig sendte han blikket over området. Svimmelhet blandet seg med uvirkelighetsfølelsen, til det kjentes ut som et eller annet ukjent dop påvirket bevisstheten hans. Inne i hvert av de trolig ti-tolv kvadrat store rommene så han en seng, skrivebord med pc, en bokhylle med noen bøker og permer i, samt en tannlegelignende stol i midten med en overhengende lampe. Jonas kikket spørrende på Estwick mens de løp nedover gangen, med glasstuberommene på hver side.

«Det er akkurat hva det ser ut som,» presset legen ut av det smerteridde ansiktet sitt. «Vet ikke hvor det har blitt av de som var her, men antar»

«Ikke snakk – løp!» peste Tony.

«Men,» sa Jonas, «hvordan får vi hærpa programvaren til biobrikkene nå?»

Igjen ristet verden. Eksplosjonen bak dem sprengte den ulåste jerndøren *av* hengslene. Trykkbølgen kastet døren innover til den smadret inn i en rekke av glasstuberommene.

Uten å tenke kastet Jonas seg over Slatan og Tony for å beskytte dem mot de livsfarlige, sylskarpe bitene av glass og andre materialer som sprutet fra de smadrete glasstuberommene. Tony bannet, Estwick gurglet uforståelig, og de ramlet på gulvet som en formløs kroppshaug, mens glasskår, trebiter og metallfliser høvlet over dem og knatret på alle kanter. Svidd elektronikk og overopphetet, sprengt jern stakk i nesen. Jonas kjente det som en slags metallisk, røkt smak nederst i halsen.

Under lydene av sitrende elektrisitet fra avkappede ledninger, blåsende svisjelyder fra parterte luftrør, hørte Jonas rumlingen av støvler som nærmet seg. Gjennom sin egen hyperventilering, sa han: «De kommer … kjapt.»

Tony stønnet. «Jeg vet.»

«Hva faen gjør vi?» Jonas kravlet vekk fra de to andre, hjalp Estwick opp på knærne.

«Brillene mine,» sa legen, virret med blikket.

«Her,» sa Tony da han skjøv seg opp. «Knust, dessverre.»

«Øh … dere,» sa Jonas og krabbet baklengs. «Hva er det der?»

På sin eksplosive vei inn hadde jerndøren veltet og slått hull på en av de tre meter høye beholderne som sto samlet ved siden av det første glassrommet. Rør gikk ut fra toppen av dem, langs veggen og opp til taket. Derfra forgreinet de seg med andre kabler og rør koblet til glasstuberommene. Nå var flere av disse revet tvers av, og en slags lysegrå gass ble spydd ut i en jevn strøm som virvlet utover lokalet.

Estwick lagde en uforståelig lyd.

«Det ser *ikke* ut som luft fra airconditionanlegget, i hvert fall,» sa Jonas og krabbet enda en meter bakover. Samtidig flakket øynene hans mot det opprevne gapet der jerndøren hadde stått. På andre siden skimtet han Rinos menn som peste med å dytte unna digre betongklosser og annet nedfall fra taket. Rino og General Gard var i ferd med å klatre over skrapet for å komme fortere fram.

«Faen, faen, faen,» sa Jonas.

Med en kraftanstrengelse løftet Tony sjefsoverlegen opp på beina. «Vi trenger en vei ut *nå med én gang*. Du har vært her før.»

«Jeg,» begynte Estwick. «Jeg vet ikke.»

«Tenk!»

Glassplinter gravde seg inn i håndflatene til Jonas da han skjøv seg på beina. «De kommer.»

«Øhm ...» Estwick gned hånden over den svetteblanke issen som glinset i nødlysene som fortsatt fungerte.

«Vi har faen ikke tid til å vente.» Jonas røsket og rev i klærne til Tony og Estwick, før han ikke lenger klarte å kontrollere beina sine.

Han løp. For *livet.*

Etter de siste par glasstuberommene virket det som lokalet var delt opp i forskjellige seksjoner; hver seksjon hadde sitt eget utstyr med PC-er, stablede dokumentmapper og andre ting Jonas ikke ante hva var. Tony og legen snakket ikke lenger; han hørte skoene deres smekke mot det blanke gulvet som klaprende tenner. Bakerst i lydbildet ante han buldringen fra soldatene også, men tvang seg til å fokusere på området som strakte seg foran ham. *Okay, bygget er begrensa, tross alt.*

Siste glassrommet forsvant til høyre for ham. Hurtig skannet han området bak rommet, og videre bortover. Problemet var at mesteparten av bygget – i alle fall her – var ett helvetes svært rom, som en gymsal fylt opp som et åpent kontorlandskap. Flere seksjoner med datamaskiner og forskningsutstyr. Bak disse igjen buttet gulvet i en massiv vegg uten vinduer, men med plakater av hjernen, mekaniske komponenter og lignende. Jonas sendte blikket videre.

Rett fram, da.

Enda flere avdelte seksjoner. Hadde han bare vært her på besøk en vanlig dag, ville alt utstyret og alle de forskjellige greiene vært interessante, men nå? Kun søppel som hindret ham i å skaffe seg oversikt. Det så ikke ut til å være noen forbanna dører den veien, heller.

Rinos mørke stemme gravde seg inn i hjernebarken hans idet den ljomet gjennom lokalet. Men umulig å høre hva han sa.

«Inn der borte,» overdøvet Estwick ham.

Til venstre, altså. Jonas sparket bort en stol som sto i veien, og skrenset forbi en forhøyning i gulvet hvor et projektorlerret hang.

Og ganske riktig; skjult av hyller med bøker og permer fikk han øye på en liten, anonym dør. *Gudskjelov ikke av jern eller faens metall. Bare en vanlig dør med dørklinke og det hele.*

«Hva er inn der?» spurte Tony.

«Rom for testing av diverse biobrikkerelaterte funksjoner,» sa Estwick kjappere enn han mest sannsynlig noen sinne hadde sagt noe som helst.

Før han rundet hyllehjørnene, kastet Jonas et blikk bakover.

Rino, General Gard og Ahab ledet an, og hæren av soldater tøt inn det sprengte hullet i veggen etter dem. Gassen som ble spydd ut av de opprevne rørene hadde begynt å synke, og flørtet i hodehøyde. Flere soldater viftet med hendene og gikk med knekk i beina for å komme seg unna. Jonas *håpte* gassen var livsfarlig.

«Er den åpen?» peste Estwick før Jonas engang hadde kommet fram.

«La oss håpe!» Jonas hoppet over en søppelbøtte med papirstrimler, før den guddommelige følelsen av dørens matte flate hilste på hendene hans. Hivende etter pusten grep han rundt håndtaket, presset det ned og ... jublet inni seg idet den velvillig gled opp.

Alle tre forsvant inn i det svarte mørket på innsiden.

33

Rino ristet på hodet. Frustrasjon, skuffelse og aggresjon red ham som en trehodet atombombe. De helvetes skyteglade soldatene klarte ikke å få det inn i skallene sine at det smarteste trekket *ikke* hadde vært å plaffe ned terroristene.

«Der,» ropte Ahab og pekte mot enden av lokalet. «De forsvant bak hyllene der nede.»

Rino bare gryntet. Gnisset tenner og stirret med knugende håpløshet på de totalsmadrede forsøksrommene av glass. Hvem faen fikk seg til å hive en granat for å åpne en dør som allerede *var* åpen – og attpåtil inne på et topphemmelig forskningssenter?

En idiot, fullførte tankene. *En reinspikka tomsing.* Han skulte mot mennene, som viftet med armer og bein som små drittunger for å komme seg unna gassen som ség ut av de ødelagte rørene – noe som heller aldri hadde skjedd, var det ikke for den granatkastende gjøken. Han kjente skjortestoffet stramme seg rundt de anspente musklene i overkroppen. *Som om det ikke var galskap nok å sprenge hull i taket IMENS vi er her inne!* Tankene kokte. Søvnen snek seg dypere og dypere inn i hjernebarken for hvert passerende sekund.

«Hva slags gass er dette?» spurte en av de mest febrilske.

«Sovegass. Så få på dere de fordømte maskene,» bjeffet Rino. «Og ikke skyt mer, for helvete!» Pulsen pumpet så hardt i tinningene hans at hvert bank skapte bølgelignende ringvirkninger i synsfeltet.

Alle løsnet gassmaskene som hang i våpenbeltet rundt livet, og presset dem over hodene sine. Alle bortsett fra Rino. Et mentalt bilde av kjøkkenbenken ved siden av portalkjøleskapet i Hausmannsgate blafret for hans indre blikk, med den tilhørende brente lukten som lå tykt der. Stedet han sist så masken sin. *Samme faen*, tenkte han og satte opp farten. Trøttheten satt allerede så godt i ham at et drag sovegass fra eller til utgjorde knapt noen forskjell.

En hånd dunket ham i ryggen. Ahabs stemme sa: «Hva med deg, sjef?»

«Næh,» gryntet Rino, løp fortere. Ahab skjøt første skuddet. Skuddet som igangsatte hele helveteskarusellen de nå befant seg i. Det hadde vært *mye* bedre om Rino bare hadde gjort som de sa, logget seg inn i systemet og deaktivert biobrikkenes-hva-det-nå-var, og *så* tatt dem når de trodde alt var i boks. Igjen kjente han en varm bølge av forbannelse skylle over kroppen som kokende vann.

Samtidig fôret synet av alle disse små, klaustrofobiske glassrommene tvilen i ham. Han tenkte på containerne med råtnende lik. *Lukten*. Og vissheten om at de alle opprinnelig hadde vært håpefulle, teknologisk ivrige sjeler som hadde sovet i disse sengene, sittet i disse stolene, prøvd disse nye funksjonene ... som ble deres endelikt.

Et skudd smalt ved siden av ham. En PC-skjerm knuste i andre enden av lokalet, der siste synet av terroristene – og Slatan – forsvant.

Rino bråstoppet, snurpet tak i soldaten som avfyrte, kjente uniformstoffet gnage seg inn i fingrene hans da han filleristet typen. «Jeg sa: IKKE MER SKYTING. Er det oppfattet?!» Stemmens ekko spratt rundt dem og slo mot ørene.

«J-j-ja,» hikstet typen, totalt satt ut av den voldsomme reaksjonen.

«Faen!» Rino dyttet ham fra seg og fortsatte jakten. Og tanken på de uskyldige livene som hadde gått tapt. Tusenvis bare i Norge. Hundretusenvis verden over. *Og dette bidrar jeg til.* Men sa han fra seg jobben visste han jo at de bare ville finne en annen. En som kanskje var enda verre. Men likevel.

Gjennom trampingen av hardt støvellær hørte han den velkjente lyden av en dør som slamret igjen. Han passerte siste glassrommet – *fengselscellen*, spydde tankene – og hoppet over en veltet stol ved en av arbeidsstasjonene for testing av biobrikker. Blodsmak etter løpingen gnagde i halsen.

Der. Bak noen hyller skimtet han en blå dør. Med sin egen pust hvinende i ørene, slakket han farten, løftet hånden i været for å signalisere at alle skulle stoppe.

Dét klarte de i det minste.

Snudde seg mot dem, sendte blikket over alle sammen. «*Jeg* går inn først. Dere venter – og jeg mener *venter,* for helvete! – til jeg gir ordre om innblanding,» sa han, bannet igjen, krummet fingrene rundt automatgeværet og skrittet mot døren.

Ingen lyder hørtes der innefra, men han visste de var der inne, for det fantes ingen vei ut. Han trakk pusten dypt, åpnet døren og ble møtt av mørke. Forsiktig flikket han på våpenlyset. Listet seg inn.

«Slatan?» hvisket han.

34

Jonas gjorde seg enda mindre da en lysstripe bredte seg over gulvflaten. Lyset vokste og ga farge og konturer til mer av rommet. Tung pusting hørtes, før stemmen han nå kjente godt, hvisket:

«Slatan?»

Rolige fottrinn fra såler som gned mot hardt underlag.

«Jeg vet du er her, gamle kollega.» En lyskjegle som fra en sterk lommelykt løp over inventaret i rommet. Jonas holdt pusten, skjøv seg enda lenger inn i det dørløse skapet han på mirakuløst vis klarte å skvise legemet sitt inn i før døren åpnet seg. Han ante ikke hvor verken Tony eller sjefsoverlegen var, men de kunne ikke ha kommet langt.

«Vær smart, Slatan,» fortsatte basstemmen. «Bedre å bli med meg enn at de skyteglade soldatene mine buser inn her og blåser huene av dere alle sammen.»

Jævlig det, tenkte Jonas. *Alle er jo terrorister i følge deg – hvis de ikke **følger** deg.*

Den ujevne stemmen til Estwick skar gjennom stillheten: «Rino, du skjønner vel at jeg aldri kan stole på deg igjen.»

Forsiktig vred Jonas på hodet, forsøkte å oppfatte hvor lyden kom fra. Bak ham et sted, kanskje?

Lysstripen til Rino løp over gulvet, bordene, stolene og skapene. Jonas knep øynene sammen, tvang seg til å puste rolig. *Jeg finnes ikke.*

Rino kremtet. «Ja ... ehm. Dette er ingen enkel situasjon for noen av oss.» Jonas hørte det klikke fra halsen hans, et dypt, liksom klukkende klikk, da han svelget. «Jeg vet ærlig talt ikke. Kanskje vi kan finne ut av det uten at det må ende med døden,» sa han, og la til: «Eller hva sier dere? Kom fram, så kan vi se om det ikke lar seg gjøre å overtale øverst-kommanderende til å spare livene deres.»

De knasende skrittene kom nærmere, til de passerte skapet Jonas lå trykket inn i.

«Hvorfor skal jeg tro deg nå?» spurte Estwick i en lav hvisken, før han skvatt da et smell forplantet seg i mørket rundt dem, etterfulgt av Rino som sa:

«Jeg ser deg. Kom ut.»

Fra sin nåværende posisjon klarte ikke Jonas å se hva som skjedde, men den hvite lyskjeglen flakket over deler av rommet han kunne se. Estwick sukket der borte, og han hørte hvordan legens klær gnisset da han trolig slet med å komme ut av skjulestedet sitt.

«Her,» sa Rino.

«Jeg klarer meg,» svarte Estwick. Nå klakket to par sko på gulvet.

«Hvor er de andre?»

«Si det.»

Klaustrofobien tæret på Jonas. Den trange plassen tvang ham til å sitte sammenpresset med hodet bøyd så langt ned at haken presset mot brystet. Svette strømmet fra hårfestet og rant langs pannen, tinningene og kinnene. Dråpene dryppet på hendene i fanget hans. Den bøyde, sammenklemte halsen gjorde det vanskelig å puste uten at det samtidig kom en hørbar hveselyd.

«Litt av en smørje vi har havnet i,» sa Rino. «Du vet det ikke finnes noen vei utenom.»

«Jeg vet mye,» sa legen. «Du mener jeg plutselig har blitt en terrorist, når det eneste je-»

«Slatan, du må fors-» avbrøt Rino, men ble selv avbrutt:

«Når det eneste jeg har gjort er å forsøke å minimere antallet liv tapt som et resultat av en situasjon utenfor min kontroll.» Estwick hørtes mindre usikker ut nå. «Mens du, Rask, ikke eier et eneste fnugg medmenneskelighet. Jeg trodde det, men i dag har du motbevist meg,» sa han, stemmen lavere mot slutten av setningen.

«Vi må få deg til sykehuset,» sa Rino. «Armen din trenger behandling.»

Jeg klarer ikke dette mer. Kroppen til Jonas var bøyd som en reke, og verket. Skuddsåret i beinet hadde begynt å banke. Ørene fanget opp rastløse lyder fra hæren utenfra.

«Du ...» hostet Estwick. «Du får heller bare skyte meg. Om du så forsøker å få meg, *oss*, ut herfra, kommer de der ute til å fullføre jobben. Du sa det selv. Kruz har talt.»

Ikke uten betydelig pine beveget Jonas seg, først det ene beinet, deretter det andre, strakk dem forsiktig ut av den krøkkete posisjonen til føttene møtte gulvet utenfor skapet. Et smertestønn unnslapp da han lot seg skli ut og ned på det kalde underlaget.

Rino sluttet å si hva det enn var han holdt på med. Tramping vibrerte inn i Jonas' albuer der han lå, før lyskjeglen strømmet over ham og han så sin egen skygge strekke seg langs det gråhvite gulvet. Løftet hodet og myste mot den blendende lyskilden.

«Reis deg.»

Jonas stønnet igjen. «Prøver.» Musklene i armene og de stive skuldrene flammet da han skjøv seg på kne. Han klemte fingrene rundt håndtaket til en skuff i bordet ved siden av skapet. I lyset så han at blod klumpet seg langs buksebeinet. En ujevn, nesten svart, våt stripe lå gnidd fra det verkende beinet og inn i skapet. Han bet tennene sammen, kom seg opp. Hinket framover for å få bedre støtte å lene seg på. Myste mot lyset. «Gidder'u?»

Lysstrømmen skiftet retning og pekte i stedet på skrå nedover. Men bare i ett sekund, mens en klikkelyd hørtes fra militærsjefens våpen, så blendet lyset Jonas igjen.

«Rino,» sa Estwick, som nå sto i mørket. Jonas skimtet kun konturene av den høye, hengslete legen. «Du tar med oss alle. Eller ingen.»

«Beklager, kjære kollega,» brummet basstemmen. «Slik fungerer det ikke.»

Fukt spredte seg i øynene til Jonas. Hjertet pumpe så kraftig i brystet at pulsen banket ut i fingertuppene. Bilder av Silje gled spøkelsesaktig forbi hans indre blikk. Silje, levende, leende i sofaen hjemme. Deretter kald og død i ambulansen. Helsepersonellet som dro ham hylende vekk fra henne. Robin. Hans sønn ... hvorhen han befant seg. I live eller ikke. Og Linda. Skjelvende følte han rundt på skrivebordet han lente seg mot etter noe – hva som helst – som kunne brukes for å ... tja, for å komme seg unna? Våpenlyset sved i øynene. Estwick snakket, men han hørte det ikke lenger. *Er det sånn lyset i enden av tunnelen ser ut?*

Et nytt klikk kom fra våpenet. Jonas lukket øynene, aksepterte slutten.

Den skingrende lyden av noe tungt som skrapte mot gulvflaten kom samtidig med Tonys halvkvalte utrop. Gjennom mørket i de lukkede øynene oppfattet Jonas at våpenlyset rykket, og han kastet seg til siden i det samme sekundet skuddet fyrtes av og Rino ramlet overende med Tony ropende over seg. Noe splintret bak Jonas, og foran ham skramlet forskjellig inventar i bakken mens Tony og Rino banket løs på hverandre.

«Tony!» Jonas krabbet framover og hev seg over Rino, som nå hadde overtaket. Skyggene deres virret i lyset fra våpenet Rino mistet. Det lå der ubevoktet. Jonas skrek og sendte spisse albuer i rask suksesjon inn i hodet til Rino, som på sin side kastet ham av seg med et skulderrist. Jonas mistet taket og traff gulvet sidelengs med overarmen. Han krafset etter automatgeværet, kjente Rino dra ham vekk, men slanget fingrene rundt skulderreimen og fisket våpenet til seg.

Midt i kaoset hørte Jonas roping utenfra. Døren åpnet seg og sendte et gap av lys inn i rommet. Våpen kom til syne i døråpningen. To soldater. Begge kjeftet og fyrte av skudd.

Estwick gurglet bak dem et sted. Jonas kjente at Rino løsnet jerngrepet rundt beina, og benyttet muligheten til å slite den ene foten løs. Jonas sparket ham i ansiktet, og rettet opp våpenet. Som en spastisk loppe vred han seg rundt på gulvet, siktet mot soldatene i inngangen og moste avtrekkeren. Geværet ristet i armene hans, skuddene skrek i ørene, og kulene knuste alt på sin vei. Trefliser sto fra døren, betongbiter løsnet og ble kastet rundt. Den ene soldaten skrek, snublet bakover og tumlet overende, mens den andre hoppet ut av rommet og slengte døren igjen etter seg.

«Fuuuck dere,» hylte Jonas og skjøt mer. Hele verden skrek med ham, alt gjorde vondt, alt snurret.

Så stoppet hylingen hans; i stedet hveste han etter luft; Rinos rue fingre ville knuse halsen hans. Forgjeves prøvde Jonas å svinge våpenet mot militærsjefen for å slå ham, men var ikke i stand til å gjøre annet enn å instinktivt gripe etter de sterke hendene i et håpløst forsøk på å løsne grepet. Adamseplet bulte innover. Jonas brakk seg. Tony klatret over Rino, slo ham gang på gang i ansiktet – uten effekt.

En lysstrime vokste fram fra døren igjen. Alle stoppet et øyeblikk og fulgte den runde klumpen på størrelse med et eple som ble kastet inn gjennom sprekken. Den spratt på veggen og klunket i bakken, rullet under et bord. Døren lukket seg igjen, og sekundet etter hørtes en tydelig *fsssss*-lyd.

I det virrende lyset fra våpenet, som Rino var i ferd med å slite løs fra grepet til Jonas, så han at rommet fylte seg med røyk.

Det tok ikke mange sekunder før Jonas kjente bevisstheten slippe taket. Ropingen til Tony og bjeffingen til Rino forsvant samtidig som verden løste seg opp til ingenting.

35

Så kom øyeblikket.

Tross alt kaoset det siste døgnet hadde bragt med seg av lidelse og ødeleggelse, så skjedde det faktisk. Ingenting så ut til å kunne sette en stopper for en teknologisk flodbølge av dette kaliberet.

Alle skulle druknes.

Kanskje det eneste begrepet som *virkelig* betegnet omfanget av synet som møtte folkemassen utenfor DVV denne dagen: *Surrealistisk.*

For en historiker ville nok synet av de kilometerlange folkekøene som stimet til og snurpet seg sammen ved hver av departementets hoveddører trekke assosiasjonene i retning folkemassene rundt nær endeløse rekker av soldater under Hitler-Tyskland, Mussolinis trofaste, mer eller mindre frivillige tropper i Italia på samme tiden, eller eventuelt det Stalin-infiserte Russland med sine tusentalls tanks og kommunistisk hjernevaskede følgere. Eventuelt religiøse, spirituelle eller idealistiske sammenkomster rundt personer som Dalai Lama og Gandhi. Soldater i hvite drakter kontrollert av Darth Vader i Star Wars-universet var heller ikke en helt utenkelig sammenligning.

At store deler av departementet lå i ferske ruiner gjorde ikke inntrykket mindre slagkraftig.

Politisperringer, midlertidig reiste vegger og trailere hindret folket i å rote seg bort i feil seksjoner av den mørkeblå, nå temmelig skadde bygningen som ruvet bred og høy i Oslos allerede tettbygde bylandskap. I tillegg patruljerte tungt væpnede vakter og militærpersonell i alle former og farger rundt alle kanter av det enorme området. De krydret folkemassen som hyppig forekommende pepper i en ørken av saltkorn. Rolig svevde utallige helikoptre og minidroner i luftrommet. Ved hjelp av solen som tittet fram fra skylaget, printet de flekkvise, bevegelige skyggesilhuetter på bakken og menneskemassen.

At et verdensendrende Historisk Øyeblikk foregikk sto tatovert i hjernebarken til absolutt alle oppmøtte, fra småbarn med smukk til oldinger med inhalatorer. Hørte man nøye etter fanget ørene opp glede, angst, spenning og alle emosjonelle kapasiteter i mellom ytterpunktene som mennesker kunne oppleve.

Med et brått innpust trakk June hodet vekk fra det halvåpne motellvinduet i fjerde etasje. Atter en gang ble de mentale bildene for voldsomme. De tvang seg på som vrangforestillinger i et psykotisk sinn. Blodet. Herregud, alt blodet. *Livsvannet* til hennes kjæreste hjertesteiner. Smurt utover stuegulvet. Hun klorte neglene inn i det billige sengetøyet, knep øynene sammen til tårene sluttet å strømme. Stemmene hadde skreket kontinuerlig siden hun begravde familien sin. Uansett hva hun gjorde, skrek de. Og skrek og skrek og skrek. Det var hennes egen skriking hun hørte, selvfølgelig, blandet med Eckhart som forbannet verden, og Sofias hylgråt. Det hjalp ikke å putte fingrene i ørene. Og det hjalp ikke å skjære verken små eller store kutt nedover armen. Ei heller hadde det hjulpet å planlegge dagen. Blod og skriking var alt.

«Slutt, vær så snill,» ynket hun mellom de sammenbitte tennene. Ansiktet fortrakk seg i grimaser. Grøsninger bruste langs ryggraden. «Mamma kommer snart.»

De sløve fjærene i sengen pep da hun vred seg rundt, stappet ansiktet hardt ned i puten og hylte.

Skrikene måtte *ut*.

Stemmen hennes var ødelagt; det viste seg nær umulig å bestille rom på dette falleferdige motellet da hun utpå morgenkvisten klarte å grave fram et sted som var så nær DVV som mulig. Et sted hvor hun kunne avvente det store opplegget.

Hun skrek mer.

Stemmen, kun pipete, kraftløs, men det føltes bedre – eller i det minste *mindre vondt* – å skrike enn å ikke skrike. Hendene verket. Likevel hamret hun knyttnevene i madrassen. Fjærenes halvsløve *spjoing* ljomet i madrassens hulrom og vibrerte ned og ut av sengebeina. Hvorvidt noen hørte henne falt henne ikke inn. Alle var uansett ute nå, klare eller ikke for chipping.

Heldigvis hadde hun klart å skrape fram nok tusenlapper til å bestikke den lugubre eieren av motellet til å gjemme henne i et skjult rom bak en diger hylle, mens biobrikkesoldatene tok runden sin for å tvangsinnhente alle som fortsatt befant seg der inne. Da de forlot motellet fortalte han at de hadde sendt ut soldater som skulle saumfare alle hoteller, bygninger og hjem for folk som nektet å møte opp til den store dagen.

Omsider rant kreftene ut av henne igjen. Hun sluttet å skrike og kom til ro. Ansiktet kjentes oppsvulmet, øynene hovne. Kroppen kokte. Med den brusende lyden av menneskemassen i gatene utenfor, hikstet hun, hev etter pusten. Fikk seg selv noen lunde under kontroll igjen. Kikket skjelvende ut av vindusprekken.

Skylaget over byen tetnet til, mørknet, kappet solens stråler og la tusenvis av urolige hoder i dunkle grånyanser. For øyeblikket hadde Bbs satt opp sperringer foran DVVs hovedinngang. Kun x antall beigekledde vakter trasket opp og ned den store trappen som ledet inn i bygget. Vendt mot folket rigget de til et par enorme skjermer og en talerstol.

Ja, bare gjør dere klare. Ikke uten anstrengelse reiste hun det mørbankede, utmattede legemet fra sengen. Mesteparten av lyset i rommet forsvant da hun lukket persiennene, med unntak av en guloransje glød fra bordlampen ved kommoden på motsatt side.

Hun subbet bort til den. Skjøv ut den største skuffen i midten, dro ut en svart søppelsekk. Tømte innholdet på gulvet. Sparket til plaggene og de andre greiene, spredte dem utover det myke, grå gulvteppet for å få oversikt.

Ryggen knaste og sendte smertestråler nedover ryggraden og ned venstre bein da hun tok av seg genseren. Deretter ålet hun seg ut av t-trøyen og joggebuksen, til hun kun sto i BH og truse. Lot blikket gli over kroppen, fra tær til skuldre. Tynnere og mer hengslete enn vanlig. Ugjenkjennelig. Som et herjet landskap på en fremmed planet, full av kratere og rifter. Blåmerker overalt. Sår som ikke hadde rukket å danne skorpe ennå. Under føttene var huden nærmest ikke-eksisterende, og en svak sviing rundt halsen lot henne ikke glemme sytråden. Hun dro armene rundt seg, lukket øynene, på nippet til å bryte sammen igjen.

«Det er snart over,» hvisket hun. «Snart.»

Fra plaggene på gulvet fant hun en lyseblå olabukse. Bet tennene i underleppen for å fortrenge smertene da hun ålte seg inn i den. Så plukket hun opp sminkeboksen sin; liten som en lommebok, svart, og kun med det aller nødvendigste i. Satte seg i stolen foran kommoden, åpnet boksen med et knepp, og stilte opp lokket slik at hun så ansiktet i speilet på innsiden. Justerte bordlampen for å se bedre. Begynte å sminke det likhvite ansiktet. Mekanisk, automatisk, som om hun ikke var til stede i det hele tatt. Eneste hun hørte var brusingen fra menneskene på utsiden, som dynket stormen i tankene i en slags nummende tåke.

Det ble visst mye sminke i dag. Og etter hvert som lagene tyknet til merket hun at ansiktet på en måte virket eldre, så hun la på mer for å framheve de begynnende rynkene. Toppet det hele med dyp rød leppestift. Til slutt lignet hun knapt seg selv. Hun lignet en ti år eldre kvinne som *prøvde* å se yngre ut.

Bra.

June fisket fram en hvit bluse fra gulvet. Kledde den på seg. Assosiasjoner fra prøverommet dagen hun kjøpte den strømmet på. Før Sofia. Minst ti år siden. Eckharts lysende blikk da han sa hun så nydelig ut i den, og hadde spøkefullt foreslått at han kunne rive den av henne med én gang og vise henne hvorfor hun *egentlig* ikke trengte klær overhodet. Neste assosiasjon meldte seg; fortsatt tilknyttet blusen. Mange år senere i et annet prøverom, hun hadde brukt den, men denne gangen var det Sofia som prøvde en bluse. En søt, rosa en med nusselige blonder som hun skulle bruke på femårsdagen sin.

Varme ilinger flakset i magen til June sammen med hulrommet, vakuumet. Ingen av dem eksisterte lenger. Hånden skalv da hun tørket tårene, forsiktig for ikke å gni sminken utover. Hun blunket mange ganger, snufset hardt og slet med å kneppe igjen de siste knappene.

Det svarte, lange håret samlet hun i en knute i nakken, og festet panneluggen opp på hodet med en hårnål. Deretter hentet hun parykken fra gulvet. Lyseblondt, skulderlangt hår. I speilet kjente hun seg nesten ikke igjen. Den relativt unge damen med lys hud, ravnsvart hår og gråhvit leppestift, var nå transformert til en rynkete, eldre kvinne med lange, lyse krøller og røde lepper. Hun lo kort, hult, uten at ansiktet tok del i latteren. Ingen glede. Kun uvirkelighet.

Lenge ble hun sittende med blikket på en svart lærveske på gulvet. Lette etter andre følelser enn hat. Uten hell. Det var bare hat. Rent, perfekt *hat*. Til og med sjokket over å innse at dette vesenet kunne føle et så dypt hat, uteble.

Læret kjentes glatt og merkelig varmt mot fingertuppene da hun plukket opp vesken, skjøv sminkeboksen til side og plasserte vesken på kommoden. Dro i glidelåsen, åpnet vesken og hentet ut det som lå inne i den.

Bordlampens guloransje sparepærelys reflektertes i blankt stål. Hun klemte fingrene rundt det rue skaftet. Kniven satt godt i hånden. Atten centimeter. Tilegnet partering av biff, filet, *kjøtt*. Hun svelget tørt. Fuktet leppene. Noterte seg at skrikene i hodet holdt munn.

I stedet hørte hun dråper smekke mot rutene. Først kun noen få, så flere, tyngre, til det begynte å regne for fullt. Vannet smalt mot glasset, blandet seg med menneskebrusingen.

Mens høyrehånden nektet å slippe kniven, tente hun en sigarett med den venstre. Ble vant til tyngden av stålet, følelsen av det ru skaftet mot håndflaten, mens nikotinen hilste på lungene. Hatet; intenst som en gjennomsyrende smerte i bevisstheten.

June stumpet røyken rett på kommoden. Smurte asken utover til det lignet et sotete krater. Hugg kniven inn i treverket så hardt at den sto på egenhånd. Hun hentet en konvolutt med en penn og et blankt ark i. Begynte å skrive ruglete, ugjenkjennelige bokstaver:

Tro det eller ei, opprinnelig var jeg positiv til biobrikken. Det vil si, den første timen, frem til jeg forsto hvordan innføringen skulle gjennomføres. Hvordan min mening endret seg kan du lese alt om i min bok «Staten – Herre eller tjener?».

I dag er dagen for tvangsinnføringen. Milliarder av mennesker verden over skal chippes, og bare utenfor motellrommet jeg nå sitter i, står det hundretusener av innbyggere og venter på enden av sin siste dag som frie individer.

Én ting er klart som krystall: I denne situasjonen er Staten vår fiende. En hensynsløs fangevokter uten blikk for annet enn kald optimalisering, uavhengig av livene som har gått tapt – og som vil gå tapt i tiden framover, etter hvert som ytterligere drastiske opptøyer vil inntreffe – jf. min «Samfunnsmessige provokasjonsmodell».

Det vi har sett hittil er ingenting i forhold til hva som vil komme. Antibiobrikkesoldatene som i natt har herjet er kun forsmaken. Deres tap i løpet av natten resulterer kun i økt motstand.

Jeg er ikke tilknyttet disse heroiske – ja, HEROISKE – sjelene som ofrer livene sine i forsøk på å bevare menneskehetens viktigste eiendel: Friheten til å styre sitt eget liv.

Likevel gjorde jeg det jeg nå har gjort. Det måtte gjøres. Han var et monster, kontrollert av monstre, skaper av monstre. Å drepe uskyldige mennesker – BARN INKLUDERT – ... jeg har ikke ord. Kun smerte. Hat. Hevngjerrighet.

Tro meg, det måtte gjøres.

Jeg håper inderlig kommende generasjoner evner å endre det verdens overhoder nå steller i stand. Og jeg håper de tilgir oss.

– June Nylund,
professor i sosiologi v/UiO

Hun slapp pennen. Den trillet over kommodekanten og klunket i gulvet. Papiret knitret da hun brettet det i to, skjøv det tilbake i konvolutten og forseglet den.

Med foten dro hun til seg det siste plagget på gulvet. En lysebrun kåpe med hette. Tredde hendene inn i ermene og kjente et svakt velbehag av å pakke seg inn i det myke, dekkende stoffet. Hun stappet konvolutten i den ene innerlommen, røsket kniven løs fra kommoden og skjøv den forsiktig inn i den andre lommen. La litt press på, slik at knivbladet kuttet hull i lommebunnen og gled igjennom helt til finger-stopperen forhindret den i å skli ut av hullet. Surret kåpen godt rundt seg og, etter å ha tatt en siste kikk ut av vinduet, for å forsikre seg om at showet ennå ikke hadde begynt, forlot hun motellrommet.

36

I trappeoppgangen luktet det gammelt treverk, alkohol og piss. June Nylund lukket døren bak seg, stoppet med hodet mot den skrøpelige veggen, hvor kruseduller med svart tusj prydet panelet. Lyttet.

Ikke en lyd, annet enn surret utenfor bygningen, som var mye lavere her enn inne på rommet. Med venstrehånden stukket innunder høyrearmen, for å forsikre seg om at kniven ikke plutselig kom til å falle ut, skrittet hun forsiktig ned trappene. Knakingen lød hul og høy i tomheten, som om hun befant seg i en bygning før den skulle rives.

To etasjer lenger ned, i andre, hørte hun stemmer. Hun listet seg til veggen og satte seg på huk.

«Dette er så håpløst,» sa den ene, en lys mannsstemme.

«Irrelevant,» svarte den mørke stemmen til en kvinne.

«Men *skjønner* du ikke at vi vil miste all-»

«Motstand er meningsløst. Du blir med meg.»

«Men jeg … jeg kan ikke.» Han hikstet.

«Må jeg tilkalle flere?»

«N-nei, for faen.»

«Så kom og slutt å kaste bort tiden min.» Et smakk, deretter føtter som subbet bortover gulvet.

June gjorde seg enda mindre, pustet tungt med åpen munn. Svette kilte henne i nakken.

Uten flere motsigelser trampet de to ned resten av trappene, og en dør smalt igjen i første etasje.

Da hun var rimelig sikker på at ingen flere plutselig ville sprette fram, fortsatte hun nedover. Lurte på hvordan han hadde klart å gjemme seg da den første søkepatruljen kom noen timer tidligere. Kanskje han også hadde bestukket motelleieren, men blitt sett i vinduet på rommet. Kvelningsfornemmelser boblet i halsen hennes.

I resepsjonen luktet det sigarettrøyk. I forbifarten så hun to tomme ølflasker gjemt bak skranken. Hvordan stedet ikke hadde fått kroken på døren var et mysterium. Utenfor de store vinduene fylte folk hver centimeter av gatene, mens tunge regndråper plasket mot bøyde hoder. June passerte et bord med en vase og en bukett plastblomster i. Skulle til å forlate motellet, men ombestemte seg i siste liten og snappet med seg buketten. Kjente et snev av takknemlighet for regnet og det grå været da hun dro hetten over hodet, og presset ytterdøren opp for å komme til mellom alle menneskene.

Fuktig luft slo mot henne som kroppstemperert gelé utenfor. Folk i alle aldre og størrelser sitret, de fleste så nær hverandre at skuldre overlappet. June reiste seg på tå for å få oversikt over hindringene. To hundre meter, kanskje, bort til gjerdet ved trappene til

DVV. Nå strevde noen vakter med å sette opp et telt som skulle gi ly til kjempeskjermen og talerstolen.

«Hold rekka,» ropte en vakt som kom gående langs fortauet. Han viftet med hendene og knuffet folk ut i veien. «Alle holder seg *utafor* fortauet, men *på* veien!»

Det samme foregikk på motsatt side av veibanen.

Vi sluses som griser til slakteren. Hun gapte mot DVV-bygget i enden av gaten som ruvet over dem alle sammen. Et av Norge største bygninger. Bare fargene var nok til å sende gysninger gjennom henne. Mørkeblå som natten, med intenst røde partier som blodig kjøtt under avskrellet hud. Departementet for Vitenskap og Våpen. Allerede da de bygget det ti år tidligere visste hun at det bare hadde vært begynnelsen på slutten for samfunnet hun vokste opp i. Og med overvåkningskameraene som blomstret opp året før, visste hun at det ikke fantes noen vei tilbake.

Ikke uten blodig revolusjon.

«Ut av fortauet,» sa vakten, som nå nådde henne. «Kom igjen, dame, inn på veien med deg.»

«Men familien min er lenger fremme,» sa hun og lot som hun gråt. «Helt der borte.» Hun pekte langt framover i rekken.

«Dere møtes igjen senere,» sa han, forsøkte å knuffe henne ut i veien.

«Nei,» ropte hun og trampet i asfalten så en vanndam sprutet på både henne og vakten.

Han hoppet unna. «Men faen, da, kjerring!»

June viftet med plastblomsterbuketten opp i de duggvåte brillene hans. «Jeg har kjøpt blomster og gledet meg til å se dem i hele dag. De er rett der borte, kjære deg, vær så snill la meg gå sammen med dem.» Hun gråt mer, stortutet som om hun var en meget forvirret, noe mindre begavet eldre kvinne. «Jeg trygler på mine bare knær!»

En mann ved siden av henne fulgte med, og brøt nå inn: «La nå for Guds skyld den stakkars dama få gå bort til familien sin. Herregud, altså.»

Vakten børstet vann av buksebeina, ristet på hodet. Rød i ansiktet stirret han med sammenknytte øyebryn på mannen, før han gryntet mot June: «La gå, da. Hvor er de, sa du?»

«Rett der borte, kanskje tyve meter lenger fremme,» sa hun og gestikulerte vilt med hendene så plastblomstene var nær ved klaske borti ham.

Han viftet henne vekk, tok av seg brillene og pusset vekk duggen. «Ja, så løp bort til dem, da. Men hold deg *innafor* veien.»

«Tusen hjertelig takk,» kurret hun og løp forbi ham, motsto så vidt å sparke skinnleggen hans så hardt hun kunne.

«Og du blander deg *utafor*,» hørte hun vakten kjefte bak seg, etterfulgt av noen gloser om 'medmenneskelighet' fra han hun nå kunne takke for framgangen.

Vann plasket under de klakkende skoene hennes mens hun løp langs fortauet, sikksakket seg forbi folk som uansett ikke klarte å holde seg 'innafor veien'. Konstant med flappelydene til helikoptre som patruljerte i luften over bygningene. Hun passet på å klemme armene rundt seg selv, slik at kniven ikke skled ut av innerlommen, samtidig som hun dro hetten godt over hodet for å hindre at sminken ble skylt bort av regnet.

Fem meter før veien buttet i gjerdet foran DVV, presset hun seg inn i folkemassen, gled mellom dem og unnskyldte seg hver gang hun skumpet borti noen. Til slutt sto hun så nær gjerdet at hun kunne ta på det. Fire meter unna talerstolen.

På toppen av de enorme trappene ble DVVs dobbeltdører åpnet. Magen hennes veltet rundt på innholdet sitt og hun måtte konsentrere seg om å ikke kaste opp.

Ut trasket en lav, fet mann med halvlangt, svart, gråstripete hår og fippskjegg.

Egon Helvetes Kruz.

Og ved siden av, litt bak ham; Jason Jævla James.

Begge ikledd dress. Jasons var svart og nøytral som en sikkerhetsvakt, mens Kruz' mørkelilla kledning med tilhørende hvite hansker virket overdådig og forfengelig. De steg ned trappene. Kruz stirret utover folkemassene som fylte gatene inn mot plassen rundt DVV – i det minste de av gatene som ikke var avstengt etter nattens krig. De intenst røde leppene hans flerret opp i et bredt smil. Han vinket.

Noen folk jublet, andre buet og bannet. De fleste var tause, til og med barna. June strevde med å holde hjerterytmen under kontroll, og tårene unna øynene. Klemte armene ekstra hardt rundt seg selv, presset kniven mot kroppen; holdt seg fast i den som en redningsline.

Beigekledde vakter gjorde ferdig oppsettet av teltet, og geleidet kongen av Norges samfunns-oppgradering og hans livvakt inn under lyet fra regnet. Deretter skygget de banen, inntok trolig forhåndsbestemte plasser med jevne mellomrom oppover trappene.

Jason gled nesten i ett med halvmørket innerst i teltet, der han stilte seg en meter bak Kruz' høyre skulder, armene foldet over brystet. Rolige øyne gled over forsamlingen, mens Kruz inntok talerstolen, som rakk ham til brystet. Idet han dunket en hvit hanske-finger på mikrofonen, hørtes bankingen fra høyt-talerne på hver side av teltet. Den enorme skjermen over ham fikk liv slik at folk lenger bak i rekkene også kunne følge med.

«Først av alt,» sa han og viftet mot en av vaktene på trappen, «kan vi få bort de bråkete helikopterne? Det går jo ikke an å høre seg selv tenke!» Den skjærende stemmen brettet seg over forsamlingen.

Vakten nikket og snakket inn i en smartklokke på håndleddet.

Kruz ble stående taus og følge med til helikopterne forduftet fra luftrommet. Da propellene ikke lenger hørtes som annet enn subtil during, sa han: «Flott, takk. Ja, mine ærede nordmenn, da var vi her, gitt!» Han humret. «Tenk at tiden har kommet. Helt ærlig,» sa han og bøyde seg nærmere, hvisket som om han fortalte en hemmelighet til en nær venn: «Jeg gleder meg. I min livstid har få ting vært mer spennende enn det vi nå står overfor. Med unntak av dagen min elskede datter, Juliana, kom til verden, selvsagt.» Kruz stirret opp i luften og blunket flere ganger mens han sukket. «Måtte Gud ivareta den dyrebare sjelen hennes.»

Et samstemt innpust trakk gjennom forsamlingen.

«Vet dere,» fortsatte han, stemmen ujevn: «hadde biobrikken eksistert da hun fortsatt var i blant oss, ville den registrert hvilke stoffer kroppen hennes manglet og automatisk varslet om hennes kritiske tilstand både til henne selv, oss, de nærmeste pårørende, *og* til legen hennes. Isteden,» sa han, snurret fippskjegget rundt pekefingeren og lot ordene henge i luften sammen med regnets tunge drypp. «Isteden døde hun. Fordi ingen av oss visste om tilstanden hennes. Min kone og jeg ... vi ... ja ... vår sorg er bunnløs.»

June stappet hånden innunder kåpen og knuget fingrene rundt knivskaftet. *Likevel har du ingen problemer med å drepe **andres** barn.*

«Man ønsker ikke en slik sjelefortærende opplevelse selv for sin verste fiende. Derfor, kjære medmennesker, er det med stor fryd og et varmt hjerte jeg nå har den største glede av å lede dere inn i en ny og bedre æra – både for hver enkelt av oss, *og* for samfunnet som en helhet.» Han løftet armene i været.

Folk klappet.

«Og ganske ironisk, må jeg innrømme, at vi fikk så dårlig vær på en så storslått dag, hah!»

Folk lo.

Igjen tvang June seg til å ikke kaste opp. Skulle han ikke engang *nevne* kaoset som hadde utspilt seg i løpet av natten, containerne fulle av lik utover E6, eller noe som helst om alle menneskene som mistet livet i prosessen av å få i stand oppgraderingen? Området lignet jo en krigssone.

«Nå,» fortsatte Kruz, «vi vet at mange av dere er usikre på hva de kommende timene vil bringe. Jeg ser mange rynkede bryn og bekymrede uttrykk. Derfor har jeg bestemt meg for å stå fram som et godt eksempel, og vil nå vise dere hvordan chippingen foregår, ved at jeg gjør det først – *her og nå!*» Han løftet de noe korte armene sine igjen, før han vinket til vakten han hadde øyekontakt med på trappen. «Send ut Drangsholt.»

DVVs majestetiske dører åpnet seg på ny. Den skjeggete Harald Drangsholt labbet ut i regnet med en hvit legefrakk flappende rundt beina. June husket ham fra kvelden før, da Molevira intervjuet ham i NRK-studioet. Nå fortet han seg ned de lange trappetrinnene, og beskyttet en hvit, nøytral eske mellom hendene. Svippet innunder teltgapahuken, hvor Kruz klappet ham på skulderen og hilste på ham.

«Ja, velkommen, Drangsholt,» klukket Kruz i mikrofonen. «La oss vise det gode folk hvor lite skummel denne chippingen i realiteten er. Hva har du der?»

«Dette,» sa Drangsholt, skulle fortsette, men ble opptatt med å åpne den hvite esken. Dro ut en slags høyteknologisk boks med display på toppen. Holdt den opp slik at alle skulle se, og skjermen viste dingsen i detalj. «Dette er da en *injeksjonsprosessor*.»

«En skikkelig munnfull,» flirte Kruz.

Drangsholt humret. «Jo, ja, navnet er muligens en smule voldsomt, så for enkelhets skyld har vi valgt å gi den kjælenavnet *chippeboksen*, helt enkelt.»

«Ser man det; chippeboksen, mine damer og herrer!» Kruz lo mer, og så ut til å trives i rampelyset.

«Hehe, ja. Her er det intet hokus pokus,» sa Drangsholt, løftet boksen igjen og pekte på et hull i den ene enden. «Man fører rett og slett hånden inn her og griper rundt et lite håndtak innerst. På under et halvt sekund sprøytes en biobrikke automatisk inn i hånden, i det myke partiet under tommelen, og *vipps!* du er ferdig.»

De virket så lystige, begge to, men June opplevde stemmene deres i marerittaktige, forvrengte toner. Nakkehårene krøllet seg. Pulsen steg. *De vet virkelig ikke hva de gjør.*

«Så enkelt som *svisj*,» sa Kruz, fortsatt smørblid. «Og biobrikkene, hvor ligger de?»

Drangsholt førte fingeren langs kanten under displayet. «Vi setter inn et *tech-brett* her, som de heter, disse brettene som inneholder biobrikker. Hele tusen brikker per brett, faktisk. Nå, hva tenker du, er du klar til dyst?»

«Selvsagt. Må jeg brette opp skjorteermet?»

«Neida,» sa Drangsholt. «Utviklerne har heldigvis gjort det så enkelt som mulig. Bare å dytte hånden inn til du får tak i håndtaket, så ordner chippeboksen resten.»

Kruz skulle til å gjøre det, men stoppet med hånden rett utenfor hullet. «Og jeg må jo stille spørsmålet som klør alles hjerner: Gjør det vondt?»

Drangsholt blunket. «Bare én måte å finne ut av det på, eller hva?»

Latteren til Kruz hørtes kanskje ekte ut for de fleste, men June merket humørskiftet. «Da sier vi det,» sa han en anelse lunkent.

På skjermen over dem ble det zoomet inn på Kruz' smålubne hånd med velstelte negler som forsvant inn i chippeboksen. Menneskemassen holdt pusten da displayet på toppen først viste at hånden var plassert riktig, før et grønt lys blinket samtidig som et kort pip spiltes av. En nesten umerkelig rykning nappet i det høyre kinnet til Kruz.

«Ja, da er det over,» sa Drangsholt og klappet hendene sammen.

«Åh, virkelig?» Kruz virket oppriktig overrasket. «Var det alt?»

«Absolutt.»

Kruz dro til seg armen, inspiserte hånden sin et øyeblikk. Viste den deretter opp så alle kunne se. Med skjermens hjelp kunne man se et bitte lite rødaktig merke på undersiden av tommelkjøttet. «Det får'n si,» flirte Kruz inn i mikrofonen.

Flere lo rundt June. Av lettelse, sikkert. Hun, derimot, kjente kun at blodtrykket økte for hvert passerende sekund. Regndråpene dundret på hetten hennes. Tørr i munnen, svett i armhulene.

«Nå blir det ekstra spennende,» sa Drangsholt uten å legge skjul på entusiasmen. Fra innsiden av legefrakken dro han ut en smartfon. Sveipet rundt på den. «La oss se om brikken har funnet seg til rette i systemet ditt.»

«Allerede?» sa Kruz. Med hevede bryn og oppsperrede øyne kikket han liksom morsomt usikkert ut mot folkemengden.

«Se der, ja! Vi er inne,» mumlet Drangsholt. «La oss knytte informasjonsstrømmen opp mot skjermen her.» Etter mer fingerskøyting over smartfonen ble ansiktet til Kruz på skjermen byttet ut med et program fullt av diagrammer og grafer, animert grafikk, tall og annen informasjon som viste blodtrykk, hjerterate, kroppstemperatur, grad av emosjonell aktivering, og alt annet mellom himmel og jord, så det ut til.

Et langt gisp hvisket over folkemassen. Lenger bak i mengden hørtes roping og skjellsord, og vakter som kjeftet.

June måpte. *Et medisinsk mirakel. Herregud, det er jo det,* tenkte hun, selv om hun var livredd og hatet alt sammen.

Drangsholt nikket. «Ja, dette er deg; plottet og kartlagt.»

«I alle dager,» sa Kruz, åpenbart like overrasket som de beskuende.

Jason steg fram fra skyggene bakerst i teltet, glodde ned på smartfonen til Drangsholt. Poker-ansiktet holdt seg stabilt, men utallige tanker flakket gjennom blikket.

Kruz kikket fra den ene til den andre. «Nå ... hva er diagnosen, doktor?»

Med den grønne markøren navigerte Drangsholt seg rundt i programmet mens han snakket: «Du ser for så vidt frisk og sunn ut. Dog må det nok gå noen dager før vi får et grundigere bilde av helsetilstanden din. Etter hvert som mer data samles, vil biobrikken kunne forutse potensielle helseproblemer på forhånd basert på trender i diett og lignende. På bakgrunn av disse opplysningene vil legen din kunne anbefale livsstilsendringer. Og akkurat nå vil jeg anbefale deg å kanskje kutte ørlite ned på kolesterolet.» Så smilte han hjertelig.

«Meget interessant, og takk for tipset,» sa Kruz med en noe ujevn stemme. Han vendte seg mot folkemassene, mens Drangsholt pakket vekk chippeboksen og forlot teltet. Skjermbildet byttet til Kruz' ansikt.

Idet Jason rygget tilbake inn i skyggen bak Kruz, fant han June i folkemengden. Han stoppet et øyeblikk og holdt blikket hennes. Panikk bredte seg over henne. Hun rygget bakover, men kom ingen vei; alle kanter stengt av gjennomvåte, varme kropper. Som hypnotisert forsvant hun inn i de mørke øynene hans. *Kjenner han meg igjen under all denne sminken, eller er jeg bare paranoid?*

Jason *blunket* til henne. Et kort smil flakset over leppene, og han gjeninntok den rakryggete posituren bak Kruz.

Verden svimlet for June. *Nå går alt ad undas. Herregud, hvordan er det mulig å ha så uflaks?* Hun pustet i rykk og napp, virret med hodet, men ingen utvei fantes. Marerittet innhentet henne. *Jeg kommer snart, mine kjære, uansett hva som skjer.*

«Som sagt, gode medmennesker, dette er en storslått dag,» sprudlet Kruz. Han ignorerte glatt støyen fra noen opprørske individer lenger bak i gatene. «Jeg føler meg beæret som får være en del av et teknologisk revolusjon som biobrikken er ... Gid min elskede datter hadde vært her i dag.» Han kikket opp mot den regntunge himmelen, nikket til seg selv.

Mens Kruz fortsatte pratingen, klemte June hånden med plastblomstene rundt kåpen – for å skjule hva hun drev – og lirket kniven fram fra innerlommen med den andre. Sørget for at hun holdt skjeftet slik at det stakk ut *under* hånden. Bøyde deretter håndleddet så knivbladet la seg langsmed underarmen, og fikk med nød og neppe dratt ermet på kåpen over knivbladet. Møysommelig tok hun ut hånden fra innunder kåpen igjen og dro ermet enda lenger ned, slik hun skjulte hele hånden.

«Ja, nok prat,» sa Kruz. «Det som skjer nå er at rett før dere går inn på DVV, vil dere bli skannet, bare for å sjekke at ingen av dere bærer våpen eller lignende uhyggeligheter. Så henvises dere til en av mottaksfløyene for en to-tre sekunders chipping. Vakter, la oss kjøre i gang. Jeg erklærer herved samfunns-oppgraderingen for påbegynt!»

De beigekledde vaktene nådde bunnen av DVVs trapper og skjøv gjerdene foran June til side, slik at folket kunne strømme på.

«Frue,» sa den nærmeste vakten, veivet hånden mot inngangen på toppen av trappene, forbi teltet hvor Kruz sto og observerte, med Jason som en svart skygge i bakgrunnen. Vakten smilte til henne fra under den regndryppende militærkapsen. «Bare å gå.»

Men hun klarte ikke. Kroppen var fastfrosset; fingrene krampaktig knugende rundt knivskaftet inne i kåpeermet. Huden prikket som en million nålestikk i ansiktet. Synet snevret seg inn til synsfeltet lignet en tunnel omringet av svart ingenting, og alle lyder ble dempet, langt borte. Likevel hørte hun pusten sin høyt og tydelig, som om hun pustet i en blikkboks, og den var det eneste som fantes. Verden saktnet til halv hastighet. I døsen merket hun at folk dultet borti henne da de presset seg forbi og nærmest veltet opp trappetrinnene.

Som om de gleder seg. Eller bare vil få det overstått. Hun kikket på vakten som fortsatt så på henne og smilte forståelsesfullt. *Få det overstått,* gjentok tankene, før de forvandlet seg til Sofias skriking. Den lille gullungen, livløs og kald i armene hennes. Eckharts store kropp og godslige lynne som alltid fikk henne til å føle seg trygg. Blodet. På gulvet, sofaen, i gangen, ned trappen og ut i hagen, på klærne og i håndflatene, under neglene. Overalt.

Mens skrikingen i hodet knuste hjertet hennes på ny, begynte June å gå.

«Bra,» sa vakten da hun passerte ham, klappet henne på skulderen.

June enset ham ikke. Fulgte bare strømmen av viljeløse sjeler mot undergangen. Hundrevis av føtter plaskende i vannet som fosset nedover trappetrinnene, som tenner klaprende i flytende ild. June kavende i havet av blod. Hivende etter pusten, druknende, gulpende etter luft.

Da hun kom til samme platå hvor teltet var satt opp, stoppet hun. Snudde seg mot Kruz der han sto og gliste fornøyd og vinket til de lydige slavene sine – vel vitende at han var en av dem. Bare enda en slave. Hun ignorerte folk som presset på, lot dem passere. Rolig gikk hun ut av strømmen, strakte hånden med plastblomstene opp i hodehøyde, mens hun gikk mot ham.

Noen ropte nå. Trolig vaktene. Kruz så henne og la merke til blomstene. Han ristet kort på hodet mot vaktene. Ropene stoppet. Etter å nappet i fipp-skjegget, skrittet han forbi talerstolen og kom mot henne. Kjapt flakket hun blikket mot Jason. Uttrykksløst fulgte han med uten å røre seg, hendene foldet i hverandre på ryggen. Bare dette subtile smilet som hun ikke skjønte om hun innbilte seg eller ikke.

«Til meg?» Kruz smilte uten tegn til å gjenkjenne henne. Han strakk ut hånden – den som nå var infisert av biobrikken.

Sofia skrek øredøvende høyt da hun smilte tilbake. Hvisket: «Til deg.»

Kruz tok et siste skritt, bøyde seg mot henne og klemte fingrene rundt plastbuketten. Idet han skulle dra til seg hånden igjen, holdt hun fast blomsten.

Gjenkjennelse oppsto i blikket hans.

June eksploderte av oppsamlet adrenalin.

Hun bykset mot Kruz. I luften strakk hun hånden med kniven helt ut av kåpeermet, og før han rakk å ytre ett eneste ord kjørte hun knivbladet inn i den fete halsen hans med rå, febrilsk styrke. Sjokkert snublet han bakover, veltet inn i talerstolen med henne over seg. Hun knivstakk ham gang på gang på gang. Kjente motstanden til hud, sener, brusk og blodårer som revnet. Hvert stikk dypere enn det forrige. Lysende rødt pumpet ut av halspulsåren hans, sprøytet utover trappen, teltet, henne. Og mens ørene registrerte ropende stemmer og smellende våpen fra alle kanter, oppfattet hun at Jason bare sto der, urørlig, nå kun en meter unna, fortsatt med det svake smilet om munnen. Kanskje nikket han aner-kjennende.

Men det oppfattet hun ikke før bevisstheten druknet i ingenting.

37

Jonas kom til seg selv som en fødsel under vann. Hev etter pusten og sperret øynene opp, men kun stummende mørke eksisterte i rommet rundt ham. Angst flammet i mellomgulvet da han prøvde å bevege hendene; fingrene lot seg røre, men noe bandt håndleddene fast i armlenene på stolen han satt i. Hardt. I stedet ville han reise seg, men beina var bundet fast ved anklene. Nå kjente han også at noe tykt og solid klemte rundt brystet. Kanskje et belte som låste ham til stolryggen.

Lyden av skyting og lukten av svette hang friskt i minnet, selv om det kjentes ut som flere år hadde gått siden han sist var ved bevissthet. Han søkte dypere i hukommelsen. Rino angrep Tony. Og sjefsoverlegen, Estwick, ble skutt. Var det ikke sånn? Videre, soldatene som stakk overkroppene inn og plaffet mot dem.

Hvorfor er jeg ikke død? Og hvor i helvete er jeg? Ujevnt trakk han pusten rolig, dypt, forsøkte å høre noe over pulsen som galopperte i ørene. Da ingen lyder meldte seg prøvde han å slite seg løs fra remmene som fanget ham, knurret og rev og slet. Stolbeina gnikket mot underlaget, og knurringen hans spredte seg i rommet og røpte at området kunne være stort som en gymsal – om ikke enda større.

«Hallo?» sa han ustemt. «Er det noen her?» Stemmen forplantet seg i det betydelige luftrommet rundt ham som bortkomne spøkelser på jakt etter lyset i enden av tunnelen.

Med ett frøs han til is. Bevegelser. Skraping fra stolbein mot gulv rundt ham. Gnissing fra klær, og ujevn pusting. Snart vokste flere og flere lyder fram fra alle kanter.

«Hallo?» prøvde han igjen, fortsatt med øynene på vidt gap, fortsatt umulig å se en eneste millimeter foran seg.

Noen hostet et sted. Kanskje så mye som ti meter unna ham. Han tenkte det, da det minnet om slik lyder hørtes ut fra bokseringen, før kampene begynte, mens det var stille og publikum satte seg til rette.

Han ristet på hodet for å få vekk svetten som rant fra hårfestet og inn i øynene. «Hallo, kan dere høre meg?»

Men ingen responderte. Kun disse lydene av bevegelse. Noen gråt nå, langt bak ham.

Frysninger fór gjennom ham da noen begynte å røre seg *rett ved siden av.*

«Hvem er det?» sa han, nistirret til venstre. Klarte ikke å roe pusten. Panikken grep ham, og han brukte kroppstyngden sin på å hoppe stolen i motsatt retning, til høyre. Men etter noen centimeter dunket han borti noe som utvilsomt var en annen stol, før bevegelser oppsto der også.

Hva faen er det som skjer her? Hvor mange er vi?

Til venstre hostet personen. Kremtet. Lyden av tørr svelging.

«Hvem er du?» hvisket han hest. Gravde fingrene inn i armlenene.

Mer hosting. Så: «Pap- ... pappa?»

Suget som oppsto i magen hans tok pusten fra ham. Mørket ble enda mørkere, samtidig som tusenvis av hvite prikker svirret rundt.

«Robin?» sa han, uten å tro sine egne ord. «Er det deg?»

«J-ja,» sa gutten. «Pappa, Jonas, jeg ...» Så begynte han å gråte stille. «Hva skjer her?»

«Jeg veit ikke,» sa Jonas, klumpen vokste i halsen, til den ville bryte ut i gråt, den også.

Nå rørte det seg overalt, som en brann som våknet til live. Folk begynte å snakke. Alle forvirret, forbannet, håpløse og triste.

«Jonas,» sa en kvinnestemme fra stolen til høyre for ham.

Linda, ville han si, men halsen snurpet seg sammen. Han satt faktisk rett i mellom dem; hun som hadde vært hans høyest elskede her i verden, og sønnen deres. *Hvordan er det mulig?*

«Mamma?» sa Robin.

«Ja, gutten min. Jeg er her.»

«Hvordan havna dere her?» klarte Jonas til slutt å få fram. Sakte begynte han å se mørke silhuetter av alt rundt. Svarte, tette former som beveget seg i svarthet.

«Vi var av de siste som ble fanget på Hausmannsgate,» sa Linda, uforståelig rolig.

Robin fortsatte, ikke på langt nær like avbalansert som henne: «Vi blei kasta inn i en sånn jævla container. De slapp ut gass i'n, og jeg var sikker på at vi daua.» Nesen hans surklet.

Folk snakket og ropte overalt nå. Kanskje hundrevis, på alle kanter rundt dem.

«Jonas ...» hvisket Linda.

«... ja?»

«Sorry for at jeg sa du var død for meg. Det var ikke sånn ment, egentlig. Jeg bare ... du-»

«Jeg skjønner,» avbrøt han. «Har full forståelse for alt, og det er *jeg* som skal si unnskyld. Som jeg sa, så ville jeg jo bare at-» Stemmen hans stoppet da to spotlights ble skrudd på ti-femten meter lenger framme. Hengende høyt over et opphevet podium med en stol så diger at den lignet en kongetrone. Mysende mot det plutselige lyset så han en person stige fram fra skyggen i hjørnet.

Den hettekledde skikkelsen beveget seg glidende over scenen.

I lyset som bredte seg utover salen så Jonas hundrevis av mennesker, alle sittende på stoler – alle fastbundet. Det kjentes ut som et nyreslag traff ham da han noen rader lenger ned fikk øye på både Tony og militærsjefen, like fanget som alle andre.

Rino Rask? Hva faen gjør han bindi fast på en stol sammen med alle oss – sammen med terroristene? E'kke han en av de som har jobba hardest for biobrikken? Igjen fikk han problemer med å trekke pusten. Hvor mange i salen var såkalte terrorister, og hvor mange hadde faktisk jobbet for samfunnsoppgraderingen? Hvor syke var disse jævla svina?

Stummende stillhet lå tett idet den hvitkledde personen med hette som skjulte ansiktet i mørk skygge, satte seg på tronen. Med rolige, flytende bevegelser hektet han det ene beinet over det andre, foldet hendene i fanget. Tok seg god tid med å observere alle i salen.

«Velkommen skal dere være,» begynte den hette-kledde. «Tross alt rabalderet dere og deres medsammensvorne har forårsaket, både i Norge og verden for øvrig, har samfunnsoppgraderingen blitt vellykket gjennomført.»

Ingen i salen trakk så mye som et pust.

Den hettekledde fortsatte: «Dette betyr at alle dere kjenner enten nå er oppgradert, eller døde som et resultat av forsøkt motstand. Dette er realiteten. Den Nye Tid er over oss, dere, og det skal bli fantastisk for oss alle,» sa han, et ørlite snev av entusiasme skinte igjennom. Eller kanskje ikke. Kanskje var det bare skuespill, alt sammen. «Ergo, nå gjenstår kun dere. Som de siste overlevende av alle motstandsfolk og/eller desertører, har dere vist en enormt handlekraftig kapasitet, alle som én. Nå, da vi alltid følger med på alt og alle, er vi åpenbart svært bevisst det faktum at de fleste av dere nok heller ville gått i døden enn å få en uskyldig biobrikke injisert i kroppen. Kan det stemme?»

Den hettekledde lyttet kanskje etter respons fra salen, men ingen kom.

«Vel,» fortsatte han, «vi har uansett besluttet å være så hensynsfulle å la *dere* velge deres egen skjebne. Etter alt dere har gjennomgått er det det minste vi kan gjøre.» Han humret tørt. «Kjenner dere etter under hvert av armlenene håndleddene deres er bundet fast i, finner dere den glatte flaten til en knapp. Og vær for all del vennlig å ikke trykke på noen av dem før jeg er ferdig med å forklare.»

Svimmelheten red Jonas da han strakk hver hånd så langt ut på armlenene han kunne. Klemte rundt kantene og følte seg fram med fingertuppene på undersiden. Og ganske riktig, en stor rund, flat knapp stakk ut under hvert armlene. Kjapt kikket han på både Robin og Linda. Begge hadde funnet knappene. Robin stirret tryglende på ham, mens ansiktet til Linda ikke røpte noe som helst.

«Ja, da antar jeg dere har funnet knappene. Som sagt, vent litt med å trykke.» Han reiste seg fra kongestolen. Gikk noen rolige skritt fram og tilbake før han fortsatte: «Hver knapp har én funksjon. Den *høyre* knappen sprøyter biobrikken inn i dere, mens den *venstre* knappen sprøyter inn en dødelig dose gift. Men ikke bekymre dere for giften; den fungerer umiddelbart. Dere vil ikke føle smerte. Vi er da ikke monstre, heller.» Igjen den tørre latteren. «Ergo, valget er enkelt. En smertefri, akutt død, eller fortsette livet som et oppgradert menneskevesen i Den Nye Tid. Merk at vi *ikke* vil tolerere videre motstand etter at dere velger biobrikken. Mest sannsynlig vil ikke tanker om motstand få særlig med grobunn, men om det skulle skje, vel, da viser vi ingen nåde. Tvert imot viser vi nåde NÅ, og valget er helt og holdent deres eget. Høyre for liv, venstre for død. Kjør på,» sa han og veivet en hånd mot salen.

Den hettekledde hadde rett; valget *var* enkelt. Jonas tvilte ikke et sekund på at det ville være bedre å leve i et biobrikke-infisert samfunn, enn å ikke leve i det hele tatt. Likevel, mens han kikket rundt seg på menneskene i salen, kunne han ikke unngå å tenke på Silje. Tenk om hun ventet på ham på andre siden hvis han endte alt, akkurat nå. Kanskje de kunne være sammen med én gang. Forsiktig gned han pekefingertuppen mot den venstre knappen; testet hvor hardt han måtte trykke for å aktivere giftinnsprøytningen.

«Pappa,» sa Robin. «Vi fortsetter, ikke sant?»

I en døs snudde Jonas hodet og møtte blikket til sønnen sin, mens tankene fortsatt holdt ham hos Silje, i ambulansen, den kalde, livløse kroppen hennes, parfymen han hadde kjøpt, den nydelige dama, ventende på ham, kanskje.

«Ikke sant?» spurte Robin igjen.

Jonas klemte øynene igjen, kremtet og ristet på hodet, jaget tankene vekk. Nikket. «Ja, så klart,» sa han. «Så klart fortsetter vi. Uansett hva som skjer. Trykk på høyreknappen. Seff.» Han snudde hodet til høyre. «Det gjelder deg og, Linda. Du våger ikke å stikke.»

For første gang hittil reagerte hun. Hun smilte bredt. «Ikke du, heller.»

Smilet smittet over på ham. «Ikke jeg, heller. Aldri igjen. Jeg sverger.»

Krampaktig tvang han fingrene på venstrehånden vekk fra knappen, og trykket i stedet kjapt på høyreknappen. Pustet lettet ut og takket Livet for at han ikke bukket under for den midlertidige tvilen. Men før han rakk å si noe mer til Robin, slukte svartheten ham igjen, og bevisstheten forsvant.

Epilog

Jonas bråvåknet. Sjanglete spratt han opp fra sengen og løp ut i stua, hvor sollyset som strakk seg inn fra de åpne vinduene blendet ham. Lynraskt virret han rundt seg, lette etter Robin, Linda, salen med folk bundet fast i stoler, den hettekledde, biobrikken ... alt.

Men nei. Han var hjemme, i sin egen stue. Ustø gikk han bort til vinduet, kikket ut på det fine været. Mennesker gikk i gatene, barn lekte, og matbutikken var åpen.

«Jeg lever,» hvisket han. En entusiastisk glød kilte ham i magen, som godterisommerfugler. Han følte seg så *lett*, så utynget av grusomhetene som hadde foregått de siste dagene. Hadde det skjedd i det hele tatt? Alt virket så langt borte, som et fjernt, fjernt mareritt fra barndommen, hvor det eneste som hang igjen var en tung, ekkel følelse. Men nå ... nå var alt nydelig. Kroppen sitret av energi.

På stuebordet spilte smartfonen av en liten melodi. Med den største vellyst sprellende i magen spankulerte han til bordet og plukket opp telefonen. En beskjed fra en app kalt BB blinket. Han sveipet tommelen over skjermen og leste:

God dag, Jonas Bittman!

Jeg er ditt personlige hjelpegrensesnitt; en kunstig intelligens som passer på din psykologiske og fysiologiske tilstand, samt kommer med hjelpsomme råd og forslag basert på dine preferanser, ønsker, håp og drømmer.

Beste tips i dag:
Nyt den flotte solskinnsdagen med din sønn Robin. Og hva med å kanskje finne tilbake den gamle gnisten med Linda? Det er nemlig ikke umulig at hun er positiv til det ;)

Lykke til med din første dag i en ny og bedre verden!

Noen sekunder ble Jonas stående med pustevansker. Han leste meldingen på nytt og på nytt, mens den plutselige vakuumfølelsen i magen truet med å sende ham nesegrus i gulvet. Hårene i nakken reiste seg og fingrene skalv. Forsiktig snudde han høyrehånden og stirret ned på håndbaken. Et noen millimeter stort sår var så vidt synlig.

Idet han fikk følelsen av at solen forsvant og en overmannende paranoia la seg over tankene, trakk kroppen automatisk et dypt, langt åndedrag. Da han slapp pusten igjen, forduftet frykten, lyset gjeninntok verden og han smilte. Lo, faktisk. Alt var jo perfekt!

Med lattertårer duggende til øynene kikket han på mobilen igjen, hvor en ny beskjed lyste opp:

Positiv sinnstilstand gjenopprettet.

Om forfatteren

Ben Ormstad har en bachelorgrad i psykologi, samt en teknisk grad i 3D spilldesign. I tillegg har han gitt ut syv romaner, skrevet et utall noveller, essays og artikler som er blitt publisert i aviser, blader og på ulike nettsteder. Mye tid går også med til webutvikling, diverse nettbaserte virksomheter, og musikkproduksjon.

Mer informasjon om forfatteren og bøkene finner du her:

forfatterbenormstad.no

Bøker av Ben Ormstad

KAMP – *Biobrikken Bok 3*, 2019, dystopisk thriller
– Tilgjengelig som ebok og paperback.

FANGET – *Biobrikken Bok 2*, 2019, dystopisk thriller
– Tilgjengelig som ebok og paperback.

JAKT – *Biobrikken Bok 1*, 2019, dystopisk thriller
– Tilgjengelig som ebok og paperback.

Selvmordet, 2018, kriminalroman
– Tilgjengelig i de fleste norske nettbokhandlere, og i flere av landets bokhandlere og biblioteker. Både ebok, innbundet og lydbok finnes.

Utskudd, 2015, spenningsroman for unge voksne
– Tilgjengelig som ebok og paperback.

Jævla flytting! *(tidl. «Petter fra Oslo»)*, 2018, ungdomsroman
– Tilgjengelig som ebok.

Petter fra Oslo *(utgått)*, 2013, ungdomsroman
– Kun et fåtall innbundne eksemplarer finnes. Kontakt meg direkte for et signert eksemplar.

Ulvdemonen, 2018, okkult spenningsroman for unge voksne
– Min første roman, skrevet som 16-åring i 2001. Tilgjengelig gratis på Wattpad. *Jeg fraskriver meg alt ansvar, bwahaha!*

Få epost når jeg lanserer nye bøker

G'dag!

Bare tenkte å nevne at hvis du har lyst til å få en epost når det (en sjelden gang) kommer en ny bok fra meg, så fyller du enkelt og greit inn navn og epostadresse under «Nyhetsbrev» på forfatterbenormstad.no.

Da hyler jeg neste gang det skjer noe spennende på bokfronten fra denne kanten!

Bokutdrag - Selvmordet
(kriminalroman)

Kapittel 1

Spisse småstein gnagde seg inn i knærne og albuene til Ørn Klo, mens pusten trakk inn lukten av jord og bark. De pistrete buskene han lå klemt innunder raslet. Han forbannet seg selv for det tåpelige valget av skjulested, og fektet bort stive greiner som stakk i ansiktet. Sendte blikket bakover og til hver side, før han skjøv kroppen enda et hakk nærmere trestammen og slapp seg flatt ned på det ujevne underlaget.

Han myste opp mot den mørklagte eneboligen, en vag silhuett mot en blåsvart, stjerneløs himmel. Vinduet på gløtt i andreetasjen var det eneste som tilsa at det fantes liv der inne. Lenge hadde han fulgt med på det myke, oransjegule lyset som ble reflektert i glasset, kastet ut mellom gardinene som ikke var helt dratt for. Sporadisk flakket skygger forbi.

Snart hadde femten minutter passert.

Løv knaste da Ørn smøg hånden ned i bukselomma og fiklet fram smarttelefonen. Pulsen steg igjen, banket fortere mot de klamme tinningene under lua. Han la den ene hånden over toppen av mobilen for å skjule det skarpe skjermlyset for omverdenen. Blikket løp på ny opp til vinduet på gløtt; fortsatt bølget gardinene jevnt. Han grøsset og myste ned mot den blendende mobilskjermen, kjente magen rumle mens tommelen flikket seg fram til kamera-funksjonen. Varsomt, for å unngå unødvendig kvistknekking, støttet han seg på albuene og siktet mobilkameraet inn på området. Sørget for å få med både de to bilene som sto parkert altfor nær hverandre ved inngangsdøra, *og* vinduet på gløtt med lys bak i andreetasjen. Han holdt hendene så stødig som mulig, aktiverte blitsen og knipset ett eneste bilde. I et halvt sekund badet hele eiendommen i flombelysning. Han så tydelige bilskiltnummer, en skitten barnesykkel, baseballer og et balltre på bakken, avflasset maling på husveggene og riper i vindusglass, før mørket igjen slukte verden. Ørn klemte mobilen inn mot brystet for å fjerne alt lys, holdt pusten, lyttet. En katt lusket kanskje forbi på fortauet bortenfor. Motordur fra et fjernt nabolag. Ellers hørte han ikke annet enn sin egen pust og den evige susingen i ørene. Gardinene i vinduet bølget fortsatt; skyggene lykkelig uvitende. Resten av verden sov søtt.

Han slapp pusten sakte ut. Dro opp mobilen igjen og flikket seg fram til SMS-arkivet. Fant meldingene. Mer enn fem nye bare den siste timen.

Ørn nistirret på de svarte bokstavene i navnet hennes mot den hvite bakgrunnen. Nå fantes ingen tvil lenger. Hun hadde levd i usikkerhet lenge, men hadde ant, men ikke *visst*. Men hun visste at *dette* var en av de kveldene, da faren til barna, bestefaren til barnebarna, ikke var hjemme. Ikke på grunn av jobb, som han sa, men noe annet, som kun øynene røpte.

Men denne kvelden var alt annerledes.

En stund holdt Ørn tommelen svevende over de digitale tastene, svakt dirrende, urørlig. Magefølelsen stemte alltid. Skulle han ha takket nei?

Han drepte usikkerheten og presset den kalde tommeltuppen på *Send*-knappen. En følelse av rettferdighet sitret i brystet da bildet ble sendt avgårde. Så skrev han:

Bilen kjenner du.
Huset er **hennes.**
De gikk inn sammen og dro for gardinene.
Jeg føler med dere.
- Klo

Teksten plasserte seg under det avslørende bildet i SMS-tråden. Han nikket til seg selv mens han flippet gjennom alle meldingene de hadde sendt hverandre, fra den første hvor hun introduserte seg selv og blottla mistankene sine, til denne siste, avsluttende meldingen. Én uke og tre dager tok det ham å grave fram sannheten. Og hvor lenge hadde svineriet pågått? Ett år? To?

Skingrelyden av rustne gjenger ble etterfulgt av et skarpt dunk. Ørn kvapp til da han så at vinduet i andreetasjen nå var lukket. Mørke skikkelser forsvant inn i rommet, ut av syne bak gardinene.

Fastfrosset med musklene i høyspenn og vidt oppsperrede øyne, lyttet han etter lyder fra inne i huset. *Så de meg? Eller bare lukka de vinduet?*

Forsiktig stappet han mobilen tilbake i bukselomma, begynte å krabbe bakover. Busken svarte ved å knake høylytt i de sprø greinene. Løv rislet, og store, utstående røtter fra treet ved siden av skrapte mot jakka og buksa, mens spisse småstein gravde seg inn i de kalde hendene hans.

Dempede tramp hørtes fra inngangspartiet til eneboligen, sammen med en utydelig, ilter mannestemme. Ørn bannet og ga opp forsøket på å bevege seg lydløst. Isteden skjøv han seg opp på kne så alle greinene bøyde seg og skle ned over og rundt ham som klør som nektet å slippe. Tørre popp fra alle kanter da et titalls greiner knakk under presset idet han kom seg opp i stående stilling. Føttene føltes numne etter å ha ligget ubrukt på den iskalde bakken i over en halvtime. Lysende prikker boblet i synsfeltet, og sammen med pulsslagene i tinningene nådde opplevelsen et øredøvende crescendo da Ørn oppfattet klikket i dørlåsen like tydelig som om det skulle skjedd *inne i* hodet hans.

Husdøra åpnet seg i et digert gap det flommet gult lys ut av. Lyset vokste utover den lille inngangstrappen og ga farge til bilene, den grønne postkassen og de grå søppeldunkene. Tunge sko med harde såler trampet så tre-trappen knirket under vekten. En mindre, men mer intens lyskilde strålte ut fra hånden til mannen Ørn hadde skygget i en uke, og sveipet kjapt over eiendommen til den bråstoppet i Ørns retning.

«Du der!» ljomet stemmen gjennom det sovende nabolaget, dyp og rungende.

Rykningene i beina ville ha Ørn til å løpe som en unge tatt på fersken under epleslang. I stedet skrittet han rolig ut av buskene, stirret med halvt lukkede øyne mot det sterke lyset til lomme-lykten, og løftet begge hendene i hodehøyde. «Okay», sa han, «bare slapp av.»

Mannen stampet ned de få trappetrinnene og kom ut i innkjørselen. Grus knaste under sålene hans. «Kom hit nå med én gang!»

«Jada, jeg kommer», sa Ørn og kjempet med å holde stemmen uanfektet av adrenalinet som pumpet i årene. Han rundet buskene og lurte på om det var den helvetes blitsen som ødela alt - eller kanskje det opplyste trynet hans da han sendte meldingen?

«Jeg ... jeg ringer politiet!»

«Bare ta det med ro», sa Ørn, beveget seg kjappere. Gresstuster vislet rundt skoene, til lyden av grus overtok da han skrittet inn på innkjørselen. Myste mot typen. «Kan du skru av den der? Jeg ser ingenting.»

Et klikk og lommelykten tok kvelden. «Nå, hvem er du!»

«Ingen grunn til å rope», sa Ørn, gikk litt nærmere og lot øynene tilvennes det mykere lyset fra ytterdøren. I åpningen la han merke til det unge damehodet som stakk fram fra bak et skap inne i entreen. Fra denne avstanden så det ut som det lange håret gikk i ett med morgen-kåpen som kom til syne langs skapkanten. Den var ikke lukket ordentlig, og han skimtet et nakent lår før mannen tok et skritt til siden og skygget for innsynet.

«Ikke nærmere!» sa han med hendene strukket ut foran seg som et skjold. De stakk altfor langt ut fra den lille, rosa morgenkåpen han hadde skvist kroppen sin inn i. Og på ringfingeren reflekterte matt gull i lysskjæret innenfra. Over de rynkete ansiktstrekkene hang tjafser av grått, rufsete hår hvor en og annen mørk strek fortsatt hang igjen fra den opprinnelige hårfargen. Morgenkåpen rakk ham til knærne, og de bukseløse, tynne leggene stakk opp fra uknytte støvler. «Hva gjør du her? Svar!»

Ørn hørte stemmen hennes i tankene, den ulykkelige tonen som hadde tryglet ham om å finne ut om mistankene hennes virkelig kunne være sanne. Det sved langt inn i sjelen hans. Mot bedre vitende klarte han ikke å dy seg: «Jeg kan vel strengt tatt spørre deg om det samme, *Kurt*, hva du gjør her nå, mens kona di sitter alene hjemme og lurer på hvor du er?»

«Hva i helvete prater du om?» Blikket hans flakket rundt i området. Kanskje hørte han ringelyden fra innsiden av huset. Ørn hadde hørt den lystige melodien flere ganger denne uka.

«Så du tar ikke av deg gifteringen engang, hæ?» Humørløst fnyste Ørn, nikket i retning hun som fortsatt sto og glodde bak skapet inne i entreen. «Hva tenker ungjenta der inne om det, da?»

«Jeg vet ikke hva du fabler om, men politiet får deg nok på andre tanker.» Frostrøyk dunstet ut av kjeften til gamlingen mens han snakket og kom nærmere. Så snublet han i en av baseballene på bakken, snøftet og sparket den vekk så den spratt inn i murkanten. Ballen skiftet retning og traff balltreet som sto plassert oppetter trappegelenderet. Etter å ha vinglet litt klunket det i bakken. Lommelykten knaste i grusen og han snappet isteden tak i balltreet. Løftet det i skulderhøyde med begge hender.

En fryktbølge blusset opp i mageregionen til Ørn og spredte seg ut i brystet og opp bak pannen. Han rygget bakover. «Slår du meg med det der, er det plutselig *deg* politiet tar.»

Øyebrynbuskene trakk seg sammen under den rynkete pannen. «Du sier ingenting til noen. Forsvinn og kom aldri tilbake», hvisket den middelaldrende mannen. Balltreet dirret i hendene hans.

Ørn rygget rett inn i en av de parkerte bilene. Leppene dro seg ut i et slags smil og han løftet skuldrene med hendene framfor seg. «Dét blir nok litt vanskelig nå.»

«Nei, det er særdeles enkelt», hvisket mannen, «du bare holder munn om alt, og forsvinner herfra.»

«Hører du det?» sa Ørn, la hånden bak øret og lyttet med hodet vendt mot huset. Ringemelodien hadde holdt det gående ustoppelig de siste par minuttene.

Mannen rettet seg opp, hørte etter. Først virket det ikke som han forsto - eller ikke *ville* forstå - men da det virkelig gikk opp for ham hva som faktisk foregikk, fortrakk ansiktet seg i en forvridd grimase. Med et snerr blottla han tanngarden, tok et skritt bakover og Ørn oppfattet umiddelbart hva som skjedde, så han kastet seg unna idet balltreet svingte mot ham i en stor bue. Knærne og albuene hans møtte bakken samtidig som han hørte den knusende lyden av bilvinduet skingre i ørene. Uten å nøle rullet han seg vekk fra bilen. I neste øyeblikk så han småstein sprute ut i alle kanter fra punktet hvor balltreet traff i grusen der han nettopp lå. Ørn grep muligheten, støttet seg mot bakken og sparket hendene til den aggressive mannen i rosa minimorgenkåpe. Gamlingen bannet og mistet balltreet. Lynraskt sparket Ørn det innunder bilen og kom seg på beina. Det kjentes ut som han ikke fikk puste da de lange armene til typen plutselig grep rundt ham bakfra, klemte hans egne armer fast til sidene. Ørn tvang seg ut av den lammende følelsen av frykt, og nærmest instinktivt rygget kjapt bakover til gamlingen dunket inn i bilen bak dem. Sammenstøtet løsnet grepet noe. Brått bøyde Ørn seg framover og kastet deretter hodet hardt bakover. Bakhodet hans kom med knusende fart i retning ansiktet til gamlingen, men bommet. Den brå bevegelsen førte likevel til at mannen mistet både grepet og balansen, og famlet seg nå fast i bilen.

Ørn steppet hurtig noen meter unna og sa: «Ta telefonen, du!» Så løp han ut av innkjørselen i retning sin egen bil, som sto parkert i mørket lenger ned i gata.

Kriminalromanen "Selvmordet" er tilgjengelig som EBOK og PAPIRBOK (innbundet) og LYDBOK i de fleste norske nettbokhandlere, samt flere fysiske bokhandlere og biblioteker.